El precio de darle la vuelta al mundo

Salvador Tovar Mengíbar

ISBN-10: 1-63065-121-4
ISBN-13: 978-1-63065-121-3

El precio de darle la vuelta al mundo
Salvador Tovar Mengíbar
obra registrada el 11/30/2007
Oficina de Derechos de Autor de Estados Unidos.
Registro: TXU-603-091

PUKIYARI EDITORES
www.pukiyari.com

*"Ver el crimen y no decir nada
equivale a cometerlo".*
--José Martí

Índice

UNO

Un sol brillante de noviembre acercándose ya a su zénit calentaba la brisa inquieta que, para desazón y vergüenza de las damas transeúntes, traviesamente inflaba y levantaba sus holgadas faldas. Al norte, más allá del Trópico de Cáncer, ya la estación marcaba otoño, pero no en Guatemala, cuyo nombre poético es: *El país de la eterna primavera.* Dos cuadras antes de encontrar la dirección que buscaba, Edgardo Escoto Azurdia, mejor conocido como Edgar Escoto, descendió rápidamente de un ómnibus urbano de la ciudad de Guatemala. Un agresivo temblor de pánico que de súbito se apoderó de su cuerpo motivó su repentina decisión de bajarse del automotor. Sabiendo que no era hipocondríaco y que a sus veinticuatro años de edad gozaba de perfecta salud, Edgardo concluyó que la aguda perturbación que hostigaba su espalda y la sorprendente debilidad de sus piernas, se debían al temor subconsciente de fracasar en la ejecución de una importante misión, probablemente ilegal, que estaba a punto de concretar y para la cual él mismo se había ofrecido de manera bizarra y voluntaria.

Le preocupaba también el peligro potencial que esa misión representaba. Sentía que los latidos del corazón le sonaban como el traqueteo de una locomotora tomando velocidad. Por momentos se sentía vacilar en su aventurado propósito. Su tiránico espíritu, sin embargo, le exigía no solamente aparentar sino también mantener un absoluto control sobre sí mismo. *Esta conducta de héroe impávido,* se decía animándose y tratando de convencerse y de calmar su ansiedad, *será fundamental para el éxito de esta misión seguramente cargada de peligros.*

Edgardo Escoto era un hombre jovial, varonil y apreciado por casi todos los que lo conocían; le era fácil llevarse bien con todas las personas en su entorno; no obstante, últimamente su aire a veces presuntuoso por su reciente grado universitario hacía que algunos de sus amigos secretamente lo menospreciaran; aunque eran muchos más los que admiraban y aplaudían sus múltiples atributos personales. Si bien se sentía muy orgulloso de sus triunfos académicos, le preocupaba el riesgo de que alguien lo calificara de pedante.

Pronto vislumbró las franjas horizontales en azul y blanco de la bandera de su pequeño país nativo que ondeaba airosa sobre el elegante pórtico blanco del edificio de la embajada. Le agradó, sin embargo, la ausencia de los acostumbrados centinelas vigilando la entrada principal. Aun así, pasó de largo, como si no le interesara ingresar de una vez a la sede diplomática. Como furiosos canes en lucha cuerpo a cuerpo, su sentimiento patriótico se enfrentaba a su arraigado instinto de preservación. Dos cuadras más adelante, viró en seco, diciéndose: *Esto que realizaré en unos instantes es nada en comparación a lo que me podría sobrevenir.* Recordó al instante el consejo de su madre, que se cuidara de jugar con fuego porque podría salir quemado; y el de su padre, que antes de provocar a las abejas había que ponerse a buena distancia del panal. Desechando los sabios consejos de sus progenitores, ambos ya difuntos, y a pesar del intenso hormigueo que continuaba atormentando sus músculos y su piel, y el hielo despiadado que le congelaba el estómago, timbró con decisión.

Abrió la puerta principal un hombre joven, aproximadamente de su misma edad, pero de aspecto ceñudo y áspero. Vestía uniforme azul y corbata azulina sobre una camisa tan blanca que resaltaba el color moreno de su piel. Antes de saludar, examinó de pies a cabeza al visitante como si tratara de identificar a un delincuente o a un terrorista potencial.

La actitud tosca, y por demás gratuita del portero, irritó a Edgar pero no hizo objeción alguna porque el abrumante hormigueo en la espalda y el persistente hielo en los intestinos habían incrementado. A pesar de esas molestas perturbaciones, decidió hacer de sus tripas timoratas un corazón bravío, tomando el toro por los cuernos.

—¡Buenas tardes, señor oficial! —saludó Escoto cortésmente, quitándose su elegante sombrero panamá—. Me urge hablar con el coronel Fuentes —agregó enfático.

—¿Cuál es su nombre y qué es lo que tiene que hablar con él señor embajador? —preguntó el portero con petulancia burocrática.

—Me llamo Edgardo Escoto Azurdia —replicó casi sereno, sintiéndose menos tenso que antes—. Y lo que tengo que hablar con el señor embajador, bueno, es algo confidencial. ¿Está presente o no está? —preguntó apresurado, casi descortés.

—¡Espere un momento! —gruñó el portero entre dientes y cerró la puerta en las narices del visitante, dejándolo en las escaleras que daban a la calle.

Edgardo, desechando la rudeza del empleado, se bajó a la acera a esperar el veredicto. Minutos después, la puerta se abrió y el uniformado lo invitó a entrar con un simple gesto de su mano. Luego se adelantó diciéndole:

—¡Sígame, por favor!

El visitante escuchó el tableteo de una máquina de escribir dentro de una oficina contigua, obviamente cerrada al público.

Enseguida el guía abrió otra puerta y Escoto, entrando, observó al instante a su *víctima* poniéndose de pie deferentemente. El coronel, un hombre de mediana edad y estatura, y ya con una amplia cintura, le extendió la mano amigablemente, preguntándole sonriente:

—Usted es salvadoreño, ¿no es verdad?

—¡Sí, señor, en efecto! —respondió Edgardo con orgullo, estrechando la suya. Le agradó el hecho de que el coronel no estuviera metido en el uniforme de *gorila*, el cual era aborrecido por él y por la mayoría de sus coterráneos.

—¿De qué departamento…?

—De San Salvador... —mintió Edgar con astucia. Sabía bien lo que hacía.

—¡Siéntese, por favor! —dijo el diplomático señalándole una de las dos sillas colocadas frente a su elegante escritorio—. Dígame... ¿En qué puedo servirlo? —añadió mientras lo miraba detenidamente.

Escoto observó su rostro áspero y firme y lo encontró típicamente arrogante, como la mayoría de los oficiales castrenses de su país.

—En realidad, no sé por dónde empezar... —dijo fingiendo estar desconcertado mientras colocaba su sombrero sobre la silla contigua. Había imaginado y ensayado ese diálogo con sus compañeros tantas veces y tan detalladamente, que le parecía imposible creer que en ese mismo momento estuviera hablando con su *víctima* en persona, nada menos.

—¿Qué le parece si empieza por el principio? —dijo Fuentes sonriendo.

—Pues, claro —replicó Edgardo, riéndose también para ocultar su persistente ansiedad—. Hasta el fin del mes pasado estuve becado por el Gobierno de Guatemala y recién obtuve mi licenciatura en la facultad de Pedagogía de la Universidad de San Carlos.

—¡Pues lo felicito, licenciado! —exclamó el embajador efusivamente—. Es muy agradable saber —añadió con voz de orador político trasnochado— que uno de nuestros paisanos ha luchado y ha triunfado; poniendo así muy en alto su nombre y, a la vez, el nombre de El Salvador en el extranjero.

—¡Muchas gracias! —contestó Escoto con sincero entusiasmo, y muy a pesar suyo, pues consideraba que si el Gobierno que ese cretino representaba le hubiera ofrecido una alternativa viable no hubiera tenido que mendigarla fuera de su patria.

—Su ejemplo es un estímulo para aquellos que están comenzando la ardua y larga jornada por superarse —agregó el coronel grandilocuentemente.

—Así lo creo yo también —dijo Edgar moviendo la cabeza afirmativamente—. Bueno, el caso es que estoy viviendo en una pensión pagada por el Gobierno. Pero esa subvención terminará el mes entrante. Desde hace varios meses me he estado relacionando con un grupo de jóvenes compatriotas. La mayoría de ellos alegan haber sufrido persecución por el ejército salvadoreño y por ese motivo, supongo yo, el anterior y el Gobierno actual les han otorgado asilo político.

—Y usted ¿se lleva bien con ellos? —preguntó el embajador, extrayendo de su bolsillo un paquete de cigarrillos Fleetwood. Luego le ofreció un pitillo que Escoto aceptó. Por su agradable aroma de chocolate eran sus favoritos, aunque rara vez los compraba por ser demasiado caros.

—Superficialmente, sí —dijo él, mintiendo descaradamente—. Como están enterados que fue el Gobierno anterior el que me otorgó la beca, ellos asumen que yo comulgo con sus ideas políticas. Usted sabe a las ideas que yo me refiero —añadió sagazmente.

El embajador asintió con un leve movimiento de cabeza y Edgardo continuó:

—Y me invitan a sus reuniones secretas en las que hablan de realizar operaciones subversivas para desestabilizar al Gobierno salvadoreño. Yo creo firmemente que los problemas políticos, sociales y económicos se pueden resolver sin recurrir a la violencia, si ambas partes tienen la voluntad de hacerlo. O sea, pues, que detesto los métodos violentos ya que siempre originan más violencia en la que los que la sufren son casi siempre los humildes y los desposeídos.

—Pues, ¡lo felicito de nuevo! —exclamó el embajador sorprendido por la sobria elocuencia y sentido práctico del recién graduado—. ¡Ah, si todos nuestros jóvenes pensaran igual que usted tendríamos un país gozando de completa paz! —agregó convencido de su sinceridad. Edgardo se felicitó secretamente porque había logrado crear en la mente del militar, embutido en el honorable ropaje de diplomático, el escenario preciso que había planeado en unión de sus conjurados.

—¡Muy agradecido! —respondió Escoto y luego esperó ansioso la pregunta anhelada:

—Y ¿qué me sugeriría usted?

—Bueno pues, yo no me atrevería a sugerirle algo, pero sí me gustaría ayudar dentro de mis limitadas posibilidades a impedir que estos paisanos violentos logren desestabilizar nuestro país con actos como los que ellos proponen, porque una de las víctimas podría ser algún miembro de mi propia familia.

—Quiere usted decir que estaría dispuesto a proporcionarnos informaciones sobre los planes de esos amigos suyos…

—¡Exactamente! —afirmó Edgar, seguro que una proposición seria y halagüeña vendría a continuación. Y no estaba equivocado.

—Y ¿cuál sería su *precio*? —preguntó el coronel secamente pero con aire interesado.

—¿*Precio*...? —replicó Escoto al instante pretendiendo indignación—. Me duele decirlo pero su pregunta me ha hecho sentir como el mismo Judas ante el Sanedrín.

—¡No, de ninguna manera! —exclamó el diplomático, indicando que había comprendido su alusión al epónimo traidor bíblico—. Son dos situaciones completamente diferentes, licenciado Escoto —añadió en tono filosófico—. Judas traicionó a su maestro por unas cuantas monedas, pero por razones mezquinas. Usted, en cambio, recibiría una compensación por *defender* los sagrados intereses de la patria; es decir, la vida y el bienestar de nuestros conciudadanos. Usted sería como un valiente soldado sin uniforme.

Claro, pensó Edgardo, *los sagrados intereses de la patria para este puerco mequetrefe son los altísimos sueldos que devenga y el sinnúmero de prebendas que gozan los miembros de su caterva de parásitos uniformados.* Comprendió que en ese momento era el representante de la dictadura militar quien le suplicaba le vendiera información sobre las pretendidas actividades subversivas de sus amigos.

—Si usted lo ve así, señor embajador —dijo Escoto, fingiendo humildad—, usted sabe más que yo; ya sea por experiencia o también por sus *altos* estudios —añadió dolosamente pues no le constaba que el coronel hubiese estudiado más allá de la escuela militar, la cual no pasaba de ser un centro de insuficiencia académica a nivel de escuela secundaria.

—¿Qué le parecen *cien quetzales* al mes? —preguntó Fuentes, extrayendo un grueso fajo de dólares estadounidenses de la gaveta de su escritorio.

—Me parecen suficientes —dijo Edgar; recordando que los sueldos de la mayoría de sus profesores no pasaban de esa suma, inadecuada para compensar sus servicios e insuficiente para sus necesidades diarias.

—Pues, aquí tiene su primera mesada, señor licenciado —dijo el embajador, entregándole un billete de cien dólares. Y añadió—: Antes que nada quiero advertirle que no debe enviarme ningún mensaje escrito a la dirección de la embajada. Tiene que memorizar detalle por detalle cuando sus amigos describan las acciones subversivas planeadas y reportármelas en forma clara y concisa.

—Y entonces ¿cómo haría para comunicarme con usted? ¿Por algún teléfono secreto, a lo mejor? —preguntó extremadamente ansioso. Esa información sería importantísima para los objetivos de su organización.

—¡No, no, no, nada de eso! —exclamó el diplomático, horrorizado—. En la oficina principal de correos tenemos una caja postal. Su número es 9-22-22. Dentro de un sobre pequeño y en blanco, es decir sin remitente ni destinatario, deberá proporcionarme detalles precisos de los actos planeados, los lugares donde ocurrirán, la hora y fecha exacta, el número de conspiradores, así como el nombre de los contactos en El Salvador y también información sobre sus protectores tanto en Guatemala, como en cualquier otro país —y luego agregó en tono conspirativo—: Deberá también incluir el código personal que le proporcionaré ahora mismo.

Sus últimas palabras hicieron pensar a Escoto que él no sería el único soplón a sueldo. Pero pretendió no sospecharlo. En todo caso, una vez en su red de espías improvisados, tendría que caminar con pies de plomo, se dijo precavido.

—Comprendo todo muy bien —contestó, poniéndose de pie y alargando la mano para tomar su sombrero y retirarse.

—¡Espere un momento! —dijo el coronel, indicándole que volviera a sentarse—. Si tiene alguna pregunta, hágala en este momento, porque no espero volver a verlo en esta embajada. Además, si, por acaso, alguien le preguntara sobre nuestros nexos, usted deberá negar que alguna vez haya hecho trato alguno con el personal de la embajada o conmigo. Porque yo también lo negaré. ¿Entendido...?

—Dos preguntas —dijo Edgardo—. La primera es ¿cómo y dónde voy a recibir mis próximos pagos? Y la segunda, ¿me podría pagar en moneda nacional? Usted comprenderá que la tenencia de dólares sin una justificación plausible podría crear sospechas entre mis amigos. Y me aterra pensar que podrían matarme por traidor.

—Tiene razón —dijo el embajador en tono congratulatorio—. Bueno, la respuesta a su primera pregunta es que en los primeros cinco días de cada mes, usted deberá visitar nuestro consulado general en el 40-11 de la Sétima avenida, preguntar por doña Goyita y decirle que va por el pago de la caja postal 9-22-22. Ella no tiene idea de qué se trata, y solamente le pedirá su código numérico. En su caso sería el siguiente: EEA-211151 —dijo mientras anotaba en una libreta—. ¿Lo recordará?

—¡Claro! —dijo Escoto—. Esas son mis iniciales y la fecha de hoy.

—¡Muy bien, muy bien! —indicó el coronel con aire satisfecho—. En cuanto a cambiarle los dólares por quetzales, eso no es problema. Y como obsequio no le cobraré la comisión usual de los cambistas —añadió jocosamente entregándole diez billetes en quetzales, moneda oficial de Guatemala. Edgardo celebró como borrego la bufonada del diplomático mientras se levantaba y se ponía el sombrero.

***

Escoto salió de la embajada, atravesó la calle y se detuvo en la acera a esperar el autobús urbano que lo transportaría hasta las proximidades de su pensión. El cielo continuaba límpido y azulado. El sol le calentaba su cuerpo en demasía y por ese motivo se despojó de su guayabera, quedándose en mangas de camisa y luego comenzó a caminar en círculos.

Mientras esperaba su transporte, una atractiva joven de nítida piel morena, con carita de luna y ojos verdes, se acercó a él y le preguntó:

—¿Hace mucho tiempo que espera el autobús, señor?

—No —le contestó Edgardo—. Solamente he esperado unos cinco minutos…

—¿Cada cuánto pasa por aquí? —preguntó ella.

—No tengo idea, señorita —le respondió—. ¿Es que usted tampoco vive por aquí?

—No. Yo vivo en Cobán —respondió la joven—. Estoy recién llegada y por ahora estoy conociendo la capital, pero también estoy buscando trabajo. Bueno, por si me resulta algo —agregó esperanzada—. Y usted, ¿a qué se dedica? —enseguida preguntó chismosa.

—Yo trabajo como espía secreto —le contestó con aire serio.

—¡Perdóneme la insolencia! —expresó ella contrita—. ¡No sé por qué me gusta preguntar lo que en verdad no me importa! —masculló entre dientes. Y diciendo esto caminó un poco, alejándose de él; pero se detuvo a cierta distancia. Luego apoyó la espalda contra el muro protector de una casa vecina.

Edgardo le dio una segunda mirada, arrepentido por haberle ofrecido una respuesta a todas luces grosera. Se quedó viéndola fijamente, pensando que tal vez ella sentía o sufriría la misma soledad que él sobrellevaba y que ya lo estaba cansando. Notó de reojo que aunque sus cabellos negros eran casi lacios mostraban destellos suaves y se rizaban al caer sobre los hombros. Tenía unos labios carnosos y atractivos, hechos para el beso, pensó él pícaramente. Su modesto vestido azul claro tachonado de florecitas blancas parecía ser de tela sencilla y su mirada serena, dulce y amable, irradiaba fulgores de inocencia.

—Perdóneme —dijo Edgardo, acercándose a ella— por no haberle contestado su pregunta debidamente. Yo también estoy desempleado por ahora. Justo acabo de graduarme de maestro y pienso volver pronto a mi país, El Salvador, a buscar trabajo allá. Esto es si no encuentro nada aquí en Guatemala. ¿Cómo se llama usted? —preguntó temiendo que se negara a darle su nombre.

—Mi nombre es Violeta Winter Cuj, pero mi familia y todos mis amigos me dicen Violy, y ¿el suyo? —inquirió mientras le tendía su mano.

—Edgardo Escoto Azurdia, me tiene a sus órdenes —dijo él tomándola entre la suya—. Su nombre y apellidos suenan muy poéticos —agregó lisonjero—. El primero es alemán y el segundo maya, ¿no es cierto? —preguntó.

Mientras estrechaba la mano de Edgar, Violeta vio su propio rostro reflejado en las negras pupilas del joven. *¡Está muy guapo, el condenado!*, pensó llena de admiración por su porte gallardo y varonil.

—Sí —respondió ella con aplomo—. Mi abuelo nació en Alemania, pero mi padre nació en Cobán. Desafiando la oposición de nuestros abuelos se casó con mi madre, una india maya de la etnia ketchí. Mi hermana y yo crecimos alejadas de nuestras familias, pero mi padre siempre insistió en que vistiéramos a la usanza de los mestizos, o ladinos, como se les llama en este país. Por eso, algunos de nuestros vecinos buscan humillarnos tildándonos de indias *lamidas* y trepadoras...

—¡Cuánto lo siento, Violy! —interrumpió Escoto pensando que esa respuesta detallada encubría una amarga pena porque no recordaba habérsela solicitado—. Ese calificativo ya lo he escuchado y muy a menudo —dijo—. Y me parece no solamente crudo y humillante, sino también repugnante.

No le preguntó por la definición de ese término vil que usan tanto los llamados ladinos como los mismos indígenas guatemaltecos para calificar negativamente a sus semejantes porque sabía de antemano que su único propósito era denigrar a los que siendo indígenas genuinos se visten y hablan el español *casi* como ladinos.

—Y esa fue *una* de las razones principales que me obligó a alejarme de mi familia, largándome de Cobán —añadió quejumbrosa. El timbre angustiado de su voz denotaba una extraña mezcla de deseos contradictorios. Uno que anhelaba gritarle al mundo algún nefario secreto suyo; y el otro, la compulsión a reprimirlo por completo. Estaba a punto de preguntarle cuál era la espina que le taladraba el alma cuando apareció el autobús.

Se sentaron juntos; ella al lado de la ventana. Después de unos minutos, Edgar tomó su mano derecha entre las suyas y sintió su frío glacial; percibiendo, a la vez, las palpitaciones pausadas de su corazón. *Manos frías, corazón ardiente,* se dijo esperanzado. Ella, para fortuna del atrevido, ni rechazó la tibieza de sus manos ni pareció ofenderse por su insolencia.

—Es verdaderamente detestable —dijo él con voz compasiva e interesado en continuar la conversación— que nosotros, los humanos, nos tratemos los unos a los otros peor que como las fieras tratan a sus propios semejantes. ¿Cómo hacer para que los ignorantes entiendan de una vez que Dios nos creó a todos iguales y que debajo de los blandos ropajes de nuestra piel no existe una diferencia real? —preguntó filosóficamente.

—Sí, es cierto —contestó Violeta, asintiendo con la cabeza—. La discriminación es algo muy horrible, totalmente injustificable e intolerable —agregó y continuó—: Mi padre dice que Dios hizo nuestro planeta *esférico* para que todos los humanos pudiéramos comunicarnos y amarnos los unos a los otros; porque si Él hubiera querido lo contrario, hubiera hecho el mundo *hexaédrico;* para que cada raza tuviera su propio espacio y no tuviera que mezclarse con las demás.

—¿*Hexaédrico?* —preguntó Edgardo porque no recordaba su significado.

—Sí, en forma de cubo, *señor licenciado* —dijo ella triunfante y en tono de reproche.

—¡Claro, claro, en forma de cubo! —repitió Escoto recordando sus clases de geometría en la escuela primaria—. ¡Su padre es un hombre realmente muy sabio! —agregó sonrojado.

—Y ¿usted hasta dónde va? —preguntó Violeta de repente.

—Hasta la calle Dieciocho y luego camino tres cuadras sobre la avenida Bolívar. Vivo allí, en una pensión contigua al Colegio Salesiano Santa Cecilia.

—No sé dónde queda esa dirección, pero... ¿cuánto le cobran por semana?

—Diez quetzales por cuarto, con dos comidas diarias.

—¡No está caro! —exclamó pensativa y luego inquirió—: ¿No sabe usted si tienen algún cuarto vacante? Necesito uno para alojarme por un par de meses.

—El cuarto contiguo al mío ha estado vacío por más de dos semanas —dijo el licenciado con secreta alegría en el alma—. Esta mañana observé a una de las sirvientas aseándolo. Por supuesto, no le pregunté si lo limpiaba para tenerlo listo o si ya lo habían alquilado.

—¡Ojalá que no! —suspiró esperanzada.

—Si quiere venirse conmigo, con gusto la llevo y le preguntamos a la dueña.

—¿No le molestaría mi compañía? —preguntó Violeta mirándole fijamente a los ojos.

—¿Molestarme...? ¡No, no, al contrario! —respondió meloso—. Me sentiré orgulloso de caminar del brazo de una patoja tan linda como usted. Sería la envidia de todos mis amigos...

—¡Adulador! —le riñó complacida pero sonriente.

***

La dueña de la pensión abrió la puerta de su oficina en el momento en que Edgardo se aprestaba a tocar.

—¿Puedo servirle en algo, profesor? —preguntó afable.

—Sí. La señorita, *mi amiga*, quiere saber si tiene alguna habitación disponible...

—Casualmente, la pieza contigua a la suya está todavía vacante —respondió Edelmira.

—¡Qué bueno! —exclamó alegre la joven.

—¿Ustedes se conocen ya por mucho tiempo? —preguntó precavida la dueña.

—Por algunos meses —mintió Escoto.

—Y ¿su nombre?

—Violeta Winter, a sus órdenes —replicó ella.

Al momento le asaltó la idea a Edgardo de que al aseverar haberla conocido por algún tiempo y ser amigos había dicho dos mentiras estúpidas e imprudentes. Bonita como era, esa joven era para él una perfecta desconocida y su conducta, pasada y presente, una incógnita. Pero ya había mentido y en ese instante no lo creyó justo ni prudente retractarse. Si en el futuro llegara a ser necesario, buscaría la forma de rectificarse, se dijo tranquilizándose.

—Mi nombre es Edelmira Valadés viuda de Santamaría —dijo la dueña—. La pensión del cuarto cuesta diez quetzales por semana. Como su amigo, el profesor, le podrá confirmar, estas son las condiciones del alquiler: Tiene que pagar una semana adelantada como garantía. Esa cantidad se le devolverá íntegramente cuando usted decida mudarse, siempre y cuando no haya daños a la propiedad. Se debe pagar el sábado anterior a la semana que va a empezar...

—Acepto las condiciones —interrumpió Violeta ansiosamente.

—...Si se muda esta noche —continuó Edelmira— como hoy es jueves, pues gozaría de tres noches gratis. El desayuno se sirve entre seis y nueve de la mañana; y la cena entre siete y ocho de la noche. A las doce de la noche en punto echamos tranca al portón y el que se quede afuera, pues... ¡se queda afuera!

—Acepto las condiciones; aquí tiene veinte quetzales —dijo Violeta sacándolos de su bolso—. Y le agradecería me diera vez las llaves porque pienso ir ahora mismo por mis velices.

—Sí pues, señorita —dijo Edelmira—. Aquí las tiene—. Esta llave grande es la de la puerta principal —explicó— y ésta es la de su cuarto. Le recomiendo que no deje ninguna clase de ropa olvidada en el baño. Si tiene ropa para lavar y/o planchar, simplemente déjela en una bolsa de tela al lado de su puerta y agréguele un papel donde aparezca su nombre y su número del cuarto que, para usted, es el *dos*. La bolsa la encontrará en el clóset...

—Comprendo —acotó Violeta con voz impaciente.

—... Se la entregaremos lavada y planchada en tres días por la tarde. ¡Ah! Se me olvidaba advertirle —agregó, dándose un golpecito en la frente—: No se permite sintonizar la radio después de las diez de la noche y si se les ocurre *hacer el amor,* ¡háganlo, pero calladitos...!

—¡Nosotros no estamos casados! —apuntó Violeta con aire ofendido. El color canela de su tez y la tenue luz interior ocultaron su sonrojo. Edgar sonrió para sus adentros.

—¡Yo tampoco! —rechistó Edelmira—. Y ¡ya tengo... dos escuincles!

***

Edgardo acompañó a Violeta a recoger su modesto equipaje a la casa cural de la parroquia de Santa Marta. El sacerdote que salió a entregárselo, un hombre cincuentón de aspecto serio pero agradable se le quedó viendo con aire suspicaz.

—¿Tan pronto conseguiste *novio*, niña? — inquirió visiblemente contrariado.

—¡No somos novios, padre! —le informó Escoto hoscamente y añadió—: Simplemente somos compañeros de pensión. Su cuarto está contiguo al mío —dijo sin pensar que con su inocente explicación arrojaba más leña al fuego de la sospecha clerical.

—Acuérdense —dijo el cura mientras agitaba su índice admonitorio— que las libélulas que se acercan demasiado a la llama resultan siempre con las alas quemadas...

—Lo recordaremos, padre Antonio —dijo Violeta besando el revés de su mano al despedirse—. Y, por favor, no olvide su promesa de conseguirme empleo —le recordó.

***

—Tuve ganas de decirle al curita ese que *el ladrón juzga por su condición* —dijo Edgar con voz enojada, una vez se encontraron en la calle.

—¡Por favor, no lo juzgue mal! —suplicó Violeta—. El padre Antonio Valadés es una magnífica persona. Fue él el quién casó a mis padres en San Pedro Carchá porque en Cobán ningún cura se atrevía a hacerlo por temor a la ira del señor obispo o a la venganza de mi *odioso* abuelo, Fritz. Él detestaba a muerte a mi madre simplemente porque era una india pura. ¡Cómo si nosotros pudiéramos decirle a Dios de qué color queremos la piel o los ojos y en cuál país queremos nacer! —agregó ceñuda.

—¡Qué lamentable es, ciertamente! —dijo él con premura— que tengamos que hablar mal de nuestra propia sangre... Perdoná que te apresure —añadió voseándola— pero es que tengo una cita con los compañeros a las cinco en punto. Hay algunos asuntos *confidenciales* que discutir —le informó esperando que comprendiera por qué no podía invitarla.

—Está bien —respondió Violeta apresurando el paso.

Edgardo cargaba sufridamente sobre el hombro la maleta más grande. Ella, un maletín colgando de cada mano. Él se quitó su fino sombrero y lo puso sobre la cabeza de la joven.

—Para que no se le tronche el ala —explicó.

Riéndose, Violeta detuvo el paso, puso los maletines en el suelo y haló el sombrero hasta sus orejas para impedir que las ráfagas del viento se lo arrebataran.

¡Es increíble cómo hemos congeniado en estas últimas tres horas!, pensó Edgar con fruición. Y sin que él lo supiera, lo mismo pensaba Violeta.

DOS

Al llegar a la pensión, luego de dejar a Violeta en la habitación recién alquilada, Edgardo fue a reunirse con sus compañeros de AFES.[1]

—¡Conciudadanos —dijo él en voz alta y con fingida solemnidad— en este supremo instante os encontráis nada menos que ante la abyecta presencia de un *oreja*[2] más de la maldita dictadura que asola nuestro desgraciado país!

Entre ruidosas carcajadas, todos los presentes se pusieron de pie para felicitarlo por su audaz hazaña. Luego Edgardo les relató, palabra por palabra, lo hablado con el embajador Fuentes.

—Compañero Escoto —le dijo Roque Walton, un hombre de escasos treinta años, alto, de espesa barba y cabellos largos y rizados y quien, como líder del grupo, siempre llevaba la batuta en todas las reuniones— lo que vos has hecho ha sido verdaderamente espectacular. Ahora nuestra

---

[1] Asociación Fraternal de Exiliados Salvadoreños.
[2] Espía.

organización podrá meterle al embajadorcito todas las informaciones falsas que se nos ocurran, ¡hasta que reviente! ¡Buen trabajo, querido compañero! —agregó dándole una palmada en la espalda.

—¡No, no, no! —Tawfik Handal objetó resueltamente. Era este un joven de ascendencia palestina, de grueso bigote y poblada barba que lo hacían parecer como el hermano gemelo de Walton, a quien a menudo contrariaba, aunque en forma siempre amistosa—. Debemos usar su nueva y extraordinaria habilidad para crear animosidad entre el embajador y el presidente Jacobo Arbenz.[3] ¿Sabían ustedes que la primera dama de Guatemala es en realidad pariente *cercana* del coronel Fuentes...? —preguntó.

—¡Nooooo! —contestaron todos con asombro, incluso Walton y Escoto.

—Pues bien —agregó Handal—, acabo de enterarme que fue por esa misma razón que el coronel Osorio[4] lo nombró embajador en Guatemala. Lógicamente, ese nombramiento fue hecho con el macabro propósito de tener acceso inmediato e ilimitado a todas las funciones y decisiones del presidente Arbenz. Estoy seguro que cuando sus jefes se lo ordenen, ese acceso le permitirá acuñarle varios espías para obtener valiosas informaciones de primera fuente. Y, según me han informado mis contactos, por esas razones familiares no observan los acostumbrados

---

[3] Militar y político (1913 – 1971). Presidente de Guatemala (1951-54).
[4] Oscar Osorio, (1910-1969) jefe de la dictadura militar en esa época.

protocolos diplomáticos. O sea, pues, que *nuestro* embajador entra a casa presidencial como *Pedro a la suya*, simplemente aduciendo que llega a visitar a sus parientes.

—Entonces, ¿qué sugerís? —preguntó Walton.

—¿En este momento? ¡Nada! Pero pronto se me ocurrirá un plan y se los voy a proponer. Necesito una semana a lo sumo. El próximo jueves a las cinco en punto nos reuniremos aquí mismo. *¿Okay?*

Roque no objetó la sugerencia de Tawfik.

—¡Sí, convenido! —gritaron todos al unísono. Y luego aplaudieron con brioso entusiasmo.

Walton tomó a Escoto por el brazo y le habló muy quedo:

—Acompáñame a mi cuarto —le pidió con la jovial actitud habitual con que trataba a todos sus amigos y compañeros de exilio—. Esta tarde te vi con una cipota muy chula, *cuando te subías al bus*. ¿Cuándo la conociste? —le preguntó indiscretamente.

—Hoy, cuando salía de la embajada, precisamente minutos antes de que llegara el autobús —respondió Edgardo sin detenerse a pensar que no recordaba haberlo visto en el entorno de la parada de buses ni del vehículo.

—¿Es *guanaquita*?[5] —le preguntó curioso.

—No, *chapincita*; cobanera, por cierto —contestó sonriendo—. Y desde hoy estará viviendo con nosotros en la pensión.

---

[5] Diminutivo de guanaco, apodo de los salvadoreños.

—¡*Mama   mía*! —exclamó   Walton asombrado—. ¡Vos sos más veloz que el mismo Superman! —agregó felicitándolo.

—Lamentablemente, no es lo que vos pensás — dijo Edgar con cierto dejo de tristeza—. Ella necesitaba un cuarto para alquilar y como aquí había uno vacante, pues simplemente se lo dije y ya lo tomó. En la cena la conocerás —agregó.

***

La mesa del comedor de la pensión consistía en un bloque sólido de madera cubierto por un largo mantel blanco. Dos bancas de madera con capacidad para seis comensales cada una estaban colocadas a lo largo de la mesa. Luego que los doce inquilinos se hubieron sentado, y estaban ya listos para cenar, Edelmira dijo en voz alta:

—¡Atención, por favor, caballeros! La señorita sentada al lado del profesor Escoto será nuestro huésped de hoy en adelante y hasta que ella decida mudarse. Se llama Violeta Winter. Probablemente no hay necesidad de decirlo, pero ruego a todos los caballeros que le otorguen la deferencia y respeto que siempre han sido acordados a todas las damas que han compartido nuestro dulce hogar. ¿Alguna pregunta, señores y señorita, antes de comenzar a servirles la cena? —preguntó seriamente.

—Yo tengo una —dijo Toño Munguía, el payaso clásico del grupo y un maestro en el bello arte de tocar la guitarra. La dueña conocía su afición a la bufonería, pero no se inmutó.

—Y ¿qué es lo que don Antonio quiere saber? —preguntó intrigada pero sonriente.

—¡Ay! —respondió el bufón con voz afeminada y su habitual carencia de seriedad. Me gustaría saber si la señorita Violeta se va a bañar con *nosotras*.

El grupo entero celebró la atrevida pregunta con estrepitosa carcajada.

—Eso dependerá de ella —dijo Edelmira, riéndose también—. Aunque ya le pedí que no utilice el baño de los hombres, sino el privado que usamos *nosotras*, las mujeres.

***

Al terminar la cena, Edgardo invitó a Violeta al cine y ella aceptó gustosa. Mientras veían *El peñón de las ánimas,* una película mejicana con la famosísima estrella, María Félix,[6] él tomó su mano y la besó varias veces por ambos lados. Violeta no se resistió a la caricia, ni tampoco se inmutó, pero al salir le dijo con voz grave:

—Edgar, a vos te gusta viajar de prisa, ¿no es cierto?

—No sé a qué te referís —le respondió mintiendo.

—Me refiero a que te aprovechaste de que estábamos entre tanta gente y en la oscuridad para

---

[6] María de los Ángeles Félix Guereña – (1914-2002).

besarme la mano, ¡sin siquiera pedirme permiso primero! —dijo fingiendo enojo.

—¿Es que no te has dado cuenta, preciosa señorita, que me gustás? —preguntó él con voz fingidamente ofendida—. ¡Perdoname si al besar tu mano te has sentido insultada! —agregó, mostrándose falsamente arrepentido.

—¡No, tontito! Yo me quedé esperando a que me hicieras esto, así... —dijo, tomándole el rostro entre sus manos y besándole los labios apasionadamente, como nadie lo había besado todavía. Él, gratamente sorprendido, se quedó sin aliento. Luego que sus labios se alejaron de los de ella, Violeta dijo sonriente:

—Nos *hemos gustado* desde el mismo momento en que nos vimos por primera vez, ¿cierto o no?

—Es obvio, ¿no? —contestó Edgar apretándola tiernamente por los hombros.

Caminaron despacio con rumbo a la pensión, a sabiendas de que su puerta estaría todavía abierta cuando llegaran. Mientras caminaban, hablaron de sus sueños, de sus planes y esperanzas; de sus familias, de sus temores y pesadillas. Edgardo le relató la historia del trágico accidente de un autobús en El Salvador en el que sus padres habían perdido sus vidas. Se cuidó, sin embargo, de mencionarle su nueva profesión de soplón a sueldo porque al fin y al cabo él *era*, en realidad un espía *secreto*; bueno, *casi* secreto.

Al abrir la puerta, ella se volvió hacia su acompañante y le dio un besito en la sien:

—¡Que soñés con los angelitos! —le dijo sonriente.

—Lo mismo te deseo yo —respondió él y le reciprocó el ósculo en su mejilla.

Edgardo tardó en dormirse. Mientras trataba de conciliar el sueño, repasaba todas las gratas incidencias de ese día y el bello encuentro casual con Violeta. *Este acontecimiento*, se dijo, *es probablemente el más espectacular de todos. Es una patojita tan bella y tan dulce que podría vivir a su lado toda mi vida. Pero no debo enamorarme porque un romance en este momento de mi vida dilataría mi regreso a El Salvador. O tal vez... ¡no necesariamente!*, concluyó ambivalente.

Al día siguiente por la mañana se encontraron todos en el comedor. Eran ya pasadas las siete y media y a ninguno le habían servido su desayuno. Por alguna razón inescrutable las sirvientas de la cocina no se aparecían por ningún lado. Edgardo, por ser el *decano* de los inquilinos de la pensión, fue a la cocina a indagar.

—No nos han traído las tortillas y no sé por qué —explicó Zulema, la jefa de la cocina, con tono abrumado—. Todo está listo, don Edgar —agregó—. Pero como doña Edelmira no está, no sé si yo debiera ir a conseguirlas a otra parte. Pero el problema se agrava porque no me dejó dinero con qué comprarlas.

—¿A dónde se fue la doña? —preguntó Edgardo.

—Madrugó a llevar a Paquito al hospital. Anoche el pobre estuvo toda la noche muy malito de la garganta. Parece que está sufriendo de tos ferina, y ojalá que Olinda América no se haiga contagiado —agregó compungida.

Olinda América era la hermana mayor de Paquito. Con cinco años de edad y una carita preciosa hacía cumplido honor a su nombre. Era de carácter amable, de ojos grandes y dulces; siendo un poco tímida, siempre estaba pegada a las faldas de su madre. Paquito era un niño de escasamente tres años a quien Escoto había visto nacer y crecer día a día, dar sus primeros pasos y comenzar a hablar con la típica jactancia infantil. Era juguetón; travieso como todos los niños de su edad; *¡una delicia de chiquillo!*, diría Edgardo. Como el niño no podía pronunciar su nombre, lo llamaba *Gago*. Sentía por él un amor casi paternal. Sin embargo, nunca se lo había manifestado ni a la madre ni a sus compañeros de pensión. A sus años ya empezaba a hacerle falta el calor de un hogar y de una familia propia. *Para tenerla*, se decía con su habitual prudencia de adulto, *tendré que postergarla hasta obtener un empleo fijo que me permita los medios económicos para sostenerla adecuadamente.*

—¿Cuánto valen las famosas tortillas? —preguntó.

—Tres quetzales, don Edgardo —respondió Zulema.

—Bueno, aquí los tiene, ¡vaya por ellas, pero ya! —le dijo y enseguida se regresó al comedor—. Compañeros —anunció, fingiendo la voz solemne de un orador político— las cocineras tenían un serio problema *logístico* y ya lo resolví. Pero tienen que ser muy, pero muy pacientes, y esperar un cuarto de hora más porque acaban de ir por las tortillas.

La pandilla entera aplaudió con entusiasmo su intervención tan efectiva.

—Tenés un gran sentido del humor —le susurró Violeta al oído—. ¡Y eso me agrada! —agregó.

Durante el desayuno la invitó a conocer el Parque Nacional, donde se encuentra el famoso mapa en alto relieve de todo el territorio que comprende la República de Guatemala. Por fuerza tenían que pasar frente a la embajada salvadoreña. Dos cuadras antes de caminar frente a la sede, le pareció ver a su amigo Walton caminando apresurado en la misma dirección que seguía su autobús. Pero no estaba muy seguro si era él mismo porque el individuo usaba sombrero y gafas oscuras. Sin embargo, su saco *sport*, estilo americano, y su pantalón gris pachuco, era un atuendo que Edgardo le conocía de sobra. Recordó al instante su corta charla del día anterior en la cual él le dijo haberlo visto subiendo al bus con Violeta. *¿Será que este paisano también está enrolado en el negocio secreto del embajador?*, se preguntó con cierto temor y suspicacia. *Y si lo está, será muy peligroso tenerlo de doble agente dentro del grupo*, se dijo preocupado. Pero lo perdió de vista mucho antes de pasar frente a la embajada. Violeta había observado sus estiramientos de cuello y su actitud pensativa y aparentemente preocupada y le preguntó qué sucedía.

—Creí ver a alguien conocido —le dijo con aire casual—. Pero resultó ser sólo alguien parecido... —añadió.

***

A instancias de Violeta, al regreso del paseo pasaron a visitar al padre Antonio pues ella quería reiterarle su urgente búsqueda de empleo. Éste los recibió muy sonriente y los condujo inmediatamente a la sala y les pidió que lo aguardaran por un momento. Pronto regresó acompañado de una monja jamona, de aspecto serio pero agradable y jovial. Su semblante afable revelaba el aura noble y digna de una persona que goza de autoridad.

—Esta hermana mía en Cristo es la reverenda Hipólita del Monte Carmelo —dijo el cura—. Desde hace dos años ha fungido como la madre superiora del Convento de las Hermanitas Descalzas del Santo Sagrario —añadió.

—Es nuestra honra conocerla, reverenda —dijeron los dos jóvenes al unísono.

—Ellos son Violeta Winter y...

—Edgardo Escoto Azurdia —dijo él mismo.

—Violeta y Edgardo, mucho gusto conocerlos —dijo sor Hipólita—. Ustedes ¿están *ya...* casados? —preguntó seguidamente con obvio interés.

Edgardo se extrañó al notar que el timbre de voz de la monja parecía indicar que el estar casados sería un obstáculo o un problema para algo no especificado.

—No —dijo el cura—. Dicen que son simplemente amigos, pero yo sospecho que ya son novios. ¿O me equivoco?

—¡Pues, ahora, ya lo somos! —contestó Escoto un poco malhumorado—. ¿Verdad, mi amor? —le preguntó a Violeta.

—Sí, ya lo somos —afirmó ella secamente.

—Bueno y ¿a qué viene la pregunta, si somos novios o casados? —inquirió Escoto.

—Casualmente —dijo el padre Antonio— la madre superiora vino a verme para saber si yo le podía recomendar alguna señorita para un puesto de oficina que pronto quedará vacante en su convento. Recordé que Violeta me había dicho que necesitaba un empleo y se la propuse como candidata. Ya le expliqué a sor Hipólita que te graduaste recientemente de la escuela secundaria y como parte del currículo recibiste también entrenamiento en mecanografía y taquigrafía.

—¡Mil gracias, padre! —exclamó Violeta, muy emocionada y, ciertamente, agradecida.

—Pues, sí —dijo la monja— yo estaba dispuesta a ofrecerle esa plaza a Violeta. Pero el reglamento de nuestra congregación requiere que ella *resida* en el convento. Ahora, si ya tienen plazo fijo para la boda pues ya no podría ofrecerle el empleo. No me gustaría hacer el papel de Cupido en reverso —agregó sonrojándose.

El cura, Violeta y Edgardo celebraron el símil tan apropiado.

—Nos conocimos apenas ayer y parece que, afortunadamente, hemos congeniado maravillosamente —dijo Edgardo y agregó—: Si en el futuro decidiéramos casarnos, ustedes serían los primeros en saberlo. Por ahora, aún estamos conociéndonos y, a la vez, acoplando nuestros sentimientos y preferencias. O ¿no es así, amor mío? —le preguntó mirándola a los ojos.

—¡Sí, así es! —convino Violeta parcamente.

—Y usted, joven, ¿qué hace o de qué vive? —le preguntó sor Hipólita.

—Él trabaja como espía *secreto* —contestó Violeta riéndose.

—Pues no puede ser tan secreto si lo estás divulgando —el padre Antonio la recriminó amablemente—. Y ¿por qué te has reído, hija mía? —preguntó sonriente.

—Porque ayer al conocernos le hice la misma pregunta y esa fue la respuesta que él me dio. Edgardo sonrió y luego explicó:

—Estoy recién egresado de la facultad de Pedagogía de la Universidad Nacional...

—Y supongo que está buscando trabajo como maestro —dijo sor Hipólita.

—Efectivamente —respondió el licenciado—. Ya envié varias solicitudes de empleo, pero no me darán respuestas hasta enero próximo. Si no consigo trabajo aquí en Guatemala, tendré que regresarme a El Salvador... Pero yo soy una persona muy optimista y no suelo darme por vencido hasta no haber quemado mi último cartucho...

—¡Lo felicito por su triunfo, por su optimismo y por su decidido empeño, señor licenciado! —dijo el sacerdote calurosamente.

Luego Violeta preguntó:

—Reverenda madre, y si me diera el empleo, ¿tendría días libres o sería obligatorio permanecer todo el tiempo dentro del convento?

—No, no, no, de ninguna manera —contestó la madre superiora—. Estarías libre los lunes y los jueves porque en sábados y domingos tendrías que participar en nuestras prácticas religiosas. La empleada que reemplazarías ha decidido ingresar pronto al noviciado como postulanta y por esa razón debe retirarse de mi oficina al final del mes.

—¿Y cuándo podría empezar, madre reverenda? —preguntó Violeta ansiosamente.

—El primero de diciembre —dijo sor Hipólita—. En esa semana no tendrías días libres porque estarías recibiendo entrenamiento, pero también estarías ganando tu sueldo regular, que es de cuarenta y cinco quetzales al mes durante el primer año. Además, tendrías derecho a la alimentación diaria y a una alcoba dentro del recinto.

—¿Dónde está localizado su convento? —preguntó Edgardo.

—A la entrada del pueblo de Fraijanes. Aproximadamente a unos doce kilómetros de aquí —respondió sor Hipólita. Luego dirigió sus palabras al sacerdote, diciendo—: Le agradezco, padre, que me haya recomendado a esta niña. Tengo el grato presentimiento de que será una excelente asistente de mi oficina.

—Gracias por tener en cuenta mi recomendación —dijo el presbítero—. Espero verla pronto para las Festividades Guadalupanas —añadió.

—Aquí estaré en compañía de todo el personal del convento, incluyendo a Violeta Winter —dijo la madre superiora y se despidió de todos.

La joven pareja se puso de pie para hacer lo mismo.

—¡Dios se lo pague, padre Antonio! —dijo Violeta y luego agradecida besó su mano.

—¡Vayan con Dios, hijos míos! —dijo el sacerdote haciendo con su mano la señal de la cruz—. Cuando decidan casarse, por favor, vengan a verme…

—Así lo haremos —prometió Edgardo sonriendo mientras cerraba la puerta.

***

Tan pronto salieron a la calle, Violeta se colgó de su cuello exclamando eufóricamente excitada:

—¿Qué te parece, mi amor? ¡Ya tengo chamba! ¡Ya tengo chamba!

—¡Amorcito, te felicito de todo corazón! —le dijo Edgardo—. Aunque te extrañaré cada día y cada noche, especialmente los sábados y domingos —agregó con aire entristecido.

—¡Yo lo sé, amor mío! Pero si hubiera sabido que iba a tener tanta suerte, me hubiera venido mucho antes y hubiera evitado… el…el… *maldito percance…* —musitó titubeante. Se nublaron sus pupilas; luego bajó la mirada y la cabeza con aire avergonzado.

—¿*Percance…*? ¿Qué clase de percance? —preguntó intrigado.

—Prefiero no hablar de *eso* —respondió crípticamente, mientras con discreción esquivaba los ojos del joven—. ¡Es… demasiado repugnante… y demasiado doloroso…! —añadió con una mezcla de profunda tristeza y rabia impotente.

—¿Tan doloroso que no me lo podés contar…? —preguntó Escoto en voz suave pero claramente de reproche.

Movió su cabeza en gesto afirmativo y él la escuchó suspirar profundamente.

—¡Sí! —dijo haciendo pucheros—. Y también ¡es demasiado bochornoso! —agregó a media voz y enseguida soltó el llanto.

Con solícita ternura, Edgar atrajo la cabeza de la joven hacia su pecho y ella colocó su rostro húmedo de lágrimas sobre su hombro. Sollozó por varios minutos y luego que se calmó, él le propuso que entraran a la cafetería frente a la cual estaban detenidos en ese momento. Luego se sentaron a una mesa, uno al lado del otro. El rostro de Violeta permanecía sonrojado y para la velada desazón del licenciado, las lágrimas de su amada continuaban fluyendo sin interrupción.

—Dejame decirte —dijo Edgardo con voz calmada mientras le enjugaba con un pañuelo sus mejillas empapadas en llanto— que no debemos embotellar dentro de nuestros corazones las experiencias y los recuerdos amargos o trágicos porque ellos nos envenenan el alma hasta matarnos. Aún más si no los compartimos con alguien de nuestra entera confianza. Por eso te recomiendo que me relatés ahora mismo lo que te sucedió. Esa confesión te servirá de catarsis espiritual. Ya verás que una vez lo hagás, te sentirás aliviada.

Sus estudios académicos de sicología habían aflorado oportunos a su mente. Violeta continuó sollozando por un rato pero pronto comenzó a calmarse paulatinamente.

—¡Yo lo sé, amor mío, yo lo sé! —dijo ella con vehemencia mientras tomaba una de sus manos entre las suyas y luego las colocaba sobre la mesa— y te agradezco muchísimo que quieras escucharme pero es que me da... me da... me da ¡tanta vergüenza...!

—En ese caso solo sabría decirte que la sinceridad es la base fundamental en una relación amorosa y si vamos a comenzar la nuestra callando hechos o experiencias que, aunque dolorosas y repugnantes, son importantes para el desarrollo de nuestras vidas, pues entonces lo mejor sería cortar la relación de una vez y continuar siendo... *amigos* solamente.

—¿No me podés dar un *tiempito*...? — preguntó, mirándole tierna y fijamente a los ojos.

—A menos que hayás asesinado a alguien, no veo por qué no podrías enterarme de lo que te sucedió. Y si querés un *tiempito*, te doy tres minutos —dijo y se puso a observar atentamente la aguja segundera de su reloj.

—¡*Grosero*! —le espetó ella en suave reproche mientras hacía gran esfuerzo por sonreír.

—Bebete el café primero —le dijo él sin sentirse ofendido— mientras pensás en lo que me vas a decir. Y dejá que tus palabras fluyan como el agua fluye entre los ríos.

—¿Estás seguro de que vos no tenés dotes de poeta? —preguntó, hábilmente cambiando el tema—. Siempre que me hablás, ¡me hablás en metáforas! — agregó.

—Es probable que lo sea —le dijo y añadió zalamero—: Lo que pasa es que cuando estoy a tu lado, me siento poeta, músico, cantante, aviador, héroe de mil batallas, marinero, conquistador y ¡loco, por supuesto! Y ya no te quedan sino noventa segundos del *tiempito* acordado.

—Está bien —dijo ella sonriendo por el alargado piropo mientras secaba sus lágrimas y la mucosidad de su nariz—. Te lo voy a contar todo, *todito* —añadió resueltamente—. Con pelos y señales, como nos dice papá cuando nos interroga... Por cierto, él es mecánico instalador de refrigeradoras a gas y cuando sale de viaje por diferentes zonas del país permanece alejado de casa hasta por dos semanas. Tan pronto se va, mamá nos ordena, a mi hermana Yolanda y a mí, vestirnos con la ropa típica de las ketchíes y no nos permite salir con nuestras amigas a menos que hayamos obedecido fielmente sus órdenes. La falda que vestimos no es en realidad una falda común. Es simplemente una larga pieza de tela que envolvemos varias veces alrededor de la parte inferior del cuerpo; es decir, de la cintura para abajo como una falda; y luego le amarramos las puntas en un grueso nudo contra la cintura. La blusa, o güipil, cae suelta varias pulgadas cubriendo el nudo de la falda.

—Y ¿esa... indumentaria es la que te causa tanta vergüenza? —preguntó extrañado.

—¡Claro que no, bobo! Al contrario, me enorgullece usarla. Lo que pasa es que desde hace mucho tiempo ciertos muchachos cachondos, y también algunos viejos degenerados, han estado asaltando jovencitas indígenas en lugares solitarios del campo. Luego de que las dominan, les deshacen el nudo y halan la tela, haciéndolas girar como trompos hasta dejarlas completamente desnudas. A ese ardid tan infame lo apodan, descaradamente, *darle la vuelta al mundo…* Y en todas las ocasiones los malditos rufianes se excitan y enseguida violan a sus víctimas. Según he sabido, muy a menudo las han embarazado. Por eso cuando vamos al campo, nosotras siempre salimos del pueblo en grupo, o por lo menos en parejas, para protegernos.

—¿Y las autoridades están enteradas de esas prácticas de abuso sexual?

—Naturalmente que lo están… pero ¡no hacen nada!

—¿Nunca los han castigado? —preguntó Edgardo incrédulo.

—Que yo sepa *nunca* han arrestado a nadie por esos delitos contra las indígenas, aun cuando las jóvenes hayan quedado preñadas o se hayan quejado a las autoridades.

—¿Fue eso lo que te pasó a vos? ¿Abuso y violencia con violación? —preguntó Edgar en voz baja y acercándose a ella para poder escuchar claramente su respuesta y, a la vez evitar que una joven pareja que acababa de sentarse detrás de Violeta pudiera escuchar su relato.

—¡Sí, exactamente! —masculló avergonzada y con los ojos bañados en lágrimas.

—¿Cuándo… te sucedió… todo eso? —preguntó el licenciado en un susurro, poniendo su mano derecha sobre el hombro de Violeta.

Violeta respiró profundamente y apretó la mano de Edgardo para darse ánimo.

—Ocurrió hace ocho días. Mi madre había amanecido en cama quejándose de dolores abdominales. No quiso desayunar ni almorzar. Cuando el sol ya estaba poniéndose y yo estaba preparando la cena, ella vino a la cocina y me dijo: «Quiero que se vaya corriendo orita mesmo al rancho de la comadre Agustina y le pide que me mande con usté una purga pa' matar lombrices...». «Madre: ¿no sería mejor que primero consultara un médico antes de tomar medicinas que en vez de curarla podrían hacerle más daño?», le sugerí cariñosamente. «Usté vaya a hacer lo que se li'há mandado», me regañó con cara enojada y adolorida. «Ya porque cumplió los dieciocho años y terminó la secundaria quiere hacerme crer que ya sabe más que su mama, pués, y ¡mesmo que su madrina, l'Agustina! ¡Váyase, váyase ya, y'antes de qui'oscurezca...!», me ordenó tajantemente. La casa de mi madrina está más o menos a dos kilómetros de distancia, caminando por el Camino Real. Pero yo conocía un atajo a través de un monte grueso y decidí tomarlo para regresar más pronto. Definitivamente, fue una terrible imprudencia de mi parte porque al volver por el mismo sendero con el frasco de hierbas helmínticas, me alcanzaron dos muchachos ladinos a quienes yo conocía. Ellos se habían graduado dos años antes en el mismo instituto normal.

—¿Vos no te sentiste atemorizada de caminar sola con ellos? —preguntó Escotó.

—No. Y no les tuve miedo porque eran personas ya conocidas; aunque ya había escuchado en la chismografía de mis compañeras que se les achacaban algunas conductas impropias. Mientras caminábamos en fila india los dos permanecieron detrás de mí porque la estrechez del sendero sólo permitía el paso de una persona a la vez. Platicábamos amigablemente de nuestros planes y proyectos para el futuro cuando Patricio se adelantó pero Alfredo permaneció detrás de mí. De repente, Landau preguntó: «¿Alfredito, no te gustaría que nos divirtiéramos *dándole la vuelta al mundo?*». «¡Carajo, Patricito! ¡Esués lo mejor qui'has dicho en toda la tarde!», contestó Alfredo entusiasmado. Sabiendo de lo que hablaban, en ese mismo instante yo me quedé congelada, paralizada del miedo. Al momento, Alfredo me atrapó con su brazo por el cuello. Patricio me despojó de la blusa y comenzó a deshacer el nudo de la falda. Al hacerlo percibí en el aliento de ambos el fétido olor de alcohol digerido. Tan pronto Patricio soltó y jaló la punta, me hicieron girar como trompo hasta dejarme desnuda; es decir en mis pantaletas y mi corpiño...

Violeta detuvo su narración para tomar aliento.

—Y ¿qué pasó después? —preguntó el licenciado con aire de impaciencia.

—Luego de arrancármelos —prosiguió la joven—, me cargaron en vilo hasta un matorral espeso mientras yo pataleaba y gritaba pidiendo auxilio. Es obvio que nadie escuchó mis alaridos implorando socorro porque nadie acudió en mi auxilio. Allí, sobre un lecho de hojarasca, los malditos me violaron repetidamente y también me obligaron a satisfacer todas sus inmundas perversiones. Yo les arañé la cara, la nuca, los hombros, la espalda, los brazos y los muslos para tener pruebas de su delito.

—¡Muy bien hecho! —la felicitó Edgardo. Pero luego recapacitó—. Y ¿no temiste que al usar tus uñas se enfurecieran y te causaran más daño?

—¡Naturalmente! Pero era lo único que yo podía hacer dadas las circunstancias. Cuando ya habían saciado sus perversiones y mientras yo sollozaba tendida en el suelo, ellos se deleitaban observando mi cuerpo desnudo que yo trataba de cubrir con mis manos. Luego Patricio levantó un enorme peñasco con la obvia intención de soltarlo sobre mi cabeza, diciendo: «A esta india puta hay que rematarla de una vez pa' que no se queje ni con nuestros papás ni con las autoridades». «¡No la vayas a matar, comemierda!», le gritó Alfredo y añadió: «¡Ya te echaste dos, ya con esta van a ser tres! Y ya te he dicho que por pisarlas no nos van a joder, pero por tres asesinatos y violaciones ¡hasta nos podrían fusilar! ¡Ya no jodás más, hombre…!», ordenó a su maldito compinche. Patricio dejó caer la piedra al lado de mi cabeza sin decir palabra. Luego se fueron y me dejaron allí tirada y desnuda en el suelo. Al llegar a casa, para no agravar su enfermedad no le mencioné a mamá lo que me había sucedido. Pero mis ojos enrojecidos, la ropa sucia y estrujada y mi cabello alborotado me delataron. Me cuestionó severamente y me amenazó con un fuerte castigo. No teniendo alternativa, finalmente le confesé toda la verdad.

—Y ¿qué te dijo tu madre al enterarse de lo que te había acontecido?

—Lloró por unos momentos y luego me dijo: «¡Ya vengo! Voy ir a dejar a la Yolandita en la casa de la vecina y di'ay nos vamos pa'l hospital». «Me voy a dar una ducha mientras viene, madre», le dije. «¡No, no, no!», me dijo asustada. «Y no se toque o se lave *sus partes* privadas hasta que aygamos regresado del hospital. ¡No se las vaya a tocar!», repitió. Esa misma noche fuimos a la sala de emergencias del hospital municipal. El médico, luego de examinarme, confirmó que el himen había sido rasgado y la vagina y el ano habían sido desgarrados por penetración violenta; y en ambas áreas encontraron vestigios de fluido seminal. Luego me inyectó un sedante para calmar mis dolores. «Tan pronto el médico firme el dictamen clínico del estupro; podés ir a la estación de la Guardia Civil a presentar una queja formal», me dijo la enfermera que acompañó al doctor durante el examen médico. «Si vos sabés los nombres de los violadores, dámelos para asentarlos en el récord del hospital», añadió. Y yo se los di. Enseguida acudimos a la Guardia Civil con la intención y la esperanza de obtener una pizca de justicia. Al presentarle el reporte médico al guardia de turno, éste me preguntó con aire escéptico: «¿Vos conocés a los jóvenes que *vos decís* que te violaron?». «Sí, señor. Uno se llama Patricio Landau y el otro, Alfredo Wallenberg». «Y ¿por qué sabés sus nombres?», me preguntó suspicaz y con cara de pocos amigos. «Porque estudiábamos juntos en el Instituto Normal, pero ellos se graduaron hace unos dos o tres años», le dije yo, todavía llorosa. «¡Ujum! Entonces vos sabés que esos muchachos son hijos de gente muy rica y poderosa». «¡Claro que lo sé! Y eso ¿qué tiene que ver con que me hayan violado?», le pregunté. «¿No será que vos misma te les ofreciste y les abriste las piernas para después sacarles plata?», me preguntó con descarado cinismo. Mamá se encendió en cólera. «¿Por qué insulta a mi muchachita, siñor, en lugar de mandar a caturar a esos desgraciados violadores, criminales malnacidos?», preguntó airadamente. «¡Oigan *indias putas*…!», nos gritó enojado el maldito chafarote, «si quieren conseguir plata, ¡váyanse a cortar café, o a putiar… y dejen a las gentes *decentes* vivir tranquilas…! Y ¡ya se me van a la mierda! O las meto a las dos en el calabozo ¡por insultar a l'utoridá…!». Tan pronto salimos de la estación de la Guardia Civil, le anuncié a mamá: «¡Mañana mismo me voy para la capital…!». «¿Sola…? Y ¿a qué te vas?», me preguntó afligida. «A olvidarme de este maldito pueblo lleno de hienas racistas y, por supuesto, también a buscar trabajo», dije decidida. «Dígale a papá que ¡por favor! no me busque porque… ¡no pienso regresar nunca!». Y allí mismo hice añicos el certificado médico que me habían dado en la clínica de emergencias.

Y en diciendo eso, Violeta se echó a llorar amargamente.

El varón de la pareja sentada detrás de ella se había dado cuenta de la angustia de la joven.

—¿Le pasa algo a su amiga? —preguntó con voz casi acusatoria.

—¡Sí! —respondió el licenciado bruscamente.

—¿Qué le pasa? —el extraño insistió.

—Me estaba relatando sobre una terrible tragedia que sufrió su familia recientemente —explicó Escoto, añadiendo cortésmente—: ¡Le agradecemos su preocupación!

El extraño asintió con un movimiento de cabeza, indicando que había comprendido la explicación dada por el licenciado y luego se dirigió a unirse de nuevo a su compañera.

—¡Calmate, amorcito, por favor! —suplicó Edgardo, poniéndose de pie. Luego se agachó y la abrazó tiernamente. Mientras ella sollozaba y exhalaba suspiros entrecortados con el rostro escondido entre sus manos, él frotaba con las suyas su espalda tremulante. La desgarradora confesión de su amada le trajo a la memoria su propia trágica experiencia sufrida en el umbral de su lejana adolescencia. Estuvo a punto de relatársela, pero temiendo que al hacerlo pusiera en peligroso entredicho su propia masculinidad, una vez más, Escoto calló su infame secreto.

TRES

A la hora de la cena, Violeta y Edgardo fueron juntos al comedor de la pensión. Ella, sin embargo, no quiso comer nada; aduciendo que había perdido el apetito por completo.

—Amorcito, debés comer antes de acostarte o por lo menos, beber algún líquido —imploró Edgar dulcemente—. Cuando fuimos a almorzar, vos me diste la misma excusa majadera de que no tenías hambre. Y me hiciste sentir culpable de haberte forzado a recordar y recontarme tu trágico percance. Sin embargo, con no comer no vas a recobrar tu virginidad.

—Yo no dije que vos me habías forzado... —dijo Violeta a media voz.

—Aunque no lo hayás dicho —interrumpió Escoto— yo sentí en mi pecho la punzada de tu enojo... Vamos, comé o bebé algo... Por favor, tomá una taza de té por lo menos.

—¡*Okay!* Me tomaré una taza de té, pero sin azúcar —prometió y para ese efecto llamó a una de las sirvientas que atendían a los comensales en la mesa.

—Como no quieres ponerle azúcar de caña; dejame entonces meter mi dedo índice en tu taza de té para que se endulce con la miel de mi amor —dijo Edgardo en son de guasa. Y se quedó esperando por un largo rato a que su amada celebrara su chiste ingenioso. Ella permaneció impasible y él se sintió frustrado al no poder ni siquiera hacerla sonreír. Pero calló su desencanto pensando en el viejo y sabio refrán que dice: *"No hay mal que dure cien años ni hay cuerpo que lo resista"*.

Al terminar su taza de té, sin azúcar, Edgar la invitó a salir a caminar un rato por los alrededores de la pensión. Sin decir sí o no a la invitación, la joven tomó la mano de su amado y se dirigieron juntos a la calle. Ella exhibía un rostro sombrío con obvio semblante de profunda amargura. Esas tétricas manifestaciones de dolor espiritual abrumaban también el ánimo habitualmente jovial del galán.

Para alegrarla, Escoto derrochó todo su arsenal de chistes y poemitas de amor, pero su terco empeño no surtió el efecto deseado. El hecho de que la joven no sonreía ni tampoco se reía de los chascarrillos picarescos que él le relataba lo hacía sentirse impotente y frustrado.

Podía comprender, sin embargo, el estado de ánimo de su Violy, la intensísima rabia que le estrujaba el alma, el amargo sentimiento de infortunio y la dolorosa sensación de impotencia de no poder vislumbrar en su horizonte un minúsculo rayo de justicia que la redimiera.

—¡Por favor, amorcito, tratá de pensar en algo positivo que te despeje la mente! —le sugirió Edgardo cariñoso—. Tu primer empleo de secretaria, por ejemplo. Los malos recuerdos hay que expulsarlos de nuestras mentes para que no continúen envenenándonos —agregó con la esperanza de que ella recapacitara y volviera a ser su dulce y alegre Violeta.

Después de muchas súplicas rehusadas o simplemente no consideradas, Edgardo, aunque no se daba por vencido, sugirió que sería prudente regresar a la pensión.

—Pero antes —le dijo— te voy a contar un cuento de los campesinos salvadoreños que mi abuelo materno me narró en alguna ocasión. ¿Lo querés oír? —preguntó, deteniendo el paso de ambos.

La boquita de Violeta dibujó brevemente una leve pero amarga sonrisa.

—¿Tengo la opción de decir que no? —preguntó a su vez.

—¡No, no la tenés! Porque yo te lo contaré aunque te tapés los oídos. Y te lo contaré aunque tenga que hacerlo por señas —afirmó bufonamente pero pretendiendo seriedad.

—¡A ver... echalo, pues! —dijo la joven de mala gana—. Pero eso sí —le advirtió— ¡nada de vulgaridades!

—Érase una vez en un país lejano —comenzó diciendo Edgardo— un rey que tenía una hija muy hermosa pero extremadamente testaruda. Su nombre, (¿me lo podrías creer?) era Violeta, como el tuyo, y ya había cumplido veinticuatro años. En esa lejana época, una mujer que no se hubiera casado a los veinticinco era considerada *dejada de la mano de Dios* y condenada a cuidar sobrinos, a vestir santos y, subrepticiamente, también a desnudar borrachos. Preocupado por su edad *avanzada* y todavía sin esposo, su padre la llamó a su despacho real para una conversación privada en la cual la increpó paternalmente por su condición de casi solterona y su aparente desinterés en seleccionar un consorte. Luego le leyó una larga lista de príncipes extranjeros y nobles ricos del reino que habían manifestado sus deseos de contraer matrimonio con ella. «Los conozco a todos, padre mío», dijo la princesa Violeta con aire despectivo y aburrido, «y todos, todos, me parecen vanos, pedantes y avarientos; y también muy ignorantes y arrogantes. Estoy segurísima de que lo único que esos mequetrefes buscan es el honor de ser mi consorte y padre del futuro heredero de vuestro trono. Mi corazón, padre mío, no siente atracción por ninguno de ellos. Además, yo quiero ser quien seleccione al hombre con el que me habré de casar sin considerar su condición económica; o si es de noble cuna o un simple labrador». El soberano sabía que no había poder sobre la tierra que la hiciera cambiar una decisión ya tomada. «¿Y cómo escogerás ese afortunado mortal, hija mía?», preguntó resignado. «Vuestra Alteza Real deberá anunciar a todos los hombres solteros de Vuestro Reino que vuestra hija desea seleccionar al hombre que la llevará al altar. Para determinar quién será su afortunado consorte, la princesa hará la misma pregunta a cada uno de los hombres que se presenten ante ella. El ganador será aquél que le dé una respuesta inteligente, y, a su entero juicio, satisfactoria. Júrame, padre, que aceptarás mi decisión final como irrevocable». «Juro», dijo el rey solemnemente, extendiendo su mano sobre el pecho como un buen muchacho explorador, «que aceptaré como yerno al hombre que mi hija escoja como esposo». «Muy bien», dijo la princesa Violeta, «la próxima semana, comenzando el lunes, me sentaré al balcón del palacio que da al Bulevar Real y comenzaré la búsqueda diciéndole a todos los que se detengan ante mí: *Yo soy un fuego, ¿qué harás conmigo?*». Llego el lunes. Todos los hombres que se presentaron ante ella se quedaron estupefactos ante la arcana pregunta que hacía la princesa. Algunos, no acertaban qué contestar para ganar su mano y otros se marchaban perplejos y decepcionados. Al cabo de un par de semanas fútiles, Pánfilo Escoto, un joven y robusto labrador, conocido en la región como un bobalicón congénito, anunció a su familia que se marchaba a la capital *a casarse* con la bella princesa. Tanto su familia como sus amigos se mofaron de sus absurdas pretensiones y hasta trataron de disuadirlo de su loco empeño de emparentar nada menos que con la familia del rey. Como la famosa pregunta era ya conocida, Pánfilo hizo alguna preparación y una mañana, después de caminar paso a paso tras una larga cola de aspirantes, se presentó finalmente ante la codiciada dama. «*Yo soy fuego, ¿qué harás conmigo?*», preguntó ella con dejo de aburrimiento y cansancio. «Puesiés un fuego, ¡áseme los güevos!», contestó el bobo al instante.

—¡No te dije que no quería oír vulgaridades! —protestó la Winter enfadada.

—¡Ninguna vulgaridad, señorita! —respondió Edgardo riéndose—. Pánfilo sacó dos huevos de gallina que traía en el bolsillo de su pantalón. Tu tocaya, tan *mal pensada* como vos, estuvo a punto de hacer la misma objeción, pero al ver lo que el pretendiente había desembolsado, decidió callar discretamente, ya que, a su juicio, la respuesta del joven labrador era la más inteligente, si no la única interesante que había escuchado. Lo hizo entrar al palacio y llamó al rey para presentarle a su futuro yerno. El soberano, al observar la pobre vestimenta remendada, aunque limpia, del afortunado mancebo, hizo una velada mueca de soberano disgusto y se arrepintió de haberse comprometido a respetar la decisión de su hija. *Tengo que encontrar la forma de sacar a este infeliz mugroso de aquí para siempre*, pensó el rey, mientras sonreía hipócritamente ante el rostro serio de Violeta. «Tengo que llamar a mis ministros consejeros para que conozcan a... *tu prometido*», dijo el soberano con voz titubeante. Se reunió inmediatamente con su gabinete real y les exigió prontas soluciones. Uno de sus ministros sugirió ofrecerle una fuerte suma de dinero a Pánfilo para que se marchara a otro país y desapareciera sin dejar huellas. Otro sugirió un asesinato a mansalva y el primer ministro opinó que la princesa se olvidaría del pretendiente solamente si lograban ponerlo en un ridículo aprieto. El rey aprobó la última sugerencia como las más viable y menos peligrosa, dada la habitual terquedad de su hija. Sin embargo, preguntó: «¿Y qué debemos hacer para ponerlo en ridículo?». «Le daremos una semana, majestad, para que os cumpla las siguientes pruebas: 1) Que mida la distancia entre Vuestro Reino y el Reino de los Cielos; 2) Que mida la distancia entre el sol y la luna y 3) Que os dé los resultados de sus mediciones y que presente ante Vuestra Majestad un poquito de *hay* mezclado con un poquito de *no-hay*», dijo el primer ministro. Pánfilo no puso objeción a las condiciones reales y se marchó tranquilamente después de prometer que retornaría dentro de una semana. Tanto el padre de la novia real como sus ministros celebraron la inminente derrota del mancebo. «Ese mentecato ya no volverá. Y si volviera, Vuestra Majestad debería mandarlo a la horca por su audaz osadía», dijo el primer ministro riéndose. A la semana siguiente y a la hora señalada, se apareció Pánfilo a las puertas del palacio real. La princesa en ese momento se encontraba en sus aposentos pues no había sido informada ni intuía la estratagema de su padre y sus consejeros. Pero uno de los criados de su séquito le notificó subrepticiamente que su prometido había llegado y ya se encontraba frente al trono real. Violeta corrió a ver lo que estaba ocurriendo y encontró a su enamorado con la plana mayor de los consejeros reales a su alrededor. «Este sujeto, Pánfilo Escoto, aquí de pie ante Vos, alega haber medido la distancia exacta entre el Reino de Vuestra Majestad y el Reino de los Cielos y, además, alega haber medido la distancia entre el sol y la luna. También nos ha prometido traer consigo un poquito de *hay* mezclado con un poquito de *no-hay*. Si sus respuestas resultaran satisfactorias a juicio de Su Majestad y en cumplimiento de vuestra promesa, Pánfilo se casará con la princesa Violeta. Pero si él fallara, será ahorcado esta misma tarde en el patíbulo que ya le tenemos preparado. ¿Cuál es la distancia entre el Reino de Su Majestad y el Reino de los Cielos?», dijo orondo el primer ministro. «La distancia entre el Reino de su Majestad y el Reino de los Cielos es de 540 mil leguas», respondió el joven campesino leyendo un pedazo de papel que había sacado del bolsillo. «Si Vuestra Majestad, no me cree, os ruego humildemente que la hagáis medir inmediatamente para establecer si yo estoy mintiendo». «¡Aceptada la primera respuesta!», dijo el rey perturbado por la ingeniosidad del rústico mancebo y temeroso a su vez de que se ganara la mano de su hija. «¿Cuál es la distancia entre el sol y la luna?», preguntó el primer ministro, furioso porque el soberano había aceptado como cierta la primera respuesta. «La distancia entre el sol y la luna es de 300 mil leguas, más o menos». «¡No, no, no! ¡Exijo una medida exacta!», rugió el soberano imitando al Rey León. «¡Eso no es posible su majestad!», exclamó Pánfilo, «porque cuando la luna desaparece al término de su ciclo de veintiocho días, en realidad no sabemos para dónde se va y por ende no se puede medir exactamente la distancia. Sin embargo, cuando aparece llena es cuando está a 300 mil leguas del sol. Si vuestra majestad duda de mis medidas, os ruego haga medir la distancia inmediatamente para saber si miento o no». «¡Aceptada!», dijo el rey con voz más impaciente. «Ahora», dijo el primer ministro ardiendo de rabia, «mostradle a Su Majestad un poquito de *no-hay* mezclado con un poquito de *hay*». «¿Puedo acercarme a vuestro trono, Majestad?», preguntó Pánfilo. «¡Por supuesto!», replicó el soberano. Pánfilo extrajo del bolsillo de su jubón una jícara pequeña, aparentemente vacía, mientras se acercaba al trono. Le mostró al rey el interior de la jícara, preguntando: «¿Hay o no hay?». «¡No hay!», respondió el soberano luego de ver el interior de la jícara. El pícaro pero recursivo bobalicón había atravesado previamente la base del cumbo con un delgadísimo alfiler. «Meta Vuestra Majestad su dedo real más grande y sáquelo inmediatamente», sugirió

Escoto. El rey metió el dedo y al sentir el doloroso pinchazo gritó: «¡AY!». «Allí está», dijo Pánfilo con voz triunfante, un poquito de *no-hay* mezclado con un poquito de *hay*». Todos los presentes aplaudieron el feliz desenlace, incluyendo la princesa, quien corrió a los brazos de su prometido. Mientras tanto, el rey, avergonzado de su puerilidad, se chupaba la yema pinchada de su dedo. Esa misma tarde, los tres ministros fueron llevados al cadalso. Al primer ministro el rey le otorgó el privilegio, desagradable por cierto, de ser ahorcado de últimas para que pudiera presenciar la ejecución de sus infortunados colegas. Pánfilo y Violeta se casaron y fueron ¡felices para siempre! Y colorín colorado, este cuento se ha terminado.

—¡Vos sos increíble! —dijo riéndose la tocaya de la princesa y agregó—: pero todas las historias siempre traen una moraleja. ¿Cuál es la suya?

—Que no debemos subestimar a nadie por su origen, su condición económica o el nivel de su educación y tampoco permitir que, por las mismas razones, nos subestimen —respondió Edgardo.

Al llegar, Violeta se detuvo frente a la puerta del licenciado y él trató de darle un beso de buenas noches en los labios. Pero ella lo alejó prontamente.

—Si no me dejás besarte, entonces, ¡besame vos... al menos! —le dijo Edgar tiernamente aunque se sentía herido en su orgullo.

—¡Esta noche no quiero besos... solamente! —respondió Violeta con sutileza—. Quiero acostarme en tu cama para que hagamos el amor *toda* la noche —agregó seria y luego se fue metiendo en el cuarto del novio sin esperar su permiso o aquiescencia o su invitación.

Esa súbita e inusitada conducta de su amada lo dejó boquiabierto y se preguntó por qué una mujer recién violada querría tener relaciones sexuales. *¿Será acaso por venganza? Pero ¿contra qué o contra quién?*, se preguntó en silencio.

—¿Por qué ese cambio de actitud tuya tan repentino? —inquirió en voz alta mientras ella comenzaba a desvestirse, aparentemente sin ningún pudor.

—Esos malditos no solamente me robaron mi dignidad y mi autoestima sino también mi virginidad *por delante y por detrás* —contestó Violeta llena de rabia—. ¡La virginidad que yo había guardado como un tesoro para entregárselo al hombre que me llevaría al altar…!

—¿Y por ese motivo querés *chimar*[7] conmigo? —preguntó extrañado. Le pareció ridículo de su parte, sin embargo, negarse al placer que tanto había anhelado desde el mismo momento en que la conoció; aunque, naturalmente, nunca había tenido el valor de confesárselo.

—No. No es por eso, sino porque he oído decir que las mujeres violadas sufren de un pavor aterrador al acto sexual, aunque lo realicen con el hombre que aman, porque no pueden borrar de sus mentes la horrorosa escena de la violación. Y quiero saber si *yo* podría superar ese terror…

---

7 Copular (término vulgar).

—Está bien —dijo Edgardo, riéndose complacido—. Me prestaré a ser tu *conejillo de Indias*; pero acordate que Edelmira nos pidió hacerlo *muy calladitos.*

Su intento de jocosidad no la inmutó.

—Apagá la luz —dijo a media voz—. Y es que todavía me da vergüenza desnudarme completamente delante de vos.

***

Hasta el día de la presentación de Violeta al empleo en el convento, la joven pareja se entregó plenamente al goce completo de sus cuerpos jóvenes y ardientes con una pasión tan desenfrenada como si el mundo entero hubiera estado a punto de desaparecer. Edgardo no quiso, o probablemente no tuvo la valentía de preguntarle si su experimento le había probado que no podía sustraerse a la horrenda memoria del estupro. Pero el hecho de que ella tampoco se lo dijera, lo regocijó.

***

Llegó el jueves y, por supuesto, el encuentro de los miembros de AFES para discutir los planes subversivos fue pospuesto para la semana siguiente. Cuando por fin se juntaron, lo que Edgardo escuchó en la reunión le dejó un amargo sabor en la boca y una sensación gélida en el estómago.

—Compañero —le dijo Walton— Tawfik y yo hemos planeado hacerle una jugada digna del embajador pelele de la tiranía guanaca. Si tenemos éxito, esa *jugarreta* lo alejará de una vez para siempre de la casa presidencial y, posiblemente, la cancillería terminará declarándolo *persona-non-grata*. En ese caso, es muy probable que renuncie inmediatamente para evitar el escándalo político que podría sobrevenirse e involucrar tanto a Osorio como a la derecha conservadora local para quienes el coronel Fuentes es su niño bonito.

—¿En qué consistirá esa *maravillosa* jugarreta? —pregunto Escoto con aire receloso.

—¡Escuchame con atención! —pidió Handal seriamente—. Primero, temprano por la mañana viajarás como si fueras a la frontera de Méjico, pero te quedarás por un día en un hotel de Quetzaltenango. Segundo, desde allí le enviarás un telegrama a Fuentes, a la dirección de la embajada, urgiéndole que te envíe dinero a la dirección del hotel donde estarás hospedado para poder escapar del país porque tus antiguos amigos ya descubrieron que vos los has estado espiando y delatándolos y ya están buscándote para matarte. Le das el número de tu código personal para hacerlo más creíble. La policía secreta interceptará inmediatamente ese telegrama y procederán a arrestarte. Tercero, cuando lleguen por vos, armarás un escándalo mayúsculo; les gritarás que vos tenés la protección del embajador salvadoreño porque sos uno de sus empleados secretos. Cuarto, un día antes, nosotros alertaremos a la prensa capitalina y vos, cuando llegués allá, alertarás a los periódicos de Quetzaltenango.

—Entre más gente sea enterada de tu arresto —dijo Walton— mejor será para la causa. Luego te interrogarán para que les digás los nombres de los que te pagaban para formar un escándalo contra el embajador. Probablemente allí te den algunos sopapos o algunas trompadas, qué sé yo, para ablandarte y hacerte cantar. Resiste un poquito y si se ponen violentos cooperarás dándoles los nombres y con eso te librarás de una paliza más dolorosa.

—¿De dónde sacaré los nombres de mis supuestos promotores, querido amigo? —preguntó el espía frunciendo el ceño.

—¡Muy importante tu pregunta! Antes de irte para Quetzaltenango —le aconsejó Handal— tomarás del directorio telefónico dos o tres nombres. Procura que sean de personas pudientes y conocidas del mundo político, preferiblemente conservadores, para que tus alegaciones sean inicialmente creíbles a la policía secreta. Debes memorizarte sus direcciones y teléfonos y señales y se los das a tus captores. Estoy seguro de que ellos te creerán y te soltarán. Pero, eso sí, una vez te suelten deberás largarte inmediatamente del país porque lo más probable es que esos personajes que vas a culpar tratarán de eliminarte para evitar el escándalo y también para castigarte por el daño que le habrás hecho a su reputación.

—¿Y para dónde debo irme? —preguntó Escoto, preocupado por lo que podría sucederle.

—Si te sueltan en Quetzaltenango —le aconsejó Tawfik— te recomiendo que huyás de inmediato a territorio mejicano. Vamos a alertar un coyote que tenemos en Malacatán para que esté listo a ayudarte a cruzar el río Suchiate que sirve de frontera entre Méjico y Guatemala. Él se llama Vinicio Porras y es el dueño del único taller de refacción de calzado en ese pueblo. Preguntás por él y creo que cualquiera te indicará dónde se encuentra el taller.

—Dejame apuntar el nombre de Porras en mi libreta, en caso de que lo necesite —interrumpió el falso espía.

—No lleves nada escrito porque perjudicarías a nuestro contacto. Pero eso sí, si te sueltan aquí en la Ciudad de Guatemala —continuó— tratá de huir hacia la frontera con Honduras. Pero, por lo que más quieras, ¡cuidado con irte para El Salvador, porque allá los esbirros de Osorio te freirían vivo!

—Bueno pues, yo creo que podría llevar a cabo esa misión —dijo Edgardo y añadió con cierta suspicacia—: pero me gustaría preguntarles ¿por qué *ninguno* de ustedes se ha ofrecido como voluntario para llevar a cabo esa misión que ustedes mismos alegan podría ser peligrosa? ¿Es que le tienen mucho miedo a la tortura o a la deportación o a qué?

—No, compañero, no es por miedo —explicó Handal—. Es porque todos en AFES tenemos un *dossier* en los archivos de la policía secreta con información que estamos seguros también conoce el embajador—. En cambio vos para todos ellos sos un completo desconocido.

—Fuentes sabe mi nombre, mi nombre completo y verdadero —argumentó Escoto.

—El embajador, estoy seguro, mantendrá el pico cerrado si quiere evitarse el escándalo que se armará. Nosotros te vamos a proveer un pasaporte falso con el nombre que vos elijás —replicó Handal—. Y, además, una vez te establezcás en cualquier país del extranjero, AFES te dará algunos contactos y a través de ellos te giraremos suficiente dinero para tu manutención hasta que se considere que puedes regresar sin peligro.

—¿Y para qué fecha, más o menos, deberíamos llevar a cabo esa misión? —preguntó mientras sopesaba el tenor de su respuesta.

—Tan pronto pasen las festividades de fin de año —replicó Walton.

—O sea por allí entre el primero y el diez de enero, más o menos —especuló Edgardo en voz alta, recordando que le había revelado a Violeta que tenía planeado retornar brevemente a El Salvador para principios del año.

—Sí —dijo Handal—. Nosotros queremos esperar hasta que hayan pasado las fiestas para que el público lector ponga atención a lo que esté sucediendo y se entere de las patrañas del embajador guanaco porque nosotros sabemos que Fuentes ha reclutado un enorme pelotón de espías para que nos vigilen. Además, en tiempo de fiestas casi nadie tiene tiempo para leer los periódicos —explicó.

—Eso es bastante cierto —convino el espía tibiamente—. Está bien, prometo hacerlo. Pero lo haré exactamente el nueve de enero, ni un día antes ni un día después. Espero que ustedes me ayuden con consejos útiles, informaciones o sugerencias sobre lo que debería hacer o lo que me puede suceder durante la ejecución de la misión.

—Y nosotros esperamos que Violeta no esté enterada, *cariño* —opinó Toño Munguía, el eterno payaso.

—¡En absoluto, *niña*! —contestó Edgardo riendo nerviosamente—. Y les puedo asegurar que nunca lo sabrá —añadió.

—Así lo esperamos —dijo Walton—. ¡Te deseamos mucha buena suerte, compañero! —agregó dándole un fuerte abrazo. Los demás imitaron en silencio el gesto del jefe del grupo.

***

Esa noche, mientras trataba de conciliar el sueño, Escoto se puso a pensar en la misión secreta que le habían encomendado y que muy probablemente estaría saturada de peligros. Recordó los consejos de su padre; especialmente, aquellos que tenían que ver con el engaño y la mentira. «Los mentirosos no solamente son falsos sino también estúpidos; porque al final la verdad siempre sale a relucir, ya que nada puede quedar oculto bajo el sol», le había dicho.

Hizo a un lado los consejos paternales, aunque los sabía correctos y bien intencionados y decidió pensar sobre la estrategia personal que debería formularse para que esa misión resultara totalmente exitosa y no *tan* dolorosa. Decidió que al día siguiente, tan pronto dejara a Violeta a la puerta del convento, iría a la Telecom más cercana y seleccionaría en el directorio telefónico los dos nombres que proveería a la policía secreta. De repente, una *idea macabra* cruzó por su mente. Si en lugar de usar los nombres de un par de pobres diablos inocentes utilizara los nombres de los malditos estupradores de Violeta, la policía secreta seguramente los torturaría para que dijeran quienes están interesados en perjudicar a Fuentes y como ellos no estarían involucrados no sabrían qué contestar y los investigadores les darían la buena paliza que esos desgraciados igual se merecían por sus crímenes. Pero necesitaría tener más datos y detalles precisos sobre esos malandrines para cocinarles un sabroso tamal. *Mi fuente primaria de información será mi adorada Violy*, se dijo, pero debo hacerlo con astucia porque es probable que no quiera ni siquiera oír mencionar los nombres de ese par de desgraciados.

Después de la cena, mientras Violeta empacaba su maleta, su amado dijo casualmente:

—No es mi intención abrir de nuevo tus heridas, pero desearía tener más información sobre esos dos malvados que te violaron.

—El problema es que como mi familia y las de ellos nunca han tenido roce social lo que yo sé de esos malditos es muy poco... Es decir, lo que sé es lo que he escuchado de mis compañeras.

—Pero ellos ¿están casados?

—No. Aunque Patricio, luego de graduarse, estuvo a punto de casarse con Ingrid Winter, una prima hermana mía. Pero yo nunca supe exactamente el por qué se les enfriaron las ganas. Mamá nunca nos permitió tener amistad con miembros de la familia de papá para evitar que sufriéramos insultos y humillaciones. Aunque sí recuerdo haber oído un chisme sobre el motivo real para la cancelación de la boda. A Patricio y a Alfredo los acusaron de haber violado y embarazado a una de las sirvientas de la casa de Patricio... Y la novia, al enterarse, rompió el compromiso.

—¿Y Alfredo...?

—De ese canalla lo único que sé es que siempre ha sido uña y carne con el otro zángano desde su niñez. Tanto así que ambos contrajeron la viruela al mismo tiempo y quedaron con la cara llena de cicatrices. Y por eso sus amigos los apodan *los carebaches*. Don Fritz Landau, como regalo de graduación les pagó pasaje para Alemania y una estadía de dos meses en la ciudad donde él nació y donde aún tiene parientes. Creo que ya habían estado allí antes y varias veces; visitándolos, supongo...

—¿Nunca te enteraste del nombre de esa ciudad que visitaban?

Violeta se quedó viéndole extrañada.

—¿Por qué tanto interés en saber de esos rufianes malnacidos? —preguntó furiosa.

—Algún día te lo explicaré, preciosa. Por ahora simplemente contestá mis preguntas: ¿sabés o no el nombre de la ciudad...?

—Deja ver, deja ver... En alguna ocasión, refiriéndose a ellos, escuché decir a alguien en mi clase que era irónico que esos dos apóstatas de la Alianza Democrática, la organización de los jóvenes de izquierda que vos ya conocés, sus padres fueran originarios de la ciudad que lleva el nombre del creador del comunismo científico.

—¿Algo así como Karl Marx Stadt...?

—¡Sí, sí, ese es el nombre de la ciudad! —exclamó Violeta.

—¡Qué interesante! —dijo él pensativo—. ¡Y ciertamente muy irónico! —agregó.

—¿Interesante? ¿Por qué...?

—Lo dije por decir algo —contestó Edgardo; mintiendo con aire cavilante—. *En realidad ese curioso dato podría serme muy útil para mi plan de venganza. El nombre original de esa ciudad era Chemnitz y la República Democrática Alemana, bajo ocupación soviética, le cambió el nombre por ser el lugar de nacimiento de Karl Marx.[8] Guatemala hasta hoy no tiene relaciones diplomáticas ni consulares con naciones comunistas. Viajar a la RDA podría significar que la CIA[9] ya tiene un dossier sobre ambos; y, por ende, también la policía secreta de Guatemala. Y eso hará que los estupradores aparezcan aún más sospechosos ante los ojos de los investigadores,* pensó—. Entonces, Patricio y Alfredo ¿trabajarán juntos, supongo? —preguntó Edgar en voz alta.

—¿Trabajar…? Esos malditos *carebaches* nunca han trabajado en toda su vida. Viven, se visten y calzan con la plata de sus padres… Y, según he oído decir, se la pasan jugando billar y bebiendo cerveza, día y noche, todos los días.

—¿Cuál es el negocio de sus padres?

—Ambos son grandes cafetaleros y socios únicos del ingenio de café más grande de Alta Verapaz. Por favor ¡no me preguntés más sobre ese par de desalmados! —exclamó con voz airada—. ¿Por qué no hablamos de otra cosa… o de un tema agradable o de gente decente? —imploró enfadada.

---

[8] Filósofo y escritor alemán (1818 – 1853).
[9] Central Intelligence Agency – Agencia estadounidense de espionaje en el exterior.

—Muy bien —dijo él y añadió—: Este viernes viajaré a Cobán para ver cómo sigue mi futura suegra. Ojalá que ya esté aliviada de sus malestares estomacales...

—¿Lo decís en serio? ¿Pero, irás solamente por eso? —le preguntó tomando su cabeza y apretándola contra su pecho.

—¡Por supuesto! A propósito ¿cómo me dijiste que se llama tu mamá? —preguntó abriéndole la blusa y exponiendo sus senos firmes y voluptuosos al deleite de sus ojos hambrientos y de las acariciantes palmas de sus manos.

—María Imelda Cuj de Winter, pero todos la llaman Melda —dijo ella y de un tirón cerró la cremallera de su blusa—. ¡Sinvergüenza! —le riñó cariñosamente—. ¿Es que no te he dado *amor* siempre que estamos juntos? —preguntó, juguetonamente tirándole las orejas.

—*"Para un corazón enamorado no hay cifras en el besar"*, como dice tu canción favorita —le dijo Edgardo, parafraseando el hermoso vals cubano, *¿Quién no lo sabe?*[10], en boga en esa lejana época y que Violeta cantaba a menudo con su melodiosa voz—. *"La incalculable grandeza del amor borra todos los límites racionales"*.

—¡Otra vez el poeta! —se quejó Violeta riéndose y luego dijo—: Si vas a Cobán, ¿le podrías llevar una carta a mi mamá?

---

[10] De Juan Bruno Tarraza, cantautor cubano nacido en 1912.

—¡Por supuesto! Escribila después de... —le susurró ardorosamente al oído mientras tendía suavemente su cuerpo sobre la cama para comenzar las festividades nocturnas.

***

Al día siguiente, luego de dejar a Violeta en la puerta del convento, Edgardo tomo un taxi y se dirigió al aeropuerto; consiguiendo pasaje inmediato para *la histórica ciudad imperial,* como los guatemaltecos llaman a Cobán. El récord histórico indica que Carlos V, emperador del Sacro Imperio Romano y rey de España a la misma vez, ordenó su fundación en 1543.

Después de un vuelo de cuarenta y cinco minutos, un taxi lo llevó a la Posada Monja Blanca y allí tomó una habitación. El nombre del hostal honraba a una bellísima orquídea muy común en el área y que es la flor emblemática del departamento de Alta Verapaz.

En la oficina de la pensión le indicaron cómo encontrar la avenida Fray Bartolomé de las Casas, sobre la cual tenían ellos su residencia. El nombre del fraile le trajo a la memoria que había sido ese monje precisamente el que describió en una carta al monarca español las inauditas crueldades y continuados vejámenes de los conquistadores cristianos contra los indígenas de la América recién conquistada y subyugada.

Ya sobre la avenida indicada se dio cuenta de que la caminata sería larga. Diez cuadras más adelante, detuvo a una señora de aspecto robusto, vistiendo el atavío típico de las mujeres indígenas, que caminaba veloz y apurada, pero en dirección contraria. Sobre su cabeza y montado en un yagual cargaba precariamente un enorme canasto rebosante de verduras y frutas. Acomodado a su espalda, dormitaba un bebé dentro de una bolsa formada por el colorido rebozo atado a la cabeza de la madre. Escoto imaginó que la mujer se dirigía al mercado a vender sus vegetales.

—Señora, ¿podría usted decirme si ya estoy cerca de la casa de don Ernesto Winter o... de la señora Imelda de Winter? —le preguntó respetuosamente.

—*¡Inká nij castiya!*[11] —le replicó entre dientes y con los ojos bajos.

—¡Perdón! —exclamó extrañado, ¿qué fue lo que me dijo...? —preguntó cortésmente.

—*¡Inká nij castiya!* —repitió ella en un grito tan súbito y alarmante que asustó a la criatura que cargaba a su espalda. Ésta se despertó llorando con sorprendente estridencia. Luego la madre continuó su paso rápido hacia el centro de la ciudad. Edgardo, mientras seguía en su camino, trataba de descifrar el significado de esa extraña respuesta. *Por supuesto*, se dijo, *esa señora me contestó en ketchí. Lo raro de esa lengua maya es que suena como el alemán, Ich kann nicht...* [12] La brisa fresca que soplaba en raudos oleajes le hacía más llevadera la larga caminata. Luego vio a otra mujer caminando en dirección contraria. Vestía ropas de ladina y él supuso que ella podría ayudarlo.

---

[11] No puedo hablar español.
[12] No puedo...

Hizo la misma pregunta. La señora contestó que los conocía pero que aún le quedaba alrededor de un kilómetro por caminar.

—Su casa es la última antes de una quebradita con puente —explicó amablemente.

Le interesaba sobremanera llegar a su dirección y preguntar por la salud de doña Imelda y, por supuesto, conocer a toda la familia. Al llegar a la casa con el número que aparecía en el sobre que enviaba su novia, observó que se trataba de una modesta vivienda de ladrillos rojos, desnudos. Dos ventanales y una puerta de color azul desteñido adornaban su fachada. En el estrecho jardín frontal se podían observar una algarabía de flores plantadas entre dientes de león silvestres. Dos pinos de igual tamaño y de color verde intenso que escasamente sobrepasaban las canales de desagüe del techo en las esquinas de la casa. Al lado izquierdo se observaba un pequeño solar ocupado por un panel azul. Su placa estaba parcialmente cubierta por una portezuela metálica de malla y gruesos barrotes atravesados transversalmente.

Al tocar a la puerta, un hombre alto, de aspecto fuerte, cabellos rubios y ojos verdes como los de su amada, salió a abrirla.

Este caballero debe ser don Ernesto, el papá de Violeta, se dijo, concluyendo que su fisonomía y la estatura típica de los germánicos lo hacía inconfundible.

—¿En qué lo puedo servir? —preguntó con voz seria pero amable.

—Soy el *licenciado* Edgardo Escoto Azurdia —le respondió el visitante haciendo énfasis en su reciente grado para indicar que él era una persona de prestancia y no un *don nadie*—. Y traigo una carta de su hija Violeta —agregó— para doña Imelda de Winter. Ella me confesó que se sentía muy preocupada por la salud de su mamá y me pidió que se la trajera.

—Yo soy su marido, Ernesto Winter, me tiene a la orden —respondió seriamente—. ¿Y dice que esa carta la envió *mi* hija? —preguntó con un brillo de regocijo en sus ojos.

—Sí, señor... Su hija Violeta.

—¿Es usted *amigo* de ella?

—Sí, señor —contestó escuetamente. Ya habría una oportunidad en el futuro para confesarle que estaban mutuamente enamorados, se dijo en silencio.

—¿Y dónde está mi muchachita? ¿Y desde cuándo la conoce? —preguntó ávidamente.

—Está viviendo en la capital. Nos conocimos hará unas tres semanas en un encuentro casual y nos hicimos amigos inmediatamente.

—¿Qué está haciendo ella en la capital? ¿Sabe usted dónde vive? —preguntó.

—Desde hace dos semanas trabaja en una institución religiosa. El padre Antonio Valadés la recomendó a la madre superiora.

—¡Pase adelante! —dijo Ernesto jovialmente abriendo la puerta de par en par y luego agregó, señalándole un sofá—: Y ¡siéntese, por favor!

La sala y sus muebles se mostraban limpios, aunque un poco vencidos por el uso. Una mesa cubierta por un mantel blanco sobre el cual lucía un ramo de variadas flores silvestres estaba situada detrás del sofá.

El aspecto general del interior de la vivienda era modesto pero muy cómodo.

—¿Le gustaría tomar algo, una cerveza, una agua soda o un café...?

—Nada, muchas gracias. Acabo de almorzar en el aeropuerto y tan pronto me registré en una pensión, vine para acá —explicó el licenciado.

—¿Usted no ha venido a Cobán solamente para traernos una carta? —preguntó suspicaz. Su pregunta era lógica pues el servicio nacional de correos, por lo general, era eficiente.

—No, en realidad que no —respondió Edgardo sonriéndose, pensando que su anfitrión no estaba del todo equivocado—. Violeta y yo estamos hospedados en la misma pensión. Ella me dijo que se sentía preocupada porque doña Imelda sufre de malestares estomacales. Yo planeaba venir a Cobán por un asunto de negocios y me ofrecí a traerle la carta.

—Muchas gracias por su gentileza... ¡No sabe cuánto se lo agradezco!

—Su esposa, ¿ya se siente mejor?

—Afortunadamente sí, ya le pasó el malestar. Parece que el remedio que le dio una de sus comadres le ha surtido efecto —dijo.

—El que le dio la señora Agustina, supongo...

—¡Exactamente...! ¿Cómo lo sabe?

—Violeta me lo contó —dijo, casi arrepentido de decir más de lo necesario. Pero concluyó que las palabras, como las flechas en una batalla, una vez disparadas se tornaban irrecobrables.

—Comienzo a sospechar que entre usted y mi hija hay más que una relación de amistad... ¿o me equivoco? —preguntó seriamente y en tono suspicaz.

—Pues... ¡No se equivoca, señor! —respondió Edgardo y añadió valientemente—: Nos hicimos novios al segundo día de conocernos. Fue en realidad lo que se llama un amor a primera vista. Y aprovecho esta ocasión para suplicarle que nos permita continuar viéndonos y queriéndonos hasta que decidamos o casarnos u olvidarnos.

—Mi hija ya es mayor de edad —replicó Ernesto— y yo le otorgo el derecho de amar a la persona que ella considere digna de su amor. ¿Usted es nativo de la capital?

—No, señor, yo no soy guatemalteco; soy salvadoreño y he vivido cuatro años en Guatemala. Estuve becado en la Universidad Nacional. Acabo de graduarme y estoy buscando empleo; aunque también estoy considerando la posibilidad de regresar a mi país.

—¿Se graduó en abogacía?

—No, señor, mi licenciatura es en pedagogía.

En ese momento se abrió la puerta y entró una señora bajita, morena, un poco rolliza, de cara redonda y dulce como la de su Violeta. Vestida en ropa sencilla de ladina, venía cargando dos bolsas de cáñamo trenzado rebosantes de frutas, verduras y cereales que puso sobre la mesa. Edgardo inmediatamente se levantó del sofá. Ella se quedó viéndole un poco temerosa, pero don Ernesto la calmó diciendo:

—El licenciado es amigo de Violeta y ha traído esta carta para vos. —Y se la entregó con el sobre aún cerrado.

—Muy agradecida y que Dios le pague por el favor que nos ha hecho —dijo ella—. ¡Mucho gusto de conocerlo! —agregó, ofreciéndole su mano—. Permítame ir a leer la carta…

—El placer es mío —dijo Edgardo—. Sí, por favor, vaya y léala —añadió.

Ernesto y el licenciado continuaron la charla en términos muy amigables. Mientras tanto Escoto se preguntaba si el padre estaría enterado de la violación sufrida por su hija. Pero pensó que preguntarle sería una crasa imprudencia. Ya Violeta le había indicado que la madre le prometió mantener en secreto el malhadado episodio aún ante su esposo y ante Yolanda, la hermanita de trece años.

La puerta había quedado abierta. Mientras Edgardo cavilaba y escuchaba a la vez el relato de don Ernesto sobre su angustia al saber que la hija mayor había abandonado el hogar, la menor penetró en silencio a la sala, y mientras pasaba lenta y calladamente frente al visitante, lo miró de soslayo.

—Se dice *buenas tardes*, señorita —la riñó el papá.

—Buenas tardes —dijo ella nerviosa y enseguida corrió a besar la sien de su padre.

—Buenas tardes, Yolanda —la saludó Edgardo—. Violeta me habló de vos pero no me dijo que su hermanita fuera tan o más linda que ella —agregó lisonjero.

—No, Violeta es mucho más bonita que yo y mucho más inteligente —acotó la jovencita con femenil vanidad, sonrojándose mientras se sentaba al lado del progenitor.

—Bueno —dijo Edgardo— ya tuve el placer de conocer a toda la familia. Tengo que irme a preparar los documentos para la cita de mañana —explicó, mintiendo discretamente.

—¿Dónde está hospedado? —preguntó don Ernesto.

—En la Monja Blanca.

—Si usted gusta, lo llevo hasta allá… —Ernesto se ofreció amablemente.

—No, gracias; no se moleste —respondió Edgardo; aunque la oferta no le desagradaba porque el trecho de regreso era largo.

—¡Lo llevo! —dijo decidido—. Al fin y al cabo, si Dios quiere, algún día seremos familia.

—Ah, pues, entonces, *présteme ya* unos diez mil quetzales —replicó Escoto bromeando.

Riéndose, el padre de Violeta sacó un manojo de llaves de un armario y luego llamó a su esposa para que viniera a despedirse. La señora se excusó de no haber participado en la breve charla, alegando que tenía un trabajo de costura entre manos que debería entregar a más tardar al día siguiente. Luego le suplicó que antes de regresar a la capital volviera por una carta para su hija o, si quería, ella se la enviaría al lugar donde estuviera hospedado. Agregó que, aunque la extrañaba terriblemente, se alegraba muchísimo de que estuviera trabajando en una institución religiosa porque eso devolvía la tranquilidad a su alma

—Voy a sacar la camioneta —anunció don Ernesto y se marchó con Yolandita a la zaga.

Doña Imelda fue hasta la puerta a cerciorarse que su marido no pudiera a escucharla.

—Estoy segura que m'hija ya le contó *lo que le sucedió* antes de irse ¿o no? —preguntó pucherosa con las lágrimas a punto de brotar incontenibles.

—Sí, señora, me lo contó todo —le contestó Edgardo, dándole su pañuelo—. Y también me dijo que no quería que por ningún motivo su papá se enterara.

—Él no lo sabe todavía y espero que nunca lo sepa —dijo Melda con voz gangosa—. Por favor, ¡cuídemela! Y el cielo le pagará ese gran favor —suplicó enternecida.

—No se preocupe, señora, yo la cuidaré lo más que pueda —le respondió, agregando en voz baja y conspirativa—: Vendré pasado mañana por su carta.

Le dolió muchísimo tener que mentirle a una dama tan noble y tan preocupada por su familia. Pero se encontraba irremediablemente entre fuegos cruzados y tenía que postergar su atención al arma más distante.

CUATRO

Ernesto Winter abrió la portezuela de su camioneta.

—Súbase, señor licenciado —le dijo jovial y respetuosamente. Luego se dirigió a su hija—: Yolandita, andá y quedate a hacerle compañía a tu mamá —le ordenó dulcemente.

—Sí, papá, para allá voy —contestó la adolescente, visiblemente de mala gana.

—Parece que a Yolandita no le gustó el hecho de que no la invitó a venir con nosotros —comentó Edgardo al verla caminar con desgano hacia la casa y luego cerrar la puerta.

—Está acostumbrada a acompañarme a todas partes —dijo— especialmente ahora que no tiene rival. Pero extraña a Violeta tanto como Imelda y yo. No quise que nos acompañara porque quiero que usted me diga, sinceramente, ¿qué motivos tuvo mi hija para largarse del hogar sin esperar a que yo regresara? —preguntó Ernesto esperando una rápida respuesta.

Escoto se quedó callado, observando la calle y pensando que la pregunta, más que tendenciosa, era difícil de contestar. Al no tener una contestación veraz, prefirió mantener la boca cerrada.

Pero Ernesto no estaría satisfecho hasta obtener una respuesta. De modo que continuó su interrogatorio.

—¿Se largó por algún desengaño amoroso? Porque yo no creo que solamente se haya ido porque quería trabajar. Estoy seguro de que aquí en Cobán pudo haber conseguido empleo. ¿Qué me puede decir, señor licenciado? —preguntó, deteniendo súbitamente el vehículo en plena vía; talvez para escuchar mejor la respuesta.

—Antes de contestar su pregunta, quiero suplicarle que me ahorre el título de *licenciado* y me quite el *don* cuando se dirija a mi persona. Por favor, dígame simplemente Edgardo o Edgar, como me llaman mis amigos.

—¡Cómo usted guste, lic… digo, Edgar! —respondió Ernesto riéndose—. Ahora, conteste mi pregunta, por favor —suplicó.

—A usted, don Ernesto, la partida de su hija le ha parecido intempestiva y hasta irrazonable —dijo Edgardo—. Pero, según ella, ya les había mencionado que estaba buscando trabajo. Y, según me dijo, siempre se enfrentó a rechazos discriminatorios o a una cruel indiferencia por parte de los empleadores locales debido a que es la hija de una india. Por eso decidió esconder su media raza en el anonimato que ofrece la Ciudad de Guatemala. Afortunadamente, el padre Antonio Valadés le dio apoyo inmediato; primero, guardándole su equipaje y permitiéndole que durmiera en la oficina de la parroquia. Pronto le consiguió empleo en una institución seria. Ella está trabajando en un convento de monjas y le exigen que viva allí, aunque goza de ciertos días libres que nos permite estar juntos.

—¿Sabe usted, Edgardo, que me ha quitado un gran peso de encima? —dijo el padre posando su mano derecha sobre el hombro del futuro yerno y enseguida añadió—: Desde que supe que se había ido no he podido dormir tranquilamente, preguntándome siempre dónde podría estar y anhelando que ya hubiera encontrado algunas buenas personas que me la quisieran y me la respetaran. Por las noches, he sentido a Imelda sollozar en la oscuridad de la alcoba, probablemente pensando en lo mismo que yo y muchas veces la he estrechado entre mis brazos para infundirle fe y esperanza.

—Le creo, don Ernesto, porque yo me acuerdo que mis padres sufrieron mucho cuando me vine de El Salvador; aunque ellos sabían que yo traía una meta definida y que tendría medios para vivir y un techo bajo el cual dormir sin temores ni peligros. Supongo que uno no sabe lo que es ser padre o madre hasta que ve el hijo ya nacido —dijo el licenciado.

—¡No exactamente, amigo mío! —comentó el padre—. Yo comencé a sufrir desvelos desde el mismo momento en que Imelda me anunció su primer embarazo. Miles de temores perturbaban mi sueño y mi tranquilidad y han continuado hasta el presente. ¿Qué le parece si me acompaña a tomarnos una cervecita? —preguntó de sopetón.

—¡Con mucho gusto! —le contestó el futuro yerno—. Pero ¿adónde…?

—En esa esquina hay una cantina que perteneció a un viejo amigo. Murió hace un año y ahora la maneja su hijo Alfonso.

Entraron al susodicho antro. Una rockola reproducía la voz inconfundible e inimitable de Carlos Gardel[13] cantando el famosísimo tango *El día que me quieras*. La mayoría de los parroquianos, a pesar de estar atentos a la música y letra de la bella melodía, saludaron cordial y respetuosamente a don Ernesto. Sin embargo, una pareja de mozalbetes rubios y despeinados, uno alto y delgado y el otro gordo y bajito, ambos vistiendo ropa fina pero desaliñada, que tomaban cerveza mientras jugaban al billar, ignoraron su presencia deliberadamente. Edgardo concluyó que ese par de chicos desarrapados probablemente serían forasteros. Le llamó la atención el hecho de que los rostros de ambos parecían paisajes lunares en miniatura y tanto el gordo como el flaco presentaban varios arañazos en el rostro. *No tendría nada de raro que por pura serendipia estos carebaches fueran los estupradores de mi Violeta*, se dijo en silencio, pero no hizo preguntas al respecto.

Edgardo Escoto y Ernesto Winter se sentaron a la barra. El futuro suegro pidió dos vasos de cerveza negra alemana. *Deliciosa pero muy fuerte*, pensó el licenciado al probar el primer sorbo. Momentos después, los jóvenes rubios se acercaron al mostrador, pero no para saludarlos o para dirigirles la palabra sino para pagar la cuenta.

---

[13] Cantautor argentino (1890-1935).

—¿Se van tan temprano, muchá? —preguntó Alfonso, con deferente familiaridad pero con aire de contrariedad.

—Sí, mi querido Fonchito —contestó el bajito con voz de inebriado—. Tenemos qu'irnos a la mierda porque el aire de esta *pocilga* ya nos está apestando a culu'e marrano con tantos *indios jediondos* que dejás entrar aquí y no los sacás a patadas —añadió con voz agria y despectiva.

Don Ernesto no resistió la soez y cruel sátira, indudablemente dirigida a él por estar casado con una mujer ketchí.

—La pocilga olería mil veces mejor si *ustedes* se fueran del todo para los infiernos —dijo en voz alta y amenazante—. Ya tenemos demasiados vagos y maleantes en Cobán como los que en el prado viste.

Nadie respondió a la airada filípica de Winter. Los carebaches salieron prestos de la cantina con paso tambaleante.

—Vamos, don Neto, por favor —imploró el tabernero una vez la pareja de jóvenes hubo salido de la cantina—. ¡Por favor, no venga a espantarme a mis mejores clientes!

—Mirá, Foncho —dijo don Ernesto con voz airada— si estuviera en mi poder, ya hubiera mandado a ese par de vagos a la cárcel por vagancia, beodez y acoso de señoras respetables. Tu papá, que en paz descanse, no quería poner billares en este negocio precisamente para evitar que aquí se reunieran vagos y maleantes a planear crímenes. Vos ya no te acordás pero yo todavía no lo he olvidado. Tu viejo siempre se preocupó por la tranquilidad de Cobán. Y yo no quisiera que el caballero que está aquí presente —agregó, señalando a Edgardo— se llevara una cruda impresión de nuestra hermosa ciudad.

—Por mí, no se preocupe, don Ernesto —dijo Escoto, tratando de calmarlo y de ocultarle prudentemente que ese par de rufianes probablemente eran los violadores de su hija—. Como dice el viejo refrán, *"De todo se encuentra en la viña del Señor"* —agregó filosóficamente—. ¿Y en qué trabajan ellos? —preguntó con aire indiferente.

—Patricio y Alfredo nunca han trabajado en su vida porque ambos son hijos de unos ricos cafetaleros —apuntó Alfonso, haciendo eco a las palabras de Violeta —. Y en verdad que se la pasan todo el día de un lado a otro. Vienen aquí a jugar billar; luego se van, a otras cantinas, supongo yo. Ay vuelven más tarde y siguen bebiendo hasta que ya se están cayendo de borrachos. Pero a mí lo que ellos hacen no me importa un pito porque no son mis hijos; ni tampoco soy policía ni cura para estar criticándoles su conducta. Lo único que a mí me interesa es que paguen lo que beben y que cancelen las tandas de billar que juegan. Además, esos carajos son muy espléndidos al dar propinas... —agregó cínicamente.

—Pues, sí, vos tenés razón en ese sentido —dijo don Ernesto—. Lo que a *mí* realmente me duele y me arde es que estos mequetrefes son *hijos de* germanos como yo; y nos están ganando tan mala fama con su haraganería y su conducta desordenada. Y me da coraje recordar que los alemanes que expulsó el Gobierno durante la Segunda Guerra Mundial por órdenes de los gringos eran gente buena y trabajadora, pero como no tenían montones de dinero como los tatas de estos desgraciados para sobornar a los secuaces de Ubico[14] no pudieron evitar la expulsión.

—Y su familia ¿cómo se salvó de ser expulsada? —preguntó Alfonso.

—Mi padre se había casado en segundas nupcias con una *usana*. La ciudadanía de ella nos salvó de la expulsión.

Escoto se abstuvo de formular comentarios sobre un tema del que no estaba suficientemente enterado. Sin embargo, picado por su innata curiosidad, preguntó por el significado de la extraña palabreja que Ernesto había pronunciado y también de qué expulsión hablaban.

El futuro suegro rio ante las preguntas del licenciado y luego explicó:

—*Usana* y *usano* son los términos que utiliza mi padre cuando se refiere a ciudadanos de los Estados Unidos de América. Y lo hace porque ya está cansado de repetirle a su segunda esposa, Anabella, que ella no es una *ciudadana americana* aunque haya nacido en ese país y que el término *americano* es gentilicio, y no una ciudadanía, que pertenece a todos los que hemos nacido en el continente americano; desde Alaska hasta la lejana Patagonia. ¿Qué le parece a usted licenciado? —preguntó.

—Me parece un razonamiento muy lógico y apropiado —aplaudió Edgardo—. Al fin y al cabo,

---

[14] Jorge Ubico – Militar y político.
Dictador de Guatemala (1848 – 1946).

nunca llamamos a los franceses o a los belgas *ciudadanos europeos* o a los egipcios y a los congoleses *ciudadanos africanos*. Y ¿cuál es su respuesta a mi segunda pregunta?

—Creí que en la universidad les enseñaban más a fondo la historia nacional —dijo Winter extrañado de enterarse de la aparente falta de conocimiento histórico del licenciado.

—Perdone que se lo diga, pero está equivocado —dijo Edgardo—. El currículo de la facultad de Pedagogía desafortunadamente no incluye esa asignatura. Yo supongo que eso se debe a que los estudios de historia nacional, continental y universal son propios de la escuela primaria y de la secundaria.

—Me parece que el caballero tiene razón — acotó Foncho.

—Sí. Estoy de acuerdo —dijo Ernesto.

—La enseñanza de historia nacional es muy deficiente en El Salvador y no me extrañaría que también lo fuera en Guatemala y también en el resto de Centro América. Lo que he aprendido sobre nuestra historia centroamericana es el resultado de mi devoción por la lectura —agregó poniéndose de pie—. Porque lo que me enseñaron en la escuela primaria y la secundaria estuvo limitado a las famosas y épicas batallas y a los nombres de los generales. Aprendí más sobre

Washington[15] y Bonaparte[16] que sobre nuestro Morazán[17] y José Matías Delgado.[18]

Se alegró de haber conocido a los malditos carebaches y se preguntó si ellos podrían reconocerlo siendo que se encontraban embriagados. Esa posibilidad sería crucial, se dijo, para que su venganza fuera efectiva y también para limitar sus riesgos. Pero el sino de los tres estaba ya inexorablemente entrelazado.

Edgardo sacó su billetera para saldar la cuenta.

—De ninguna manera, amigo mío —dijo Ernesto, poniendo su mano sobre la del licenciado—. Usted vino aquí por invitación mía, así que déjeme pagar por lo que ambos bebimos —agregó, sacando su propio dinero.

—Si así lo prefiere, ¡muchísimas gracias! —dijo Escoto, guardando su cartera. Luego se dirigió al cantinero—: ¡Que tenga un buen día, don Alfonso! —dijo, estrechando su mano al despedirse.

—¡Lo mismo le deseo yo, licenciado! —replicó jovialmente el cantinero.

—Cuál de los dos es Patricio? —preguntó Edgardo una vez estuvo sentado en el *van*.

---

[15] Militar líder de la independencia estadounidense (1732-1799).
[16] Militar y emperador de Francia (1769-1821).
[17] Prócer de la independencia centroamericana (1792-1842).
[18] Sacerdote y prócer de la independencia centroamericana (1767-1832).

—El gordo asqueroso de pelo rizado —contestó Winter extrañado—. ¿Por qué...?

—Es que tengo la idea de que los he visto varias veces a ambos en Ciudad de Guatemala —dijo mintiendo para disimular su interés y obtener a la vez más información sobre ellos y sus probables vagabundeos por la ciudad capital.

—No tendría nada de raro —comentó Ernesto—. Yo también los he visto en dos ocasiones en el Bar y Billares San Francisco de la avenida Sexta y la calle Catorce. Como de costumbre, bebiendo cerveza y jugando al billar.

Edgar se felicitó por haber obtenido una valiosísima información sobre los carebaches.

—¿Ya tiene viaje planeado? —preguntó para no aparecer demasiado interesado en el par de delincuentes.

—Sí, señor. Para el próximo lunes tengo viaje a Zacapa, y luego a Chiquimula, después a Jutiapa y luego a Escuintla —le dijo—. Y probablemente me tome unos quince días o más...

—¡Durante esos viajes de trabajo, ¿nunca ha sentido que le hace falta la familia?

—¡Naturalmente que sí! Y mucha, ¡válgame Dios! Pero la naturaleza de mi empleo no me permite tener un sitio-taller fijo. Mi trabajo consiste en instalar refrigeradores a gas en todo el territorio nacional —explicó—. Cuando un cliente compra una unidad a mi compañía, la Esso hace los arreglos para que yo vaya a su domicilio o negocio a instalarla. Un mes después, tengo que volver para revisarla y repararla si no está trabajando correctamente. Aunque yo lo quisiera, no puedo cambiar de trabajo; especialmente, porque ya llevo quince años haciéndolo y el sueldo es bueno y los viáticos son excelentes.

—Sí, usted tiene muchas razones para no perder la chamba —convino el futuro yerno—. Haciendo lo que hace, no hay forma de permanecer fijo en un sólo lugar. Estoy segurísimo de que doña Imelda le extrañará también durante sus constantes ausencias.

—¡Sin duda alguna! Pero mi mujercita nunca me ha dicho que me extraña. Nuestras indígenas aceptan la parte negativa del empleo de sus maridos con callada resignación. Cada vez que regreso me dice: «¡Qué bueno que ya volvió!». Y toma la maleta llena de ropa para lavar sin hacer más comentarios. Y ya me tiene lista la maleta que voy a llevar para la siguiente gira. Aunque usted no lo crea, yo adoro a esa mujer por su devoción a mi persona y a sus hijas y por el amor tranquilo que me ha brindado en los años que llevamos de casados. A propósito, hace quince días celebramos nuestro decimonoveno aniversario.

—Pues lo felicito por su buena suerte en el amor y en su matrimonio. Estoy seguro de que Violeta me hará igualmente feliz.

—¡Estoy segurísimo! Ella ha tenido el ejemplo viviente de la madre. ¿Y cuándo piensa regresar a la capital? —preguntó Ernesto, orillándose al andén de la posada.

—No estoy muy seguro —respondió Edgar—. Aunque lo más probable es que sea el lunes por la tarde o el martes por la mañana.

—¡Qué lástima! —exclamó—. Porque si pudiera irse el lunes por la mañana, nos podríamos ir juntos y usted se ahorraría el costo del pasaje.

—No, no es posible —argumentó Edgardo, mintiendo—. Todavía tengo muchas cláusulas por negociar.

Mentía porque lo cierto era que no quería viajar a la capital en su compañía pues planeaba aprovechar su ausencia para tratar con doña Imelda algunos puntos relacionados con el estupro de Violeta.

—Me gustaría invitarlo a cenar esta noche —dijo, mientras estrechaba su mano.

—¡Mil gracias, don Ernesto! Con mucho gusto iré. ¿A qué hora, más o menos?

—A las siete, ¿le parece bien...? ¿Quiere que lo venga a recoger?

—Muy gentil de su parte, pero, no, ¡gracias! Allí estaré a las siete en punto —le prometió—. Mientras tanto, salúdeme, por favor, a su esposa y a Yolandita.

***

Unos minutos antes de la hora convenida Edgardo Escoto tomó un taxi y llegó puntual a casa de los Winter. Futuro suegro y futuro yerno bebieron sendas cervezas como aperitivo. Durante la cena abordaron una extensa gama de temas. Pero sus anfitriones querían indagar principalmente sobre su familia y así se lo hicieron saber. Él les mostró fotografías de sus difuntos padres, Pedro y Soledad; de sus hermanos, Antonio y Amanda; y también de sus dos sobrinos, Álvaro y Pedrito. Luego les relató los pormenores de su enconada lucha por obtener una beca completa auspiciada por el Gobierno de Guatemala y más tarde sobre la horrenda tragedia en la cual habían perecido sus progenitores.

Los Winter le mostraron retratos de ellos mismos durante el noviazgo, durante la boda y durante la infancia y niñez de sus dos hijas. Pudo ver a su adorada Violeta envuelta en pañales; y ya mayorcita, en blancas vestimentas durante su bautizo, primera comunión y confirmación. Sacaron a luz una fotografía un poco amarillenta en la que el padre Antonio aparecía abrazando a una sonriente pareja de recién casados, en el atrio de la iglesia de San Pedro Carchá, una población cercana a Cobán. Al licenciado le pareció raro que la diminuta novia apareciera vistiendo la típica indumentaria de la etnia ketchí y el novio, la ropa humilde de ladino. Sin embargo, con mucha prudencia calló su extrañeza

—¿Podría usted creer, que el obispo de nuestra diócesis destituyó al momento al padre Valadés de la parroquia de San Pedro Carchá por órdenes de mi papá? —preguntó Ernesto todavía indignado; luego agregó complacido refiriéndose al bondadoso cura—: Pero el arzobispo de Guatemala, una vez fue enterado del motivo de su destitución, lo nombró coadjutor en Chimaltenango y más tarde en Esquipulas. Años después, le dio su propia parroquia en la capital.

—Violeta me ha hablado extensamente sobre la terrible discriminación que sufren nuestros hermanos indígenas en Guatemala —dijo Edgardo tratando de no ofender a tan amables anfitriones con actitudes y palabras condescendientes—. Y me parece el colmo de todas las injusticias porque es innegable que nuestros antepasados europeos se apoderaron de las tierras y de los recursos de nuestros nativos y se les pagó esclavizándoles, negándoles dignidad, persiguiendo a sus líderes naturales, violando a sus mujeres, destruyendo sus creencias religiosas e impidiéndoles, muchas veces, que fueran más allá de una escuela primaria o simplemente que aprendieran a leer.

—Yo he tratado de dialogar con los miembros de mi familia, usando ese mismo argumento —dijo don Ernesto— pero ellos siguen empecinados en su convicción de que los europeos son en definitiva seres superiores a los indígenas.

—Eso me recuerda haber leído que Bartolomé de las Casas, hace ya quinientos años, y a quien los reyes españoles habían comisionado como Protector de los Indígenas de América, alegó numerosas veces que los europeos en general no eran intelectualmente superiores a los nativos de las tierras conquistadas por España y en carta dirigida al papa reinante le manifestó sin ambages que todas las riquezas de estas poblaciones habían sido saqueadas por los conquistadores y que debían devolverlas a sus legítimos dueños o Dios se encargaría de castigarlos a todos con el fuego eterno.

—O sea que la ignorancia crasa de nuestros padres continúa destilando veneno contra los indígenas. Ellos me han manifestado descaradamente que verían con sumo agrado que se les aplicara a todos los nativos americanos la misma política de exterminio genocida que los nazis utilizaron en Europa antes y durante la Segunda Guerra Mundial contra las poblaciones que ellos consideraban impuras e inferiores.

—Sí, y ciertamente esa sería la mayor de las injusticias —dijo el licenciado—. Sin embargo, la dictadura militar en El Salvador ya llevó a cabo un macabro plan de exterminio genocida de la población indígena a partir de 1932, utilizando el pretexto de que amenazaban los intereses y privilegios de los ricos terratenientes.

—No recuerdo haber escuchado o haber leído sobre esos terribles eventos en su país —dijo Ernesto frunciendo el ceño—. Pero en esa época, nosotros también estábamos sufriendo bajo el despotismo ubiquista y las noticias eran censuradas por la policía secreta.

—No me extraña que también los periódicos guatemaltecos callaran todas las desgracias de un pueblo hermano; pues las masacres fueron eventos diarios pero los periódicos salvadoreños también callaron la verdad y, para adular al régimen militar troglodita, publicaron relatos de míticas batallas entre el ejército y manadas de facinerosos imbuidos de la ideología comunista. En realidad lo que sucedía era que el Ejército arrojaba volantes sobre las aldeas indígenas invitándolos a acudir al poblado más cercano donde agentes del Gobierno comenzarían a distribuirles lotes de la tierra confiscada a los grandes terratenientes. Una vez las plazas centrales de los pueblos se habían colmado de los pobres y crédulos indígenas, los pelotones militares los masacraban ametrallándolos. Luego alegaban que la concentración era parte de una asonada violenta contra el Gobierno, azuzados por agentes de Rusia.

—No me sorprendería si algún día los militares guatemaltecos utilizaran esa misma táctica brutal para deshacerse de nuestra población indígena —acotó Winter con profética clarividencia.

—¡Ojalá que Dios algún día les ilumine el entendimiento y la conciencia antes de que eso suceda! —exclamó Edgardo.

De allí en adelante cambiaron el giro de la conversación hacia temas menos saturados de tragedias históricas. Indudablemente, la velada había servido para cimentar aún más su naciente relación familiar. Se abstuvo, naturalmente, de mencionar sus actividades secretas y los planes de sus amigos con respecto al diplomático salvadoreño. Dolosamente les anunció que hasta el lunes por la tarde estaría ocupado en las negociaciones por las cuales había viajado a Cobán. Le alegró constatar que sus anfitriones no dudaban en absoluto de sus aseveraciones.

Ya para despedirse. Escoto le dijo a Ernesto:

—Queda pendiente la historia de la expulsión de sus paisanos alemanes durante la Segunda Guerra Mundial. Tiene que contármela la próxima vez que nos veamos —añadió al mismo tiempo que se preguntaba si realmente habría una próxima vez. Y el no saberlo le angustiaba enormemente; pero, para bien de todos, acalló su desasosiego—. Me ha alegrado verlos sanos y felices, aunque yo sé que extrañan muchísimo a Violeta.

***

Al día siguiente, Edgar madrugó a tomar el autobús para Cahabón, un pueblecito cuya insólita particularidad era que, en esa época, allí terminaba la carretera propiamente dicha. Es decir que desde allí hasta el golfo de Honduras o hacia el departamento de El Petén, el único medio de locomoción eran los pies o el lomo de los equinos. *¡Y pensar que el departamento del Petén es más grande en territorio que mi país natal!,* se dijo sorprendido.

Llamó su atención el insólito hecho que sobre la rústica ruta del bus se advertían solamente pequeñas parcelas en preparación para las siembras que se avecinaban. Eran el ejemplo más típico de una agricultura de subsistencia. Y ello se debía a que los dueños de esas parcelas acudían en masa durante los últimos meses del año a las grandes fincas cafetaleras a recoger el fruto para poder adquirir los dineros que les permitirían mantener a sus familias durante el resto del siguiente año. Y recordó que ese mismo fenómeno socioeconómico era idéntico al que se observaba entre el campesinado salvadoreño; con la diferencia de que el exiguo territorio nativo no podía darse el lujo de tener extensos terrenos baldíos como en su país anfitrión.

Pernoctó en el único y dilapidado hotel de la localidad. Al regreso se detuvo un rato en Pajal y luego en San Pedro Carchá y retornó a Cobán el lunes después del mediodía. Tan pronto llegó a la Monja Blanca, se comunicó por teléfono con Violeta. Le contó muy emocionado que había contactado a su familia y que estaba seguro de que ya habían comenzado una magnífica relación de amistad; que ni su papá ni

Yolanda estaban enterados de su bochornosa tragedia y que el martes regresaría a la ciudad capital. Luego se encerró en su habitación a escribir un detallado recuento de sus últimas aventuras por los poblados orientales de Alta Verapaz.

A la mañana siguiente, después de desayunar y adquirir una copia del día de *El Imparcial*, Escoto tomó un taxi para visitar a su futura suegra. Imelda se alegró muchísimo de verlo pues por fin podrían platicar sobre su hija sin la presencia del esposo y su pequeña, que estaba de visita en casa de una de sus amigas. Y también porque podría entregarle una carta para su Violeta. Mientras tomaban una taza del delicioso café cobanero, ella le contó que el viernes anterior, o sea después de su llegada, Yolanda regresó a casa llorando inconsolable. Al inquirir por la razón de sus lágrimas, la jovencita contestó con una pregunta que le había congelado hasta el tuétano de los sesos. Imelda cubrió sus ojos anegados de lágrimas y comenzó a sollozar.

—¿Qué fue lo que le preguntó? —inquirió Edgardo, ansioso y turbado por su llanto.

—«¿Es cierto, mami, que Violy ya s'hizo prostituta? ¿Verdá mamita qu'eso nués cierto?», me preguntó y si'atac'ótra vez en llanto. Yo, ahíta de furia, la tomé por los hombros y le pregunté: «¿Dióndi'hás sacado esa maldita asquerosidá, muchacha?». «Me... me... lo... dijieron en la calle», me respondió balbuciando con mera amargura. «Y'ay también me dijeron que...que... por... cso... se había áido para Guatemala; pa'... pa'...ga-ga-nar mas pla-pla-ta ven-ven-diendo su-su cu-cuerpo...», me dijo tartamudiante. «¡Claro que no es cierto, m'hijita! ¡Claro que eso no es cierto!», le dije apretándola entre mis brazos y contra mi pecho. «¡Esu'és un cochino levante que li'han jecho esos asquerosos que sólo la quieren 'esprestigiar, pues!». Y di'ay le recomendé que por lo que más quisiera que no se le juera ocurrir contárselo a naide; ¡especialmente a su papá!

—¿Entonces, don Ernesto nunca se enteró? —inquirió él, visiblemente preocupado. Su respuesta, sin embargo, le devolvió la tranquilidad.

—¡Gracias a Dios, no! —exclamó Melda indignada—. Mi marido se habiy'áido a la oficina de teléfonos a recibir las órdenes de trabajo. Cuando volvió, preguntó por Yolanda. Yo le dije que se habiya acostado porque estaba sufriendo los males mensuales que le dan a la mujer pues y'ay se habiya quedado dormida.

—No me extrañaría que esos mismos desgraciados hayan regado esa infame calumnia para menoscabar la honra de nuestra pobre Violeta —comentó Edgar rabiosamente.

—A mí tampoco me cabe duda —dijo doña Imelda y comenzó de nuevo a sollozar. Escoto trató de consolarla diciéndole que toda esta ignominia contra su hija y su familia llegaría a su fin y su honor sería reparado eventualmente. Cuando la vio calmada le preguntó si aún conservaba la copia del dictamen médico donde se hacía constar que su hija había sido violada.

—¡Claro que no! —dijo angustiada—. Porque m'hijita l'hizo añicos esa mesma noche despúes que s'enjureció por los insultos de ese guardia cevil... ¡bandido...!

—Sí, sí; es cierto; ya me acordé —le dijo Escoto, interrumpiéndola—. Pero usted por ser la madre podría obtener una copia en la clínica —agregó.

—¿Usted creé que me la darán, don Edgar? —preguntó incrédula.

—¡Claro que sí! ¿Por qué no? —le aseguró el licenciado—. Se trata de un documento muy importante que no solamente tiene validez legal sino que podría serle muy útil a su hija en el futuro para establecer su inocencia.

—Entonces *vámonos* pues ya pues p'al hospital a pedirlo, pa'qui'ay se lo lleve con usté, pues —le dijo apurada y levantándose de la mesa.

—Si no tiene inconveniente y si no desconfía de mí, yo preferiría quedarme y que fuera usted sola —se disculpó un poco avergonzado—. Y no es que no me agrade caminar por las calles de Cobán del brazo suyo, sino que es mejor guardar las apariencias y evitar murmuraciones. Mientras espero su regreso, aprovecharé para leer el periódico —agregó, abriendo su cartapacio y sacando el tabloide. Ciertamente no le disgustaba acompañarla ni por su aspecto humilde ni por su indumentaria ketchí o por el hecho de que fuera indígena sino porque temía la posibilidad de ser visto en su compañía por los malditos carebaches o alguno de sus amigotes. Supuso que seguramente sospecharían que los Winter-Cuj se traían algo entre manos y tratarían de averiguar su identidad, lo cual daría al traste con sus planes de venganza.

—Y si'ay me preguntan qué pa' qué necesito yo ese documento ¿qué les vu'a decir? —inquirió un poco abrumada mientras se envolvía la cabeza con su habitual rebozo negro.

—La verdad, señora Imelda. Dígales que el abogado de su hija lo ha pedido para iniciar un proceso judicial contra los estupradores en vista de que las autoridades locales se han hecho de la vista gorda y han preferido no actuar de oficio. No olvide llevar su cédula, puede que la necesite...

Imelda retornó más pronto de lo que Edgardo suponía. Traía una alegre sonrisa dibujada en su rostro lo cual indicaba que su gestión había tenido éxito.

—La joven que me atendió —dijo Melda— me dijo que y'era tiempo qui'alguna vítima pusiera a esos creminales en la cárcel; pues ella estaba enterada de varias de las mostrosidades cometidas contra jovencitas tanto por el Alfredo como por el Patricio; y que las vítimas, por miedo al qué dirán, o a la venganza de sus taitas adinerados no se atreviyan a reportar las violaciones sufridas a las autoridades. ¡Pa' lo que sirven! —agregó con amargo dejo de frustración e impotencia.

—Me agrada muchísimo saber que hay otras gentes en Cobán que quisieran deshacerse de ese par de violentos criminales. Lástima que se sientan impotentes ante la indiferencia de las autoridades y el cinismo criminal de sus padres.

—¿No me podríya decir el nombre de la enstitución donde trabaja Violeta? —preguntó de soslayo—. Le prometo que no se lo diré a nadie — agregó.

—Lo siento —respondió Edgardo y agregó—: pero no me atrevo a traicionar la voluntad de Violeta.

Ella me prometió que oportunamente se lo haría saber. Por lo tanto, mi compromiso con ella, por el momento, es callar. Sin embargo, estoy muy seguro de que su hija le contestará pronto y le dará el nombre, la dirección y el teléfono de su empleo.

Después de almorzar, se despidió de la señora y tomó un taxi al aeropuerto para el vuelo de regreso. Mientras volaba sobre las enhiestas cumbres pensó en sus últimas y gratas experiencias. Particularmente, el haber conocido a los que, probablemente, conformarían su nueva familia para toda la vida. La placentera personalidad de cada uno de ellos le auguraba una agradable relación futura. Don Ernesto era un hombre recio, cabal y muy justiciero. Sus juicios denotaban una gran capacidad para actuar razonablemente y aunque su empleo no era de tipo intelectual ni ostentoso, su forma de proceder indicaba su rectitud y devoción a lo que hacía. Doña Imelda poseía dotes maternales y su involucramiento con la felicidad de su familia era total y completo. Era obvio que la pareja gozaba de un amor sereno y real. Aunque todavía en los albores de su adolescencia, la personalidad de Yolanda reflejaba la conducta moral que sus padres le habían instilado. Estaba seguro que sería más que una cuñada, una hermana muy querida.

Los pensamientos del licenciado navegaron luego en mares de una tormentosa zozobra, escondida bajo una superficie de apariencia tranquila. Inicialmente había decidido reportarle a Violeta toda la verdad sobre la maldita infamia fraguada contra ella y la cual ya había sido escuchada y comunicada por Yolanda. Pero luego prefirió callar para no angustiarla más. Se preguntó si doña Imelda mencionaría algo al respecto en la carta que traía en su cartapacio. Aunque dudaba que la atribulada madre se hubiera atrevido a escribirle algo tan repugnante. En su desazón contemplaba el sobre cerrado y por momentos se decidía abrirlo para enterarse de la verdad; pero luego desistía, refrenado por el respeto debido a la privacidad de las buenas gentes que ya había comenzado a amar y a respetar. Y el sobre continuaba intacto a pesar de la más que apabullante tormenta de sus dudas. *¿Qué debo hacer...? ¡Por todos los demonios, ¿qué debo hacer?!*, se preguntó finalmente tomando su maleta para abandonar el avión. Y se respondió ya bajando la escalinata: *Esperaré hasta que mi amada venga a verme el jueves.*

***

Al entrar a la pensión la encontró toda quieta, hasta desolada diría él, excepto por una radio que tocaba ruidosamente *Como un rayito de luna*, un bolero romántico de Chucho Navarro,[19] cantada por el famoso trío mejicano, *Los Panchos*, y muy en boga en esa época. Tan pronto quitó la llave recogió el bulto de ropa lavada y planchada que había sido dejado frente a su puerta. Entrando a su habitación, la cerró tras de sí. Luego escuchó que alguien tocaba insistentemente. Al abrirla se encontró con una hermosísima hembra, cuya edad, calculó Edgardo al instante, se aproximaba a la

---

[19] Cantautor mejicano (1913-1930).

suya. Le sonrió dulcemente y lo hizo estremecer al notar su blanquísima dentadura enmarcada por labios bermejos, carnosos y sensuales, *creados para el inefable goce del beso apasionado*, pensó él con su acostumbrado lirismo romántico.

La faz de la joven, carente de polvos artificiales, poseía una extraordinaria blancura y nitidez, aunque se le adivinaban algunas diminutas pecas esparcidas ligeramente sobre los pómulos. Sus ojos grises, fulgurantes, despedían destellos de sensual y pícara ternura, circundados por una rubia cabellera que, al caer sobre los hombros se convertía en sedosos y abundantes rizos. Su insólita y sensual belleza le hizo recordar el famoso verso de Amado Nervo[20]: *"Todo en ella encantaba, todo en ella atraía; su mirada, su gesto, su sonrisa, su andar... el ingenio de Francia de su boca fluía; ¡era llena de gracia como el Avemaría quien la vio no la pudo jamás olvidar...!"*.

—¿Es usted el señor Escoto? —preguntó ella sonriente.

—¡Sí, sí, soy yo! —contestó atarantado—. Y me tiene a la orden. ¿En qué le puedo servir?

—¡En nada! —respondió tajantemente.

Su respuesta le hizo sentirse inútil pero no protestó para no contrariar a tan encantadora hembra.

—Solamente quería conocerlo —agregó, sonriendo de nuevo—. Es que soy su vecina inmediata y espero que nos seguiremos viendo muy a menudo...

---

[20] Juan Crisóstomo Ruiz de Nervo. Poeta mejicano (1870-1919).

—¡Pues, ojalá que así sea! —dijo él con toda sinceridad y añadió—: ¡Muy encantado de conocerla, adorable vecina! ¿Y cómo se enteró de mi nombre, señorita? —preguntó solamente para mantenerla frente a él mientras se embelesaba en su arrobadora belleza.

—Lo leí en la viñeta de la bolsa de la lavandería. Como ha estado en su puerta desde el sábado, supuse que usted estaría de viaje —añadió.

—Pues supuso correctamente; pero ¿cuál es el suyo?

—Haydé Valadés Santamaría, me tiene a la orden —dijo y le tendió la mano que él tomó y mantuvo apretada por más tiempo de lo acostumbrado. Ella la retiró despacio, aunque demasiado pronto para Edgardo; y, al instante, ambos sonrieron beatíficamente.

—Señorita o señora Valadés… Es un verdadero placer conocerla.

—Señorita —dijo con aplomo—. Pero usted me puede llamar simplemente Haydé… Al fin y al cabo continuaremos siendo vecinos, ¿o no?

—¡Así lo espero! —le dijo fascinado—. El mío es Edgardo pero mis amigos me llaman Edgar. Aunque Paquito me llama *Gago*.

El comentario le hizo mucha gracia y rio bulliciosamente.

—¡Ese Paquito es tremendo! —dijo cuando cesó de reír—. A mí ya me bautizó *Teté*…

—¿Qué le parece si usamos el *diccionario* de Paquito; ¿es decir que usted me llame Gago a mí y yo a usted, Teté…? —le preguntó jocosamente.

—¡Magnífica idea, *señor* Gago! —asintió su despampanante vecina—. Espero que podamos vernos más tarde porque en estos momentos estoy a punto de salir.

—Vuelvo a reiterarle, *Miss* Teté, que ha sido un grato placer el haberla conocido —le dijo seriamente. Justo en ese momento el recuerdo de Violeta le golpeó el cerebro con la ternura de una almágana. *Esta hembra está ¡tan preciosa! Pero mi lealtad hacia mi Violy es inquebrantable*, se dijo con dolor en el alma y con mucha dificultad para creérselo. Quiso decirle falazmente que esa tarde estaría ocupadísimo en la realización de sus proyectos pero no tuvo el valor de hacerlo y calló. Ella sacó unas llaves y procedió a cerrar su puerta con candado.

—Si allí dentro guarda un valioso tesoro mejor déjelo conmigo —le dijo Edgardo en broma—. Que yo soy experto en *cuidar* dinero ajeno.

—¡Ya quisiera que fuera dinero! —respondió ella sonriendo—. Mi mayor tesoro siempre lo llevo conmigo y ese es mi *corazoncito* —añadió frívolamente, deteniéndose de nuevo frente a él.

—Bueno es saberlo —dijo Escoto con sorna—. Porque sería un verdadero superhombre el que lograra sustraerlo de su pecho.

—¡Muy poético! —exclamó sonriendo agradecida—. Olvidaba satisfacer por completo mi curiosidad femenina, ¿a qué se dedica usted? —preguntó.

—Estoy recién graduado en pedagogía y como soy salvadoreño, estoy haciendo planes para regresar a mi país. Es decir, si aquí en Guatemala no encuentro trabajo ¿Y usted...? ¿A qué se dedica, además de enloquecer a la mayoría de la población masculina con su exquisito donaire y hermosura? —preguntó galantemente.

Ella ignoró su interesado requiebro.

—A mí me falta todavía un año de práctica para graduarme de enfermera —dijo seriamente—. Y en estos momentos estoy haciendo todas las revalidaciones. Estudiaba en la Universidad Autónoma de Guadalajara pero mi tío, quien servía de cónsul allí, falleció repentinamente y perdí su protección y ayuda. Mis padres viven en Jutiapa y por esa razón tuve que tomar una habitación en esta pensión que, por cierto, pertenece a mi tía...

—¿Edelmira... *es* su tía?

Sí, pues, pensó él, *ella es doña Edelmira Santamaría.*

—¡Sí, señor...!

—Pues, permítame extenderle mis condolencias por su doble pérdida —le dijo con voz lúgubre—. Aunque, naturalmente, la pérdida de su pariente es la más dolorosa pues la muerte no tiene remedio —añadió.

—¡Así es! —balbuceó ella y se nubló su pupila. Edgardo secretamente gozoso la rodeó con sus brazos para consolarla. Luego de darle unos golpecitos en su tibio omóplato con sumo dolor se retiró de su cuerpo. Una vez hubo recobrado su compostura normal, poniendo su mano sobre el hombro de Gago, le dijo más tranquila—: ¡Nos vemos más tarde! *¿Okay...?*

***

Esa noche, cuando ella tocó dos veces a su puerta, Edgar se hizo el dormido y no le contestó. Pero el recuerdo de sus ojos grandes y seductores lo perseguía en la oscuridad de la noche por más que hundía su rostro en la blandura de la almohada. La tibieza de su cuerpo parecía haberse quedado pegada, indeleblemente adherida a lo más profundo de su piel y podía respirar el sutil pero embriagante perfume que emanaba de sus dorados cabellos como si realmente yaciera dentro de la estrecha cárcel de sus brazos.

A la mañana siguiente no asistió al desayuno. Una de las empleadas de la cocina vino a preguntarle qué le pasaba. Le respondió que no se sentía bien y que preferiría le trajeran algo de comer al cuarto. Rogó al cielo que Haydé se fuera a la calle sin llamarlo ni importunarlo pues su delicioso recuerdo le hacía mucho... ¡mucho daño! La escuchó salir y cerrar la puerta y luego detenerse brevemente frente a la suya. Se cubrió los oídos con las almohadas para no escuchar su llamado. Esa tarde se marchó a la biblioteca nacional y después de cenar en un restaurante, deambuló por las calles atiborradas de gente.

Confundido en sus sentimientos, pensando obsesivamente en los innegables atributos físicos de Haydé Santamaría, buscaba la fascinante luz de sus ojos y el sutil encanto de su sonrisa entre la multitud de rostros extraños con la absurda esperanza de no toparse con ellos. Eventualmente regresó a la pensión faltando un minuto para las doce de la noche para evitar su encuentro.

Durante la semana siguiente, el licenciado se marchó de la pensión todos los días antes de la hora del desayuno para evitar encontrarse con Haydé. Esperó ansioso que llegara el jueves para ver de nuevo el adorado rostro de su amada Violeta.

CINCO

En la mañana del jueves, al llegar Violeta a la pensión encontró a Edgardo en el patio interior jugando al fútbol con su amigo, el pequeño Paquito. Tan pronto el chiquillo detectó su presencia corrió zalamero hacia ella y luego que lo alzó en sus brazos se quejó plañidero de que Gago era muy malo porque no lo dejaba meter goles.

—¡Vamos a castigar al malo de Gago por no saber jugar bien! —dijo ella, en tono complaciente. Y enseguida pretendió que halaba las orejas a su novio para deleite del avezado patojito. Lo llevaron hasta la alcoba de su madre y luego de dejarlo con ella se encerraron en la habitación de Escoto.

—Amorcito, te he extrañado tanto durante todos estos días —dijo él tiernamente.

—¿Y vos creés que yo *no*? —preguntó la joven colgándose de su cuello.

Se aprisionaron mutuamente y así unidos se tendieron en el lecho para consumar la cópula apasionada del feliz reencuentro. Al terminar esa sesión amorosa, Escoto le entregó la carta de la madre. Ella la abrió al instante y después de pasar brevemente su mirada sobre el texto, lo abrazó apasionadamente.

—¡Gracias, amor! —exclamó enternecida—. Mamá me escribe que les caíste muy bien a los *tres* y que esperan que nuestro romance prospere hasta convertirse en un gran amor perdurable.

—¡Qué grato es escucharte contar todo eso, mi amor! —contestó agradecido, a la vez que respirando tranquilo pues era obvio que la madre le ocultó la desvergonzada calumnia que contra su honor se había divulgado en Cobán. Le regocijó también comprobar que al resistir su impulso de abrir la carta había actuado correctamente—. Cuando le escribás —añadió— les decís que yo quedé altamente agradecido por las amables atenciones que los tres tuvieron conmigo. Que les pagaré su amabilidad, cuidándote y amándote mientras viva. Esa promesa, hecha al calor de las emociones creadas por el ansiado reencuentro, lo dejó anonadado, al pensar que sus declaraciones no eran honestas pues se había comprometido con sus paisanos de AFES a llevar a cabo su misión de vengarse y comprometer al embajador. Pero los brazos tibios de su amada, la dulzura de sus besos y la ternura de sus ardientes caricias lo forzaron a olvidarse de sus promesas excluyentes y mutuamente contradictorias.

Después de haberse entregado de nuevo a su pasión y saciado todos los anhelos postergados, Violeta confesó su temor de que su período menstrual parecía estar retrasado.

—No mucho —dijo—. Pero lo suficiente para preocuparme. Edgardo tembló en silencio al pensar que su amada pudiera estar embarazada de alguno de los dos malditos carebaches. Pero también la criatura podría ser suya, pues la primera cópula con ella se había realizado a escasos diez días después del estupro.

—Te traje una copia del certificado médico que vos rompiste encolerizada —le dijo, buscándolo entre los pliegues de su cartapacio.

—¿Hablás del certificado de la violación? ¿Para qué me podría servir esa *basura*?

—Esa *basura* te serviría para muchas cosas, mi niña preciosa —le replicó sonriente, a la vez que asombrado por su ingenuidad y su evidente carencia de perspicacia.

—¿Cómo *cuáles*…? —inquirió desdeñosa.

—Supongamos, cariño, que un médico confirmara tu embarazo. ¿Se lo dirías a sor Hipólita inmediatamente? —preguntó viéndola directamente a los ojos.

—¡Naturalmente! Un embarazo no se puede ocultar por mucho tiempo —respondió.

—Está bien… pero ¿cuándo se lo dirías…?

—Tan pronto me lo confirme el médico. Aunque no, no… A lo mejor me esperaría hasta que ya no pudiera ocultar más mi gravidez.

—¿Y no sería más prudente que te adelantaras a las circunstancias…?

—¿Para qué adelantarme a ellas…?

—Amorcito, escuchame y escuchame con mucha atención —le dijo en tono enfático—. Si estuvieras embarazada, ¿a quién se lo atribuirías?

—¡A ese par de malditos carebaches, por supuesto!

—Y nuestra *bienamada* sor Hipólita ¿a quién se lo atribuiría?

Violeta se quedó pensando.

—¿A *vos*...? —preguntó, no muy segura de su respuesta.

—Sería lo más probable, ¿no es cierto? ¿Por qué? Porque ella *ignora* el hecho de que *vos* fuiste violada muy recientemente. Y lo mismo va para el padre Antonio, que fue quien te recomendó para el trabajo. Ambos saben que nosotros nos amamos y aunque ellos seguramente no aprueben las relaciones íntimas antes de celebrar el matrimonio no son tan ingenuos como para no sospechar que nosotros ya las hayamos tenido.

—¿Qué sugerís entonces...?

—Que visitemos al padre y le relatemos lo que realmente te sucedió. Cuando él vea ese certificado médico no podrá dudar de tu versión. Pero también deberás suplicarle que hable pronto con la madre superiora y le explique que hay posibilidad de embarazo y a qué se debe. También tendrás que contarle al padre el incidente con el agente de la Guardia Civil que se negó a aceptar tu denuncia y a iniciar un proceso criminal de oficio contra los estupradores. Él te creerá, seguramente, porque él ya está enterado de la vil discriminación que sufren los indígenas en todo el país y puede explicarle a tu jefe. Sin embargo, por ningún motivo deberás mencionar que nosotros, es decir que vos y yo, ya tuvimos relaciones sexuales.

—¿Y por qué tendré que callarlo? —preguntó disgustada—. ¿Estás insinuando que *vos* lo vas a negar? Y ¿si el escuincle fuera realmente tuyo? —inquirió enfadada.

—¡Escuchame, mi amor! Si confesaras que a pocos días de la violación te has ido a la cama con *otro* hombre, lo primero que pensarían de vos es que sos una mujer *promiscua y muy fácil* de conquistar y meter en una cama. ¡Hasta el cura, *tu amigo y protector*, pensaría lo mismo al instante! Y esa opinión equivocada en nada te favorecería porque desvirtuaría por completo tu aseveración de que el coito con tus antiguos compañeros de escuela fue realmente una violación realizada a fuerza.

Violeta pareció sosegarse. Edgar continuó:

—En cuanto a si voy a responder por lo que a mí me toca o me podría tocar, que no te quepa ninguna duda que responderé; aun cuando la criatura no presente ninguno de mis rasgos físicos. En esto, amorcito mío, estamos metidos los dos, vos y yo. Y si efectivamente estás embarazada, te apoyaré sin condiciones durante la gestación, durante el parto y después del parto. Pero, definitivamente, debemos hablar cuanto antes con el padre Antonio. Él te servirá de conexión con la madre superiora.

Edgardo quiso morderse los labios hasta sangrar por hacer tantas promesas que tal vez nunca podría cumplir.

—¡Tenés razón cariño! —exclamó Violeta convencida mientras se ajustaba la tiranta del corpiño. En ese momento, alguien tocó a la puerta.

Edgar la entreabrió para ocultar el cuerpo medio desnudo de Violeta. ¡Era nada menos que la encantadora Teté! Y él se anonadó al instante.

—¡Esperame, ya dentro de un momento salgo! —le dijo entre dientes.

—¡Ah! ¿Estabas durmiendo? —preguntó la hermosa e importuna mujer en voz alta—. ¡Perdoname por haberte despertado! —añadió.

—No, no. Ya estaba despierto, Teté. ¡Al momento salgo! —añadió sintiendo el estómago congelado.

—¿*Quién es?* —preguntó Violeta en actitud suspicaz pues claramente había escuchado la voz de una mujer.

—Teté, la vecina que vive ahora en tu antiguo cuarto —le dijo tratando de restar importancia al asunto. Sus piernas y voz desfallecían por temor a ser considerado infiel.

—¿Y qué es lo que quiere? —preguntó la novia impaciente. Escoto al momento recordó que cuando se trata de probables rivales las mujeres gozan de un sexto sentido y, desafortunadamente para nosotros, ¡muy agudo!

—Hablar conmigo, me imagino —contestó casualmente.

—¿Hablar con vos? ¿Hablar de *qué*...?

—¡Y qué voy a saber yo! —respondió Edgardo irritado—. La señorita es la sobrina de la señora Edelmira —agregó astutamente, con la esperanza de que ese dato minimizara la importancia del asunto y terminaría la enojosa inquisición. Por lo menos eso era lo que él creía y esperaba.

—O sea que ustedes *ya* se conocen —aseveró Violeta con voz suspicaz y celosa.

—Hablaremos de eso más tarde, ¿sí? —imploró Edgardo—. En este momento tengo mucha hambre… ¡Apurate, terminá de vestirte y nos vamos! —le dijo con claro dejo de impaciencia.

Minutos después, Violeta anunció:

—¡*Okay*, estoy lista, vámonos! —Y se adelantó a abrir la puerta. Mientras Escoto echaba llave, Haydé, abrió la suya y salió.

—¡Por fin el *ermitaño* sale de su cueva! —exclamó riéndose mientras examinaba a Violeta de pies a cabeza.

—Sí, señorita y aquí le presento… a mi compañera *ermitaña*, Violeta Winter —dijo Edgar valientemente pero con el corazón en la boca.

—Mucho gusto de conocerla, señorita —exclamó su amada, fingiendo cortesía.

—El gusto es *todo* mío —respondió Teté con igual desenfado. Luego preguntó con marcada insolencia—: ¿Por qué *no me dijiste* que ya estabas casado?

—Porque *usted* nunca me lo preguntó —contestó Edgardo secamente. Fue la única respuesta sensata que afloró a su pensamiento.

—Y también —agregó Violeta, cubriendo su flanco— porque no fue sino hasta ayer que *nos casamos*. —Y lo tomó fuertemente por el brazo como el jinete atrapa la brida de su corcel arisco.

—¡Mil felicidades! —gritó Haydé y se acercó a darles sendos besos en las mejillas. En ese preciso instante apareció Edelmira con Paquito en los brazos.

—¿A qué se debe tantos besos y tantas felicitaciones…? —preguntó.

—¿No sabías, tía Edi, que el profesor y Violeta se casaron ayer?

—¡No, no lo sabía! —contestó la tía—. Este profesor Escoto es el padre de todos los secretos. Andá, Paquito, dale un beso al señor Gago y a Violy porque se casaron ayer —le ordenó y se acercó a los *novios* para felicitarlos.

—No quelo —respondió el chiquillo con voz y actitud voluntariosas—. A Violy ya la bezé y a Gago no lo bezo porqui'ay que 'lancarle ¡las olejas!

Todos celebraron la salida enojada y amenazante del patojito. Edgardo le dijo a Violeta:

—¡Vámonos ya, porque se nos hace tarde!

—¿Vienen a cenar? —preguntó Edelmira.

—Es lo más seguro que no —respondió él, agregando—: Tenemos una cita importante para esta tarde y probablemente cenemos antes de que ella se reporte a su lugar de trabajo.

—¡Que gocen mucho de la luna de miel! —les auguró la dueña con intención maliciosa.

—Hasta luego, señoritas, y ¡adiós, Paquito grosero! —agregó Escoto con voz apresurada.

* * *

Al ganar la calle, Violeta comentó con rabia y con celos impotentes:

—Esa condenada mujer me obligó a mentir.

—No —le dijo Edgardo—. Ella no te obligó a mentir, fueron las circunstancias las que nos obligaron a fingir.

—¡Ah! Y ¿todavía la defendés, sinvergüenza? —preguntó, bajando su tono airado.

—Tampoco la estoy defendiendo. Simplemente estoy tratando de ver las cosas como son en perspectiva —arguyó aparentando serenidad—. ¡Por favor, trata de calmarte! —le suplicó.

Una vez sosegada, Violeta le confesó que temía sinceramente que con sólo una pared de por medio, él trataría de conquistar a Teté y meterla en su cama. Edgardo se molestó por la obvia inseguridad de su amada.

—Si no podés confiar en mí —le dijo con voz desapasionada—, no podremos nunca mantener una relación sana y feliz.

Por dentro, sin embargo, él coincidía con su novia que su proximidad física les incitaría al romance y probablemente terminarían en un apasionado encuentro sobre una cama. Pero calló, primero, porque, obviamente, no podía decirlo y también por la certidumbre que le daba el hecho de que la hermosa sobrina *sabía*, o realmente creía, que Violeta y él estaban casados. Que esa información fuera falsa ella nunca podría comprobarlo. Y esa conclusión lo tranquilizó un poco. Se adentraron en el tema interminable de sus familias y antes de lo pensado se encontraron frente a la puerta de la oficina parroquial. Aunque el padre Antonio les recibió sonriente, Escoto tuvo la impresión de que el cura, al ver el rostro mustio de su amada, sospecharía que su visita tenía más de tragedia que de cortesía.

Antes de decir algo, Violeta le mostró la certificación médica del estupro. Luego que la leyó, el cura Valadés preguntó:

—¿Cuándo ocurrió esta horrenda barbaridad?

—El quince de noviembre, o sea dos días antes de cuando vine a pedirle que me diera posada o por lo menos a que me guardara las maletas —dijo cabizbaja.

—Y tú reportaste la violación a las autoridades, por supuesto, ¿o no?

—Traté, padre, pero el guardia me dijo que como los muchachos que yo acusaba eran hijos de gente rica; probablemente *yo* los había hecho caer en una trampa para sacarles dinero...

—¡Qué infamia de esos malditos! —exclamó el cura airadamente y luego elevó los ojos al cielo para pedir perdón por su exabrupto y su falta de caridad humana—. Claro, los Wallenberg y los Landau ciertamente son ricos cafetaleros pero su riqueza material no los autoriza a mancillar la honra de una joven, ya sea india o ladina... —añadió.

—¡Mi problema al momento es que la regla me debía haber comenzado anteayer y hasta hoy nada! —dijo Violeta bajando la cabeza, avergonzándose de hablar de sus cosas íntimas.

—Y crees que podrías haber sido embarazada por esos criminales, ¿no es así?

—Si, padre, eso es exactamente lo que temo y también de que me corran del convento al enterarse de que estoy en cinta... ¡y todavía soltera!

—¡No, señorita, eso definitivamente no va a ocurrir! —prometió el sacerdote con vehemencia—. Mañana mismo iré a visitar a sor Hipólita y la pondré al corriente de tu posible embarazo y de las circunstancias que te liberan de culpa. Y al mismo tiempo, les escribiré a los padres de ese par de sinvergüenzas estupradores para que reparen el daño que te hicieron.

—Perdone que me inmiscuya en este asunto —dijo Edgardo— pero no creo que hablar con los padres sea aconsejable o que dé buen resultado.

—¿Por qué no…? —preguntó el cura.

—Porque los violadores podrían pagar falsos testigos que afirmaran que la acusadora era una prostituta solapada —dijo pretendiendo que hablaba en términos hipotéticos—. Casos similares ya han ocurrido en muchas ocasiones y en diferentes localidades y países —agregó—. Cualquier abogado en circunstancias semejantes utilizaría ese argumento para defender a sus clientes. Y esos mequetrefes harían lo mismo para explicar la acusación a sus padres, a la Guardia Civil o al juez. Y Violeta continuaría siendo la víctima de esos desgraciados.

—Tiene razón, señor licenciado —dijo el cura convencido—. Veré si es posible obtener la ayuda del señor arzobispo; porque él también fue párroco de Cobán.

—Para mí, lo más importante por ahora es no perder mi empleo —dijo Violeta—. Por lo menos ganar algo para los gastos de hospital y la ropita de la criatura…

—No se diga más —dijo el padre Antonio levantándose de su silla—. Mañana mismo iré a Fraijanes a enderezar ese entuerto. ¡Vayan con Dios, muchachos!

***

—Tenías razón, amor mío —dijo Violeta con voz sinceramente agradecida al ganar la calle; y en seguida le plantó un sonoro beso en la mejilla—. Ahora ya me siento tranquila —agregó.

Después de cenar, Edgardo la acompañó hasta la puerta del convento y allí se detuvieron a conversar.

—Cuando termine el rosario de la novena a Nuestra Señora de Guadalupe —dijo Violeta sonriendo— me quedaré en la capilla a rezar especialmente para que mi posible embarazo me sea llevadero y también para que vos pronto consigás empleo en tu profesión —le prometió cariñosamente.

—¡Que Dios escuche tu plegaria! —dijo Edgardo agradecido por la noble intención de su amada; aunque él firmemente creía que las plegarias eran ejercicios vacuos y más que todo inútiles. Pero en ese momento por ningún motivo estaba dispuesto a comenzar una discusión teológica con ella. Era muy importante que Violeta se mantuviera calmada para que el bebé no fuera afectado por las angustias de la madre. Luego agregó—: Acabas de traer a mi memoria el poema *Reza por mi tristeza* de Ismael Cerna.[21]

—¿Y qué dice ese poema? Conociéndote, estoy segura de que te lo sabés todo de memoria.

—Pues no completamente porque ese poema es muy extenso pero sí puedo recitarte algunas estrofas, por ejemplo estas que dicen:

---

[21] Poeta guatemalteco (1856-1901).

"Entra y reza al altar donde fulgura
Entre la luz de moribundos cirios,
Jesucristo mostrando sus martirios;
¡Cuéntale mi amargura,
Mis trágicos amores, mis delirios
Y mi negra y constante desventura...!
Ese gran visionario,
Nostálgico del Bien, te oirá en la calma
Del místico silencio conventuario;
Ya que Él sufrió la muerte en el Calvario
¡Y yo sufro un calvario dentro del alma...!
Dile que las tinieblas en que lucho
No hay más luz que tus ojos; que no escucho
Más ritmo que tu voz; que sólo siento
Entre el infierno de mis penas mudas,
Pasar las tempestades de mis dudas
Entre mi huracanado pensamiento...
Sólo tú puedes rezar porque la noche
No llegue hasta mi espíritu sombrío...
Si yo elevo a los cielos mi reproche...
Tú eleva una oración, ¡ídolo mío...!
¡Reza por mi tristeza...!".

—Eso es todo lo que recuerdo —añadió—. Pero, a mi parecer, esas son las estrofas más emblemáticas del poema y de la exquisita poesía de Cerna.

—¡Es precioso! —exclamó Violeta.

—¿El poema o el declamador? —preguntó riéndose el galán.

—¡Ambos, cariño! Pero prometeme que te mantendrás alejado de esa condenada Teté —le recomendó abruptamente al despedirse.

—No es necesario que vos me lo pidás pues ya me había olvidado de su existencia —mintió descaradamente—. Haceme el favor de mantenerte tranquila —le suplicó astutamente—. Si realmente estás embarazada, la serenidad o la intranquilidad de tu espíritu se reflejará en la salud del bebé. ¡Ah! Olvidaba decirte que te compuse una canción. ¿Querés escucharla? En seco, por supuesto —añadió riéndose.

—¡Claro, cantámela, por favor!

"Violeta llegó a mi vida, inesperadamente;
Como un rayo de sol en una tarde sombría...
Y desde que Violy llegó, una dulce melodía
Va musitando mi pecho veinticuatro horas al día...
La llevo en mi pensamiento, ineluctablemente;
Ha vuelto mi corazón esclavo de su recuerdo...
Pues desde que Violy llegó la suerte de mi existencia
Va atada sin condición al goce de su presencia...
¡Cómo atesoro su voz y las perlas de su sonrisa!
La luz que irradian sus ojos alimenta mis pupilas...
Pues desde que Violy llegó...
¡Quererla es toda mi vida...!".

—¡Qué preciosa es esa canción! —dijo la agraciada joven felicitándolo—. ¡Gracias, amor mío por esas gratas expresiones de cariño! Dejame decirte que yo también siento lo mismo que vos sentís por mí y tal vez más, internamente. Pero como no tengo el don del poeta, trato de decirte con mis ojos, con mis acciones y ternura lo que siento por ti y no lo puedo expresar tan elocuentemente.

—¡Me basta con que me ames y que me lo digan tus ojos! —dijo Edgardo. Le dolió en el alma despedirse de Violeta, especialmente porque al darle el beso del adiós bebió en sus labios lo salobre de sus lágrimas. Al momento se preguntó con amargura porqué para los hombres es tan fácil decirle ¡tantas mentiras a las mujeres…!

***

De nuevo en la pensión, Edgar fue al comedor a buscar algo de comer. Encontró a Teté en compañía de Walton, lo cual lo alegró y a la vez lo entristeció por razones que no podía precisar. Ambos bebían café con leche acompañándolo con galletas dulces.

—¡Y aquí viene el novio, *traralarará!* —exclamó Haydé, tarareando la marcha nupcial y luego aplaudió ruidosamente.

—¿Qué clase de chicha están bebiendo? —preguntó Edgardo bromeando.

—Estamos bebiendo *voj* —dijo Roque, aludiendo a la famosísima chicha con la que se embriagan los cobaneros, tanto los indios como los ladinos—. ¿Acaso no es esa la *chicha* que vos preferís…? —le preguntó con segunda intención.

—¡Ah…! ¿Tu *esposa* es cobanera…? —preguntó Teté.

—¿Queeeé? —preguntó Walton extrañado, sin esperar que Escoto contestara la pregunta de Haydé. ¿Ya te *casaste* con Violeta…?

—La respuesta a ambas preguntas es afirmativa —respondió Edgardo un poco enfadado—. ¿Qué más les gustaría saber…? —inquirió enseguida.

—Entonces, querido amigo —preguntó Walton con aire serio y molesto—. ¿Ya no habrá *viajecito* a Quezaltenango?

—¡Claro que lo habrá! Cuando yo hago una promesa siempre la cumplo —afirmó Edgardo con la esperanza de que con esas palabras se pusiera fin al interrogatorio—. Prometí que lo haría el nueve de enero y lo cumpliré —agregó.

Regresó a su habitación luego de comerse un emparedado acompañado por una taza con té. Mientras tanto sus compañeros de pensión continuaron hablando a solas y animadamente.

Cuando terminó de escribir algunas cartas a sus hermanos en El Salvador decidió visitar a Walton para aclarar varios puntos referentes al *viajecito*. Le interesaba decirle también la verdad sobre su falso casamiento. Al tocar a su puerta, el líder la entreabrió en paños menores.

—Quería hablar con vos sobre algo que tengo que explicarte —le dijo, observando que el cuarto se encontraba completamente a oscuras.

—Yo también —le dijo con voz apresurada—. ¿Pero es que no podrías esperar hasta mañana…?

—¡Por supuesto! Si tenés *bulto*, pues, hablamos mañana —agregó sospechando que estaba en compañía de alguna de sus numerosas querindangas. *En estas circunstancias*, pensó Edgar, *lo prudente es observar el undécimo mandamiento que prescribe que dos son compañía pero tres son una multitud no deseada.*

Al caminar hacia su habitación, observó que el silencio dentro de la pensión era absoluto. Deseando echarle una mirada a la acompañante de Roque, dejó la puerta entreabierta sabiendo que, al salir de su cuarto, forzosamente tendría que pasar frente al suyo. Sentía curiosidad por saber si esa hembra era tan bonita y tan salerosa como Teté. Cuando escuchó pasos suaves como de alguien que camina descalzo, abrió intempestivo su puerta y se encontró con la hermosa Haydé, con los zapatos colgando de sus manos.

—Voy al baño —dijo Escoto casualmente y callando su apabullante sorpresa siguió de largo. No escuchó que Haydé le contestara algo o que le diera las buenas noches.

En cierto modo le alegró el enterarse que la sobrina parecía haberse empatado ya con su libidinoso líder pues eso lo libraba de rendirle indebidas pleitesías a la bella mujer. Sí le enfadó, sin embargo, que la hermosa joven apareciera ser tan sumamente fácil para dispensar favores. *Pero ¿qué diría la tía si lo supiera? Probablemente nada*, se dijo mientras se metía en la cama. Trató de conciliar el sueño pero un cúmulo de pensamientos nefastos sobre la bendita Teté y su último descubrimiento sobre sus preferencias románticas no lo dejaban dormirse tan rápidamente como él deseaba. *¿Y si yo estuviera equivocado?*, se preguntó y luego se respondió: *Y si lo estuviera, ¿por qué tendría ella que caminar en puntillas y con los zapatos colgando de sus manos? ¿Por qué, carajos?*

A la mañana siguiente se encontraron todos a la vez en el comedor, menos Walton. Ya para entonces se había hecho el firme propósito de no hacer comentarios ni a ella ni a nadie sobre lo ocurrido la noche anterior. Se sentó alejado de Teté pero no con el objeto de distanciarse de ella físicamente sino porque todos los puestos a su alrededor estaban ocupados por otros inquilinos. Pronto se fueron levantando uno tras otro hasta que Haydé y Edgardo quedaron solos y en silencio.

—¿Cómo les fue ayer en su luna de miel? —preguntó ella, para romper el hielo.

—¡Muy bien! Y a *usted*, ¿cómo le fue en la universidad?

—¿No te parece que ya deberíamos *vosearnos*, mi querido Gago?

—Yo no tengo inconveniente —respondió él con indiferencia—. Si vos querés vosearme o tutearme, esa es tu decisión. Aunque prefiero la voseada porque la tuteada me causa muchos problemas con los verbos —confesó riéndose.

—¡Exacto, querido! —dijo Teté asintiendo—. Ese fue mi primer gran problema al llegar a Guadalajara. En Méjico todo el mundo se tutea y yo pasé muchas vergüenzas porque no podía acostumbrarme a usar los verbos en segunda persona singular.

—Pero ahora ya estás de nuevo entre tu gente y podés reacostumbrarte —le dijo poniéndose de pie. Ella se levantó también y juntos se marcharon a sus habitaciones. Pero Teté no abrió su puerta sino que entró en la de él y se sentó muy oronda en su cama. Edgardo, precavido, se sentó en una silla frente a ella.

—Quiero darte una explicación de lo que pasó anoche —dijo en voz baja.

—¿Explicación…? ¿De qué…? —preguntó fingiendo extrañeza.

—Es que Roque y yo fuimos novios hace algunos años. Es decir, cuando yo estudiaba en el Colegio María Auxiliadora de Santa Ana…

—¡Perdoná que te interrumpa! —replicó Escoto bastante intranquilo—. Pero vos no tenés nada que explicarme…

—¡Lo sé, Gaguito lindo, lo sé! Pero *yo* quiero contarte cómo nació la relación entre Roque y yo hace algunos años…

—Está bien, te escucho… —dijo Edgardo con actitud de sufrimiento e impaciencia.

—Roque tiene parientes en Jutiapa —comenzó diciendo con voz mesurada, casi inaudible— y en una fiesta de ellos nos conocimos. Luego que yo le dije donde estudiaba en Santa Ana, se las ingenió para que pronto nos encontráramos a escondidas y nos convirtiéramos en amantes. Al graduarme de la secundaria, me fui a Guadalajara y, como es lógico de suponer, nos olvidamos mutuamente. Anoche, en el comedor, me suplicó que reanudáramos el viejo romance y yo accedí porque recordaba haberlo amado mucho y, además, porque me angustia la soledad en que vivo. Ya en su cuarto y en su cama, me confesó descaradamente que me quiere, pero sólo para tener relaciones sexuales sin compromisos, porque tiene otra mujer con quien ya ha procreado dos hijos y piensa casarse con ella muy pronto. Incluso me dijo que ella vive a unas pocas cuadras de la embajada salvadoreña. Aproveché tu llegada a su puerta para vestirme rápido y largarme pero él me detuvo y no me quería dejar salir de su cuarto…

—Y ¿por qué vienes a contarme todo eso? —le preguntó un poco enfadado; pero a la vez tranquilizado con respecto a Roque pues, sin quererlo, se había enterado de la razón por la que él lo había visto en ese vecindario.

—Porque no quiero que te hagas la idea de que soy una mujer fácil para meter en la cama con el primero que me lo sugiera —añadió.

—Nunca se me había ocurrido tal cosa —dijo Edgardo, mintiendo—. Además, vos ya sos mayor de edad, dueña de tu cuerpo y responsable de tus actos —agregó.

—Pero anoche me descubriste caminando en puntillas y con los zapatos en las manos …y, bueno, supuse que sospecharías lo peor de mí…

—Imaginé que regresabas del baño y no querías despertar a los que dormían —respondió Edgar mintiendo seriamente—. Además, lo que vos hagás con tu vida es asunto tuyo… —agregó.

—¡Me duele que me hablés así, Gaguito! —dijo quejosa—. Pero estoy de acuerdo contigo. Lo que pasa es que tú… Bueno *tú* sabes que me gustas mucho, *a pesar* de que sé que ya estás casado —le confesó sin ambages.

—Pues, a decir verdad, el sentimiento es mutuo —le dijo sinceramente—. Pero yo quiero respetar mi matrimonio y, por lo tanto, ya no queda espacio en mi corazón para un romance clandestino —añadió muy a pesar suyo—. Es más, Violeta me dijo que sospechaba que vos y yo nos gustábamos y le parecía que una simple pared no sería barrera suficiente para impedir un encuentro romántico entre nosotros. Yo le pedí que confiara en mí y espero que *vos* me ayudés a merecer esa confianza. ¿Sí me ayudarás? —preguntó con el corazón adolorido.

Haydé no contestó a la pregunta de Edgardo. Se levantó de la cama y al pasar a su lado se inclinó brevemente para darle un beso apretadísimo en la mejilla.

Desde entonces Escoto trató de mantenerse alejado de ella, pero como una libélula desesperada se sentía atraído por su brillante luminosidad, aunque ciertamente la temía, a la vez que ferviente deseaba quemar sus alas en su incandescencia. A partir de ese día, se saludaban con frialdad al encontrarse ocasionalmente en el comedor o en el pasillo. Luego llegaron las Navidades y Teté se fue a pasarlas con los suyos en Jutiapa. Antes de partir le informó que iría a visitar a su abuela en Santa Ana y que haría un corto viaje hasta San Salvador. Le preguntó si se le ofrecía algo de su terruño pero él le contestó que no precisaba nada.

—Regresaré un poco antes del treinta de enero —dijo finalmente.

Escoto no quiso decirle que para esa fecha ya no estaría en la ciudad. Simplemente porque ese dato era de naturaleza secreta. Y tuvo miedo de que quizá nunca la volviera a ver y a mirarse de nuevo en sus ojos seductores. Una ola de tristeza invadió de pronto su serenidad y socavó su perpetuo y petulante optimismo, tal como las olas del mar se llevan las arenas que pisamos.

SEIS

Edgardo y Violeta pasaron la Noche Buena en el histórico hotel, Palacio de Doña Beatriz, en Antigua Guatemala; la tercera capital del Reino de Guatemayán, como fue denominada bajo la égida del Virreinato de Nueva España, nombre dado a Méjico durante el período colonial. La ciudad, fundada por los conquistadores españoles en 1543, fue abandonada después del terrible y catastrófico terremoto de 1773.

Al regresar a la capital, el padre Antonio los invitó a que esperaran el año nuevo en su casa parroquial. Durante esa velada, Valadés, al calor de una garrafa de vino de Málaga que los tres sorbieron lentamente y que Edgardo y Violeta trajeron para amenizar la última noche del año 1951, habló de sus experiencias vividas y sufridas en las diferentes poblaciones donde había servido después de su ordenación.

Violeta aprovechó la ocasión para expresarle su profundo agradecimiento por las gestiones realizadas ante la madre superiora y a la vez agregó que se llevaba muy bien con todo el personal, tanto laico como religioso, del convento.

—Últimamente me han pedido que participe en el coro del convento, donde yo seré la única que no viste hábitos.

Relató a la vez cómo todas las monjitas de su entorno le daban apoyo constantemente y le habían prometido ayudarla a cuidar el bebé. La madre superiora le había explicado al personal religioso que el embarazo de Violeta no detraía en lo mínimo la rectitud moral de la institución ya que ella había sufrido una brutal violación sexual. Debido a esa actitud tan generosa y tan caritativa de sor Hipólita, ella tenía decidido bautizar al bebé con el nombre de Hipólita si resultaba ser una hembrita.

—También me siento muy agradecida al padre Valadés por haberme procurado un empleo donde he encontrado cariño sororal y, a la vez, un lugar donde me siento protegida y segura —dijo Violeta con los ojos llenos de lágrimas—. Para demostrar mi gratitud, si el bebé es varón se llamará Antonio Ernesto. Mi madre ya aprobó todas esas decisiones. Y, claro, si no fuera por la extraordinaria capacidad de mi amado Edgar para adelantarse a las circunstancias no sé dónde estaría hoy. ¡Gracias mil a todos, en especial a ustedes, padre Antonio y a mi Gaguito! —añadió apretando su rostro contra el pecho de Edgardo.

El sacerdote y el licenciado aplaudieron efusivamente las elocuentes palabras de la futura madre tan llena de agradecimiento.

Durante el desayuno, el cura les informó que el padre Luis Arnelo, párroco del Santuario de Esquipulas, lo había invitado a concelebrar varias misas con motivo de las fiestas en honor al Cristo

Negro, una estatua bicentenaria de Jesús Nazareno que allí se venera.

—Me voy el ocho de enero —dijo—. Y pienso quedarme en Esquipulas hasta el último día del mes para gozar de unas cortas vacaciones. Ustedes también debían de acompañarme en el viaje para participar en las festividades religiosas y cívicas —les sugirió—. Además, el pueblo es muy bonito y sus alrededores son verdaderamente idílicos.

Violeta pareció entusiasmarse con la idea del párroco pero el licenciado, recordando su compromiso secreto con los miembros de AFES, se opuso al viaje con el argumento sofístico de que su novia apenas había cumplido un mes en el trabajo y que no era justo que ya estuviera pidiendo días libres. Su amada aceptó la decisión de Edgardo pues su argumento era lógico. Ambos jóvenes agradecieron de nuevo la oportunidad de haber pasado la última noche de 1951 en su compañía y le auguraron un próspero año y felices vacaciones.

***

A la noche siguiente, Edgardo se reunió con Handal.

—Necesito que me consigás un pasaporte falso —le dijo—. Es decir, un pasaporte guatemalteco que tenga todos mis datos físicos pero no mi nombre verdadero. Me gustaría que llevara el nombre Carlos Vielman Rodríguez. Esta es la fotografía y mis señas particulares —añadió, dándole una hoja con sus datos personales—. ¿Será posible conseguirlo unos días, antes de viajar a Quezaltenango?

—¡Por supuesto! —afirmó Tawfik—. Tan pronto hable con Roque empezaremos a mover los hilos. Eso sí: quiero asegurarme que estás decidido a llevar a cabo la misión. No te olvidés que implica un cierto riesgo —le advirtió nuevamente.

—Lo presiento, pero ya me he decidido a llevarla a feliz término y no me importarán los peligros que tenga que enfrentar —respondió con optimismo panglosiano.

—El cuatro de enero iré por mi último salario de espía —agregó sonriendo cínicamente.

—¿Y la lista de nombres ya la tenés?

—Solamente son dos nombres los que necesito —dijo crípticamente—. Y ya los he grabado en mi memoria como si estuvieran esculpidos en el granito de mi cerebro.

—¡Te felicito, muchacho! —aplaudió Handal alegremente mientras acariciaba su barba de profeta. Ese cúmulo de pelos negros le daba un aire patriarcal a pesar de su lozana juventud. Añadió pensativo—: He oído el rumor de que estás recién casado. ¿Tu esposa conoce tus… es decir, *nuestros* planes…?

—Por supuesto que no —contesto Edgardo y agregó bajando la voz—: Además, el cuento espurio del matrimonio lo inventó Violeta para mantener alejadas a sus rivales potenciales. Pero ese es un secreto que solamente te lo confío a vos. Espero que me hagás el favor de no divulgarlo.

—Por mí no tengas cuidado. Te guardaré el secreto —prometió Handal.

—Olvidaba informarte —dijo Escoto— que hace dos semanas tomé el examen de piloto automovilista. Le pediré a Edelmira que cuando llegue un sobre procedente de la Oficina de Licencias del Ministerio de Transportes te lo entregue. Y me hacés el favor de guardármelo...

—¡Por supuesto, compañero! —le prometió Tawfik dándole una palmadita en la espalda a la vez que pretendía ignorar el desasosiego de su amigo.

***

En la noche anterior a su partida para Quetzaltenango, fue a despedirse de Roque.

—Quiero pedirte que pagués por mi cuarto hasta la última semana de enero —suplicó.

—¡Con todo gusto, compañero! —respondió el líder de AFES.

—A Violeta le dije que viajaría a El Salvador y que estaría de regreso al final del mes. Por ningún motivo deben decirle la verdad. Si salgo con vida, pronto lo sabrán. Si ella viene, por favor, entregale las llaves del cuarto y si no quedate con ellas hasta fin de mes. Y si no he vuelto para entonces o no han tenido noticias mías, entregáselas a Edelmira —añadió, poniéndolas en su mano. No pudo decir más porque se lo impidió un angustioso nudo de temor que atoraba las cuerdas vocales y su garganta.

Pasó una noche llena de sobresaltos pues la hora fatídica para comenzar el viajecito se acercaba inexorablemente. Le tomó varias horas lograr quedarse dormido y aún en ese estado semi letárgico, el prospecto del peligro lo asediaba sin cesar, atormentándolo; y a menudo se sentaba de repente en la cama por la sensación de que alguien había entrado subrepticiamente a su cuarto con fines malévolos. Se arrepintió de haber rechazado el cariño de Teté pues su presencia en ese momento crítico de su vida, su deliciosísima compañía, le hubiera servido para olvidarse de los peligros que afrontaría y darse ánimos para la empresa que comenzaría a la mañana siguiente.

Se levantó temprano y tomó un taxi para el Aeropuerto La Aurora. Tomó el primer vuelo de Aviateca para viajar a Quezaltenango. A pesar de que duraba escasamente una hora, se sintió muy cansado al llegar a su destino. Pero más que exhausto, intuitivamente nervioso. Luego de realizar algunas actividades relacionadas con su misión, se dirigió al Hotel Xelajú, una modesta pensión con grandes pretensiones. No llevaba equipaje porque consideraba que no lo necesitaría. Hasta el sombrero había dejado en la pensión de doña Edelmira. Al presentarse al mostrador, el recepcionista preguntó por la maleta.

—¡No traigo! —respondió secamente—. Necesito un cuarto solamente por esta noche porque vendrán a *recogerme* temprano mañana —explicó crípticamente.

—Son cinco quetzales —dijo el empleado con aire indiferente—. Su cuarto es el 1H y está al fondo del pasillo —añadió señalando hacia la izquierda—. Muéstreme alguna identificación con fotografía y regístrese en ese libro —agregó, señalando un abultado cuaderno, visiblemente viejo, sucio y con las esquinas ajadas.

Para entonces ya tenía hechos algunos preparativos. Al bajarse del ómnibus que lo llevó desde el aeropuerto hasta el hotel, averiguó las direcciones de la oficina de telecomunicaciones y los números telefónicos correspondientes al *Diario de Occidente* y al *Impacto Occidental.* Al contactarlos les anunció que un espía salvadoreño estaba a punto de ser detenido por la policía secreta y les dio el nombre del sujeto y del hotel y la hora aproximada del sórdido evento. Luego envió telegramas a los carebaches a sus direcciones en Cobán y luego al embajador Fuentes, a la embajada salvadoreña en Ciudad de Guatemala, exigiéndoles a todos una suma suficiente para escapar a Méjico pues sus compañeros ya habían sido informados de su traición y estaban buscándolo y a punto de encontrarlo y liquidarlo.

Ya en su cuarto, se le antojó fumar un cigarrillo para calmar su desasosiego y entonces recordó que el último del paquete se lo había fumado antes de bajarse del autobús. Quiso dormir un rato pero la constante premonición del peligro desconocido al que se abocaba lo hacía sentirse extremadamente nervioso.

Luego se preguntó con avasallante ansiedad si la policía secreta ya habría interceptado sus telegramas como lo habían anticipado sus conjurados. Por momentos su mente se llenaba de zozobra y consideraba seriamente huir antes de que llegaran los que vendrían a arrestarle, pero concluyó finalmente que la suerte ya estaba echada. *Alea jacta est!*[22], dijo en voz

---

[22] La suerte está echada.

alta y muy nerviosa, citando las palabras de Julio César frente al Rubicón en la Galia Cisalpina y registradas por Suetonious[23] en su obra, *Caesar, 32*; y sonrió al recordar sus estudios de latín y de historia romana en su temprana adolescencia.

Decidió salir a comprar los cigarrillos. Mientras caminaba hacia la pulpería vecina, le asaltó la peregrina idea de que esta era la oportunidad de escapar de la policía judicial que vendría por él en cualquier momento. Su capacidad de raciocinio lo alentaba a huir del peligro al que se abocaba. Pero su sed de emociones fuertes y su patriotismo lo impulsaban a mantenerse firme en su decisión de ser útil a la causa.

Más fuerte aún que su sentimiento patriótico era su ambición irreductible de vengarse de los malditos carebaches. La última venció y rehusó dialogar más consigo mismo. Al regresar al hotel, diez minutos después, observó la presencia de un grupo de hombres vestidos modestamente a su entrada. Supuso que eran los periodistas y su suposición fue confirmada por la presencia de carros que llevaban impresos en su exterior los nombres de ambos periódicos que él mismo había convocado. Tembló instintivamente al pensar que la hora fatídica de su arresto había llegado finalmente. Dos hombres portando enormes cámaras fotográficas conversaban en voz baja con los otros a la puerta principal del hotel. Al ingresar vio inmediatamente a una pareja de individuos ataviados

---

[23] Biógrafo romano (69 – 122 A.D.).

de traje azul, corbata y sombreros negros que hablaban con el dependiente de la recepción.

—¡Ese es el señor Carlos Vielman Rodríguez! —dijo el empleado del hotel en voz alta, señalándole. Los dos desconocidos se dieron vuelta inmediatamente.

Edgardo también viró al instante y comenzó a caminar con paso rápido hacia la calle para que sus captores creyeran que no deseaba ser arrestado.

—¡Deténgase ya! —gritó uno de ellos y al momento escuchó un disparo de revólver a su espalda.

El licenciado, temeroso y obediente, giró pronto sobre sus talones.

—¡Yo soy empleado secreto de la embajada salvadoreña! —mintió en un grito desaforado para que los presentes lo escucharan—. Y ustedes deben respetar mi *fuero* diplomático —agregó con seriedad.

Los dos individuos mientras tanto continuaban apuntándole con sus armas.

—Somos agentes de seguridad del estado —dijo el hombre que tenía aspecto de persona mayor—. Muéstrenos entonces su pasaporte diplomático, por favor —agregó con voz deferente y precavida. Todas las cámaras comenzaron a funcionar al instante. Edgardo sacó el documento falso de su guayabera y el otro agente alargó su mano para recibirlo. Luego lo abrió y enseguida lo pasó al oficial de aspecto mayor.

—Este no es un pasaporte diplomático, es un pasaporte nacional —dijo éste y luego agregó—: Tenemos sospechas de su identidad y de sus turbios propósitos para involucrar al embajador de una nación amiga.

—Bueno, la verdad es que *yo soy* un espía a sueldo del embajador Fuentes —dijo Escoto, en voz estentórea para que los periodistas presentes en su entorno escucharan cada una de sus declaraciones. Su acento denotaba una extraña mezcla de fingido enojo y contrición. Luego se sucedieron otros relámpagos de las cámaras y el agente mayor pronto conminó a los fotógrafos a no tomar más fotografías.

—¿Desde cuándo es usted espía del embajador salvadoreño? —preguntó en voz alta uno de los periodistas. Escoto estaba a punto de responder cuando el agente le ordenó callarse y luego se dirigió a los presentes.

—¡Esto no es un circo, señores! ¿Quién los ha autorizado para hacerle preguntas al sospechoso? —les increpó en alta voz—. ¡Desalojen ya el hotel! ¡Lárguense! —les ordenó tajantemente.

El agente más joven sacó un par de esposas de su bolsillo. Luego de ponerle las manos a la espalda, las colocó en las muñecas de Escoto.

—No le permitiremos contestar preguntas a nadie, ¿entendido? —le ordenó en voz baja. El silencio fue su única respuesta.

Enseguida lo condujeron hasta una furgoneta negra y ataron las esposas a una cadena corta afianzada a una faja de metal clavada a la superficie interior del vehículo. Su atadura era tan corta que apenas le permitía permanecer sentado sobre el frío suelo metálico. Un joven estaba sentado al volante. Partieron y él, de reojo, leyó la hora en el reloj de pulsera de uno de sus captores. Eran las cuatro de la tarde.

Antes de llegar a la garita de control a la salida de Quetzaltenango le cubrieron la cabeza con una capucha negra y nauseabunda y lo obligaron a acostarse detrás del asiento delantero. Luego lo cubrieron con una cobija hedionda a sudor y saturada de polvo que le causó tres violentos estornudos. El agente más joven estiró sus extremidades sobre el cuerpo del prisionero y éste quedó completamente cubierto.

En la garita a la salida de Quetzaltenango, escuchó una voz que preguntaba:

—¿Para dónde se dirigen los señores?

—A Ciudad de Guatemala —respondió el jefe lacónicamente y con voz cansada.

—¡Que tengan feliz viaje! —les auguró el guarda con voz rutinaria.

Doscientos veinte kilómetros acostado bajo las patas de este desgraciado zopilote, se dijo Escoto. A pesar del mefítico hedor que emanaba de la cobija, logró quedarse dormido y, en verdad, no supo cuánto duró su largo y apacible sueño a pesar de los sobresaltos del vehículo sobre la azarosa carretera. En algún momento lo despertó la voz del chofer que preguntaba:

—¿Cuándo vamos a parar a comer algo y también para echar una miada?

—¿Tanta hambre tenés? —preguntó el jefe.

—¡Sí, pues, mi teniente! —respondió tajantemente—. ¡Tengo la tripa vacía y la vejiga llena! —añadió quejumbroso.

—Ya estamos entrando a Chimaltenango —dijo el jefe—. Frente al parque central hay una tienda de abarrotes que la cierran tarde —añadió—. Aquí te doy cinco quetzales. Comprá cuatro sánguiches de cualquier cosa y cuatro cervezas.

—¿Le va a dar cerveza al prisionero? —preguntó extrañado el chofer.

—¿Por qué no? —preguntó el jefe—. No quiero que se nos muera atorado con las migajas del pan. Además, todos tenemos derecho al *último* deseo —añadió, soltando una carcajada siniestra que congeló el espíritu del prisionero.

Luego los tres celebraron alegremente la respuesta del mandamás. Edgardo no se sentía con ánimos de reír y mucho menos de comentar sobre la amenaza implícita de su pronto final.

¡Gracias por su buen corazón!, dijo el prisionero en silencio.

Al llegar las vituallas, lo hicieron sentarse derecho, le soltaron las esposas y le subieron la capucha lo suficiente para que pudiera comer y beber. Le había extrañado sobremanera el silencio taciturno de sus captores; pero más aún, el hecho de que ninguno de ellos parecía tener nombre de pila y apellidos. Sin embargo, en cierto momento, el locuaz chofer preguntó mirando hacia adelante:

—Así que hoy, mi teniente, le tocó viajar en avión y en carricoche.

—Sí —dijo el oficial—. Ahora sólo falta que me manden de regreso a Quetzaltenango en una bicicleta. —Todos se carcajearon menos el prisionero.

***

El oficial de turno levantó el teléfono.

—Sí, dígame —dijo enseguida y luego añadió—: Mándenos una copia de esos telegramas. —Puso su palma contra la mejilla a modo de megáfono y gritó—: Dos teles sospechosos dirigidos a Patricito Landau y a Alfredito Wallenberg llegaron esta madrugada a Telecom. ¿En qué lío estarán ahora metidos este par de babosos? —preguntó al aire.

Minutos después, un mensajero del telégrafo entró a la oficina de la policía de seguridad.

—Estas son las copias de los telegramas que le mencionó mi jefe —dijo poniéndolas sobre el escritorio y luego se marchó sin decir más.

—¡Ponce! —gritó el oficial de turno—. ¡Aquí están ya los facsímiles!

El jefe se apareció con su escuadra colgándole debajo del hombro y un cigarrillo humeante prendido precariamente a los labios.

—¿En qué líos estarán metidos este par de güevones? —preguntó intrigado después de leer los mensajes. El subalterno no dudó un momento en sugerir una solución a todas luces trillada—: Mándelos a detener y los interrogamos para que nos expliquen el significado de esos mensajes.

—¡Buena idea! —exclamó Ponce—. Mientras tanto, informá a la central en Guatemala y pediles instrucciones; en caso de que fueran necesarias —agregó.

***

Alfredo Wallenberg, de pie sobre la acera de su elegante mansión, esperaba ansioso la llegada de su íntimo amigo, Patricio Landau.

¿Dónde diablos se habrá metido este pendejo güevón?, se preguntó en voz alta y con desesperación, mirando su reloj de pulsera. *Ya son casi las once y mi vieja está por regresar del médico. ¡Carajo! Si ella llega antes que Patricito ya no podré acompañarlo a Salamá*, añadió preocupado.

Minutos después, su fiel compañero de farra y de crímenes se apareció guiando un brillante descapotable negro. Era un Lincoln Cosmopolitan del '52.

De un salto Alfredo se metió en él, cayendo de pie sobre el asiento de cuero negro. Acostumbrado ya a la insolente vulgaridad de su amigo, Patricio no dijo nada aunque le había enfurecido su actitud de grosero irrespeto hacia su preciado automóvil del año.

—¿Cómo se te ocurrió comprar esta mierda que más parece un carro fúnebre? —preguntó despectivo mientras inspeccionaba su interior y el fino acabado del salpicadero.

—¿Lo decís por el color? —preguntó el dueño.

—¿Y por qué más, pues?

—¿Nu'hás oído decir qui'al caballo regalado no se le busca el colmillo...? —preguntó, y enseguida explicó—: Papá me lo regaló a regañadientes porque mamá insistió en que yo ya debía tener mi propio auto. La condición que me puso fue que no podré beber más de cinco cervezas al día. Y se lo prometí para que me diera las llaves —agregó riéndose cínicamente.

—¿Cinco cervezas no más? ¡Qué cojones! Tendré que ver para creerlo —dijo Alfredo con voz incrédula—. Ahora que ya *tenemos* un carrito nuevecito nos podemos ir para Salamá a chingar indias *jediondas*.

—¿Sabés que ya me cansé de estar chimando indias? Ahora quiero pisarme unas cinco pero ladinitas pichoncitas... ¿A vos no te gustaría, Alfredito?

—¡Sí, pues, Patricito! Pero yo quiero ir a buscarlas a Salamá...

—¿Trajiste tu pasaporte?

—¿*Pasaporte?* ¿Para ir a Salamá?

—¡No siás bruto, pendejo, güevón! ¿A poco ya se te olvidó que anoche hicimos planes para irnos hasta Tapachula?

—¿A Tapachula? ¡Ah, mierda! Sí, sí... ya me acordé... Dejame entrar a la casa a sacar el pasaporte y envolver algunas hilachas...

—¡No, no, no! ¡Qué hilachas ni qué mierdas, pendejo! Allá mesmo en Méjico nos las compramos... ¡Aquí voy cargado de harta lana! —dijo Patricio, imitando el acento y los términos del argot mejicano mientras se palpaba vanidoso los abultados bolsillos del pantalón y de la guayabera.

—Pero primero nos damos un quemoncito en Salamá, ¿o no? —insistió Alfredo.

—¡Esta bien! A Salamá nos vamos y di'ay ¡pa' Méjico! —gritó Patricio obediente.

—Tenés que ayudarme a cargar el pisto —indicó Landau tan pronto su amigo retornó con el pasaporte—. Porque tengo todos los bolsillos tan llenos de fajos de billetes que ya me están apretando los güevos y rozándome hast'el hoyu'el culo —explicó con su habitual grosería.

—Pasame todos los fajos que vos querrás — dijo Alfredo encantado de poder ayudar a su generoso amigo y también de sentir la grata presencia de algunos miles de dólares que su tacaño progenitor se negaba a proveerle. Le agriaba el alma tener que vivir gorroneando a costillas del hijo del socio de su viejo, pero era la única forma de tomar venganza en contra de él por su infame mezquindad.

—¿Te has fijado en lo buena que está la Éricka, tu hermana, Alfredito? ¿Por qué no me la prestás para divertirme con ella aunque sea por una sola noche?

—¿Estás loco, cabrón? Esa hembra es sólo mía porque ya me deshice del huevón de Ulises, el chofer garífuna prieto.

—¿Lo mataste?

—¡No! Le puse dos calzoncitos de Éricka debajo de su almohada y luego le dije a mi mamá que lo había visto salir de la alcoba de mi hermana. Mamá se encojonó y se jué a buscar evidencias en su cuarto. Y ¡claro, las encontró! Le pagó dos meses de sueldo para que no le dijera a papá la razón por la que se regresaba a Puerto Barrios y lo mandó a la mierda.

—¡Vos sos un verdadero genio, cabrón!

—¿Es que no te lo había dicho antes, cabrón? Ahora a mi hermanita me la reservo para las noches lluviosas. Aunque está muy remolona. Pero va a caer, ¡ya lo verás!

—¿Y no tenés más billetes para que te los cargue?

—Tomá este otro paquete.

Luego que sintió sus bolsillos cómodamente llenos, Patricio soltó los frenos y empujó el pedal de la gasolina hasta el fondo. Las llantas chirriaron escandalosamente y el auto salió disparado como petardo en feria. Escasamente a tres cuadras, una carreta vacía tirada por dos bueyes se atravesó en el cruce inoportunamente. Aunque Patricio frenó en seco no logró evitar la colisión contra el primitivo armatoste que súbitamente cayó hacia un lado, desnucando sus bueyes. El indígena que conducía cayó de espaldas contra el empedrado. Aunque salió ileso, se llevó tremendo susto y se levantó al instante. Enseguida vociferó imprecaciones en una mezcla de español y ketchí contra el dueño del elegante carruaje.

El ruido escandaloso del choque atrajo un gran número de vecinos. Doña Cunebunda de Wallenberg, madre de Alfredo, quien venía de ver al médico por una seria infección intestinal, ordenó detenerse a su chofer. Salió prontamente de su propio vehículo. Al ver a su hijo abandonando el convertible con la nariz sangrante, se dirigió hacia él llena de furia:

—¿Otra vez con ese demonio de Patricio, Alfredito? ¿Acaso no te ordené que te mantuvieras alejado de este degenerado? —lo increpó furiosa mientras se apretaba el vientre con ambas manos.

—¡Nu'hemos hecho nada malo, mamá! —explicó el hijo enojado y rehuyendo discutir la orden perentoria de su progenitora—. Ese maldito indio jediondo —añadió furioso y despectivo señalándolo— se nos atravesó con su mugrosa carreta... ¡*Él* tuvo la culpa! —despotricó cínicamente contra el humilde indígena, como si él y su compinche de juergas hubieran tenido el derecho exclusivo de transitar por la calle pública.

Patricio se había quedado sentado dentro del auto, atolondrado por el accidente y el golpe que el manubrio le había impactado en el pecho. Un guardia civil se acercó al vehículo y después de hacer un rápido reconocimiento de la seria abolladura sufrida en su parte frontal, se dirigió al abrumado conductor. La brisa circundante esparcía el olor acre del aceite de motor derramado.

—Muéstreme su licencia y también el registro vehicular —ordenó serio pero deferente.

A sabiendas de que nunca había obtenido esos documentos, Landau pretendió que los buscaba dentro de los bolsillos atiborrados de billetes.

—No los tengo conmigo —dijo finalmente con actitud insolente—. Seguro que los dejé en casa —añadió de mala gana.

—Pues entonces tendrá que acompañarme al cuartel… Y ¡ustedes también! —ordenó el agente, señalando a Alfredo y al infortunado conductor de la carreta.

Doña Cunebunda intervino al instante.

—¡Mi hijo ha sido víctima de ese pervertido e irresponsable! —gritó furiosa señalando a Patricio—. ¿Por qué se lo lleva arrestado? —preguntó llorosa.

—¡Señora, no los estoy arrestando! —gritó el guardia—. Pero ambos y el conductor de la carreta tienen que acompañarme al cuartel a llenar el reporte. O vienen conmigo por las buenas o los arresto a los tres —agregó, sacando de la funda su arma de dotación.

La angustia de ver a su hijo siendo llevado al cuartel de la Guardia Civil había agravado aún más su precaria condición estomacal y ella también prefirió marcharse rápidamente a su mansión antes que sufrir la vergüenza de un indecoroso accidente en la vía pública.

Antes de llegar a la estación de la Guardia Civil, dos detectives detuvieron al guardia civil y le explicaron que tenían orden de arresto contra Patricio y Alfredo. Los arrestados fueron esposados y luego conducidos al cuartel de la policía de seguridad del estado.

—Los dos jóvenes parece que iban de viaje pa'l extranjero —informó el oficial de turno a su jefe después de haber registrado los cuerpos y vestimentas de los arrestados—. Les encontramos dos pasaportes y diez mil dólares en efectivo en las guayaberas y pantalones de Landau y de Wallenberg.

—¿*Diez mil dólares?* ¡Puta, madre! Y ¿para dónde diablos iban esos cabrones con todo ese dineral? —preguntó Ponce.

—Patricio dice que iban de viaje a Tapachula y que pensaba abrir un negocio en Guatemala, pero Alfredo dice que iban solamente para Salamá.

—¿Y no te dijeron nada sobre los telegramas que les llegaron de Quezaltenango?

—Alegan que deben ser bromas pendejas de alguno o de algunos de sus amigos porque ellos no conocen a nadie que se llame Carlos Vielman Rodríguez.

—¿Qué pensás vos de sus declaraciones?

—¡Qu'estos cabrones nos han visto las caras de pendejos y nos están mintiendo hasta por los codos! —

respondió el subalterno—. ¿No te parece que es mucha coincidencia que ellos vayan para Méjico con esa enorme cantidad de dinero para poner un negocio en la Ciudad de Guatemala y que su amigo *Carlitos,* a quién ellos dicen no conocer, esté pidiéndoles harta plata precisamente desde la ciudad de Quetzaltenango, que queda a cincuenta kilómetros de la frontera mejicana?

—Tenés razón. Las contradicciones me parecen no solamente demasiado claras sino también estúpidas. Bueno, esperemos a que la central dé instrucciones. ¿Algo más?

—Sí, jefe. Patricio quiere que lo soltemos por un rato solamente para llevar el carro al taller de reparación de don Carlos Ponce al que llaman el Titicaca.

—¡No, señor, eso no es posible; no después que nos han mentido descaradamente! —dijo el jefe malhumorado—. Llamá a la casa de los Landau y deciles que Patricio no puede llevar el vehículo porque está detenido por la policía de la seguridad del estado. Que manden a otra persona a remover el dichoso carro de la intersección porque está obstruyendo el tráfico. Y advertirles que si no lo mueven antes de las seis de la tarde, la Guardia Civil lo remolcará y tendrán que pagar tanto por la remolcada como por el estacionamiento y también multas por abandonar un vehículo en plena vía pública.

***

Aproximadamente una hora después de haber consumido los sándwiches y las cervezas, la furgoneta que transportaba a Edgardo se detuvo en algún lugar. A Escoto la hediondez de la gasolina y del aceite quemado que saturaba el ambiente le indicó que probablemente habían llegado ya a la Ciudad de Guatemala. También le pareció que todavía sería de noche pues no se escuchaban las voces de transeúntes, solamente el taconeo de zapatos sobre terreno duro, aparentemente cementado y el ruido de motores de algunos vehículos que pasaban raudamente por calles aledañas. Enseguida lo levantaron del piso y en completo silencio lo condujeron del brazo por un largo trecho hacia un lugar indeterminado. Después de descender varios escalones se detuvieron, le quitaron el reloj de pulsera y el dinero que traía en los bolsillos, luego le zafaron el cinturón y enseguida lo encerraron dentro de lo que a él le pareció ser una jaula con valla metálica. Luego le quitaron las esposas y, por último, la hedionda capucha. Se dio cuenta al instante que no podía ver pues la brillantísima luz de los faroles que colgaban del techo lo había enceguecido totalmente. Cuando logró recobrar la visión se dio cuenta de que había sido *alojado* dentro de un calabozo cuadrado, rodeado por tres paredes de crudo hormigón blanco y por una gruesa malla de hierro. La celda ostentaba un pequeño lavamanos blancuzco ennegrecido por la mugre y un hueco renegrido en una esquina del piso para las evacuaciones corporales. Sus emanaciones, hediondas a excremento y a orina, atosigaban de manera insoportable el ambiente. Se asió de los barrotes de la celda, lo más alejado posible del inmundo hueco para evitar la náusea. Luego se dio cuenta que por la forma en que estaban dispuestos los bombillos de alto voltaje que colgaban del cielo raso, solamente iluminaban las paredes de fondo y su luminosidad se extendía hasta una doble fuente de aguas cantarinas confinadas por una enorme pileta circular que las recogía y las botaba por su borde. Detrás de la fuente se adivinaba una oscuridad total, impenetrable. Ningún ruido externo se filtraba a través de los pisos superiores o se escuchaba dentro del encierro. Recordando el número de escalones y descansos por los cuales habían descendido, le hizo suponer que este calabozo se encontraba en un tercer nivel bajo la superficie.

Mientras examinaba su entorno carcelario, escuchó el doloroso quejido de alguien en la celda contigua, a su derecha. Pudo también constatar que a su izquierda había otra celda, similar a la suya, aunque aparentemente vacía. Escuchó de nuevo el amargo quejido y decidió indagar.

—¿Qué le pasa? —preguntó intrigado y muy preocupado a la vez por su propia salud y bienestar.

—¡Me estoy muriendo de sed! —respondió una voz masculina con acento adolorido y lento—. Tengo fiebre y no he probado líquido desde no sé cuándo —añadió.

—¿Lo han torturado? —le preguntó Escoto con voz trepidante, rogando al cielo que le diera una respuesta negativa.

—¡Sí! Esos malditos me han torturado horriblemente. Me machacaron los testículos con la picana eléctrica y los tengo tan inflamados que no puedo levantarme; ni siquiera puedo mover las piernas porque además de que las tengo lastimadas, el roce con las gónadas me produce un intenso dolor —contestó lastimero—. ¡Y además me estoy muriendo de sed! —agregó a media voz.

—¿Cómo podría ayudarlo? —le preguntó.

—¿Lo dejaron descalzo?

—No, ¿por qué?

—Quítese un zapato y frótelo contra la reja —le aconsejó— y vendrán a ver qué es lo que quiere o qué le pasa. Cuando vengan, pídale agua para usted y para mí.

Edgardo produjo el mayor ruido posible como el vecino le había indicado. Y mientras esperaba a que alguien viniera a preguntar qué quería, recordó las palabras de Asturias[24] en su famosa obra, *Hombres de Maíz*, "*... En la cárcel no hay nada malo, todo es peor. Peor el dolor de estómago, peor la pobreza, peor la tristeza, peor lo peor de lo peor*".

Y se dijo con cierto pesar y arrepentimiento que esa innegable verdad le hubiera sido más útil si la hubiera recordado a su debido tiempo, es decir antes de meterse en el sombrío berenjenal en el que se había metido voluntariamente. Le vino a la mente la canción tan lastimera que Rosendo Maqui escuchaba de sus compañeros de prisión en la famosísima novela de Ciro Alegría,[25] *El Mundo es Ancho y Ajeno:*

"Calabozo de mis penas,
sepultura de hombres vivos,

---

[24] Miguel Ángel Asturias – Escritor guatemalteco (1899-1940).
[25] Escritor peruano (1909-1967).

Donde se amansan los bravos
y lloran los afligidos;
Donde se muestran ingratos
los amigos más queridos, ayayay,
¡Los amigos más queridos…!".

Unos cinco minutos más tarde, desde la oscuridad se apareció un joven trigueño, en uniforme azul, pero sin insignias indicativas de su rango. Escoto lo reconoció al instante. Era uno de los dos agentes que lo arrestaron y el que lo cubrió con sus piernas. Su rostro era agrio y de pocos amigos.

—¿Qu'és la jodedera que tenés? —preguntó hoscamente.

—Tengo sed y no tengo un vaso en qué beber —le dijo compungido.

—¿No podés beber en la cuenca de tus manos, güevón…? —preguntó el agente en tono humillante y soez.

—Bueno, yo sí —dijo Edgardo avergonzándose al reconocer que detrás de ellos se encontraba la fuente—. Pero el vecino no se puede levantar a beber porque tiene las piernas y sus genitales golpeados y además alega que tiene fiebre —añadió para justificarse.

—Ese cabrón se lo merece, y ¡se merece más! —gritó el tosco uniformado con voz áspera y desdeñosa mientras caminaba hacia la fuente—. Por dárselas de muy macho y no cooperar con los oficiales interrogadores —añadió. Luego tomó un balde, lo llenó de agua y lo trajo hacia la celda con la obvia intención de arrojársela al prisionero.

De repente, desde la oscuridad emergió otro individuo en uniforme.

—Saldívar carajo, ¿qué estás haciendo? —preguntó en tono de reproche. El licenciado lo reconoció al instante. Era el que había actuado de jefe en su captura.

—Mi teniente —dijo Saldívar sobresaltado— el doctor Estrada se queja de que tiene sed y mucho calor y yo pensaba *refrescarlo* un poquito.

—¡Ya no lo jodás más, hombre! —ordenó el oficial—. Ay me acaban de notificar que Gálvez[26] está satisfecho con los resultados de nuestra investigación. Dale unas cuantas aspirinas para que se le baje la fiebre y se le calme el dolor. Y dale un guacal lleno de agua para que pueda beber.

—¡Cómo usted ordene, mi teniente! —dijo Saldívar con aire disgustado.

—Y una vez que haiga bebido —agregó— subís al otro, al nuevo prisionero, al cuarto principal de interrogaciones. Edgardo supuso al instante que indudablemente se refería a su persona y, naturalmente, empezó a temblar, abrumado por el vehemente temor a ser la víctima de una inminente y terrible tortura. El peligro que había temido con cruel anticipación parecía ahora ya más real y más próximo. Se prendió fuertemente a los barrotes tratando de ocultar su ansiedad y con la esperanza de que sus captores no se dieran cuenta de su nerviosismo.

---

[26] Juan Manuel Gálvez – Abogado y político hondureño (1897 – 1972).

—¿Le doy una *remojadita* antes de subirlo pa'
que se empiece a ablandar? —preguntó Saldívar con
voz ominosa.

—¡No! —respondió el teniente secamente—.
No creo que haya necesidad… ¡no por ahora! —agregó
displicente al desaparecer en la oscuridad.

SIETE

El agente Saldívar, en cumplimiento de la orden de su jefe, después de proveerle agua y aspirinas al doctor Estrada abrió la celda de Edgardo, colocó las esposas en las muñecas de sus manos contra la espalda. Enseguida forzó sobre su cabeza una capucha dura, hedionda a sangre desecada y violentamente lo empujó hacia afuera de la celda. Mientras subían por las escaleras y caminaban por los pasillos, Edgardo cavilaba sobre el significado de la palabreja *remojadita* que Saldívar había sugerido a su hosco jefe.

Consideró preguntárselo al asistente pero, tomando en cuenta su conducta y actitud humillante y prepotente hacia los prisioneros, desistió. Y se prometió más bien preguntárselo a su vapuleado vecino. Finalmente, llegaron a un lugar donde Saldívar le ordenó sentarse sobre una baldosa fría y con la espalda contra una pared de cemento.

Pasaron varias horas y en esa oscuridad forzada, el licenciado se quedó eventualmente dormido. Horas después, pasos y voces que se acercaban a él lo despertaron. Saldívar le quitó la capucha y se quedó de pie a su lado.

—Este es el sospechoso que le mandó un telegrama exigiéndole dinero —dijo alguien invisible pero su voz parecía proceder desde el lado posterior de una ventana de cristal ahumado—. Y lo capturamos ayer por la tarde en Quetzaltenango...

Escoto supuso que ambos se escondían detrás de un espejo de doble luna. La voz, similar a la del teniente, preguntó:

—¿Lo reconoce, usted, excelencia?

—¡No, no! ¡Jamás lo he visto! —afirmó otra voz que Edgardo concluyó era la del embajador Fuentes.

—¡Mil gracias, excelencia, por venir a esta hora tan temprana! Pronto le daremos información sobre el resultado de nuestras investigaciones.

—Se lo agradeceré y lo tendré en cuenta en el futuro. También le haré saber a Jacobo de la eficiencia de su despacho y sobre esta asquerosa patraña que ha sido incubada por los enemigos de mi país y de mi Gobierno. Escoto se imaginó que el embajador se refería al presidente de Guatemala, Jacobo Arbenz Guzmán, su casi cuñado.

—¡Vámonos! —le ordenó Saldívar poniéndole de nuevo la tosca capucha y luego levantándolo por el brazo lo condujo a otro lugar cercano—. ¡Ahora sí vas a saber lo que es canela fina, carajo! —agregó amenazante mientras lo hacía sentarse sobre una silla metálica.

Enseguida escuchó la voz del teniente diciéndole:

—Dame ya los nombres y direcciones de todos tus conjurados y nada te va a pasar.

—Con todo gusto se los daré, mi teniente —respondió Escoto deferentemente, tratando de mantener una calma aparente—. Pero antes, por favor quítenme ya esta fétida capucha que me está llevando a vomitar y estas malditas esposas que me producen calambres en los hombros y en la espalda; y también, les imploro, denme agua pues estoy muriéndome de sed —añadió suplicante.

Le quitaron las esposas y al sacarle la capucha se dio cuenta de que estaba sentado frente a un escritorio de metal dentro de una oficina modestamente amueblada, pero sombría, lúgubre y hedionda a todo menos a bueno. Por la fetidez hostigante a heces y a orines y otras inmundicias, Edgar se imaginó que entre esas cuatro paredes se realizaban las torturas ya que de ellas pendían garfios de acero, ominosos artefactos metálicos, varias cadenas, puñales, cables eléctricos y unos lazos de cuero trenzado, similares a las riendas con que se sujetan o se refrenan los caballos.

—¡Desembuchá, pues! —gruñó Saldívar tan pronto el prisionero bebió la última gota del vaso de agua.

—¿Qué es lo que quieren saber? —preguntó Escoto—. ¡Ah! Pero primero quiero que me prometan que si les digo *toda* la verdad ustedes no me van a torturar ni me harán daño —añadió plañidero y esperanzado, aunque estaba segurísimo de que no lo tratarían con guantes de seda.

Los agentes se carcajearon cínica y ruidosamente.

—¡Este güevón se las sabe todas! —exclamó el teniente, sentándose detrás del escritorio—. Mirá, si vos nos decís la verdad y la podemos comprobar —agregó en tono serio— te prometo que no te haremos daño. Primero, dame los nombres de tus cómplices o tus patrones o esos que te pagaban, pues, para joderle la vida al embajador salvadoreño —agregó mientras sacaba una libreta gruesa de la gaveta del escritorio y una pluma fuente de la bolsa pechera de su camisa.

—Los nombres que ellos me han dado son Patricio Landau y Alfredo Wallenberg —respondió Edgar sin titubear.

—¿Dónde viven… o crees que viven?

—Me dijeron que residían en Cobán pero nunca me dieron una dirección exacta de sus casas. Viven con sus padres y supongo que ellos son gente muy adinerada porque esos changos despilfarran plata como si se hubieran sacado millones en la lotería.

—¿Y por qué te dijeron que venían de Cobán?

—Porque desde hace unos tres meses hemos sido amigos y también porque yo soy medio alemán —dijo Escoto mintiendo—. Antes de que me contrataran para la misión secreta —añadió dolosamente— me habían invitado a conocer Cobán y a visitar la casa de sus padres.

—Y ¿cuándo jué que juiste a visitarlos? —preguntó Saldívar.

—Nunca pude hacerlo —replicó Edgar tranquilamente— porque yo andaba buscando un empleo aquí en la capital. Luego que el embajador guanaco me dio trabajo como espía, pues ya no pude ir.

—¿Cuánto te pagaba el embajador? —preguntó el jefe.

—Cien quetzales por mes. Pero, como le estaba diciendo, después de que ellos me contrataron para llevar a cabo sus planes, ellos se regresaron para Cobán. Desde entonces nos hemos comunicado solamente por teléfono. Yo llamaba a la casa de don Fritz Landau y pedía hablar con Patricito y me lo pasaban o yo les dejaba mensaje.

—¿Dónde, porqué y cómo fue que los conociste? —preguntó el teniente.

—Nos encontramos por primera vez en el Bar y Billares San Francisco de la avenida Sexta y la calle Catorce. Ellos buscaban un tercero para jugar billar y yo accedí a jugar con ellos y les gané la primera apuesta. Me pagaron con cervezas y luego seguimos encontrándonos casi todos los días para jugar y beber en diferentes bares con billares. Como siempre tenían plata de sobra, no solamente pagaban por los juegos de billar sino que a veces, casi todos los días, me regalaban billetes de a diez y hasta de veinticinco quetzales.

—¿Cuándo fue que te dieron la orden de visitar al embajador? —preguntó Saldívar.

—A finales de octubre pasado me pidieron que visitara al embajador guanaco y le dijera que yo tenía amigos salvadoreños exiliados y que estaba dispuesto a proveerle información sobre las actividades subversivas que planeaban en contra de su Gobierno. Fuentes me contrató para espiar a los guanacos exiliados que yo alegaba conocer y prometió pagarme más de cien quetzales al mes.

—¿Y cómo te dijo que te contactarías con él cuando tuvieras información sobre los subversivos? —preguntó el jefe.

—El embajador me dio un código secreto para que pudiera cobrar mi sueldo y también para enviarle informaciones por correo sin tener que visitar la embajada. Ese código aparece en el telegrama que le envié. O sea: EEA-211151.

—Y ¿qué significan esas letras y esos números? —preguntó Saldívar.

—No tengo la menor idea de su significado —respondió Escoto mañosamente. Estaba seguro que el embajador tampoco lo divulgaría porque ya había afirmado que no lo conocía.

—¿Cuál fue la reacción de tus amigos cobaneros? —preguntó el teniente.

—Se pusieron contentísimos cuando les conté por teléfono lo que me había sucedido en la embajada. Y allí me propusieron hacerle una jugada chueca al embajador. Como compensación me prometieron darme mil quetzales y llevarme a Alemania, si la treta tenía éxito. Según ellos, suelen visitar el sector *comunista* muy a menudo.

—¿A qué lugar o ciudad alemana te prometieron llevar? —preguntó Saldívar.

—Eso no lo sé —contestó el licenciado—. Nunca me dijeron el nombre, pero por lo que colegí en nuestras conversaciones, creo que el lugar que ellos han visitado varias veces está cercano a Berlín, la capital de la República Democrática Alemana —añadió, pretendiendo no saber para darle un aire de mayor misterio a su relato y a la vez hacerlo más verosímil.

—Saldívar —dijo el teniente— llamá a los muchachos de Cobán y preguntales que si ellos conocen o saben de un tal Patricio Landau y de un tal

Alfredo Wallenberg y si tienen alguna información de sus viajes a la República Democrática Alemana. Y aunque no tengan un récord, que los busquen y los arresten y me los manden esta misma noche. Luego te comunicás con los muchachos del servicio de inteligencia y les preguntás si tienen algo que decirnos sobre los sospechosos.

Luego se dirigió a Escoto.

—Te voy a creer por ahora —le dijo sentencioso— y esta noche cuando tus *amigos* cobaneros lleguen, sabremos definitivamente si vos me has dicho la verdad o si solamente estás tratando de vernos cara de pendejos. Porque en ese caso no me agradaría estar metido en tu pellejo.

Edgardo tembló instintivamente y la piel al instante se le tornó de gallina.

—Por mí no hay problema —dijo Edgardo valientemente, manteniendo a toda costa su compostura a sabiendas de que los carebaches no podrían reconocerle—. Pero debo advertirle que ellos me dijeron lo mismo que me dijo el embajador; es decir, que nunca admitirían que nos hemos conocido o que alguna vez hubo trato alguno entre nosotros.

—¡Ya verás! Los haremos hablar. De eso vos podés estar seguro —prometió Villagrande con sonrisa ominosa. Escoto tembló nuevamente al reconocer que a él también lo podrían torturar para forzarlo a retractarse. Sin embargo, le alegraba pensar que ya se encontraba más cerca que nunca a instigar y realizar su venganza contra los malditos carebaches sin ensuciarse las manos con su sangre y con sus lágrimas.

***

Con el grato recuerdo de su amada Violeta en la mente, no le importó que de nuevo le pusieran la hedionda capucha y las esposas y lo condujeran a su celda. Saldívar se fue sin decir nada y poco después regresó con dos platos de arroz con frijoles y un par de cucharas de madera. Le pasó uno por la ventanilla de su reja y el otro lo colocó en el suelo directamente frente al doctor Estrada, pero fuera de su celda. Edgar intuyó en ese gesto, injustamente gratuito, la animadversión del pelele ayudante del torturador contra el prisionero. Y decidió neutralizarlo al instante. *Hablaré con alguien que tenga mayor autoridad*, se dijo.

—Señor Saldívar, ¿podría hacerme el favor de decirle al teniente que necesito hablar con él de inmediato? —preguntó Escoto diplomáticamente.

—¿Ah? ¿Con el teniente Villagrande? ¿Y qué querés hablar con él? —preguntó hoscamente.

—¡Hágame el favor! ¿sí? —suplicó humildemente con un leve guiño del ojo, pero sin contestar la pregunta indiscreta del esbirro. Éste se marchó sin decir nada pero Edgardo no perdió las esperanzas. Varios minutos después se apareció Villagrande.

—¿Qué es lo que me querés preguntar o decir? —le dijo secamente.

—Quiero suplicarle, mi teniente, que me cambie permanentemente para la celda del doctor Estrada.

—¿Por qué y para qué? ¿O es que te da miedo estar *solito*? —preguntó burlón.

Escoto no celebró la socarronería del oficial.

—Hágame ese favor —suplicó en voz baja—. Me da lástima que nadie pueda atender a mi vecino y él, como usted bien lo sabe, no está en condiciones de ayudarse a sí mismo. Estando allí yo podré ayudarlo a hacer lo que tenga o necesite hacer.

Sin decir palabra, Villagrande abrió ambas celdas y pasó a Edgardo a hacerle compañía al desdichado prisionero político. Y se marchó luego de cerrar la celda tras de sí y de pasar los platos llenos de comida por la ventanilla.

Sentado contra la pared, con la mano izquierda pegada a los barrotes, el doctor Estrada se encontraba completamente desnudo. Era un hombre de mediana edad, cabellos medio canos, y aunque de tez morena exhibía una horripilante palidez cadavérica. Los muslos los mantenía separados para evitar el contacto de ellos con las gónadas inflamadas y dilatadas por la hemorragia. De hecho parecían los testículos de un toro de color negro azabache. Sus labios resecos y blancuzcos presentaban los síntomas típicos de una deshidratación aguda. Edgardo sacó un pañuelo limpio de su guayabera, lo empapó con agua fría y con él enjuagó los lagrimales atiborrados de lágrimas desecadas, las comisuras de sus labios y luego la amarillenta mucosidad que le engrudaba y se adhería a su poblado bigote.

—¿Quiere beber agua antes o después de comer? —le preguntó.

—Antes... y... después, si... me... hace... el favor —balbuceó. Trató vanamente de dibujar una leve sonrisa en su rostro pero, fallando, se limitó a mover la cabeza de arriba abajo afirmativamente—. Los brazos... también... los... tengo... estropeados y no los puedo levantar —se quejó lánguidamente.

Escoto suspiró amargamente, preocupado al contemplar a ese pobre hombre hecho una piltrafa humana por la barbarie policíaca. Llenó el guacal de agua y enseguida lo colocó junto a él. Luego trajo el plato de latón con la mezcla de frijoles y arroz sancochados y con la cuchara de madera trató de ponerle algunos granos en la boca. Al abrirla se dio cuenta que varios de sus dientes habían sido destrozados; *probablemente a puñetazos*, pensó; y su lengua inflamada tenía un color amoratado, además de presentar varios hematomas y postemas renegridos. Aceptó un pequeño bocado de arroz revuelto con frijoles, pero debido a su dolorosa condición oral se le hizo imposible masticarlos y deglutirlos. Los granos sin masticar salieron de su boca y cayeron sobre los vellos rizados y medio canos de su pecho desnudo.

—¡Comida, no! ¡Agua, por favor! —imploró y Escoto le dio a beber más.

Aunque la presencia repugnantemente demoledora de Estrada le había hecho perder el apetito, Escoto se forzó a comerse hasta el último grano de arroz porque aún no estaba seguro de que le proporcionarían más alimentos. Luego trató de darle más de comer a su compañero, pero éste mantuvo la boca cerrada.

—¡Tiene que comer! —lo riñó Edgardo—. Aunque no mastique la comida debe hacer un esfuerzo decidido por deglutir lo más que pueda. Su estómago necesita algo sólido para neutralizar los ácidos que le provocaron el hambre —le indicó.

—¡Lo sé, lo sé! —exclamo Estrada lastimero y luego abrió la boca para que el samaritano le pusiera más alimento.

Escoto sonriendo lo complació.

—¿Es usted… médico? —preguntó mientras removía los granos sin masticar que se habían enredado en los rizos de su pecho.

—No… abogado…

—¿Cuál es su nombre completo?

—Ricardo… Estrada… Soto... —contestó con cierta dificultad.

—¿Hondureño?

—Sí, ¿cómo… lo… supo?

—Villagrande mencionó a *Gálvez* y supuse que se trataba del presidente de Honduras.

—¿Usted… también… es… hondureño? —preguntó con mucha dificultad.

—No —replicó Escoto— yo soy salvadoreño. Pero, quiero saber por qué motivo lo han torturado. Tómese todo el tiempo que quiera en contestarme, que tiempo es lo que más tenemos.

—Me… han… involucrado… en una supuesta… conjura de los liberales contra… el gobierno hondureño —respondió despaciosamente y en voz monótona, después de varios intentos por hablar coherentemente.

—¿Es usted miembro del partido liberal?

—No. Yo... pertenezco... al partido... nacionalista... o... conservador.

—¿A qué se debe la sospecha entonces?

—Gálvez sospecha hasta de su propia sombra. Es una... larga historia y no me siento con fuerzas... suficientes para... relatársela. Basta con decirle... que como no tenía nada que confesar me torturaron sin piedad hasta dejarme... en el estado miserable... en que ahora me... encuentro —balbuceó lentamente.

Su respuesta, aunque había satisfecho su curiosidad, lo dejó a la deriva en un mar de dudas y de horrendos temores con respecto a su propia integridad física y a la probabilidad de sufrir tortura igual o peor.

—Y ¿qué hacía en Guatemala cuando fue arrestado?

—Tengo una cátedra de derecho internacional en la Universidad de San Carlos. ¡Oiga! Usted.... estudió allí, ¿no... es... cierto? —preguntó con el ceño fruncido.

—Sí, sí señor; me gradué en noviembre —Escoto admitió en voz baja—. Pero, por favor, no lo comente con nadie mientras estemos en esta maldita jaula —le suplicó—. Si salimos con vida y en una pieza, le contaré mi historia y también mi *gran* secreto.

—Lo guardaré... *in petto,* como dicen... los papas —dijo Estrada y luego trató inútilmente de dibujar una sonrisa en su rostro magullado y amoratado.

—Se lo agradeceré muchísimo —dijo Escoto. Luego, intrigado por su aparente calma, le preguntó—: ¿Ya no está sintiendo dolores o malestares en sus partes afectadas?

—¡Por supuesto... que sí! Pero... el analgésico... que me dieron... ha sido muy...muy efectivo pues... la fiebre se me ha... disminuido y las punzadas que antes sentía en todo el cuerpo ya no son tan agudas... especialmente las de los testículos.

—Yo no soy médico, pero temo que los golpes que le dieron en sus gónadas le podrían causar pronto una gangrena...

Le interrumpió diciendo:

—Yo estoy... de acuerdo, licenciado, pero a estos malvados no les importa... mi vida ni mucho menos... mi salud...

—Tal vez si usted le pide al teniente Villagrande que le provean auxilios médicos, él se vería obligado a traer un doctor para que lo examine y le recete medicinas.

—Lo dudo. No creo... que Villagrande tenga sentimientos humanitarios... ¡Es una hiena! Si no muero aquí dentro me llevarán... para una frontera para aplicarme la ley fuga —agregó con vena profética—. En cambio... si muero aquí, me botarán... a un basurero y ¡sanseacabó!

—Admiro su crudo estoicismo —dijo Edgardo— pero yo en su caso trataría de obtener ayuda de auxilios médicos.

—¡Por favor, alcánceme un poco... de agua para tomarme los otros analgésicos! —suplicó. Y el licenciado presto accedió a su ruego.

Estrada cerró los ojos y el licenciado los suyos. Éste se puso a cavilar sobre la posible suerte que correrían los dos y a preguntarse si alguna vez vería de nuevo a su amada Violeta. Eventualmente se quedó dormido por muchas horas a pesar de la claridad que les envolvía y la constante presencia de la posibilidad de una tortura.

***

Saldívar, mientras tanto, al llegar a la sala de tortura, le sonrió al teniente con una vil mueca de triunfo.

—Ya arrestaron al Patricio Landau junto con el Alfredo Wallenberg —anunció alegremente.

—¿Y tan rápido, carajo? —preguntó Villagrande asombrado de la eficiencia de los policías cobaneros.

—Sí, pues. Es que esta mañana sorprendieron a Landau manejando su *limosina* sin licencia luego de haberla chocado contra una carreta. Y a Wallenberg lo llevaban al cuartel como testigo.

—Esos sinvergüenzas son realmente platudos; tal como dice el Vielman.

—Sí, jefe, parece que Carlos nos está diciendo la merita verdá —convino Saldívar.

—¿Y hubieron muertos o heridos? —preguntó el teniente lacónicamente.

—¡No, ninguno! Solamente los bueyes perecieron, pero el frente del convertible quedó muy aboyado. Se lo habían entregado nuevecito el día anterior y en menos de veinticuatro horas ya se había cagado en él —añadió soezmente.

—¿Les pediste que los enviaran para acá?

—Sí, pues. Vienen esta noche en el último vuelo de Aviateca... ¡Ah! Olvidaba decirle que los prisioneros declararon que, si no hubieran chocado el automóvil, ese mismo día planeaban viajar a Méjico en carro nuevo. Les encontraron a Patricio y a Alfredo diez mil dólares en billetes en la ropa que vestían al momento del arresto. El jefe del servicio en Cobán cree que ese dinero lo llevaban para ayudarle a Vielman a escapar. Lógicamente, para entrar a Méjico tendrían que pasar por Quezaltenango ¿no es cierto?

—¡Claro! Iban a encontrarse con Carlos, ¡por supuesto!

—¡*Got it!* Como dicen los gringos —apuntó el asistente con voz triunfante—. ¿Y cómo le pareció la cagada declaración del embajador de que nunca había conocido a Carlos…?

—¡Nada fuera de lo común! —dijo el teniente—. Yo comprendo que el embajador tiene que protegerse el hoyu'elculo para evitar que la policía se lo puye aquí o en la misma *Guanacolandia* —agregó soez.

A renglón seguido, los dos celebraron estrepitosamente el tosco símil con una carcajada.

—Ah, ¿le ordenaste al supervisor que mandara todito el pisto con los prisioneros?

—¡Por supuesto, mi teniente! Le dije también que ese dichoso paquetazo de dólares sería la mejor evidencia que tendríamos contra los sospechosos.

—¡Muy bien dicho, muchacho! —dijo el jefe felicitando calurosamente a su esbirro—. Andate al aeropuerto antes de que llegue el vuelo y asegurate de que cuando te entreguen los prisioneros te entreguen también los diez mil duros y les decís a los agentes que *yo* les mandaré el recibo por correo —agregó guiñándole el ojo.

—¡Cómo usted ordene, mi teniente! —replicó Saldívar obediente al mismo tiempo que le guiñaba el suyo para indicarle que había comprendido perfectamente el mensaje implícito en el guiño diabólico.

***

Saldívar despertó a Edgardo y luego de sacarlo de la celda le puso las esposas y la capucha.

—Tenés visita —dijo riéndose macabramente mientras lo halaba hacia un destino desconocido.

Después de subir las escaleras lo acomodó en una banca. Al quitarle la capucha se dio cuenta de que Villagrande estaba presente.

—Ponete de pie, vos, y mirá por esa rendija —le ordenó el teniente en voz baja—. Allí tenemos cuatro individuos, ¿no es cierto? Todos tienen un número grande pegado al pecho. Miralos detenidamente y decime si es que reconocés a alguno de ellos.

—Yo no necesito mirarlos detenidamente —replicó Escoto al instante mientras observaba por la rendija—. El número dos es Alfredo Wallenberg y el número cuatro es Patricio Landau.

—¿Estás seguro…? ¿Absolutamente seguro…? —preguntó Saldívar.

—Absolutamente seguro, ¡sí señor! —afirmó Escoto sin dejar lugar a dudas.

No obstante la aparente satisfacción de Villagrande con las respuestas de Edgar Escoto, alias

Carlos Vielman Rodríguez, Saldívar volvió a ponerle la capucha y las esposas y luego lo condujo a la celda que compartía con el doctor Estrada Soto; quien en ese mismo momento dormía apaciblemente. El ruido al abrir las rejas lo despertó pero permaneció callado hasta que el agente se marchó.

—¿Lo golpearon? —preguntó él ávidamente a su compañero de celda.

—No, por suerte no —respondió Edgardo—. Pero tampoco me puedo sentir tan seguro de que no lo harán más tarde o quizá mañana. ¡Ojalá que nunca! —exclamó esperanzado.

—Pero ¿lo interrogaron? —insistió.

—¡Ah, sí, claro! Pero prefiero no hablar de eso por ahora —le dijo secamente aunque un poco apenado pues se daba cuenta que el doctor ya se sentía de buen humor para conversar. Pero Escoto no quería ni abordar ni compartir el tema de sus problemas personales.

—Mire, Carlos —le dijo en voz baja—. Voy a pedirle que si usted es liberado antes que yo, me haga el favor de notificar a mi esposa en Tegucigalpa. Ella se llama Florinda Sánchez de Estrada y nuestra dirección es Calle José Cecilio del Valle #45.

—Con gusto lo haré —le prometió el compañero de celda—. Pero si usted sale primero, por favor, hágale saber a mis hermanos que estoy vivo, aunque recluido como prisionero político. Ellos se llaman Antonio Escoto y Amanda de Vides; ambos viven en la ciudad de Chalatenango, El Salvador. Allí todos los conocen —añadió bajando la voz porque en ese mismo momento, Saldívar llegaba empujando a un individuo quejoso que gritaba feroces insultos e imprecaciones soeces. Al quitarle la capucha, Escoto lo reconoció. Era Alfredo Wallenberg sangrando por boca y nariz.

Luego de meterlo en la antigua celda del licenciado; Saldívar se dirigió a la celda compartida.

—Vielman, vamos, ¡levantate! —le dijo abriendo la reja—. Te necesita el teniente. —Y enseguida lo llevó a la oficina de Villagrande.

Le extrañó y lo alegró a la vez que ya no le pusiera las esposas, solamente la maldita capucha hedionda a sangre húmeda. ¡*Carajo!*, se dijo el licenciado con el estómago revuelto por la náusea que le acogotaba la garganta. Subieron ambos por las escaleras y al llegar al tercer piso se detuvieron; ante una puerta cerrada, supuso Escoto. Saldívar abrió y al solo quitarle la capucha se abocó a una escena macabra e inesperada para Edgardo. Patricio estaba atado de pies y manos a una silla y la sangre fluía de su boca y nariz y tenía un ojo cerrado y sanguinolento. Era obvio que el teniente ya lo había golpeado severamente en el rostro para ablandarlo a que confesara. El ojo abierto y lagrimoso del estuprador permanecía enderezado hacia las baldosas.

—Mirá, Carlos —dijo Villagrande blandiendo un afilado puñal—, para refrescarle la memoria a este cabrón, repetinos dónde fue que vos te conociste con Landau y con Wallenberg.

—Fue en la cantina de Billares San Francisco de la avenida Sexta y calle Catorce que nos conocimos —dijo Escoto mintiendo naturalmente—. *Patricito* y *Alfredito* estaban jugando billar y buscaban un tercer jugador que quisiera apostar con ellos. Yo me ofrecí y les gané y me pagaron la apuesta con tres tandas de cerveza que nos bebimos en toda la tarde —agregó con toda la desfachatez del caso pues no sentía la menor lástima por los carebaches.

—Y ¿por qué lo llamás *Patricito* y no Patricio? —preguntó Saldívar.

—Porque Alfredo así lo llama —respondió muy campante—. Mejor dicho, así se llaman con diminutivos; según me dijeron, desde que eran patojitos.

Landau levantó el ojo y lo miró con odio y rabia.

—¡Nu-nunca he vi-visto a es'*hi-jue-jue-puta* en to-toda mi-mi vida! —tartamudeó lloroso, furioso y soez, señalando al falso acusador con la punta de la nariz.

—Contanos algo que alguna vez hablaron con vos y que no sea de esa bromita con el embajador —le ordenó el teniente.

—Alfredo y Patricio —dijo Edgardo en voz calmada y deliberada— me contaron cómo se divertían con las jóvenes indígenas en Cobán. Ellos las asaltaban en caminos solitarios, jugaban con ellas el viejo truco que ellos llaman *darle la vuelta al mundo*; o sea que las desnudaban a la fuerza, luego las obligaban a mamarles el pene y a tragarse el semen; las violaban vaginal y analmente o a través de cualquier orificio disponible o deseable. Y que ellos nunca se preocuparon por ser castigados por las autoridades porque las muchachas, según ellos, eran *puercas* indias, la mayoría de ellas, analfabetas, que nunca se habrían atrevido a hacerle esas acusaciones. Pero para sentirse más seguros, algunas veces, especialmente cuando ellas se ponían rebeldes, les quebraban el cráneo con rocas y las dejaban allí tendidas en el suelo, muriéndose. Me dijeron también que eventualmente se corrió la noticia entre las indias que resistirse a ellos era peligroso y lo mismo que acusarlos por sus *divertidas* aventuras al *dúo chimador*, como ellos mismos se apodaban orgullosamente.

—¿Es cierto eso, *Patricito*? —inquirió Villagrande, riéndose irónicamente.

—¡Esas son mentiras de este desgraciado! —dijo el estuprador—. ¡Yo nunca *le* he dicho esas mierdas! —añadió, sin darse cuenta de que había caído en la trampa.

—¿Y qu'és lo que vos *li'hás* contado a Carlitos, pues, *papacito*? —preguntó Saldívar, tomándolo por los cabellos para forzarlo a ver de frente al acusador. Luego le soltó una mano y la colocó sobre la mesa con la palma hacia arriba. Villagrande, al instante le clavó un puñal sobre la palma abierta. Landau soltó un espantoso grito de dolor. En ese instante, Escoto se arrepintió de haberlos involucrado en su farsa y creyó estar obligado a decir la verdad. Sin embargo, calló sus objeciones puesto que además de estar temeroso de ser igualmente torturado, continuaba poseído por el odio vengativo contra Patricio y su compinche.

¿Me estoy convirtiendo en un sociópata?, se preguntó a sí mismo al darse cuenta de que, aunque no disfrutaba observar a personas sufriendo brutales maltratos, tampoco se sentía obligado a salvar a sus enemigos de torturas adicionales. Al relatar sus mentiras, Edgardo imaginaba a su Violeta siendo cruelmente vejada, maltratada y humillada por los

malditos carebaches y ese recuerdo mitigaba parcialmente sus remordimientos.

—¡Nada! —rugió Patricio retorciéndose lastimero—. Ya-ya le-les dije que-que yo no conozco a ese ma-malpa-parido ce-cerote, embu-bustero —balbuceó sollozante.

Escoto sintió de nuevo un poco de compasión por el estuprador, pero el recuerdo de su amada inicuamente violada, amenazada a muerte y después vilmente calumniada, le dio más bríos para continuar infatigablemente su justa aunque brutal venganza. *Al fin y al cabo, esto es lo que este par de malditos se merecen*, se dijo con actitud y decisión implacables.

—¡Continúa! —le ordenó Villagrande.

—Ellos también me contaron que en muchas ocasiones destrozaron la cabeza de sus víctimas golpeándolas con peñones y garrotes para que ya no siguieran gritando y para silenciarlas definitivamente. Cuando estaban borrachos se les soltaba la lengua a ambos y se jactaban de sus fechorías, en especial con indígenas solas e indefensas. Patricio nos contó que había estado a punto de casarse con una joven cobanera pero que antes de la boda la novia había sido informada de que él y Alfredo habían violado y embarazado a una sirvienta de sus padres. La prometida rompió inmediatamente el compromiso y, por supuesto, no se realizó la boda.

—¿Es eso cierto? —preguntó el teniente.

—Sí —respondió Patricio con voz casi inaudible.

—Pero, según nos dijo Patricio —continuó el falso declarante— no le importaba un cojón el no haberse casado, porque no quería casarse ni con esa puta Winter ni con nadie más; primero, porque aún estaba demasiado joven y segundo, porque quería continuar la vida de juerga que llevaba con Alfredito…

—Todo esu'és verdá, ¿nu'es cierto, Patricito? —preguntó Saldívar.

El interrogado no contestó, pero Villagrande le levantó su cabeza y le asestó un fuerte puñetazo directamente en la nariz. La sangre fluyó de nuevo a borbotones y Saldívar volvió a hacerle la misma pregunta. Patricio contestó finalmente con voz gangosa:

—Algunas cosas son ciertas pero les repito que yo ¡nunca he visto a este hijueputa cerote…! —añadió soez y furibundo.

Villagrande le hizo señas para que continuara con su testimonio y Escoto, obediente, agregó:

—Me contaron también que tenían un *negocito* en Alemania Oriental y que de sus ganancias me pagarían para hacerle la broma al embajador guanaco.

—Andá, Saldívar, traéme al *Alfredito* —ordenó el jefe con voz irónica.

Luego de que Wallenberg llegó esposado y encapuchado al infernal salón de las torturas, Edgar repitió una a una todas las falsas acusaciones que ya había relatado. Para su fortuna, los crueles interrogadores le creyeron a pie junto todo lo que les relataba y, gracias a ello, hasta ese momento se había librado de ser torturado. Como sería natural, Alfredo negó conocerlo pero aceptó haber violado algunas indiecitas aunque *él* no las había matado como su falso ex-amigo alegaba. Las confesiones fueron extraídas a puñetazos a la cara de ambos. Sin embargo, no quisieron aceptar los cargos de tratar de importunar o poner en entredicho a la persona del embajador salvadoreño.

—Miren, par de cabrones —Villagrande les gritó furioso— aquí tengo copia de los prontuarios que sobre ustedes tiene la policía secreta. Ustedes han sido miembros de Alianza de la Juventud Democrática Guatemalteca, una organización comunista o pro-comunista. Han viajado tres veces a la Alemania comunista. Y en cada vez, ustedes obtuvieron visas de ingreso a través del consulado comunista alemán en Viena y aquí tenemos el récord de que de allí volaron a Berlín, vía Aeroflot, la compañía de aviación soviética. ¿Es eso cierto o es mentira, par de cabrones?

—Es cierto que nosotros íbamos para Méjico —admitió Patricio, rehusando contestar la pregunta del jefe—. Pero nosotros no conocemos a nadie que se llame Carlos Vielman Rodríguez. Además, nosotros no somos ni nunca hemos sido comunistas.

—Ayer por la mañana ustedes recibieron unos telegramas de Carlos Vielman Rodríguez, enviados desde Quezaltenango. Horas después fueron detenidos en Cobán al comenzar el viaje, según ustedes hacia Méjico. La policía de seguridad les encontró diez mil dólares en efectivo en sus ropas. Seguramente iban a pasar por Quezaltenango a buscar a su amigo Carlos y proveerle los fondos que él les había exigido en el telegrama para huir a Méjico y probablemente volar desde allí a la Alemania comunista... ¿Es esa información correcta?

—Nosotros sólo íbamos para Tapachula a divertirnos con las... bueno, con las putas —respondió Alfredo a media voz.

—¿Y cuál era el propósito de llevar tanto dinero? —interrumpió Villagrande.

—Mi mamá me dio ese dinero para abrir un negocio aquí en la Ciudad de Guatemala —dijo Landau haciendo pucheros.

—Y ustedes, claro, primero iban a visitar Tapachula. Allí, en esa ciudad donde *todas las putas* ostentan maestrías en administración de negocios, ¿no es cierto? —preguntó el asistente torturador con cruel ironía—. Seguro que cualquiera de ellas les hubiera provisto consejería financiera sobre cómo iniciar y manejar un negocio en Guatemala.

El teniente se sentó a la mesa desternillándose de risa por la salida mordaz, y jocosa a la vez, de su ayudante. Saldívar lo acolitó carcajeándose borregamente de su propia hilaridad chabacana. Los carebaches permanecieron mudos y atónitos ante las sendas payasadas de sus torturadores. El licenciado guardó una compostura seria aunque sonrió levemente.

OCHO

Luego que el teniente Villagrande y Saldívar, su ayudante, se sobrepusieron al ataque de desalmada jocosidad, soltaron en silencio a los estupradores para luego amarrarlos con el pecho pegado al espaldar de ambas sillas. Enseguida les subieron las faldas de las camisas hasta cubrirle con ellas las cabezas, dejando expuestas sus espaldas desnudas. Ocasionalmente, mientras lo hacían, los dos torturadores se mofaban y desplegaban repentinos ataques de ruidosas carcajadas. Era obvio tanto para Edgardo como para los carebaches que los investigadores gozaban de la inicua tarea de torturar y probablemente hasta de matar impunemente.

Villagrande y Saldívar seleccionaron y bajaron sendos látigos de cuero trenzado de los varios que colgaban de la pared detrás del escritorio.

—Este par de cabrones creen que nosotros somos tan pendejos como ellos mismos y que ya les creímos todas las mierdas y estupideces que nos han dicho… —dijo Saldívar.

—Ahora, amiguitos —lo interrumpió el jefe con voz amenazante, dirigiéndose a los dos carebaches— me van a contestar honestamente todas las preguntas que les haga; y si se niegan a colaborar, mi asistente y yo los obligaremos a que cambien de opinión a vergazo limpio. Quiero que me den el nombre o los nombres de los que los contrataron para causarle problemas al embajador salvadoreño. Quiero sus domicilios, ya sea que residan en el país o en el extranjero, con sus teléfonos y formas de contactarlos.

Los torturadores chasquearon sus látigos contra las patas de las sillas. Los estupradores (y Escoto también) saltaron sobre los asientos al chasquido de las riendas.

—Los próximos latigazos les van a partir… ¡el mero cuer'el culo! —les advirtió Saldívar.

—¡Nadie nos ha contratado para hacer algo semejante contra el embajador! —exclamó Patricio temblando y con voz llorosa. Los látigos cayeron inmisericordes sobre ambas espaldas rompiéndoles la piel. La sangre de ambos se hizo visible sobre los crudos hematomas dejados por los latigazos contra sus espaldas. Los torturados lanzaron horripilantes alaridos, retorciéndose de dolor.

—¡Nosotros no sabemos nada d'eso, por favor, créannos! —gimió Alfredo en un alarido desesperado y la fusta volvió a caer implacable sobre sus dorsos. Ambos aullaron por los fuetazos infligidos.

—¡Hablen ya, hijos de puta, o los matamos a vergazos! —amenazó el asistente.

Mientras los torturaban, Escoto se mantuvo sentado, quieto y cabizbajo y con el rostro cubierto por las palmas de sus manos. Después de media hora de arduo y cruel interrogatorio, Villagrande ordenó a su asistente que llevara al licenciado de nuevo a su celda.

Edgardo no se atrevió a preguntar si el jefe lo había hecho sacar porque sus declaraciones ya no eran necesarias o simplemente porque quería evitar que él observara torturas más crueles. Pero la decisión, cualquiera que hubiera sido el motivo, le alegró sobremanera pues su conciencia lo acosaba constantemente, acusándolo de ser realmente el único culpable del suplicio que los carebaches estaban sufriendo a insistencia de su espíritu de justicia.

Recordó el aforismo de Martí,[27] que *"Ver el crimen y no indignarse equivalía a cometerlo"*.

Pero esa tortura infligida a este par de estupradores no es un crimen, se consolaba diciéndose para justificar su silencio ante la crueldad observada. Ese era el castigo merecido por haber violado y asesinado mujeres indefensas; y aunque le repugnaba y le indignaba tener que presenciar las torturas, éstas eran indudablemente justificadas. Su sed de venganza insatisfecha lo alentaba a no permitir que su conciencia y su entereza moral lo obligaran a gritar la verdad. Comprendía a la vez que su deliberado silencio probablemente lo libraba de ser torturado con igual saña.

Estrada, quien en ese momento estaba sentado en cuclillas sobre el hueco habilitado para las evacuaciones corporales, se alegró de verlo tranquilo y sin el rostro magullado.

---

[27] José Martí – Escritor y poeta cubano.
Líder de la lucha por la independencia de Cuba (1853 – 1895).

—¿A qué santo se encomienda, don Carlitos? —inquirió sonriente mientras se limpiaba el trasero con sus manos desnudas. Era obvio que se había arrastrado hasta el hueco que servía de excusado para poder defecar.

—¡A ninguno le rezo, vivo o muerto! —le respondió el compañero de celda, tratando de no ver lo inevitable—. Pero no puedo cantar victoria todavía. Y ¡eso es lo que *más* me acongoja, amigo mío! —agregó con el estómago revuelto.

—¿Me podría hacer el favor de alcanzarme el guacal lleno de agua para poder lavarme las manos? —suplicó.

—Claro —dijo Edgardo, y le trajo la vasija llena de agua que enseguida vertió sobre sus manos extendidas y lo ayudó a caminar apoyándose en la pared y en su hombro. Después de dar unos veinte pasos pidió detenerse frente al lavatorio para bañarse el cuerpo entero. Al sentirse ya parcialmente seco, urgió a su amigo para que le condujera a su esquina junto a la reja. El licenciado lo complació al instante, aunque tenía una idea mejor.

—Si usted se colgara de los barrotes, podría ejercitarse tratando varias veces de ponerse de pie para desentumecer los músculos de las piernas y de los brazos —le sugirió.

—¡Magnífica idea! —exclamó Estrada—. Creo que podría hacer tres o cinco ejercicios a la vez —dijo apurando levemente sus pasos.

—Comience haciéndolo una vez y luego dos veces y así sucesivamente hasta que llegue el momento en que se sienta capaz de incrementar el ejercicio —le aconsejó Edgardo.

Una vez junto a la reja, el profesor pudo hacer hasta cuatro ejercicios. La mueca de dolor en su rostro todavía inflamado por los golpes indicó claramente cuán dolorosos eran, aunque comprendía perfectamente que necesitaba recobrar la fuerza y la elasticidad de sus piernas y brazos.

—Tenía miedo de que se me ampollaran y ulceraran las nalgas después de estar sentado por tanto tiempo y sin moverme —confesó jadeante.

—Usted también podría apoyarse con la espalda contra los barrotes y de vez en cuando cogerse de ellos para levantarse tan alto como le sea posible. Ese ejercicio le permitiría a la piel recibir sangre fresca más a menudo y le prevendría ampollas y llagas en sus posaderas. Además, le daría fuerza a los brazos y a los hombros.

—Esa es también una idea maravillosa —dijo Estrada agradecido—. Por favor, ayúdeme a acomodar mi cuerpo contra los barrotes.

El licenciado lo complació al instante.

—¿Tomó algún curso de educación física mientras estudiaba en San Carlos? —preguntó.

—¡Sí, claro! Y esta mañana me puse a pensar cómo podría ayudarlo a recobrar su salud y sus fuerzas perdidas y me prometí sugerirle estos simples ejercicios si lograba sobrevivir a la tortura que yo temía —dijo sonriente y feliz de encontrarse vivito y coleando.

—¿Tiene lápiz y papel para escribir?

—Creo que sí —contestó Escoto, hurgando el bolsillo interior de su guayabera—. ¿Es que me va a dictar su testamento? —preguntó en son de broma y buscando levantarle el ánimo, pero al instante comprendió su imperdonable craso error al escoger la pregunta menos adecuada, dadas las circunstancias de su vapuleado compañero de celda.

—¿Cómo lo adivinó, Carlitos? ¿Es que ya se me ve la cara tiesa de un cadáver? —inquirió tratando de reírse de sí mismo.

—Perdone, pero no quise decir eso precisamente —se disculpó Edgar avergonzado de su torpe ligereza y falta de sensibilidad.

—No se preocupe, que yo comprendo perfectamente —le dijo con voz paternal. Y luego agregó—: Quiero decirle que he decidido hacerlo mi *heredero* parcial.

—¿*Heredero...?* ¿Y a cuenta de qué...? —preguntó Escoto riéndose, segurísimo de que se trataba de una broma. (Al instante le vino a la mente el diálogo entre Edmundo Dantés y el Abate Faría, su compañero de cárcel en el Castillo d'If, en el cual éste le confía el lugar secreto donde encontrar un inmenso tesoro enterrado en la Isla de Montecristo. Recordó también que esa famosísima novela, *El Conde de Montecristo* de Alejandro Dumas, padre,[28] la había leído a escondidas pues en el seminario salesiano donde había estudiado en su temprana adolescencia era prohibido

---

[28] Alejandro Dumas, père – Escritor francés – (1802 – 1872).

leer libros no autorizados. (El tomo lo encontró debajo del escenario del pequeño teatro el cual le habían ordenado asear como castigo por haberlo pillado leyendo *Las Mil y Una Noches*, una larga y célebre recopilación de cuentos árabes del Oriente Medio medieval).

—Esto va en serio, mi querido Carlitos —le dijo—. En la agencia del Banco de Londres y Montreal de la Ciudad de Guatemala tengo depositadas noventa mil libras esterlinas, que con los intereses acumulados ya estarán acercándose a los cien mil. Solamente la persona que conozca el número de la cuenta y el código secreto puede sacar ese dinero.

—No sé si debiera aceptarlo —dijo Edgar con duda—. ¿Qué van a opinar sus parientes si se enteran que usted ha heredado a un perfecto extraño en vez de alguien de su sangre?

—Nadie se enteraría porque no tengo ni hermanos ni sobrinos. Y como estoy casi seguro que a usted ya no lo van a torturar y mucho menos a eliminar, quiero darle esos números.

—¿Y su esposa *no* los conoce? —preguntó Edgardo extrañado.

—No. Déjeme explicarle porqué: Florinda y yo planeábamos radicarnos permanentemente aquí en la Ciudad de Guatemala y para adquirir una casa transferí buena parte de los ahorros que teníamos en Honduras. Pero ya me di cuenta de que ese plan no se podrá realizar pues estoy seguro de que muy pronto me van a eliminar. Por eso quiero pedirle que acepte mi decisión de hacerlo heredero del cincuenta por ciento de ese depósito bancario.

—No comprendo por qué habrían de matarlo —dijo Escoto, tratando de no darle mucho crédito a los argumentos del abogado—. ¿Qué podrían ganar los testaferros de la dictadura hondureña con su eliminación…? —preguntó caviloso.

—¡Mucho, amigo mío, mucho! Simplemente porque estando vivo y libre podría recurrir a los tribunales de Guatemala para limpiar mi nombre y para ello sería necesario establecer cómo y a quién se le trasmitió la orden de mi captura y la consiguiente tortura. Se armaría un escándalo internacional mayúsculo que pondría en entredicho a muchísimas personas con autoridad y en peligro las relaciones diplomáticas entre los dos países. Y esa contingencia tiene que ser evitada y anulada… y solamente tienen una salida, ¡matándome! ¿Comprende?

—Comprendo. Y por eso usted quiere que yo saque ese dinero y lo comparta a medias con su esposa para que no caiga en las manos del fisco.

—¡Exactamente! ¿No le parece tentadora mi proposición?

—¿Tentadora? ¡Tentadorísima, señor mío! —exclamó Escoto regocijado—. Pero el mayor problema es que no sé a ciencia cierta si yo sobreviviré a la posible tortura o torturas que todavía me podrían infligir… También, que no me parece justa la cantidad que me ofrece…

—¡Ah! Entonces es que… ¿Quiere *más*? —interrumpió escandalizado.

—¡Por supuesto que no! Con el uno o el cinco por ciento me conformaría.

—Pero es que yo también quiero compensarlo plenamente por todas sus bondades y por sus amabilidades a mi persona —insistió—. Además, el uno por ciento sería una propina; el cinco por ciento es la suma que se paga a un prestamista o a una agencia bancaria. Usted en cambio ha sido... no ha sido, me ha demostrado ser una persona sumamente compasiva, paciente y comprensiva. Y esa actitud espontánea suya tan benévola hacia mi persona merece una compensación justa y adecuada. Escriba el número de la cuenta y luego le diré cómo ocultarlo. Es el 777-33-2155. Ahora escríbalo en tres líneas: 3.7+ en la primera. 2.3+ en la segunda y 21+2.5 en la tercera. Por lo tanto, el código secreto es el número 7332. ¿Qué le parece?

—¡Muy ingenioso! —dijo Edgardo con voz apreciativa—. Ese sistema de criptografía es algo realmente novedoso para mí —agregó—. Aunque en la universidad mis compañeros y yo nos ingeniábamos para mandar recaditos amorosos en clave a nuestras compañeras bonitas y jacarandosas —completó nostálgico.

—¿Entonces... acepta mi proposición? —preguntó Estrada ansiosamente.

—La acepto y le agradezco de todo corazón —respondió Edgar mientras le ofrecía su mano para sellar el trato—. Si yo llegara a salir vivo de esta infausta aventura, ese dinero me serviría para casarme y comprarme una casita donde levantar una familia. Pero preferiría que *ambos* saliéramos vivos e ilesos de este maldito encierro.

—¡Mil gracias por sus buenos deseos! —dijo seriamente y luego añadió—: Pero yo ya me conformé con mi suerte. Le recomiendo memorizarse los números porque si los torturadores los encontraran escritos en algún papel en su bolsillo querrán saber su significado. Pero dentro de su cerebro nunca podrán detectarlos.

—Tiene razón, doctor. Lo haré inmediatamente. Pero antes quiero preguntarle por qué usted cree que ya no me torturarán más.

—Es lo más probable, licenciado. Ya lleva dos días en esta pocilga y solamente lo han interrogado sin causarle mayor molestia que esposarlo y ponerle la capucha. Estos policías han sido entrenados para torturar y hasta matar si lo creen necesario para sus pesquisas. Saldívar no parece mayor de treinta años, de manera pues que es de la nueva generación de torturadores. Villagrande, mientras tanto, es de los que fueron entrenados durante la dictadura de Ubico y ellos no tienen ni alma ni sentimientos humanos o humanitarios. Saldívar parece ansioso por tomar el puesto de su jefe, por eso actúa con mayor sevicia que Villagrande.

—Es probable, pero el teniente estaba en Quezaltenango y fue el que dirigió mi arresto. O sea que no se dedica solamente a torturar. Aunque le oí mencionar que había viajado con el exclusivo propósito de arrestarme y traerme para Guatemala. Él no lo ha tocado a usted ¿o sí?

—Oiga, él fue el primero que me interrogó y solamente me asestó un par de puñetazos en el estómago cuando le dije enfáticamente que ya no tenía nada más que decirle. Pero después me pasaron con otros dos interrogadores que fueron los malditos que punzaron mis testículos con la picana eléctrica; me pusieron hierros calientes en el recto; apagaron colillas de cigarrillo contra mi pecho y me clavaron un puñal en la mano derecha; por eso no puedo hacer fuerza con ella. Luego, con bates planos de madera, me asestaron una brutal paliza en las piernas. Después forzaron mi cabeza en esa inmunda pileta y me amenazaron con ahogarme si no confesaba los nombres de mis conjurados. Luego me colgaron cabeza abajo hasta que perdí el sentido. Al volver en mí, me trajeron para esta celda, pero me no me dieron de comer ni de beber hasta que usted intercedió por mí con Villagrande. Y él me dio la gran noticia de que Gálvez se había manifestado *satisfecho* con mis *declaraciones* y que no me joderían más.

El recuento de las ignominiosas torturas sufridas había alterado el espíritu normalmente tranquilo del doctor Estrada. Sus ojos fulguraban por la cólera causada por esos terribles recuerdos, tan próximos y tan aberrantes como reales. Al licenciado le alegró constatar, sin embargo, que parecía estar recuperándose, aunque poco a poco ya que hablaba con mayor soltura. Además, era obvio que gozaba de una constitución física muy recia y de una mente ágil y preclara.

—Déjeme descansar un rato —suplicó—. Y mientras me duermo trataré de grabar en mi memoria el número de su cuenta bancaria —añadió.

Enseguida Edgar se sentó con la espalda contra la pared y luego cerró los ojos, pero las brutales escenas de las torturas y las reacciones de dolor y de llanto de las víctimas presenciadas horas antes lo asediaban tenazmente. Para expulsarlas de su mente atribulada, se puso a cavilar sobre la probable angustia de su amada Violeta por no haber recibido llamada alguna desde El Salvador donde supuestamente él se encontraba de visita. La imaginó azorada, buscando ansiosa e inútilmente entre los conocidos a alguien que le diera una respuesta lógica sobre su desaparición y paradero. Eventualmente logró dormir. Muchas horas después, varios gritos agudos y lastimeros lo despertaron. Villagrande y Saldívar, sin importarles sus testículos maltratados, empujaban a Patricio y Alfredo y ellos aullaban de dolor al ser forzados a caminar con rapidez hacia sus celdas. Observando que ambos prisioneros estaban completamente desnudos y caminaban lentos, con los muslos separados como si estuvieran montando a caballo, Edgar concluyó que también los habían torturado aplicándoles la picana eléctrica a las gónadas. La crueldad y salvajismo de Saldívar y su jefe eran inauditos, pensó Edgardo. Estuvo a punto de gritarles que les trataran con alguna consideración a sus partes lastimadas, pero desistió al concluir que cualquier súplica o solicitud de su parte, a lo mejor sería ignorada y, a lo peor, malinterpretada. Y, sin duda, arriesgaría su pellejo al hacerlo. Calló sus objeciones y se mordió los labios para castigarse por su infame cobardía, aunque ciertamente justificable.

Siendo que el doctor Estrada ignoraba que él era el acusador contra los estupradores, Edgardo no quiso darse por enterado de las soeces maldiciones lanzadas contra su persona. Precavido, se mantuvo muy quieto y callado, fingiendo dormir cuando en realidad estaba repitiendo mentalmente el código secreto de la cuenta bancaria para lograr grabárselo indeleblemente en el cerebro. Le dolía en el alma el hecho de que a veces deseaba que su compañero de celda sufriera el final que él mismo había sospechado para así lograr obtener la suma acordada. Esa cantidad sería suficiente para abrir un negocio y levantar una familia. Luego reñía consigo mismo por su falta de caridad humana y se prometía hacer todo lo posible por ayudar a tan buen hombre a salir con vida de su horripilante aprieto. *Tengo ya una profesión*, se dijo finalmente, *por lo tanto, no puedo medrar con la desgracia ajena.*

Horas después, Saldívar vino por Edgardo y sin ponerle esposas o capucha, lo condujo a una oficina localizada detrás de la oscuridad. En ese buró que no olía a sangre fresca ni a desechos fecales ni urinarios ni tampoco desplegaba instrumentos de tortura, Villagrande le presentó dos hojas mecanografiadas donde se reportaban las declaraciones hechas por el ficticio Carlos Vielman Rodríguez. Luego de leerlas detenidamente las firmó con el nombre inventado y las entregó al investigador. Le sorprendió sobremanera cuando el jefe le dio las gracias campechanamente, e inmediatamente ordenó a Saldívar regresarlo a su celda.

***

Al llegar, Edgardo encontró a los carebaches ya vestidos pero dormidos y se imaginó que probablemente les habían administrado alguna droga para calmarles el dolor y permitirles que durmieran. El ruido al cerrar la reja despertó al doctor.

—¿Qué horas serán? —preguntó en voz baja.

—¡Hora de irnos a la mierda! —respondió Edgardo, hastiado del prolongado encierro.

—¡Claro que me gustaría hacerlo! —exclamó Estrada—. Pero, en este momento me gustaría simplemente saber la hora —y agregó—: Porque estamos acostumbrados a saberla, ¿no es cierto?

—¡Sí, muy cierto! Somos esclavos de los hábitos. Pero para su satisfacción, yo logré ver en un reloj de pared de la oficina que marcaba las once y media. No supe si eran del día o de la noche y no quise preguntarle a Villagrande porque, como dicen los que saben de estas cosas, en la cárcel las preguntas las hacen ellos.

—Entonces deben ser ya las doce. ¡Cómo me hace falta mi relojito!

—¿A usted también se lo decomisaron?

—¡Claro! Y ojalá tengan la decencia de devolvérmelo… cuando me liberen… si es que me liberan… Es un obsequio de mi Florinda en nuestro aniversario de plata… ¡Cómo extraño a mi puchunguita! Así la llamo cariñosamente. Y ella me llama puchungo, a secas…

Edgardo rio al escuchar la tierna evocación de la esposa de Ricardo.

—No pierda las esperanzas de volverla a ver, doctor —aconsejó Edgardo dándole una palmadita en la espalda.

—Ese reloj me lo compró mi esposa —agregó Estrada— en la propia fábrica de relojes Bulova cuando visitamos Nueva York en nuestra segunda luna de miel.

Es muy fino y por eso tengo miedo de que tengan la desvergüenza de quedarse con él.

—¿Cómo le pareció la megalópolis de hierro? —preguntó Escoto refiriéndose a la *Gran Manzana,* como los neoyorquinos apodan a su ciudad.

—¡Más que colosal: repleta de gente por todas partes y de gentes de todas partes! Juntos subimos hasta el observatorio del edificio Empire State y desde allí el paisaje que observamos a nuestro alrededor era realmente maravilloso, inefable, diría yo. ¡Imagínese, la ciudad entera tendida a nuestros pies! Pero luego al descender uno se siente encerrado, como aprisionado por los enormes rascacielos. Para liberarnos de ese enorme calabozo nos fuimos en tren a conocer las cataratas del Niágara. ¡Esas son un espectáculo único, formidable y vibrante!

—¡Ya lo creo! —exclamó Edgardo—. Escuche, amigo mío, estos versos que escribió José María de Heredia, un poeta dominicano, nacionalizado en Cuba, cuando se encontraba frente a esas magníficas cataratas: *"Templad mi lira; dádmela que siento / En mi alma estremecida y agitada / Arder la inspiración... / ¡Oh! Cuánto tiempo en tinieblas pasó sin que mi frente brillase con su luz... / Niágara undoso tu sublime terror sólo podría tornarme el don divino / Que ensañada robó del dolor la mano impía... / Torrente prodigioso calma, calla tu trueno aterrador / Disipa un tanto las tinieblas que en torno te circundan...".*

—¡Se acabó la función! —gritó Villagrande al llegar a la celda, voluntariosamente interrumpiendo la fervorosa declamación de Edgardo.

—¡Llegó el burro y dijo *muuuh*! —dijo el doctor al oído del licenciado mientras el jefe abría la celda de los carebaches.

El teniente había llegado con Saldívar y dos guardias civiles jóvenes uniformados. Todos portaban escuadras de dotación colgándoles del cinto. Mientras los guardias ponían cadenas en las cinturas y grilletes en los tobillos de los prisioneros, el jefe y su invariable asistente se mantuvieron de pie observándolos.

—Caminen en fila india. Primero Landau, después Wallenberg, luego Estrada y Vielman de últimas —ordenó Villagrande. Aunque el recorrido era de apenas algunos cincuenta metros; debido a la precaria condición física del trío delantero, les tomó casi media hora para llegar hasta un enorme portón plegadizo hecho de tosco aluminio. Al levantarlo, apareció una volqueta cubierta hasta los guardafangos con una gruesa y sucia pieza de lona.

Con mucha dificultad y un coro patético de *ayes* y gemidos adoloridos, los prisioneros fueron colocados en la parte trasera del vehículo sobre asientos largos y paralelos; el doctor y el licenciado juntos, frente a la pareja de *carebaches*. Luego de sentarse al lado de la compuerta, uno frente al otro, los guardias cerraron la cremallera del cobertor dejando el interior totalmente a oscuras. Después de ordenar silencio absoluto, los secuaces se turnaban encendiendo, cada dos o tres minutos, sendas lámparas de mano para alumbrar los rostros aburridos y abrumados de los prisioneros. Ese chequeo constante era más que innecesario, ridículo, pues los brazos de los infelices estaban tan apretados por las cadenas que escasamente podían moverlos para frotarse las narices. Al rato escucharon que alguien preguntaba en voz alta el destino del viaje. Escoto concluyó que probablemente estaban pasando por una garita de control pero no logró oír claramente la respuesta dada por el conductor.

Lo más seguro, pensó él, *es que nos lleven a la frontera o a otra cárcel.*

Estrada quiso hacer un comentario en voz baja pero uno de los guardias lo enfocó al instante y groseramente lo conminó a cerrar el pico. Pasaron lentamente varias horas y en algún momento Estrada se quedó dormido, apoyando su cabeza contra el hombro de su compañero y nuevo amigo. Al licenciado también lo venció el sueño, lo mismo que a los carebaches. En algún punto de la carretera, revestida de múltiples baches y atiborrada de pedruscos sueltos y filosos, una de las llantas del carruaje estalló en violento estruendo y los vigilantes se bajaron apresuradamente a reemplazarla.

—Yo creo que nos están llevando a la frontera de Honduras —gimió Estrada en voz alta—. Y ojalá que estos desgraciados no tengan planes de aplicarnos la ley fuga —agregó.

—¿Qué es eso de la ley fuga? —preguntó Alfredo con voz temblorosa.

—Nos sueltan primero y luego nos obligan a cruzar la guardarraya; nos ordenan que corramos —explicó el doctor en voz baja— y a corta distancia disparan y nos matan y luego alegan ante el juez que tuvieron que disparar a matarnos porque estábamos tratando de fugarnos y no les obedecíamos la orden de detenernos.

—¡Y todo por este hijueputa güevón! —vociferó Patricio, soez y colérico.

Escoto se imaginó que el crudo insulto estaba dirigido a su persona, pero se hizo el sordo y el desentendido. Este griterío lleno de improperios, sin embargo, fue escuchado por los agentes y pronto uno de ellos vino a enfocarlos.

—¿Quién es el cabrón qui'ay está gritando? —preguntó.

El silencio total fue la respuesta y el vigilante regresó a su tarea. Momentos después volvió y luego de bajar la compuerta ordenó a todos que salieran del vehículo. Los prisioneros se regocijaron por ello. Además de poder estirar sus piernas acalambradas, el aire limpio de la campiña inundó sus pulmones, cansados y ahítos como estaban de respirar el aliento pútrido de los otros prisioneros y su hediondez a sudor y a sangre coagulada.

El sol rojizo se encontraba próximo a hundirse en las tinieblas de la noche e iluminaba un cielo límpido y azulado y algunos errantes arreboles que se diluían en occidente. El vehículo se había detenido sobre un alto recodo de la carretera que, en forma providencial, proporcionaba la vista de un amplio paisaje hacia el oriente. El reloj de uno de los guardias acompañantes marcaba las cinco de la tarde. En la distancia, Edgar observó una enorme concentración de techos rojos. *Probablemente es una ciudad*, pensó. Dentro de ella se divisaba claramente un edificio blanco y alto con torres gemelas. Ninguno de los prisioneros se atrevió a hablar hasta que Patricio decidió tomar la iniciativa.

—¿A dónde nos llevan, muchá? —preguntó acobardado, aunque en tono abusivamente familiar. Su pregunta pareció haber caído en oídos sordos.

Minutos después, Saldívar, quien había estado conversando a cierta distancia y en voz baja con Villagrande, le contestó con un gritó desaforado y soez:

—¡Y a vos ¿qué chingados te importa?! Cuando lleguemos lo sabrás.

—Y ese caserío que se divisa allá abajo —preguntó Edgardo valientemente, señalando hacia el oriente—, ¿es Chiquimula o Jalapa?

—No —respondió Villagrande—. Ese es el pueblo de Esquipulas.

Al instante, Escoto recordó que el padre Antonio supuestamente estaría allí de visita. Una hora después, aproximadamente, escucharon a la perfección los seis bulliciosos sonidos de un reloj de campana mientras el bamboleo del vehículo y el constante ruido de las llantas les indicaba que rodaban sobre calles empedradas. *Este pueblo debe ser Esquipulas*, dedujo Escoto. Luego comenzaron a oír numerosas voces altisonantes de gentes que caminaban al lado de su carruaje carcelario, disfrazado de inocente vehículo.

El murmullo de la gente que pasaba a su lado se incrementaba paulatinamente. Luego escucharon sonoras guitarras acompañando melodiosas gargantas que alegres cantaban llorones corridos mejicanos y ondulantes valses guatemaltecos. Oyeron también la música distintiva de bulliciosas rockolas y marimbas y también las voces destempladas de borrachos tratando de cantar en coro y hacerle segunda voz a los tocadiscos. Luego los ruidos se fueron disminuyendo paulatinamente.

Eventualmente solamente se escuchaba el monótono y pesado rodar de las llantas como si el vehículo se desplazara sobre un césped. De repente, la volqueta se detuvo. Los guardias civiles se bajaron con rapidez y soltaron la compuerta.

—Ya ¡pa'juera todos! ¡Todos, todos, pa'juera! —gritaron con urgencia mientras, inmisericordemente, halaban a los prisioneros hacia el exterior del vehículo.

Tristes y desolados, los tres lesionados, descendieron despaciosamente o tan veloces como les permitían sus extremidades lastimadas; Escoto se bajó de últimas. Villagrande ordenó que les quitaran las cadenas y los grilletes a todos ellos y mientras lo hacían, Saldívar encañonaba a los prisioneros con su revólver, quizá para impedir su imposible fuga. Luego el teniente sacó de su cartapacio cuatro sobres grandes cerrados y los repartió entre los presos.

—Señores Estrada, Vielman, Wallenberg y Landau —dijo ceremoniosamente—: Las autoridades de inmigración han determinado que ustedes son extranjeros indeseables y criminales peligrosos y, por lo tanto, nos han dado órdenes de deportarlos por tierra porque el Gobierno no tiene fondos para sufragar los gastos de expulsarlos por vía aérea. Esos sobres que les acabo de entregar contienen documentos para que los presenten al comandante militar cuando lleguen al pueblo de Santa Fe en Honduras. Él sabrá qué hacer con ustedes. No deben abrirlos hasta que se encuentren frente al comandante. También les hemos agregado una *limosnita* para que no se mueran de hambre —añadió con voz fingidamente enternecida.

Patricio se puso lívido de cólera impotente.

—Mire, señor teniente, Alfredo y yo somos ciudadanos nativos de Guatemala. Usted tiene en su poder nuestros pasaportes y nuestras cédulas que hacen constar lo que acabo de informarle. Y también están en su posesión los diez mil dólares de mi propiedad que los agentes en Cobán nos confiscaron de nuestros bolsillos. Alfredo y yo vimos cuando le entregaron ese dinero a su ayudante en el aeropuerto. Este par de hijos de puta —añadió despectivamente, señalando a Estrada y a Escoto—, pues a lo mejor son inmigrantes ilegales y criminales. Haga con ellos lo que le dé la chingada gana pero a nosotros tiene que llevarnos inmediatamente a nuestros hogares *en Cobán*, de donde nos secuestraron. ¡Y no crean que Alfredo y yo somos un miserable par de comemierdas...! ¡Somos ciudadanos *decentes*, de mucha valía y de mucho poder! Mi tío Otto, el diputado de Alta Verapaz, al enterarse de esta infamia se encargará de despedirlos y los hará que paguen en la cárcel todas las torturas y atrocidades que nos han hecho. ¡A lo mejor, pues hasta los lleguen a fusilar! —añadió altanero y amenazante.

—¡Y yo apoyo lo dicho por mi amigo Patricio! —exclamó Alfredo, quejumbroso y a punto de empezar a llorar—. Y ¡exijo que nos manden ya para nuestras casas!

El jefe se hizo el sordo a las objeciones y amenazas de los estupradores. Al percibir la presencia de su reloj dentro del sobre grande, Estrada se olvidó de la orden y lo abrió al instante para extraer su preciada joya. Luego se lo puso en la muñeca izquierda y lo mostró al licenciado. Saldívar se enfureció.

—¡Hola, guarde ya esa porquería! —le grito amenazándolo con su revólver. El jefe le indicó con una señal de mano que estaba bien.

Luego Villagrande les ordenó caminar hasta pasar un cerco de alambre con púas, que, supuestamente, era el lindero entre Guatemala y Honduras. Era obvio para Edgardo que los habían sacado del camino real que normalmente conducía al puesto de control inmigración y aduanas y los habían llevado a un lugar totalmente despoblado con propósitos ominosos.

—¡Nos van a matar, Patricito! —gimió Wallenberg tembloroso, cogiéndose del brazo de su cómplice.

—No te cagués en tus calzones, *Alfredito*. ¡Nadie los va a matar! —lo amonestó Saldívar soezmente; aparentemente consolándolo—. ¡Pásense todos por debajo del alambrado! ¡Ya! Y caminen derechito sin mirar pa'trás hasta que lleguen a Santa Fe. Serán por ay unos dieciséis kilómetros de camino a pata. ¡Que les vaya bien, muchá! —añadió y celebró la despedida soltando una macabra carcajada.

Los recién liberados prisioneros obedecieron la orden a pesar de la dolorosa dificultad al agacharse. Debido a su quebrantada condición física, los carebaches caminaron a paso lento delante de Escoto y Estrada, apoyándose el uno sobre el hombro del otro. Una enorme luna llena se escondía y se asomaba enorme y pálida entre el tejido enramaje de los árboles como si temiera o presintiera asustada la tragedia a punto de suceder.

Para aligerar el paso, Ricardo extendió su mano izquierda y se apoyó sobre el hombro izquierdo de Edgardo. Éste, mientras tanto, recordando las palabras de su amigo sobre el cruel método de la ley fuga, sintió un apabullante hormigueo de temor en su espalda y sus piernas comenzaron a temblar en un paroxismo saturado de vehemente pánico.

—¡No se aflija, Carlitos, ¡No se aflija, ni se afloje! ¡Cálmese ya! —le susurró Estrada paternalmente al percibir los desesperados temblores corporales de su amigo—, que a lo mejor nos dejan ir sin matarnos —agregó.

Apenas el doctor había hablado, cuando escucharon el primer disparo y luego el segundo, casi simultáneamente. Vieron a Wallenberg caer de bruces llevándose consigo a su amigo y compañero y los dos quedaron tendidos en el suelo. Edgardo trató de arrojarse sobre la grama, pero las piernas agarrotadas de su compañero no se lo permitieron pues no pudieron doblarse a tiempo. El siguiente disparo no se hizo esperar y Escoto sintió como si el aguijón de una abeja le hubiera traspasado su oreja izquierda. Asustado, percibió al instante que sangre caliente bajaba por su mejilla izquierda y caía sobre su pecho. El siguiente disparo impactó la espalda de Estrada y los dos cayeron redondos al suelo. Muchos otros disparos se sucedieron pero se hundieron en la maleza frente, detrás y alrededor de ellos.

Escoto y Estrada permanecieron por largo rato acostados sobre el césped para que los policías creyeran o concluyeran que ya habían fallecido. Los carebaches también continuaron quietos, pero Edgar no podía determinar si estaban malheridos o si ya habían volado a los infiernos. El no haber escuchado todavía la partida del vehículo preocupaba a Escoto pero más el hecho de que su compañero respiraba con gran dificultad.

El pánico continuaba apoderándose de su espíritu aunque también comprendió que su amigo había sufrido una herida peor que la suya y probablemente fatal. En voz baja le prometió correr a Esquipulas a pedir auxilio. No se lo manifestó, pero tenía en mente correr en busca del padre Antonio Valadés. De repente, escucharon que el motor de la furgoneta arrancaba y luego se alejaba lentamente. Edgardo levantó precavidamente su cabeza, aunque temeroso de que hubieran dejado a alguno de los guardias para asegurarse de que ninguna de las víctimas sobreviviera. Al no observar persona alguna en el área de la cerca, el licenciado concluyó que todo el grupo se había marchado.

—¡Ya me voy, doctor! —le dijo a su compañero de infortunio después de examinarle la espalda y comprobar que tenía un agujero del cual continuaba brotando sangre caliente que empapaba su chaqueta—. Y volveré tan pronto consiga ayuda —le prometió—. Por favor, manténgase lo más quieto que pueda y respire despacio. Espero encontrarlo vivo. Me llevo el sobre que le dio Villagrande porque ya no lo va a necesitar —agregó, creyendo que contenía solamente la orden de expulsión y la limosnita mencionada. Estrada movió la cabeza levemente indicando que comprendía el mensaje. Escoto se alejó de inmediato y luego de pasar por debajo de la cerca de púas ingresó de nuevo a Guatemala.

Caminó apresurado sobre la brecha en la que había llegado pero que no vio antes. Fue guiado providencialmente por la luminosidad del pueblo de Esquipulas reflejada en el empíreo azul y por los sonoros petardos que los participantes en la feria lanzaban hacia los cielos. La cruenta hemorragia había cesado pero la sangre derramada había pegado las telas de la camisa y la guayabera a la piel de su cuerpo. No sabía si buscar ayuda de gente desconocida pues temía que su aspecto ya desaliñado y sanguinolento fuese malinterpretado.

Después de una larguísima caminata por veredas ignotas y oscuras, esquivando las ramas a veces cargadas de filosas y puntiagudas espinas, llegó a la entrada del pueblo. Las calles de su periferia estaban oscuras pues hasta esas áreas no había llegado aún la luz eléctrica. De vez en cuando observaba ventanas entreabiertas con luces de velas y candiles de gas iluminando el interior de las casas; los que las habitaban asemejaban ser desde lejos entes irreales y hasta fantasmagóricos.

Más adelante, la luz de la luna era empañada por la luz del alumbrado eléctrico. Abrió su sobre grande y encontró en él su reloj de pulsera y demás pertenencias decomisadas al ser encarcelado. En un sobre pequeño había dos billetes de dólares *usanos* cuyo valor no pudo determinar inmediatamente por la escasez de la luz que irradiaba del bombillo eléctrico. Se imaginó que en el sobre del doctor también se encontraría igual cantidad.

La presencia del dinero le hizo recordar la suma que podría cobrar si Estrada falleciera al no proveerle socorro médico. Acosado por la codicia tuvo la tentación momentánea de no regresar a suministrarle ayuda y de olvidarse de su amigo. *Pero esa inacción tan cobarde*, se dijo temblando, *equivaldría a dejarlo morir y yo no puedo hacer eso. ¿Podría yo vivir toda mi vida con el amargo recuerdo de esa inaudita cobardía y de ese crimen imborrable en mi consciencia?*, se preguntó, mirando introspectivamente al interior de su alma. *¡No, no, no creo que podría!*, se contestó categóricamente y corrió a encontrar la ayuda necesaria para preservarle la vida al agonizante profesor.

Al llegar a la parte posterior del templo buscó afanosamente la puerta de ingreso de la oficina parroquial. Al encontrarla y tocarla, abrió una hermosa joven cuyos ojos grandes y vivaces, preciosa faz y sensual semblante le eran hartamente conocidos y muy gratamente recordados.

—¿Qué estás haciendo *aquí*? —preguntó Edgar; más que sorprendido, extrañado por su presencia tan inesperada.

NUEVE

—¡¿*Gago?!* —exclamó horrorizada Haydé Valadés al instante de reconocerlo y observar el aspecto macabro, sanguinolento y cadavérico que Edgardo Escoto presentaba—. ¿Qué te pasa? ¿Por qué tenés la cara y la ropa ensangrentadas? —preguntó histérica y más que sorprendida por su llegada tan insólita e inesperada.

El licenciado, sin embargo, no tenía tiempo para contestar sus preguntas. Tomándola por los hombros le dijo con voz apresurada:

—¡Me urge hablar con el padre Antonio! ¡Pero ya! ¡En este instante mismo, si es posible! Es un caso de extrema urgencia... Se trata de la vida o la muerte de una persona.

—Mi tío esta cenando con el padre Arnelo... ¿para qué lo querés?

—¿Tu tío? —preguntó extrañado.

—Sí. El padre Antonio es mi tío y, como te dije, en este momento está cenando...

—¡No me importa lo que esté haciendo! ¡Llamalo *ya*, ya por favor! —le suplicó con suma vehemencia.

Teté se fue y al instante volvió con su ensotanado pariente.

—Licenciado, ¿qué le sucede? —preguntó éste asustado.

—No tengo tiempo para explicaciones, padre —contestó con voz que denotaba gran apuro y exasperación—. A unos quince o veinte kilómetros de aquí —añadió— hay un hombre agonizando; es un amigo mío y sufrió un balazo en la espalda y temo le haya perforado un pulmón. ¿Tienen vehículo? —preguntó azorado.

—Sí, sí, el padre Arnelo tiene un *yip*. Haydé, ¡andá a llamarlo!

El párroco vino al instante. Era un hombre alto y fornido con rostro bonachón. Haydé los presentó a la carrera y le explicó del problema del amigo de Edgardo.

—¡Pero usted también parece estar herido! —observó el padre Arnelo.

—Sí. Pero lo mío no es importante, padre —respondió Escoto—. Me preocupa más la herida, mortal de mi amigo. Quiero llevarlo inmediatamente a la sala de emergencias del hospital o a una clínica donde lo pueda ver un médico. Una vez lo hayamos logrado, pediré que atiendan la mía.

—¡Vamos, pues! —dijo el padre Antonio.

—¡Sí, vamos! —acotó el padre Luis—. ¡Voy por las llaves! —agregó apresurado.

—Yo los acompaño —dijo Haydé—. Al fin y al cabo, soy ya una enfermera.

Antes de partir, Edgardo le entregó los dos sobres grandes a Teté para que los guardara en un lugar seguro. Saliendo del pueblo les dijo a sus acompañantes:

—Tenemos que tomar la trocha que va para la frontera pero casi llegando a la aduana hay que tomar un desvío hacia la derecha —explicó Edgardo—. Mi amigo se encuentra a unos pasos de la línea divisoria, pero en territorio hondureño.

—Antonio, ¿no será ilegal, entrar a territorio de Honduras aun cuando el propósito sea tan noble como el nuestro? —preguntó Arnelo.

—Es posible, Luis, pero tratándose de un acto tan humanitario, podríamos olvidarnos de que estaremos en territorio extranjero. Lo pasaremos para el lado guatemalteco antes de ver qué se puede hacer…

—Entonces llamemos al hospital a pedirles que manden una ambulancia —sugirió Haydé.

—Ciertamente —dijo Edgardo—. ¡Esa es una magnífica idea! Pero deben de llamar ya, pues no hay tiempo que perder.

Llegaron a la frontera. Con la ayuda de la luz de la luna llena que se acercaba al cenit, pronto divisaron un par de individuos que parecían estar hurgando, probablemente robando, los cuerpos o los cadáveres de los carebaches. Al darse cuenta de la llegada de Escoto y de los acompañantes, el par de probables cacos corrieron y se escondieron en un monte grueso.

—Mi amigo es aquel que está allí —dijo Edgardo, señalando al doctor Estrada, quien yacía inmóvil y boca abajo sobre la hojarasca y la hierba.

Se colaron por debajo del cerco fronterizo. Haydé le tomó el pulso y constató que aún respiraba, aunque débilmente.

—Para evitar problemas con la inmigración, habrá que pasarlo ya para el otro lado antes de que la ambulancia llegue —aconsejó el licenciado. Al registrarle los bolsillos de su ropa encontró una cartera y un pasaporte; luego los dejó donde los había encontrado.

—Hágame el favor, padre Arnelo —suplicó Escoto respetuosamente— de irse hasta la carretera a encontrarse con la ambulancia porque su chofer no tendrá idea dónde ubicarnos.

—¡Por supuesto! ¡Con mucho gusto! —respondió el párroco. Y se marchó en su Jeep.

Pasaron al doctor Estrada por encima de la cerca de púas que demarcaba la frontera y lo colocaron supinamente sobre el césped. Haydé les sugirió que lo pusieran inmediatamente bocabajo para evitar que se ahogara en la sangre y la flema que emanaban por su boca. Su tío y Edgardo implementaron al instante la sabia sugerencia de la profesional.

Tan pronto llegó la ambulancia, sus asistentes cargaron con el cuerpo y lo transportaron al vehículo. El padre Antonio se dirigió entonces hacia donde yacían tendidos los cuerpos de los estupradores. Edgardo lo siguió y tras de ellos vinieron el padre Arnelo y Haydé.

Ésta se adelantó y tomó el pulso a ambos.

—Están muertos —dijo—. Y en uno de ellos el *rigor mortis* ya empieza a sentirse.

—¿Usted los conocía? —preguntó el párroco a Edgardo en tono de sospecha.

—No. No los conocía personalmente; pero conozco sus nombres: el gordo se llamaba Patricio Landau y el otro, Alfredo Wallenberg —respondió.

Mientras el padre Arnelo rezaba un breve responso por los dos difuntos; el padre Antonio tomó a Escoto por el brazo y lo llevó un poco lejos de sus acompañantes.

—¿No son *esos hombres* los que violaron a tu novia? —le preguntó a Escoto con aire intrigado.

—¡Sí, padre, ellos son...! —contestó escuetamente el licenciado.

—¿Y qué podrían estar haciendo por estos lados? —preguntó con el ceño fruncido.

—No tengo la menor idea, padre —le contestó, mintiendo enfáticamente—. Lo único que sé es que ellos fueron los violadores. De eso no me cabe la menor duda...

En ese momento, uno de los asistentes de la ambulancia vino a preguntar si habría necesidad de regresar por los otros heridos.

— Según dice mi sobrina, que es enfermera — respondió el padre Valadés— esos dos ya pasaron a mejor vida y no hay nada que podamos hacer por ellos. Además, se encuentran en territorio hondureño. ¿Qué cree que debemos hacer con sus cadáveres, padre Luis? —preguntó.

—Habrá que dar parte a las autoridades de Esquipulas para que llamen a las de Santa Fe — contestó Arnelo. Luego, dirigiéndose a los ambulancieros, les dijo—: Mientras tanto, llévense al paciente al hospital. Nosotros llegaremos tan pronto que podamos a dar sus datos.

Todos partieron en sus respectivos vehículos.

—Supongo que nos iremos inmediatamente a la delegación de la Guardia Civil, ¿no es cierto? —preguntó Teté y añadió—: ¿Y quién diremos que encontró los cadáveres y el herido?

—Pronto lo decidiremos —dijo el padre Luis, añadiendo—: Primero tenemos que llevar al licenciado a la casa parroquial para que se dé un baño y que tú le cures la herida.

—Y también para que me den algo de comer —dijo el aludido con voz de menesteroso—. Estoy muerto de hambre pues desde ayer no he probado bocado —añadió.

Una vez estuvo bañado, comido y metido en las ropas personales que el padre Antonio le facilitó, se entregó a las bondadosas manos de la enfermera más linda que jamás paciente alguno hubiera conocido. La seda acariciante de sus tibias palmas fue un bálsamo salutífero para su herida. Sin embargo, mientras la hermosa Teté lo curaba y vendaba con suavidad y esmero profesional, él pensaba en la otra, o sea en la esposa de mentiritas.

Con profesional parsimonia, la enfermera se mantuvo callada mientras llevaba a cabo su noble tarea. Él la secundó con su silencio. Pero una vez hubo terminado, se le soltó la lengua.

—Decíme, Gago, de una vez, ¿qué *demonios* hacías vos en la frontera con esa clase de gente? ¿Te peleaste con ellos, pues? ¿O los mataste vos mismo...? —pregunto extrañada.

—¡Ni lo uno ni lo otro, preciosa! —respondió molesto—. Si me dejás narrarte lo que en realidad nos sucedió, todo va a quedar claro en tu mente curiosa. Pero primero me tienes que jurar por el nombre de tu madre que por ninguna razón se lo repetirás a nadie. Antes que nada, quiero saber ¿qué estás haciendo vos en esta casa y en Esquipulas…?

—Estoy aquí porque cuando llegué a Jutiapa, papá me preguntó si había visitado a mi tío Antonio. Yo le contesté que no porque no sabía que ya tenía parroquia en Guatemala. Luego papá llamó allá y le dijeron que él se encontraba en Esquipulas. ¿Satisfecho? Ahora, contame vos tu historia...

—Te la contaré pero antes dejame decirte que me preocupa el hecho de que tu tío y el padre Arnelo no hayan regresado. ¿Qué los estará deteniendo? ¿Será que el doctor Estrada habrá empeorado o será que también habrá fallecido? —preguntó preocupado.

—Podría ser lo primero porque si hubiera fallecido ya nos hubieran llamado, ¿cierto? También acordate que cuando veníamos de regreso quedamos en que no diríamos que fuiste vos el que nos vino a decir de haber visto unos cadáveres abandonados en el campo. A lo mejor la Guardia Civil les pidió llevarlos a la frontera. Pero ¡cuéntame ya, porque me estoy muriendo de curiosidad! —agregó con los nervios crispados.

Edgardo le relató la novelesca historia desde su encuentro accidental con Violeta hasta la fallida ejecución de la que había salido, afortunadamente, con vida. Haydé se maravilló de su audacia temeraria, de su insólita valentía y de ser tan afortunado. Sin embargo, él se cuidó de mencionarle la cuenta de banco en la que el doctor le había prometido hacerlo partícipe o heredero si no lograba salir con vida de la cárcel. Terminando su relato, llegaron los curas.

—La Guardia se comunicó con el comandante de la patrulla de Santa Fe —dijo el padre Arnelo, añadiendo—: Y él dijo que enviaría sus agentes a recoger los cadáveres.

—Y el doctor Estrada, ¿cómo está? —preguntó el licenciado con seria preocupación.

—Se encuentra muy mal —dijo el padre Antonio—. Ya le extrajeron la bala del pulmón —añadió— pero según el doctor Cárdenas no hay muchas esperanzas de que sobreviva esta noche porque ha perdido muchísima sangre y tiene casi todo el cuerpo magullado. Mientras tanto, el sargento Morales, el encargado de homicidios, y quien fue informado de la posibilidad de un crimen, espera a que pronto se restablezca para que haga sus declaraciones. Pero los problemas no paran ahí; pues según nos dijo, la bala ya fue examinada y se cree que en efecto pertenece a una escuadra de dotación de la Guardia Civil.

—¡Dios mío! ¡Qué lío se va a formar! —exclamó Haydé—. Pero ¿ya le dijeron a la Guardia Civil que el doctor Estrada es hondureño?

—No hubo necesidad —respondió el padre Luis— porque las enfermeras encontraron el pasaporte en su pantalón. El doctor Cárdenas, que está a su cuidado, después de hacerle el examen de admisión le informó a Morales que las múltiples hematomas, heridas y traumas que presenta el cuerpo del paciente podrían ser producto de torturas sistemáticas y prolongadas. Sin embargo, el mismo médico se negó a proporcionarme datos sobre esas lesiones, alegando que yo no tengo derecho a recibir ninguna información confidencial ya que no soy ni su pariente inmediato ni su apoderado legal.

—El doctor tiene sobrada razón —afirmo Haydé—. En mi curso sobre los derechos legales de los pacientes se nos hizo hincapié que ni los médicos, ni las enfermeras, ni los empleados de un centro médico pueden divulgar información confidencial sobre los pacientes, excepto a las autoridades competentes. Eso es en Méjico, pero me imagino que es un precepto legal aprobado y observado universalmente.

—Permítanme hacer un paréntesis —dijo Edgardo afanado y sin meditar sus palabras—. Necesito ir a la oficina de telecomunicaciones a llamar a mi novia…

—¿*Novia?* —interpuso Teté—. ¿No recuerdas que me dijiste que estabas casado? ¿O es que se trata de otra mujer? —preguntó perpleja y ofendida.

—A quien quiero llamar es a Violeta, mi *única* novia. Yo nunca dije que éramos casados; Violeta fue la que lo dijo —respondió Edgardo, tratando de resolver el malentendido—. Por favor indíquenme dónde queda la oficina de telecomunicaciones.

—No creo que sea conveniente que salga a la calle a esta hora —le dijo el párroco—. Si usted gusta, puede usar mi teléfono. Venga conmigo a la oficina, allí tendrá privacidad.

***

Escoto llamó al convento. Violeta contestó el teléfono. Al instante reconoció su voz.

—¿Cómo estás, mi dulce amor? Y ¿por qué estás en la oficina a estas horas de la noche cuando ya son casi las doce? —le preguntó molesto.

—¿*Edgar*? ¿Dónde estás, amor mío? —exclamó ella, gratamente sorprendida e ignorando sus preguntas. Y luego añadió—: He estado buscándote y nadie me daba razón de tu paradero y no sabía cómo contactarte en El Salvador. En cuanto a tu pregunta, yo estoy bien y nuestro bebé sigue creciendo. Entraba a la oficina a buscar un libro que me interesaba leer cuando sonó el teléfono. Pero, vos ¿dónde estás en este momento? —continuó su inquisición con voz turbada—. Todas estas noches me las he pasado rezando, temiendo que algo terrible te hubiera sucedido y en ocasiones hasta me he quedado dormida frente a la máquina de escribir por las desveladas.

—¡Ya no te preocupes más por mí, amor mío! —le dijo Edgardo—. Estoy muy bien y ahora estoy en Esquipulas con el padre Antonio y... ¡*Carajo*, se dijo temblando, *estuve a punto de decirle y con Teté pero logré detenerme a tiempo*...!

—Y... ¿quién más? —preguntó ella con voz suspicaz.

—Aquí están en las celebraciones de las fiestas y ferias y hay muchísima gente de todas partes —dijo, cambiando el tema—. Te llamé para saber cómo te encontrás vos y nuestro retoño. Pero también para pedirte me hagas un gran favor. ¿Vas a creerme que olvidé traer mi pasaporte? —dijo mintiendo, y añadió—: Está en la mesita de noche en mi cuarto. Me urge tenerlo porque no puedo exponerme a circular sin identificación ya que, como sabés, *todavía* soy extranjero…

—¿Y qué querés? ¿Que te lo lleve hasta Esquipulas o que te lo mande por correo? —preguntó con voz ligeramente irritada.

—No, no, preferiría que vinieras y me lo trajeras. Hablá con sor Hipólita y decile que te urge un permiso de dos días sin paga para venir a la romería. Son alrededor de cuatro horas de viaje… ¡No, no, no! ¡Olvidate del viaje! —le dijo súbitamente cambiando de opinión—. No, no tienes que venir, acabo de recordar que la carretera está muy mala, saturada de baches que hacen saltar los buses a cada momento. Además, el viaje es muy largo y podría poner en peligro tu salud y la de nuestro bebé…

—Y ¿por qué no te regresás hoy mismo, amor mío? ¡Me haces muchísima falta!

—Lo sé. Por favor aguardame unos días más… Creeme que no lo hago porque me agrada estar lejos de ti. Por ahora me es imposible viajar a la capital y cuando llegue te explicaré el porqué de mi decisión de permanecer al menos por una semana más en Esquipulas…

—¡Te creo, mi amor, te creo! Te seguiré esperando, pero no por más de una semana ¿eh? Porque si me dejas sola por más tiempo concluiré que me quieres olvidar. ¿Me has oído, bribón? —añadió riéndose.

—No creo que necesite más. Pero, oyí… Es tanto lo que deseo estar a tu lado que anoche te escribí mentalmente un poema y te lo voy a recitar en este mismo instante. Se llama *Anhelos* y dice así:

"¡Qué ansias tengo de verte otra vez!
Poder contemplar
Tu dulce sonrisa que llena mi alma
de dicha sin par...
¡Qué ansias tengo de verte otra vez!
Poder escuchar
Tu voz melodiosa que llena mi alma
de dicha sin par...
¡Qué ansias tengo de verte otra vez!
Poder abrazar
Tu cuerpo de diosa que llena mi alma
de dicha sin par...
¡Qué ansias tengo de verte otra vez
y volver a besar
Tu boca de miel que llena mi alma
de dicha sin par...
¡Qué ansias tengo de verte otra vez!
Poderme mirar
En el espejo diáfano de tus ojos verdes;
profundos como el mar...
¡Ah, qué anhelos estos tan maravillosos
que enciende el amor!
Este amor inmenso que llena mi alma
de angustia y ¡de dicha sin par...!".

—¿Te gustó, mi amor? —preguntó Edgardo mientras impaciente aguardaba el veredicto.

—¡Divino, divino, cariño mío! ¡Simplemente divino...! ¡Gracias, amor, por pensar en mí!

—Me alegra que te hayan gustado estos versos que forjé para ti en un momento de inmensa soledad.

Tan pronto regrese te lo daré escrito y enmarcado —prometió riéndose.

Violeta celebró de buena gana la exuberancia de su amado.

—¡Gracias, de nuevo! —dijo emocionada—. Pero ¿qué vas a hacer para obtener el pasaporte?

—Le pediré a Tawfik que me lo traiga —le dijo—. Al fin y al cabo, él tiene las llaves de mi cuarto y de la mesita de noche y, además, me debe un gran favor —agregó crípticamente.

—Bueno, vos sabrás lo que hacés —dijo Violeta y añadió—: Y ¿cuándo definitivamente pensás volver?

—No sé cuándo exactamente, pero te puedo asegurar que pronto estaré de nuevo contigo, amor mío. Mientras tanto, ¡cuidate y, por favor cuidá a nuestro pequeño escuincle!

A la mañana siguiente, Edgardo le pidió a Teté que lo acompañara a un almacén de ropa. Le daba vergüenza salir a la calle en el traje que el padre Antonio le había prestado mientras lavaban las suyas manchadas de sangre, mayormente porque la cintura del clérigo tenía ocho centímetros más que la propia. Compró dos elegantes guayaberas blancas al estilo jarocho y al gusto de su enfermera favorita, una guayabera azulina, dos pantalones, dos camisas y ropa interior al gusto suyo y una amplia maleta de cuero. Tan pronto regresaron a la casa parroquial decidió llamar a sus confederados en la Ciudad de Guatemala.

***

Tawfik se asombró al escuchar su voz.

—¡*Gaguito*, carajo! ¿Dónde estás? —le preguntó con una mezcla de sorpresa y satisfacción al comprender que había sobrevivido los gravísimos peligros de su misión.

—En Esquipulas desde anoche...

—¿Ya no tenés que irte para Honduras o ya volviste de allá? —inquirió curioso.

—No hubo necesidad de salir de Guatemala y no creo que tenga que hacerlo en el futuro. Pero quiero pedirte este favor y no me vayas a responder que no puedes hacerlo porque te armaría un tremendo escándalo y te daría una solemne puteada.

—Decime, pues —dijo Handal convencido de la urgencia de su compañero y amigo.

—Sacá mi cartapacio y el pasaporte que están dentro de la mesita de noche en mi cuarto y traémelos o mandámelos enseguida con alguien de tu confianza. Y si ya me llegó la licencia de manejar, traémela también. Si vos venís, te contaré la historia más espectacular, la más espeluznante y la más veraz que jamás habrás escuchado en tu vida y vos me dirás lo que has sabido de nuestra... *misión secreta* —le dijo para interesarlo en traerle sus pertenencias.

—¡Salgo inmediatamente para allá! —le prometió—. ¿Dónde estás hospedado?

—En la casa de la parroquia, al lado del templo, —le informó.

Tawfik se carcajeó de lo lindo.

—¡Yo no sabía que vos eras un santurrón, un ratón de la sacristía! —le dijo burlonamente.

—¡No lo soy, carajo! —exclamó Edgar con voz ofendida.

—¡No te encojones, hombre! Lo decía en broma. Pero ¿estás bien?

—De eso hablaremos cuando llegues —replicó con cierto aire de misterio.

Tan pronto colgó, la campanilla del teléfono comenzó a sonar. Contestó. La llamada era del doctor Cárdenas. Le urgía hablar con el padre Arnelo.

***

Cerca de la una de la mañana de ese día, seis agentes de la policía hondureña, bajo las órdenes de un cabo de nombre Sermeño, llegaron al punto de la frontera cercano a Esquipulas, donde dos cadáveres habían sido reportados. Les sorprendió encontrar solamente uno de ellos.

—Patrullero Brito —dijo el cabo— váyase inmediatamente con el patrullero Gonzáles al cuartel de la Guardia Civil en Esquipulas. Pregúnteles si, efectivamente, eran dos individuos muertos o heridos los que habían sido vistos a varios metros de la frontera. Si dicen que eran dos, pregúnteles si tienen información sobre uno que desapareció o, si estaba muerto, si ya resucitó porque aquí hemos encontrado solamente un cadáver. Y también si el resucitado ya se reportó a las autoridades correspondientes o si ha sido internado en el hospital. Mientras usted lleva a cabo esa diligencia, nosotros nos llevaremos este cadáver a Santa Fe. Cualquiera que sea la respuesta, transmítamela inmediatamente por teléfono desde el cuartel de la Guardia Civil de Esquipulas.

—¡Sí, mi cabo! —respondió Brito y se marchó a cumplir las órdenes recibidas.

**

Edgardo permaneció en la oficina, obedeciendo una señal silenciosa de su anfitrión.

—El doctor Estrada se encuentra muy mal —dijo el padre Luis luego de colgar el teléfono—. Y pide que vaya a confesarlo y a darle la extremaunción. ¿Gustaría acompañarme? Estoy más que seguro que su amigo se alegrará de verlo —agregó.

Ciertamente, al verlo, el rostro del paciente dibujó una sonrisa.

—¡Lo ha reconocido! —exclamó el cura párroco regocijado.

—Acérquense, por favor, señores — susurró el doctor Estrada en voz gutural, casi inaudible—. Al licenciado Vielman —dijo señalándole con su dedo índice tembloroso— he decidido heredarle la mitad de la cuenta bancaria que tengo en el Banco de Londres y Montreal. Y quiero suplicarle a usted, padre Arnelo, que sirva de testigo de mi decisión.

—Con muchísimo gusto —replicó el cura.

—Si fuese necesario, yo también podría dar testimonio de lo que el doctor Estrada acaba de manifestar voluntariamente y como médico puedo asegurar que el paciente se encuentra en pleno uso de sus facultades mentales —dijo el doctor Cárdenas que observaba la escena desde el otro costado del lecho del moribundo.

—¡Muchísimas gracias, doctor! —exclamó Edgardo entusiasmado y luego se dirigió al paciente con la intención de animarlo—. ¡Tranquilo, amigo mío! Aunque agradezco su generosidad, no quiero que haga decisiones prematuras. Además, usted no va para ningún lado hasta que no esté completamente recuperado. Le prometo visitarlo todos los días y cuando usted me lo indique me comunicaré con su esposa en Tegucigalpa. Lo peor de *su* odisea ya llegó a su fin y pronto recobraremos el tiempo perdido.

En realidad, Escoto hubiera querido decir *nuestra* odisea, pero justo a tiempo recordó que no podía insinuar que había estado encarcelado junto con el paciente. Estrada sonrió. Comprendiendo las palabras de Edgar, movió la cabeza afirmativamente.

—¿Quiere que le administre la extremaunción? —preguntó el padre Arnelo.

—¡Sí, por favor! —susurró el paciente con voz y aire contritos.

El cura les indicó por señas que los dejaran solos. Cuando el licenciado volvió, el doctor Estrada presentaba un semblante tan sereno que lo asustó al momento pues le hizo recordar a su abuelo materno en sus postreros momentos y quien falleció tan pronto recibió la absolución. Cuando vio que su amigo había cerrado los ojos, preocupado le tomó el pulso de la muñeca y comprobó con gran alivio que simplemente se había quedado dormido pues sus latidos parecían normales a su juicio, médicamente lego.

En el camino de regreso, el párroco dijo en tono suspicaz:

—Lo que no entiendo es por qué el doctor Estrada lo llama a usted *Vielman* pero usted me había dicho que se llamaba…

—¡Edgardo Escoto Azurdia, ese es mi verdadero nombre! —interrumpió el licenciado al instante—. El nombre de Vielman es un apodo que me pusieron mis compañeros jocosos en la universidad porque me gustaba mucho hablar en alemán —explicó mintiendo—. Hay una larga historia que acompaña a ese falso apelativo y en este momento no viene al caso.

—Se lo creo —dijo el cura—. Recuerdo que mis compañeros en el seminario me apodaban Luis *Anhelos* porque decían que yo *anhelaba* obtener cosas imposibles.

—También quiero agradecerle la generosa hospitalidad que usted me ha brindado. Le prometo que tan pronto consiga un cuarto en un hotel me mudaré de la parroquia. Pero antes me dirá cuánto le debo —quiso decirle que en ese momento no podía tomar un cuarto en un hotel hasta que no tuviera su verdadero pasaporte porque el falso lo había hecho pedazos y arrojado a la basura. Pero calló oportunamente.

—De eso hablaremos cuando esté a punto de abandonarnos —le prometió el párroco.

***

Esa noche, después de cenar, Haydé y el licenciado se fueron a recorrer el pueblo. El cielo se aparecía límpido y azulado. A pesar de la intensidad de la luz lunar y la del alumbrado público se podían contar las estrellas más relucientes; y, a sus reflejos, los transeúntes adquirían formas y aspectos fantasmagóricos. Escoto se mantuvo especulando en silencio si Tawfik ya estaría por llegar o si tal vez no le habría sido posible obtener cupo en los buses debido al súbito incremento de feligreses viajando a las festividades de Esquipulas.

—Mi tío no puede comprender por qué tú y yo nos llevamos tan bien —dijo de pronto Teté—. Y me aconsejó que no jugara con fuego y que anduviera con mucho cuidado. Yo le dije que su advertencia era totalmente innecesaria pues entre nosotros solamente existía una genuina amistad que nada tenía que ver con amoríos. Creo, o espero, haberlo convencido.

—Pues, ojalá que lo hayas logrado —le dijo Edgardo—. Mira que esta madrugada estuve a punto de decirle a Violeta que *vos* estabas aquí con nosotros...

—¿Y qué tiene de malo que yo haya venido a visitar a mi tío y a participar en las fiestas en Esquipulas?

—A simple vista, ninguno, pero ¿te acordás que un día te dije que Violeta sospechaba que yo estaba secretamente enamorado de vos? Y como ella todavía no está enterada de las razones que me trajeron a Esquipulas, sospecharía con razón que vine a buscarte. Vos sos mujer y sabés muy bien lo exageradamente celosas y suspicaces que son ustedes las hembras.

—¡Sí, es verdad, somos celosas y suspicaces! —admitió Teté y luego explicó—: Pero lo que pasa es que nosotras sabemos muy bien que *todos* los hombres son un atajo de sinvergüenzas infieles. Por eso desconfiamos de ustedes y nos hacen sentir celosas de *todas* las demás mujeres…

—Pero ¿te has puesto a pensar alguna vez —la interrumpió Escoto— que para que nosotros los machos podamos convertirnos en *sinvergüenzas infieles* necesitamos la cooperación de las hembras que ya son…?

—¡Sinvergüenzas…! —acotó Teté riéndose.

—¡Exactamente…! —le dijo Edgardo con aire triunfante—. He leído extensamente sobre el tema de la infidelidad entre parejas y he llegado a la conclusión que decir que todos los hombres somos infieles y las mujeres no lo son, son puras generalizaciones tontas y grotescas además de ser muy equivocadas.

—¡Explicame! —pidió Haydé, deteniendo el paso para escuchar mejor.

—Lo que pasa es que a nosotros los hombres siempre nos ha encantado jactarnos de las conquistas exitosas y del número de hembras que hemos llevado a la cama. Aunque en muchas ocasiones son puras mentiras y sueños de machos trasnochados. En cambio, las mujeres no pueden jactarse de sus infidelidades por temor al odiado y sempiterno *qué dirán* y aparecer como mujeres fáciles o de baja moralidad.

—Creo que tienes razón —admitió la hermosa joven.

—¡Claro que la tengo! Que no te quepa duda —dijo el licenciado añadiendo—: Alguien me contó el siguiente chiste: Un anciano va a confesarse y le dice al cura: «Yo le hago el amor a mi esposa cinco veces al día. ¿Esu'és un gran pecado mortal, padre?». «No», le contesta el cura, «no es un gran pecado mortal, ¡Esu'és una gran mentira!».

Teté soltó una carcajada, haciendo que las personas en su entorno se detuvieran primero asustados y luego, contagiados por su risa, se decidieron a acompañarla en la jocosidad. Pero la multitud se iba tornando más apretada. Los espacios para transitar entre ella eran cada vez más escasos. Para no perderse el uno del otro decidieron tomarse de las manos. La de ella estaba suave y tibia como el pétalo de una rosa al sol del mediodía. En cierto momento y sin pensarlo o ni siquiera proponérselo, Edgardo llevó a sus labios su palma aterciopelada y la besó tierna y pausadamente.

—¿Estás tratando de seducirme? —inquirió Teté con voz fingidamente insolente.

—¡Sí, es posible! —le contestó—. Pero te prometo que no volverá a suceder, aun con lo difícil que es mantenerse fiel a la persona que uno ama.

—Lo sé, mi amor —dijo ella, apretándose contra su cuerpo—. Pero no tomés a pecho mis palabras porque no son de rechazo. Agradezco tu espontaneidad porque has halagado mi abatido ego femenino. Además, desde aquel día cuando vos y yo nos conocimos he soñado mucho contigo haciéndonos el amor —le susurró al oído cariñosamente.

Edgar se limitó a reír entre dientes, pero no hizo comentario alguno. Continuaron su charla sobre variados temas, importantes algunos, inocuos otros, mientras se dirigían al lugar donde los autobuses solían descargar y recoger pasajeros y carga. El último bus ya había llegado y Tawfik no aparecía en la lista de pasajeros.

—El primer viaje llega todos los días a las nueve y es el que sale de Guatemala a las cinco de la mañana —les informó el despachador.

Esa noche, Haydé se apareció en el cuarto de Edgardo cuando ya todas las luces de la casa parroquial estaban apagadas. Él acababa de dormirse cuando lo despertó la sensación de que alguien se estaba metiendo entre sus sábanas.

—¿Estás loca, Teté? —le preguntó en voz baja, segurísimo de que era ella. *¿Quién más podría ser?*, pensó.

—¡Sí, mi amor, soy yo, *tu* loca Teté, y estoy loquita; loquita por ti! —le dijo abiertamente—. Y también porque me he sentido muy sola, pero muy, muy sola, corazoncito —agregó tiernamente mientras le acariciaba el pecho y el cuello. Escoto le agradeció en silencio porque él también se sentía muy solo y anhelante de la compañía de una hembra hermosa y ardiente.

—Te comprendo —le dijo con una extraña mezcla de deseo y temor— pero temo que uno o los dos curas vengan y nos encuentren ¡metidos en la cama..!

—¡No te preocupes! ¡No vendrán! —le aseguró la hermosa.

—¡Ojalá que tengas razón! —dijo Edgardo todavía poseído por el temor y el escepticismo.

—Solamente quiero que me abracés fuertemente y me des un besote aquí en la bocota —dijo ella suplicante—. Y que me dejes acariciar tu *parque de diversiones* —agregó, mientras afanosamente buscaba entre los tibios muslos del mancebo el objeto de sus ardores.

—¡No me provoqués, cariño! —le advirtió Edgardo—. Porque si me excitás mucho ya no podré contenerme. Y como no he abrigado la esperanza de tener una hembra en mi cama esta noche, no creí necesario comprar condones —añadió.

—Me imaginé que me ibas a dar esa excusa pendeja, así que aquí te traje *tres* sombreritos. Espero que sean de tu *talla* —agregó, riéndose cínicamente.

—¡Pronto lo sabrás, princesa! —respondió, añadiendo—: Teté, vos tenés cara de ángel y un ...

—...Y un cuerpo ¡caliente como el del demonio! —le interrumpió susurrándole al oído—: ¿No es eso lo que me ibas a decir, ja?

—Sí, cariño, pero ¡cuidado con mi herida! —le suplicó—. Cuando chimemos tenemos que hacerlo.... *de ladito*... como los cangrejos.

—Esa palabra *chimar* ¡me suena horrible; muy horrible y vulgar! —protestó—. ¿Por qué no decís *cuando hagamos el amor?* ¿No te suena más dulce, más tierno y más romántico y no tan... grotesco?

—¡Sí, ciertamente! Trataré de recordarlo para... —quería decirle *cuando* pero en ese instante Teté le cubrió la boca con un beso fuerte y lascivo.

Afortunadamente, para su tranquilidad, la hermosa se marchó a su propia alcoba dos horas después. Sus apasionados devaneos y hasta su partida calmaron su enorme ansiedad pues había sentido un miedo atroz a ser descubierto por cualquiera de los dos curas y ser tachado de promiscuo y, peor aún, de ser ingrato con su gentil anfitrión. Y probablemente hubiera sido expulsado de su refugio. El recuerdo de la noche cuando había sorprendido a Teté caminando en puntillas con los zapatos colgando de sus manos volvió a su mente y le hizo sonreír levemente. *¿Por qué el destino juega tan despiadadamente con nuestros caros sentimientos, uniéndonos y luego apartándonos, como las nubes errantes que empuja el viento?*, se preguntó poéticamente perplejo.

***

A la mañana siguiente, Violeta llamó cuando Edgardo acompañaba a Haydé a la iglesia. De mala gana había accedido ir con ella a misa. Lo grave de la historia fue que el padre Antonio tomó la llamada y le contó inocentemente, que su novio estaba en la iglesia con su sobrina Haydé. Tan pronto se enteró de la respuesta del cura, Escoto se imaginó con gran horror que su amada se vendría inmediatamente para Esquipulas. Pero al mismo momento recordó que el nombre real de Teté era Haydé, un hecho que su Violeta desconocía. Esa oportuna y feliz conclusión le devolvió el alma al cuerpo; pues, aunque sentía muchos deseos de abrazarla y de besarla con pasión, no quería que se enterara de sus bienaventuradas *malandanzas* con la bella enfermera.

DIEZ

A eso del mediodía del día siguiente, Tawfik Handal se apareció en la casa parroquial. Luego de entregarle el pasaporte legítimo y el cartapacio a Edgardo; de común acuerdo decidieron celebrar su *resurrección,* como su amigo llamó al milagroso escape de la muerte de Escoto, en una taberna a la entrada del pueblo. Pero antes de eso pasaron por el hospital a indagar sobre el estado de salud del doctor Estrada. El profesor se alegró de ver nuevamente al licenciado y éste se regocijó al encontrarlo asombrosamente mejorado y restablecido. Tan pronto entró a su cuarto el paciente le entregó un sobre cerrado que Escoto metió en su cartapacio sin decir nada. Luego de presentarlos, los tres charlaron algunos minutos sobre su salud y su excepcional progreso. Les confirmó que se sentía mucho mejor que el día anterior y que sus esperanzas de sobrevivir los efectos de las miserables torturas y el balazo en el pulmón, afortunadamente se habían incrementado. Le dolía, sin embargo, que la carátula de cristal de su reloj de pulsera hubiera sido misteriosamente dañada y no podía comprender cómo podía haber sucedido esa tragedia.

Edgardo recordó al instante que cuando los policías les aplicaron la ley fuga, el doctor Estrada estaba apoyándose con su mano izquierda sobre su hombro izquierdo. El proyectil seguramente había impactado justo en la carátula del reloj y al desviarse había atravesado su oreja. Pero no quiso manifestarle su conclusión para no revivir instantes difíciles y amargos, pues por el momento era innecesario. Eventualmente se lo diría, se prometió en silencio.

—¿Quiere que llame hoy a su esposa? —le preguntó.

—Si me hace el favor —le respondió y agregó—: Pero le sugiero que sea muy diplomático con ella, porque debe saber que Florinda es la aflicción hecha carne y hueso —le dijo serio.

—Haré todo lo posible para no alebrestarla, señor mío —le aseguró Escoto, riéndose de la singular advertencia.

—El número de nuestro teléfono está dentro de ese sobre —añadió Estrada—. Dígale, por favor, que tuve un leve accidente pero que me estoy recuperando. Y pregúntele si quiere venir a verme a Esquipulas. Si decide venir, que vuele a Nueva Ocotepeque y desde allí se venga a caballo hasta Esquipulas.

—¿*A caballo?* —preguntó Edgardo riéndose con tono de incredulidad—. Yo no creo que su señora acepte viajar en esa forma, especialmente si nunca ha montado a caballo o si no lo ha hecho en mucho tiempo. Mejor sería que volara a Chiquimula vía Ciudad de Guatemala y luego en autobús hasta Esquipulas.

—Entonces, hágame el favor de explicarle las opciones de viaje que tiene y que ella decida. Dele el número del hospital para que pueda llamar a pedir datos sobre mi salud

—Con todo gusto lo haré —prometió Edgardo—. Mañana temprano vendré a visitarlo y hablaremos extensamente. Ahora tenemos que marcharnos porque se acabó la hora de visita.

—¡Mil gracias! —le dijo apretándole sus manos—. No se le olvide abrir el sobre.

—Lo haré, se lo prometo; y si usted quiere, mañana le traeré *El Imparcial;* o si prefiere, le traeré *Prensa Libre.*

—¡Mil gracias de nuevo, licenciado! Cualquier cosa escrita me servirá para distraerme —le dijo sonriente.

∗∗∗

Edgardo y Tawfik se fueron a una taberna en las afueras de Esquipulas para gozar de mucha privacidad. Se sentaron a una mesa y ambos pidieron cerveza.

—Me tiene muy intrigado esa herida en tu oreja —le dijo Handal—. Espero que no haya sido causada por tu misión.

—Bueno, en cierta forma, sí lo fue —le respondió Escoto—. Debo decirte que durante los tres días que estuve detenido en Guatemala, los interrogadores me trataron realmente con guantes de seda. Es decir, en comparación con lo que le hicieron al pobre doctor Estrada y a esos dos desgraciados que yo acusé de ser mis patrocinadores.

—¿Y no sentiste lástima por ellos? Esos pobres infelices eran inocentes, ¿o no?

—*¿Inocentes...?* ¡Qué chingados! ¡No, señor, no eran inocentes! —dijo Edgardo furioso. Y luego añadió—: Esos malditos fueron los que violaron a Violeta, mi novia, y estuvieron a punto de asesinarla. Encima de eso, propalaron la horrenda calumnia en Cobán de que *ella* se dedicaba solapadamente a la prostitución y que luego se había ido a la capital para ganar más dinero en su vergonzoso negocio... Como los estupradores eran hijos de familias pudientes, la Guardia Civil se negó a detenerlos y a procesarlos de oficio...

—¿Y vos cómo te enteraste de todo eso?

—Antes que ustedes, los líderes de AFES, me propusieron hacerle la broma al embajador, ya Violeta me había enterado de la tragedia de su violación, de las circunstancias del crimen y de la clara posibilidad de que los violadores hubieran cometido muchos crímenes similares, incluyendo asesinatos, para acallar a sus víctimas. Cuando ustedes me propusieron la broma a Fuentes, me prometí que aprovecharía la misión que AFES me había encomendado para conseguir que los estupradores de mi adorada Violeta fueran castigados por todos sus horrendos crímenes de asesinato, violación sexual y viles calumnias. Luego hice un corto viaje a Cobán y conocí su estilo de vida y sus características personales. Desde Quezaltenango les envié telegramas exigiéndoles dinero para largarme a Méjico. Cuando los investigadores me preguntaron quiénes eran mis patrocinadores yo di sus nombres, y ellos procuraron sus direcciones y teléfonos. La policía en Cobán los capturó y pronto los remitió a Guatemala. Luego, cuando los policías me enfrentaron a ellos, repetí mis acusaciones muy aderezadas con anécdotas que supuestamente ellos me habían proporcionado. La policía creyó a pie junto todas las mentiras que yo les relaté y luego los torturaron para que confesaran y admitieran sus crímenes. Bajo tortura *cantaron* óperas como verdaderas divas italianas. Pero nunca me imaginé cuál sería el resultado final; es decir *el precio de darle la vuelta al mundo*. Y no estoy muy seguro si realmente se merecían ese final tan brutal que sufrieron...

—¿De *qué vuelta al mundo* me estás hablando? —preguntó Tawfik perplejo y confuso. Edgardo le explicó en detalle lo que esa frase enigmática significaba.

—Ellos continúan detenidos en Guatemala o ¿ya están libres?

—No, no... ¡Ambos están muertos! —exclamó Edgardo.

—¿Muertos? ¿Quién los mató? ¿*Vos*...?

—¡Sí, claro, yo los maté *a pañuelazos*! —dijo irónicamente—. ¡Dejame contarte, carajo! Al llegar a la frontera, los torturadores nos obligaron a cruzarla y luego nos aplicaron la famosa ley fuga, disparándonos a matar. El doctor Estrada y yo sobrevivimos a la balacera. Estoy seguro de que una bala impactó en el reloj del doctor y se desvió hacia arriba y luego me atravesó la oreja. El doctor sufrió un balazo en la espalda que le perforó el pulmón derecho. Esperamos acostados bocabajo sobre la hierba a que nuestros victimarios se largaran y enseguida corrí a buscar auxilio. Como sabía que el padre Antonio Valadés, un amigo de la familia de Violeta, estaba en Esquipulas y era, además, la única persona que yo conocía en este pueblo, acudí a él antes que a nadie. Cuando llegamos a recoger al doctor Estrada nos dimos cuenta de que los estupradores habían sido baleados mortalmente. Haydé, quien, como vos sabés, ya es enfermera, les tomó el pulso y concluyó que ya nada se podía hacer por ellos. El padre Arnelo, párroco de Esquipulas, le reportó la presencia de los cadáveres a la Guardia Civil y éstos, a su vez, se comunicaron con la policía de Santa Fe, un pueblo del departamento de Ocotepeque, ya que los cadáveres se encontraban en territorio catracho y en su jurisdicción municipal. Supongo que ya los habrán recogido.

Escoto omitió el hecho de que Villagrande les había regalado a él y al doctor doscientos dólares usanos antes de aplicarles la ley fuga. No le cabía ninguna duda de que la sorprendente generosidad del teniente tenía por fin quedarse con el resto del dinero que Patricio había mencionado y probablemente compartirlo con sus sicarios.

Mientras relataba su odisea le asaltó la idea de que Tawfik podría inquirir por el contenido del sobre que el doctor Estrada le había entregado en su presencia y no sabía qué habría de responder. Sin embargo, esperó a que su amigo preguntara.

Para su sosiego, y gracias a las cervezas consumidas, Handal ya se había olvidado de ese detalle.

—Pues te felicito por tu grandiosa estrella —le dijo ofreciéndole su mano—. Hiciste un trabajo realmente fabuloso. Todo resultó tal como lo habíamos anticipado. En primera página de *El Imparcial* apareció tu foto de perfil mientras les gritabas algo a los periodistas. Y en *Impacto Occidental* mostraron dos fotos; una donde aparecés agachado mientras te ponían las esposas y en la otra cuando te están empujando dentro de un vehículo. Los titulares fueron muy prominentes y las historias, aunque escuetas, relataban la asquerosa injerencia de la dictadura militar que agobia a nuestro pueblo en la política guatemalteca. Ningún tabloide, sin embargo, se atrevió a editorializar sobre el escándalo que vos habías armado. Y hasta hoy día, la cancillería guatemalteca no ha hecho comentario público alguno. He sabido que Fuentes fue llamado a San Salvador, alegando que es dizque para consultas. Probablemente regrese cuando el humo se haya disipado. Yo lo dudo que sea muy pronto…

—Me enorgullece pensar que he servido en algo constructivo. Y ¿vos creés que alguien me pueda reconocer?

—No, no lo creo. Sin embargo, te aconsejo que actués con la mayor prudencia y vigilancia; por si las moscas, como dicen. Tal vez alguien podría reconocerte y poner tu vida en peligro. Y eso no nos lo perdonaríamos jamás.

***

A eso de las nueve de la mañana, una mujer llegó corriendo y casi sin aliento a la estación de la Guardia Civil en Esquipulas.

—Hay un hombre… canche… herido gravemente… ay frente a mi casa… —dijo jadeante y enseguida agregó—: No sé… quién es, nunca lo había visto antes… tocó a la puerta. Al… abrirla me… me pidió un vaso de agua y al momento cayó redondo sobre la acera y allí me di cuenta de que tenía toda la ropa ensangrentada y también empapada de sudor. Como yo estaba sola en la casa y no tenía quién me ayudara a levantarlo y auxiliarlo, decidí venir a dar parte a las autoridades...

—¡Hizo muy bien, señora! —dijo el guardia portero—. ¿Dónde vive usted? —preguntó.

—Sobre la calle que va pa' la frontera, ay mesmo en las ajueritas del pueblo, pués...

Dos agentes corrieron hacia el lugar indicado por la informante. Faltando varias cuadras para llegar los alcanzó una ambulancia. Se montaron sobre el estribo del guardabarros y así viajaron los dos guardias hasta llegar al lugar donde se encontraba el herido acostado y con el rostro pegado a la superficie de la acera.

—¡No está muerto! —dictaminó parcamente el médico que acompañaba a la ambulancia después de auscultarle el corazón, el pulso y la arteria yugular—. Pero temo que haya entrado en coma cardíaco por la aguda hemorragia que revelan sus ropas, todas empapadas en sangre —agregó, mientras trataba de abrirle los párpados para examinar sus ojos—. ¡Llevémoslo ya para el hospital! —ordenó.

Mientras lo transportaban, los guardias civiles hurgaron en sus ropas húmedas y hediondas a carroña que le habían quitado. Encontraron en los bolsillos un papel sucio y estrujado. Al desdoblarlo les pareció ser una orden de deportación por haber cometido numerosos delitos y también por permanencia ilegal en el país.

—Doctor de León… —dijo el agente después de leerlo—. De acuerdo con este documento, este paciente se llama Patricio Landau. Es obvio que los agentes del servicio de inmigración lo trajeron a la frontera para expulsarlo del país —añadió.

—¿Dice la edad? —preguntó el galeno.

—Sí, veintidós años. Y es de nacionalidad desconocida.

—Quizá por el estado en que se encuentra, hubiera dicho que era mayor —acotó el médico—. Su apellido alemán, sin embargo, me intriga porque hay un señor Landau que es diputado a la Asamblea Nacional y, si no me equivoco, representa el departamento de Alta Verapaz. Y además del nombre alemán, este hombre es muy blanco y de cabello rubio; y viste ropa muy fina que sólo los ricos pueden comprar.

—Pero este muchacho tiene que ser hondureño —ripostó el segundo agente—. Porque si fuera guatemalteco ¿por qué lo iban a deportar a otro país?

—¡Un momento! —exclamó el primero—. Este papel no es ningún documento oficial. En primer lugar, carece del encabezamiento de la oficina del gobierno que lo expide. Mírelo, doctor —agregó entregándoselo al galeno.

—Sí, efectivamente —dijo éste—. Yo no lo consideraría un documento válido. Además, debajo de la firma siempre escriben a máquina el nombre del funcionario que lo expide y su posición dentro de la estructura burocrática. Aun así, yo les sugiero que pongan ese papel junto con las otras pertenencias del paciente. A lo mejor les sirva de algo para la indagatoria que hará a Guardia Civil.

***

Una vez Edgardo Escoto se despidió de Tawfik Handal a la puerta de la pensión donde estaba hospedado abrió el sobre de papel de manila que el doctor Estrada le había entregado. Su contenido incluía una nota para el gerente del Banco de Londres y Montreal, y en una hoja separada los números de la cuenta bancaria y el teléfono de doña Florinda. Como ya eran cerca de las nueve de la noche, supuso que a esa hora sería mucho más fácil encontrar a la señora en su residencia. Corrió presuroso a la oficina de Telecom y allí solicitó una llamada a Tegucigalpa. Una voz de mujer, probablemente de la sirvienta, contestó y luego de un corto silencio, pasó a su patrona.

—¿Quién llama? —preguntó agriamente la mujer. Edgardo disculpó su justificado enfado por lo tardío de la hora.

—Soy el licenciado Edgardo Escoto Azurdia y la llamo a solicitud de su esposo.

—¿Y por qué Ricardo no me llama en persona? —preguntó molesta.

—Porque en este momento no le es posible, señora…

—¿Por qué no es posible? —le interrumpió—. Hace más de dos semanas que no sé nada de él. He estado llamando todos los días a su teléfono en la Ciudad de Guatemala y no he podido obtener respuesta. En la universidad me dijeron que había desaparecido sin dejar rastro y que había abandonado las preparaciones de clases sin dar explicación alguna…

—su voz se turbó y el licenciado escuchó los sollozos que la señora de Estrada no había podido reprimir.

—Doña Florinda… —le dijo Edgardo después de esperar a que se calmara—. Su esposo sufrió un serio percance y se encuentra hospitalizado. Pero le tengo magníficas noticias. Se está recuperando velozmente y quisiera que usted viniera a verlo tan pronto como le sea posible.

—¿En cuál hospital se encuentra?

—En el Hospital Municipal de Esquipulas. El pueblo está localizado muy cerca de la frontera hondureña.

—Y ¿por qué no en un hospital de la Ciudad de Guatemala?

—Todo eso, señora, se lo explicaremos cuando venga.

—Y ¿quién es usted? ¿Trabaja allí en ese hospital? —preguntó suspicaz.

—No, mi señora. Yo fui uno de los alumnos del doctor en la Universidad de San Carlos —dijo mintiendo para tranquilizar a su interlocutora—. Y nos une una amistad nacida en nuestra tragedia común que le explicaremos cuando llegue a Esquipulas —agregó crípticamente.

—Y usted ¿podría indicarme la mejor forma de hacer el viaje?

—Sí, señora. Vuele por TACA de Tegucigalpa a la Ciudad de Guatemala y allí transborde a un vuelo de Aviateca para Chiquimula. Desde esa ciudad viaje en autobús a Esquipulas. El trayecto por tierra le tomará alrededor de hora y media.

A continuación le dio los números de teléfono del hospital y el de la casa parroquial.

**

Al día siguiente, y en compañía de Tawfik, Edgardo fue a visitar a su compañero de episodios amargos e inolvidables. Lo encontró muchísimo mejor y él le reportó con cierta fruición que la inflamación de sus gónadas ya estaba reducida al mínimo; tanto que ya podía caminar con mayor velocidad y sin sufrir el cruel dolor que había soportado en días anteriores. Con aire triunfante agregó que logró recorrer todo el pasillo del pabellón apoyado en el hombro de una compasiva y robusta enfermera.

—Le pedí a mi amigo Handal que me acompañara porque él tiene dudas sobre la veracidad de mi historia en lo que se refiere a su calvario. Y déjeme decirle que él es una persona de mi entera confianza. De manera pues, que nos puede confiar el proceso que lo condujo a usted a la mazmorra donde tuvimos la suerte de conocernos. Puedo afirmar que sus confidencias quedarán selladas dentro de nuestras memorias —explicó Escoto.

—Lo más inusual de mi caso es que yo nunca en mi vida me he involucrado en la política de mi país. Inclusive cuando estudiaba en la facultad de Derecho de la Universidad Nacional donde la mayoría de mis compañeros eran todos enemigos acérrimos de

Carías[29]... yo permanecí al margen de todas las huelgas, de mítines y manifestaciones estudiantiles u obreras. Estaba seguro que mi pasividad ante los sucesos diarios me otorgaría la paz y la indiferencia de la policía política que estaba siempre alerta a la conducta de todos los revoltosos.

—¿A qué se debía su reticencia a participar en el proceso político nacional? ¿Era por temor o simple apatía? —preguntó Tawfik con su típica franqueza.

—¡Ambos, amigo mío, ambos! —contestó Estrada y explicó a continuación—: Yo fui hijo único y mi padre falleció cuando tenía apenas cinco años. Él fue un hombre muy recto y aunque era muy conservador murió en una escaramuza que se libró en Danlí contra las tropas de ocupación estadounidense en abril de 1907, durante la presidencia de Dávila.[30]

—Y ¿cuál fue la excusa de los gringos para esa invasión? —preguntó Escoto, interesado en conocer más a fondo la famosamente trágica historia de Centroamérica.

—Según decía mi madre, los infantes de marina estadounidense habían invadido previamente a Nicaragua por el puerto de Bluefields y luego querían abrir un nuevo frente pasando por Honduras. Dávila ordenó al ejército nacional que se permitiera su paso y se abstuviera de atacarlos. Muchos de mis paisanos, sin embargo, incluyendo mi querido padre, se opusieron a

---

[29] Tiburcio Carías Andino – Dictador hondureño por 16 años (1876-1969).
[30] Miguel Dávila – Militar y político hondureño (1857-1927).

esa vergonzosa decisión presidencial y confrontaron a las tropas invasoras. Pero éstas no solamente estaban fuertemente apertrechadas sino entrenadas para la batalla. Eventualmente dominaron la rebelión y el país fue ocupado por ellas. Mi madre, al enviudar, se trasladó conmigo a la capital, Tegucigalpa, donde con su trabajo como maestra en una escuela pública y con la ayuda económica de mis abuelos me proveyó una educación hasta lograr que me graduara de abogado. Durante ese período de mi vida, ella mantuvo un férreo control sobre mi conducta y sobre todo sobre mis actividades extracurriculares. Era prácticamente imposible para mí hacer algo sin su consentimiento. De manera pues que mis estudios llenaban por entero mis espacios de tiempo y mi madre no me daba la oportunidad de acción que no fuera parte de ellos. Luego, cuando conocí a la mujer que se convertiría en mi esposa, tuve que negociar con mi mamá para que me otorgara tiempo suficiente para dedicarlo a mi relación sentimental.

—¿Cuántos hijos tienen? —preguntó Tawfik.

—¡Ninguno, hasta ahora! Pero yo quiero que adoptemos…

—Un gesto muy noble y digno de una persona generosa como usted —dijo Edgardo.

—¡Muchas gracias, licenciado!

Pero Handal no había quedado satisfecho con la explicación dada por el doctor Estrada.

—Y si usted, como dice, nunca se había involucrado en actividades de carácter político ¿cómo es que fue encarcelado, torturado expulsado de Guatemala? —preguntó intrigado.

—Eso mismo me he preguntado yo y muy a menudo —dijo el doctor, añadiendo—: A veces me parece que he sufrido una extraña y espantosa pesadilla de la que aún no he podido despertar. Por favor, déjenme continuar mi relato. Hace un par de años mi esposa y yo vinimos a conocer la Ciudad de Guatemala. Estando allí me hice amigo del decano de la facultad de Educación, un doctor de nombre Raúl Osegueda Sarmiento y a quien dos años después el gobierno de Arbenz nombró su ministro de Educación. Él estaba muy interesado en que yo me quedara y optara por una plaza de catedrático en la Universidad Nacional. En una charla con Raúl, él me informó que el presidente Arévalo,[31] gran propulsor del verdadero ideal centroamericanista,[32] había creado un programa por el cual se ofrecían cátedras a profesionales de todos los países del istmo por un mínimo de dos años. Y me propuso que solicitara una de ellas en el área de jurisprudencia internacional ya que esa era el área de especialización que yo enseñaba en la Universidad Nacional hondureña. Fue así como al año siguiente me incorporé al cuerpo académico de la Universidad de San Carlos con un contrato a cuatro años, renovable. Florinda había quedado tan prendada del clima y del ambiente alegre de las gentes de Ciudad de Guatemala que al regreso de nuestro viaje turístico me insinuó que le gustaría que adquiriéramos una casa para mudarnos

---

[31] Juan José Arévalo – Escritor y político guatemalteco (1904-1990).
[32] La reunificación de los seis países que conforman Centroamérica.

a Guatemala permanentemente. Al otorgarme esa oportunidad de trabajo, el deseo de mi esposa tomó aspecto de realidad. Ella tuvo que permanecer en Tegucigalpa debido a que su anciana madre se encontraba muy grave y su enfermedad duró un largo tiempo. Mi suegra falleció hace seis meses y Florinda tuvo que quedarse más tiempo para arreglar la documentación de la herencia y luego dedicarse al proceso de vender nuestras propiedades, lo cual todavía no hemos logrado. El año pasado transferí una fuerte suma de dinero a la agencia del banco donde hemos mantenido siempre nuestras cuentas y en mis limitadas horas libres comencé a indagar sobre los mejores sectores urbanos para comprar la vivienda. Nunca imaginé que la policía secreta hondureña estuviera rastreándome y vigilando mis actividades bancarias. No podría asegurarlo, pero estoy seguro de que el Gobierno paranoico de Gálvez sospechó que esa transferencia de dinero tenía un fin político realmente ominoso para su régimen. Y por ese motivo sobornó a un par de agentes corruptos de la policía guatemalteca para que me arrestaran, me encarcelaran, me torturaran y averiguaran el propósito de haber transferido parte de mi dinero a Guatemala. Lo que me hizo pensar en esa hipótesis fueron las preguntas repetitivas que diariamente me hacían durante los interrogatorios sazonados con brutales torturas. Querían saber quién era el líder máximo de la conjura; los nombres de todos los demás conjurados; para cuándo estaba plancada la invasión a Honduras; cuántos eran los efectivos que la integrarían; dónde estaban el campo o campos de entrenamiento de las futuras tropas invasoras; quién más estaba proporcionando ayuda económica y dónde estaban guardados los panfletos de propaganda que se distribuirían a la población. Como yo no estaba involucrado en ningún plan de aventura militar, era lógico que no pudiera contestarles ninguna de las preguntas paranoicas que me hacían y les enfurecía que yo les contestara que nada sabía sobre esa o cualquier otra conjura. Y por esa razón incrementaban las torturas y su crueldad contra mi pobre persona para obligarme a confesar. Pero ¿qué podía haberles confesado?

Su voz se turbó y las lágrimas se vertieron profusamente sobre sus mejillas aún cianóticas e inflamadas. Edgardo le tomó la mano y le ayudó a secarlas.

—Creo que ya tenemos una idea clara de lo que sufrió —dijo Tawfik.

—Ciertamente —convino Edgardo y agregó—: Su explicación ha sido clara y siento mucho haberlo obligado a revivir su doloroso trauma; aunque después que usted y yo nos conocimos ya no lo torturaron más, ¿o sí...?

El doctor hizo señas negativas con su cabeza indicando que ya no lo habían torturado más. Luego de un corto momento de silencio dijo con voz entrecortada:

—Fue en ese preciso momento en que el licenciado se dio cuenta cabal de mi tragedia.

—Recuerdo muy bien que Villagrande le dijo a Saldívar que Gálvez ya estaba satisfecho con los resultados de la pesquisa y que ya no había necesidad de más interrogatorios. Me pregunto, y le pregunto a usted, si cree que el presidente de Honduras conocía de sus torturas o si fue él quien las ordenó —dijo Escoto.

—No me extrañaría que Gálvez mismo las hubiese ordenado —respondió Estrada—. Su hoja de vida nos indica que es capaz de hacer las peores barbaridades. No sé si ustedes saben que Gálvez originalmente fue abogado y luego optó por el servicio militar. En 1933 Carías lo nombró ministro de Guerra; cargo que ejerció hasta 1948, cuando se postuló para la presidencia. Y no la ganó en elecciones democráticas porque el Partido Liberal, consciente del salvajismo de la maquinaria cariísta, se abstuvo de participar en esa farsa de *elecciones*; dejando a Gálvez como el candidato único. Si como ministro de Guerra hubiera torturado hasta a su propia madre de sospechar que ella se oponía activamente a la dictadura a la que él servía; ¿por qué no lo habría hecho conmigo si realmente hubiera temido una invasión y una rebelión contra su propio régimen dictatorial?

—Cambiando de tema... Déjeme contarle, doctor, que anoche hablé con doña Florinda. Dijo que lo buscó desesperadamente pero que nadie pudo indicarle sobre su paradero ni tampoco porqué estaba desaparecido —dijo Escoto.

—Le agradezco muchísimo su llamada, licenciado. Esta mañana, justo cuando ya terminaba mi desayuno, me llevaron a la oficina para que pudiera hablar con ella por teléfono y me dijo que hoy mismo haría las diligencias para el viaje de acuerdo con las sugerencias que usted le hizo. También me pidió que hablara con mi médico para ver si fuera posible mi traslado a una clínica privada en Guatemala. Pero al consultarlo con el doctor Cárdenas, él me respondió que por los próximos cinco días ningún viaje era aconsejable; primero, porque la herida en el pulmón aún no se ha cerrado y, además, cuatro horas por carretera pondrían en peligro mi recuperación. Y tercero, que el sargento Morales ya le pidió venir a interrogarme esta tarde o mañana temprano.

—¡Eso es lo que yo temía! —exclamó Edgardo, preocupado—. Que vinieran de la policía a interrogarlo sin que usted y yo hubiéramos tenido la oportunidad de discutir y preparar lo que usted *deberá* responder a sus preguntas.

—No entiendo —dijo Estrada—. ¿Por qué tengo que ocultar la verdad? ¿Por qué no puedo declarar que la policía secreta me arrestó en mi propio apartamento en la Ciudad de Guatemala y que me torturaron por no sé cuántos días y luego al llegar a la frontera me aplicaron la ley fuga…?

—Claro que debe declarar la verdad en una forma consistente; pero, usted, como abogado, sabe perfectamente que los mínimos detalles alrededor de la verdad pueden cambiar el curso de la indagatoria y ponerlo a usted y a los que lo asistieron no sólo en situaciones embarazosas sino muy peligrosas.

—¡Explicá, por favor! —pidió Handal.

—¡Con mucho gusto! —replicó Edgardo—. En primer lugar está el hecho de que usted no debe declarar que los sacerdotes lo encontraron dentro de territorio hondureño sino que después de ser baleado usted mismo se arrastró hasta pasarse debajo de la cerca que sirve de guardarraya pues intuía que Esquipulas, u otro poblado, se encontraría cercano y que alguien podría pasar por allí y ayudarlo a llegar al hospital. Si usted se apega estrictamente a la verdad desnuda pondría en muy serias dificultades no sólo al padre Luis y al padre Antonio sino a mí también; aunque hasta ahora, que yo sepa, la Guardia Civil no tiene conocimiento ni de mi presencia en este pueblo ni de mi conexión con el asunto. Y a *mí* no me conviene que ese dato sea conocido por las autoridades.

—Sus últimas palabras me hacen sospechar que usted estaba involucrado en algo misterioso y... *turbio*, ¿o me equivoco? —dijo el doctor Estrada.

No sabiendo qué responder, Escoto se quedó callado.

—No —replicó Tawfik por su amigo—. Él no estaba haciendo nada misterioso y mucho menos turbio. Él estaba cumpliendo una misión secreta que le fue encomendada por la Asociación Fraternal de Exiliados Salvadoreños. Y debo decir que fui yo, precisamente, el que diseñó y planeó esa misión que Edgardo realizó con gran éxito.

—¿Edgardo? ¿Quién es Edgardo? —preguntó el doctor Estrada en el momento en que el doctor Cárdenas irrumpía en el cuarto.

—El sargento Morales ya llegó —informó el galeno—. Y quiere saber si usted se siente lo suficientemente recuperado como para prestar declaración formal ante él y el juez de instrucción que lo viene acompañando.

—Por favor, doctor Cárdenas, dele mis excusas y dígale que me siento todavía muy fatigado pero que con gusto los atenderé mañana a eso de las tres de la tarde —suplicó Estrada.

—Claro, con todo gusto lo haré. ¡Con su permiso! —dijo el médico cortésmente.

Esperaron en silencio varios minutos a que el médico regresara para reanudar la charla. Al reentrar, Cárdenas dijo escuetamente:

—El sargento y el juez vendrán mañana a interrogarlo a las tres en punto.

Luego que la puerta fue cerrada, Tawfik tomó la palabra:

—Para contestar la pregunta suya que se quedó en el aire, déjeme decirle que Edgardo Escoto Azurdia es mi compañero aquí presente.

—¡Ah! Entonces usted no se llama Carlos Vielman Rodríguez como usted alegaba —concluyó el paciente.

—No, doctor —contestó Edgardo con firmeza—. Ese era el nombre que aparecía en el pasaporte falso que yo portaba y que la policía secreta creyó que era legítimo. Pero ya el compañero Tawfik me trajo mi pasaporte verdadero. Y aquí lo tiene —añadió, poniéndolo en las manos de Estrada.

El doctor, sin abrirlo, se lo devolvió, diciendo:

—Yo no soy policía de inmigración y lo que usted me afirme se lo creeré sin necesidad de corroboración. Sin embargo, me tiene aún intrigado el hecho de que usted no fuera golpeado por esos malditos y que los otros dos jóvenes que venían con nosotros fueran torturados salvajemente. ¿Cómo me explica usted ese misterio? Y, además, esos muchachos lo veían a usted con unos ojos tan llenos de odio y de rabia que yo me preguntaba por qué razón se comportaban en esa forma tan vil contra usted; una persona que a mi parecer era, y es, tan noble y tan amable.

—Gracias por ese hermoso concepto que tiene de mí —dijo Escoto y enseguida explicó en forma extensa las razones que tuvo para vengarse de los estupradores.

—Entonces usted se convirtió en el vengador errante contra esos malandrines —dijo Estrada sentenciosamente luego de escuchar las palabras de su amigo—. Lo felicito por su audacia quijotesca, aunque yo como abogado y profesor de jurisprudencia creo en el estricto imperio de la ley y siempre he predicado dentro y fuera de mis cátedras que nadie debe hacerse justicia fuera de los procesos legales; pues si todos lo hicieren, esas acciones traerían el caos y, como corolario, la destrucción social e institucional.

—Convengo con sus palabras, doctor Estrada —dijo Tawfik y agregó—: Y espero que muy pronto se recupere de sus traumas. Pero también estoy de acuerdo con el compañero Escoto que hay casos donde las cuerdas de la justicia se deben manipular para que cumplan con su cometido. Me gustaría permanecer más tiempo en su grata compañía, doctor, pero tengo que marcharme pues ya no me quedan sino quince minutos para tomar mi bus de regreso a la capital. ¡Adiós!

—Te acompaño, Tawfik —dijo Edgardo. Luego se despidió de Estrada prometiéndole regresar al día siguiente y le entregó los tabloides del día, diciéndole:

—No me ha quedado tiempo de mirarlos, así que guárdemelos para leerlos mañana.

ONCE

En esa noche, como en las anteriores, Haydé y Edgardo cenaron en compañía de los reverendos Luis Arnelo y Antonio Valadés. Pero antes de la oración previa a comenzar la cena, dos sacerdotes procedentes de El Salvador y de Nicaragua fueron presentados como Gonzalo Orellana Recinos y Vicente García Artola. Éste último era el salvadoreño. Su frente y sus mejillas, surcadas por arrugas profundas, indicaban que probablemente tendría el doble de la edad del presbítero nicaragüense.

—Padre Gonzalo: ¿Qué hay de nuevo en la tierra de Sandino y Darío, aparte de la reciente defunción de monseñor Lezcano?[33]—dijo el licenciado para abrir la conversación que se había mantenido estancada en una jerigonza de bocas ávidas que sin decir nada manifestaban con elocuencia mediante expresiones guturales, además de su buen apetito, el

---

[33] José Antonio Lezcano y Ortega – Arzobispo nicaragüense (1865-1952).

magnífico sabor que María Rufina, la cocinera parroquial, daba a sus confecciones culinarias.

—Como se podrán imaginar, el duelo que embarga al pueblo nicaragüense por la pérdida de su eximio pastor, el pasado seis de enero, es algo que no se había sentido en muchos años. Hasta los políticos han hecho su agosto, haciendo elogios elegíacos al obispo fallecido para medrar votos a costillas de su deceso. Aunque yo prefiero no inmiscuirme en los asuntos políticos porque en Nicaragua al presente son temas muy delicados. Por eso le ruego, señor licenciado, no hacerme más preguntas al respecto. Y, por favor, no me lo tome a mal. Como reza el dicho: *"En boca cerrada no entran las moscas"*.

—Por supuesto que respetaré su pedido. Solamente déjeme informarle que hace poco leí en la prensa que monseñor Lezcano, hace algunos años, había oficiado en las bodas de los hijos del dictador y me preguntaba yo si esas relaciones entre la iglesia nicaragüense y la dictadura eran en la realidad tan calurosas como las describía el periódico. Además, la dictadura de Franco en España le otorgó la Orden de Alfonso X,[34] el Sabio, en el grado de Gran Cruz — respondió Edgardo un poco fastidiado pues deseaba escuchar opiniones en contra o a favor de la vieja tiranía somocista que asolaba a esa hermosa parcela de la patria centroamericana.

---

[34] Orden establecida por decreto del gobierno falangista de España en 1939.

—Efectivamente, el Gobierno español otorgó esa distinción en base a que monseñor Lezcano era académico correspondiente de la Real Academia de la Lengua Española y, como tal, había escrito varios ensayos y cuentos. Monseñor siempre fue de la opinión que no se le podía negar los sacramentos a ningún fiel que los solicitara. Y, basado en esa premisa, el arzobispo tenía el deber de oficiar en esas bodas de los hijos del general Somoza. Como sacerdotes tenemos la obligación de actuar de acuerdo con las consignas prescritas por la iglesia y por nuestros pastores. Y déjeme felicitarlo por estar tan bien enterado de lo que sucede en mi país —añadió diplomáticamente.

Edgardo agradeció las últimas palabras del sacerdote nicaragüense con una venia silente al mismo tiempo que procedía a consumir sus alimentos antes de que se enfriaran. Mientras disfrutaban de la cena y comentaban los pormenores del día, el padre Antonio, de repente, sugirió a su bella sobrina que quería verla comulgar al día siguiente y que, por lo tanto, debería acudir al confesionario esa misma noche. Esa propuesta le pareció a Edgardo muy inoportuna, indiscreta e inapropiada; especialmente cuando vio el rostro ebúrneo de su preciosa concubina tornándose lívido de cólera, pero él calló su objeción discretamente. Para el licenciado, sin embargo, era lógico pensar que el tío parecía sospechar su visita pecaminosa a su cama y se hizo el propósito de encontrar un cuarto lo más pronto posible en cualquier hotel o en una posada antes de ser descubierto y expulsado. Luego que hubo recobrado su aplomo habitual y el color rosa de su piel; astutamente, Haydé se dirigió al cura más viejo.

—Mi querido padre Vicente —le dijo con voz humilde— ¿podría usted hacerme el favor de confesarme en la oficina privada después de la cena?

—¡Con mucho gusto, hija mía! —replicó García Artola.

Ésta condenada Teté es realmente avispada, se dijo Escoto. *No quiere que su tío o el párroco se enteren cómo apaga sus incendios nocturnos y, por eso no se confesará con ninguno de los dos.* Le asaltó el temor de que el padre Antonio pudiera insinuarle o tal vez *ordenarle* a él también la confesión inmediata. Para su tranquilidad, nada de eso ocurrió. Esa noche, después de asistir a los interminables rezos y homilías, Edgardo se quedó conversando con el padre García Artola en la sala de recibo. Éste le contó que por quince años había estado a cargo de la parroquia de Ilobasco, un pequeño pueblo del interior salvadoreño, famoso por sus muy apreciados juguetes de barro horneado. Escoto le mencionó los nombres de varios parientes suyos que residían allí. El cura dijo conocerlos a todos y le aseguró que se encontraban sanos y saludables; y que al regresar les relataría sobre la entrevista de esa noche.

Luego hablaron extensa y abiertamente sobre la tensa situación política y social que sufría su patria chica en ese entonces bajo las botas militares. Y como corolario natural también intercambiaron ideas conflictivas sobre el tema. García Artola defendió apático la atroz dictadura militar que había asolado El Salvador desde 1932, con el trillado argumento de que el Ejército garantizaba el orden, lo cual era la base elemental del progreso.

Escoto rebatió ese falso silogismo diciendo que ningún progreso se había logrado desde la abrogación del sistema democrático; a menos que se pudiera llamar progreso a la creación de cientos de cementerios clandestinos, donde obreros y campesinos, en su mayoría indígenas, habían sido enterrados en fosas comunes después de haber sido masacrados.

—Esa trayectoria política no era un fenómeno nuevo en Centroamérica —dijo Edgardo pues cuatrocientos cincuenta años de historia como nación solamente le habían enseñado al pueblo que las únicas relaciones posibles entre Gobierno y gobernados era la sumisión o la rebelión. Y luego citó la frase categórica de Jorge Luis Borges[35] que *"las dictaduras fomentan la opresión; fomentan el servilismo; fomentan la crueldad; y lo que es más abominable aún es que fomentan la idiotez colectiva".*

—Convengo con usted y con el señor Borges —dijo el anciano—. Pero ¿qué podemos hacer nosotros los sacerdotes para contrarrestar los efectos nocivos de la dictadura? Recuerdo que durante los aciagos días de la represión de Aguirre,[36] a mediados de octubre del '44; éste servidor y los sacerdotes coadjutores de la parroquia dimos ayuda a algunos de los dirigentes locales del Partido Unión Demócrata, liderado por el doctor Arturo Romero.[37] Con mucho temor les

---

[35] Escritor y filósofo argentino (1899 – 1986).
[36] Osmín Aguirre y Salinas – Militar salvadoreño (1889-1977).
[37] Líder civil del fallido golpe de estado del 4/02/1944 – (1911-1965).

permitimos esconderse en la casa parroquial y luego les ayudamos a huir de la persecución. Subsecuentemente, el arzobispo, Luis Chávez y González,[38] nos llamó para darnos una reprimenda por haber actuado solapadamente en defensa de los enemigos de la dictadura y nos amenazó con denunciarnos a la policía. Como había sido párroco de Ilobasco, él sabía los nombres de los líderes que se oponían a la dictadura. Pero esas son cosas que el viento se llevó y duele reconocer la irreductible impotencia que nos oprime ante los férreos estamentos del poder dictatorial.

—Tiene razón —dijo Edgardo—. Pero, dígame ¿ha visitado Esquipulas muchas veces?

—Sí, señor. Esta es mi segunda vez. Por cierto, en Esquipulas residen varios paisanos; varios ya de mucha prestancia, ganada con el esfuerzo tesonero. Uno de ellos es el que hace unos dos años abrió el Hotel Lago de Güija y en el que me tuve que hospedar por una noche porque llegamos muy tarde y me dio pena despertar al padre Arnelo.

—¿Cuál es el nombre del propietario? —preguntó Escoto.

—Anselmo Espinoza Sol y creo que es nativo de Metapán y por esa razón fue que bautizó su hotel con el nombre del bello lago que comparten El Salvador y Guatemala.

En diciendo esto ambos se pusieron de pie. Era ya pasada la medianoche y la única luz encendida en toda la casa parroquial era la de la sala de recibo donde

---

[38] Arzobispo del El Salvador (1901-1987).

el cura y el licenciado habían charlado amenamente después de que la recién confesada Teté se hubo marchado a su habitación. Para la tranquilidad y el desasosiego del licenciado, la hermosa hembra no vino a compartir su lecho en toda la noche. Escoto supuso que no quería pecar más estando recién absuelta de sus transgresiones a los cánones católicos y a la ley de Moisés. Naturalmente, Edgardo extrañó muchísimo su cálido cuerpo, sus ardientes caricias, sus besos profundos y apasionados, el sutilmente embriagante perfume que emanaba de su cuerpo de hembra en celo y su vehemente y desinteresada entrega al placer. El sueño logró sofocar finalmente sus anhelos libidinosos.

***

A la mañana siguiente, Escoto fue temprano a visitar al doctor Estrada. No lo encontró en su cuarto. Lo esperó mientras hojeaba las primeras páginas de los periódicos que le había traído el día anterior. Después de media hora de espera, el paciente se apareció sonriente en una silla de ruedas con una linda doncella voluntaria empujándola. Lo saludó cordialmente y después de que la joven se hubo retirado le dijo en voz baja:

—Esta mañana, antes del desayuno, hice un pequeño recorrido a pie por los pasillos del hospital. Al pasar frente a la oficina de admisiones escuché la voz de uno de los médicos que hablaba a gritos frente a un teléfono. No tendría nada de extraño que alguien haciendo una llamada de larga distancia necesitara alzar la voz lo suficiente para poder ser escuchado. Pero lo que me hizo detenerme y apoyarme contra la pared fue que le oí preguntar si el interlocutor era pariente de un joven rubio de nombre Patricio Landau de unos veintidós años que había sido internado en este hospital. Obvio que alguien le contestó que sí porque el doctor enseguida le pidió que contactara inmediatamente a sus padres ya que el paciente se encontraba muy malherido, emaciado y en crítico estado de coma. Además, nadie lo había visitado y nadie parecía buscarlo ni conocerlo en Esquipulas.

—Eso quiere decir que Patricio sobrevivió también —dijo Escoto, un poco aprensivo. Por ahora él no representa ningún peligro para mí —agregó pensativo— pero no me apetece encontrármelo una vez salga del coma.

—¿Cómo podría ayudarlo? —le preguntó el doctor solícito.

—Le agradecería que esta tarde cuando haga su declaración, no mencione que lo trajeron de Ciudad de Guatemala para la frontera en compañía de tres desconocidos y que a todos ellos les aplicaron la ley fuga; sino que usted sobrevivió porque se pasó para el lado guatemalteco con la esperanza de obtener ayuda de alguien que pasara a su lado y que horas más tarde se aparecieron dos sacerdotes y una joven con una ambulancia. Los curas informaron al sargento Tulio Morales que un desconocido había llegado a avisarles sobre un moribundo que estaba tirado junto a la cerca de la frontera y que pedía que le dieran auxilios médicos y que ellos inmediatamente contactaron al hospital y fueron todos a recogerlo. Como usted ve, mi persona todavía no ha sido involucrada en ningún aspecto del episodio y no creo que haya necesidad ni urgencia alguna de que lo sea.

—Pues me alegro mucho de que usted me lo haya advertido a tiempo —le dijo—. Y que su nombre no haya sido puesto en entredicho. No me gustaría verlo implicado en nada turbio pues usted me parece una persona honesta y generosa, empeñado en hacer el bien. Y sepa que mi oferta de herencia sigue en pie. Es más, me gustaría *adoptarlo* para que viva con nosotros, Florinda y yo, ya sea en la Ciudad de Guatemala o en Tegucigalpa.

—¿Habla usted en serio…? —preguntó Edgardo con aire escéptico.

—¡Nunca he estado tan serio como en este momento!

—¡Me ha conmovido! —exclamó Edgardo visiblemente emocionado—. ¿Qué he hecho *yo* para merecer esa generosidad tan magnánima? —preguntó.

—¡Muchísimo, licenciado, muchísimo! —dijo Estrada con voz tremebunda—. Usted me ha demostrado no solamente ser un hombre compasivo con el prójimo sino también honrado a carta cabal. Pudo haber terminado con mi vida simplemente dejándome morir; ya que tenía conocimiento de la suma que tengo en el banco y cómo sacarla. Sin embargo, corrió a buscar ayuda sin importarle que al sobrevivir yo pudiera olvidarme de la oferta que le había hecho.

—No creo que mi acción haya tenido un carácter tan extraordinario —comentó Escoto con humildad—. Pero de ese tema hablaremos más adelante. Por ahora, respóndame con sinceridad, doctor: luego que yo me fui después de haberle prometido volver ¿no sintió usted algún temor de que yo no volviera? ¡Dígame la verdad, doctor! —le suplicó insolentemente.

—¡Efectivamente lo tuve! No voy a negar que al sentirlo levantarse quise implorarle que no se olvidara de mí, pero supuse que su decisión ya estaba tomada y en ese momento me arrepentí de haber sido tan ligero con mi oferta. No sé por qué, pero al instante recordé las palabras de Voltaire[39] que en uno de sus poemas dice que *"la esperanza es el único privilegio que tiene el hombre y del que Dios no goza"*. Ese pensamiento me reconfortó el alma y decidí esperar, positivo de que usted regresaría pronto y me salvaría de una muerte segura.

—A propósito —dijo Escoto abriendo su cartapacio— Villagrande nos entregó un sobre a cada uno antes de aplicarnos la ley fuga. Lo sorprendente es que con la orden de expulsión me incluyó una *limosna* de doscientos dólares usanos. Este es el suyo; ¡ábralo y vea si el monto para usted es igual!

—¿*Usanos*? ¡Nunca había oído esa palabreja! ¿Qué significado tiene? —preguntó Estrada intrigado mientras abría su sobre.

Escoto le contó la historia del abuelo de su novia que había fabricado el vocablo con el objeto de terminar con el uso incorrecto de la palabra *americano* como sinónimo del término *estadounidense*.

---

[39] Seudónimo de François Marie Arouet; escritor, filósofo e historiador francés (1694-1778).

—Tiene sobrada razón —dijo el profesor de Derecho—. Pero implementarlo sería extremadamente difícil, pues tanto los políticos de Estados Unidos, por demás tan ignorantes como los de Latinoamérica y del mundo entero, ya están acostumbrados a incurrir en ese craso error las veinticuatro horas del día.

—Me alegra saber que usted comparte mi opinión. Y efectivamente, implementar ese cambio a nivel mundial equivaldría a detener el sol, pero ¡abra ya su sobre! —suplicó de nuevo. Al abrirlo, doscientos dólares usanos aparecieron junto a la orden de expulsión.

—Parece que la Diosa Fortuna está de nuestro lado, licenciado —dijo Estrada alegre—. Me hubiera gustado darle las gracias al teniente en persona; pero ya no se va a poder.

—No lo creo prudente; pero ¿a qué se refiere?

—Busque la página quince y lea el reporte de la policía de Jalapa. ¡Lo dejará perplejo y sin aliento, amigo mío!

Segundos después, Edgardo se puso de pie, exhibiendo una mirada atónita.

—¡Villagrande está muerto! ¡Y sus asistentes también! Pero ¿cómo pudieron todos morir a la vez? —preguntó más que sorprendido pues no había leído el texto de la narrativa periodística.

—Seguramente durante el viaje de regreso se detuvieron en una cantina de Chiquimula, probablemente a *celebrar* o a lamentar nuestras *defunciones* y se pasaron de copas. Veinte kilómetros en la carretera hacia Jalapa, el vehículo cayó en un profundo barranco y todos sus ocupantes perecieron.

Aunque, aparentemente, el vehículo no se incendió —dijo Estrada.

—O sea que nos trajeron con la intención de matarnos y los muertos fueron ellos —comentó Edgardo, pensativo—. ¡Qué incierta es la vida ¿no es cierto?! —añadió de pronto—. Aunque no me alegra su trágico final, tampoco lo lamento.

—La Guardia Civil reporta haber encontrado en la guantera del vehículo casi destruido dos pasaportes y dos cédulas; y que los documentos pertenecían a Patricio Landau y Alfredo Wallenberg. O sea que los estupradores sí eran realmente guatemaltecos, como alegaban. Además, hallaron mucho dinero en los bolsillos de los occisos. Un total de más de ocho mil novecientos dólares —añadió el catedrático.

***

El señor Fritz Landau entró en la oficina de su socio, Kurt Wallenberg.

—¿Has tenido alguna noticia de tu muchacho? —le preguntó.

—¡*Kein!*[40] —respondió Wallenberg en alemán para que su amanuense no se enterara del tema familiar sobre la mesa. Le indicó con un gesto que saliera de su oficina—. ¿Y vos? —inquirió mientras examinaba un libro de contabilidad, sin importarle el destino de su hijo.

---

[40] Ninguna.

—Otto me acaba de informar que un joven de nombre Patricio Landau fue internado hace tres días en el hospital de Esquipulas y está comatoso. Pero que no saben nada de Alfredito.

—Pues a lo mejor a mi hijo no le ha pasado nada —comentó Wallenberg secamente mientras continuaba examinando el libro de contabilidad. Su obvio desinterés por la suerte de su vástago era realmente abismal e incomprensible para su socio.

—Dos hechos me intrigan —dijo éste—. Uno es que no puedo comprender ¿qué diablos andaban haciendo esos muchachos por Esquipulas? Y el otro, ¿por qué no fue Alfredo el que nos avisó del problema de mi hijo? —preguntó—. Si ellos siempre han andado toda su vida para arriba y para abajo como si fueran hermanos gemelos…

—El otro día la Guardia Civil me informó que los arrestaron por manejar sin licencia y también por causar un accidente. Y luego los entregaron a la policía judicial y ésta los remitió a la capital. Pero no me dijeron por qué. No te dije nada porque esperaba que nos llamaran de nuevo para mandar al abogado a pagar la multa.

—A mí también me llamaron y, como vos, me quedé esperando la segunda llamada. Más tarde un indio de nombre Bruno Vuj vino a exigirme que le pagara sus bueyes muertos, alegando que nuestros hijos los habían matado. Yo le sugerí que descuartizara los bueyes y vendiera la carne para resarcirse de la pérdida de sus animales. El maldito indio se encojonó y me dijo que yo era un hijo de puta tacaño. Yo le repliqué que se cazan más moscas con miel que con vinagre.

Kurt rio entre dientes.

—Probablemente ese indio avivato se fue a la Guardia Civil a quejarse porque, más tarde, un sargento me llamó y me recomendó que pagara por los bueyes muertos y la carreta porque tu hijo los había matado y vos te negabas a pagar por el daño hecho. Lo hice, pero de mala gana, más que todo para complacer al chafarote porque vos sabés que hay que paladearlos para que cooperen con nosotros cuando los necesitamos —dijo.

—Y a mí Emilia me informó que le había dado diez mil dólares a Patricito, dizque que para montar un negocio en Ciudad de Guatemala. La policía de seguridad me dijo que ese dinero había sido enviado a la capital con los custodios de los muchachos. Ojalá que esos desgraciados no tengan la desfachatez de desaparecer nuestro dinero.

—Yo, la verdad, ya estoy cansado de las mierdas de mi hijo —dijo Kurt soezmente—. Y se lo he dicho a Cune más de mil veces, que deje ya de solaparlo porque un día de estos lo van a acusar de haber cometido algún delito grave y probablemente terminará en la cárcel por muchos años.

—No niego que tenés razón porque yo también estoy cansado de estar pagando las multas y las deudas que contrae mi hijo cuando está borracho. Pero, haragán y estúpido como es, no ha dejado de ser mi hijo. Y, por lo tanto, con Emilia volaremos mañana a Chiquimula y luego nos iremos a Esquipulas por carro de alquiler.

—Cune me contó que había presenciado el accidente y que, según ella, Patricio tuvo la culpa porque por manejar a alta velocidad no pudo frenar a tiempo.

—Eso fue lo que reportó la Guardia Civil. Estaremos en Esquipulas hasta que Patricio salga del coma y luego lo traeremos para Cobán. Te llamaré cuando llegue para darte el número de teléfono al que me podrás llamar en caso de que me necesités.

—Bueno, ¡que les vaya bien! —dijo Wallenberg—. Si ven a mi hijo, por favor ayúdenlo a que regrese a Cobán. Díganle que yo no puedo ir porque no se puede dejar el ingenio en manos de los administradores; especialmente ahora que estamos encostalando la cosecha y que pueden robársela más fácilmente.

***

La policía de Santa Fe, en Honduras, se encontraba realmente en ascuas pues no sabía qué hacer con el cadáver de Wallenberg. Habían encontrado el documento, supuestamente oficial, en el cual se especificaba los motivos por los cuales fue deportado, aunque no se mencionaba la nacionalidad del occiso. La Comandancia Central de la Policía en Tegucigalpa había ordenado no sepultarlo hasta que alguien lo identificara. Como es de todos bien sabido, los cadáveres suelen deteriorarse con mayor rapidez en climas cálidos como lo es el de esa ardiente población hondureña y donde, además del calor, la refrigeración de cadáveres en esa época era totalmente desconocida. Finalmente, cuando la hediondez mefítica se tornó intolerable al olfato de los sufridos agentes, el comandante acudió al juez de paz para obtener una orden de inhumación. Asumiendo que se trataba de una persona católica, el párroco fue llamado a hacerle los responsos antes de darle sepultura. La decisión del juez enfureció a la oficina central, pero concluyeron que nada más se podía hacer; se olvidaron del caso insoluble de Alfredo Wallenberg.

* * *

Pero no todo estaba olvidado para la familia Wallenberg. El padre Antonio Valadés ya había enviado un telegrama a sus padres notificándoles que su hijo Alfredo falleció y que probablemente su cadáver fue recogido por la policía hondureña destacada en Santa Fe, departamento de Ocotepeque. Doña Cunebunda de Wallenberg, transida de dolor por la pérdida del único hijo varón, ignorando la orden de su esposo de no involucrarse más en ese penoso asunto, preparó su viaje a Esquipulas para averiguar las circunstancias de su prematuro deceso y traer sus restos mortales a Cobán.

—Si Alfredo está muerto, ya no lo podrás resucitar —dijo el padre fríamente—. Además —agregó con inexcusable indiferencia— pues ni siquiera tuvo la decencia de decirnos a dónde viajaría. Como dice el dicho: *"El que por su gusto muere ¡aunque lo entierren de pie!"*.

—Bueno, como vos no querés acompañarme, entonces me iré con Éricka; porque sola ¡definitivamente no viajaré! —dijo decidida la madre de Alfredo—. ¡Ah! Y antes que se me olvide, dame mil quetzales para pagar los pasajes aéreos. *Aber, mach' schnell...!*[41] —le gritó despótica en su lenguaje materno.

***

A la mañana siguiente, Edgardo se presentó al Hotel Lago de Güija para averiguar si todavía tenían cuartos disponibles, aunque la respuesta negativa que él temía no se hizo esperar. Una hermosa jovencita, escasamente salida del cascarón de la adolescencia, lo atendió.

—El hotel está totalmente copado, señor —se lamentó con un aire de pesadumbre que el licenciado consideró genuino—. Y tenemos reservaciones hechas con antelación para toda esta semana y la próxima —agregó.

—¡Es una verdadera lástima! —dijo Escoto viéndola directamente a los ojos que, atrevidamente, no le parpadeaban—. Y yo que deseaba encontrarme con paisanos y paisanas para hablar de las cosas nuestras.

—¿Es usted salvadoreño? —preguntó solícita.

—¡Y a mucha honra, señorita...! Y ¿usted es...?

—¡Adela Espinoza Castillo, me tiene a la orden! —respondió ella tendiéndole la mano y añadiendo con sonrisa dulce y afable—: Pero mi familia y amigos me dicen Lita o Adelita.

---

[41] Pero... ¡apúrate!

Cuando estaba a punto de hacer un comentario que le hiciera ganarse más su confianza, un caballero acompañado de una señora, ambos cargando maletas, se acercaron presurosos al mostrador de la recepción.

—Perdonen que los interrumpa —dijo el hombre con voz acelerada— pero quiero informarle que por razones de una emergencia familiar tenemos que abandonar el hotel y Esquipulas ahora mismo. ¿Nos podría llamar un taxi para que nos lleve a la estación de buses? Aquí le entrego las llaves del cuarto. Por favor extiéndame un recibo y hágame el reintegro —agregó suplicante.

Escoto, no pudiendo contener su jubilosa curiosidad, se acercó más al mostrador para poder leer el número de la habitación en la lengüeta de las llaves. Era el 1D.

Al terminar de hacer la llamada, Adelita se dirigió a los huéspedes que estaban listos a partir.

—El taxi está por llegar y en un instante le hago el recibo y también le haré la devolución.

El licenciado concluyó que su buena suerte continuaba acompañándolo. La inesperada partida de los huéspedes creaba la posibilidad de una habitación vacante. Luego de que ellos se marcharon, Edgardo volvió a la carga.

—Parece que mi estrella continúa brillando para mí favorablemente —dijo sonriente.

—¡Sí, así parece! —dijo Adelita con una sonrisa de clara satisfacción—. Lléneme este formulario, por favor, y luego muéstreme su identificación —añadió poniendo una pluma y un tintero de cristal colmado de tinta hasta su borde junto a la hoja por llenar. Edgardo, atrevidamente, puso su mano sobre la de ella y la encontró tibia y suave como de terciopelo. Ella se asustó y la retiró inmediatamente. Al hacerlo tumbó el tintero y su contenido cayó sobre la blanca guayabera y el pantalón color canela del atrevido. Los dos quedaron mirándose atónitos como si esperaran una palabra de acusación, de reproche o de arrepentimiento.

En ese instante, un hombre de mediana edad y medio calvo salió de la oficina cuya puerta estaba localizada detrás del mostrador. Miró a ambos inquisitivamente.

—¿Qué fue lo que pasó...? —preguntó secamente.

—¡Derramé la tinta! —admitió el licenciado, autocensurándose—. ¡Que torpe amanecí esta mañana! —agregó, el rostro colorado por la vergüenza de haber causante el accidente.

Las mejillas de Adelita también se tornaron más sonrosadas que de costumbre. Enseguida hizo mutis al interior de la oficina y pronto regresó con un balde lleno de agua jabonosa y un trapeador.

—Cuando se quite la ropa, me la trae y la mandaré a lavar —sugirió dulcemente.

—¿El señor estaba a punto de tomar una habitación...?

—¡Sí, papá! —respondió Adelita con voz temblorosa—. Le he asignado el 1D porque lo acaban de desocupar. Voy a mandar a Lucila inmediatamente para que acondicione el cuarto para el señor —añadió.

Edgardo procedió a llenar la forma reglamentaria y luego se la entregó a don Anselmo. Éste extendió su mano y dijo con voz amable:

—¡Bienvenido al Hotel Lago de Güija!

El nuevo huésped la estrechó efusivamente mientras preguntaba:

—Usted es don Anselmo Espinoza, ¿no es cierto?

—¡A la orden, licenciado Escoto! —respondió Espinoza—. ¿Y usted es salvadoreño?

—Así es, señor —contestó el interpelado, agregando—: De Chalatenango y, según me dijo el padre Vicente García Artola, usted es nativo de Metapán...

—No, señor; yo también soy chalateco. Nací en La Palma y luego mis papás se mudaron primero a Texistepeque y más tarde a Metapán, cuando yo apenas tenía seis años. ¿Dónde conoció al padre Vicente? —preguntó interesado.

—Él está de visita en Esquipulas. Vino a participar en las fiestas religiosas y se encuentra hospedado en la parroquia. Allí lo conocí...

—Gracias por avisarme. Lo iré a ver esta tarde —prometió Espinoza.

***

Luego de tomar posesión de su cuarto, Escoto visitó al doctor Estrada en el hospital. Lo encontró sumamente alborozado.

—Florinda me acaba de llamar desde Chiquimula y ya viene en camino —le dijo alegremente—. ¡Llega hoy al mediodía! —agregó, excitado por la inminente llegada de su media naranja.

—Iré a la parada de autobuses a esperarla —prometió Edgardo.

—Si me hace ese gran favor y también le agradecería que le encontrara alojamiento.

—Eso no va a ser cosa fácil porque todos los hoteles y pensiones están saturados, pero... ¡se me ocurre una idea! Si a su esposa no le molesta compartir una habitación con un extraño, le pediré al dueño del hotel donde me hospedo que me ponga una cama adicional.

—No creo que Florinda ponga objeción, pero esperemos a que llegue. La convenceré de que usted es una persona respetuosa y un amigo de fiar. Y también le explicaré mi firme propósito de adoptarlo. ¿O es que usted, ya no está interesado en mi proposición?

—¡Claro que lo estoy! Y me siento extremadamente honrado y agradecido. Pero creo que tendríamos que hablar sobre ese asunto detenidamente —dijo Edgardo—. Y, por supuesto, habría que hacerlo en compañía de su esposa. Si ella rehusara, yo no podría aceptar su oferta.

—Comprendo sus razones y así como usted dice, se hará.

—Y hay algo más que usted debe saber en este momento; es decir, antes de que hable con doña Florinda. Estoy decidido a casarme a principios o a mediados de abril próximo y mi novia Violeta ya está esperando bebé.

—¿Está ya próxima a dar a luz?

—No, todavía no —dijo Escoto—. Será en la última semana de agosto —añadió y suspiró pensativo.

—No parece muy contento con su nacimiento —observó el doctor Estrada.

—Sí lo estoy y ciertamente muy contento, pero hay algo que debe saber. ¿Recuerda que ayer le hablé del estupro que sufrió mi novia? Pues lo probable es que...

—Uno de los violadores sea el padre —interrumpió el doctor sentenciosamente—. A menos que usted hubiera tenido relaciones sexuales con ella diez días después del estupro, pero dentro del mismo ciclo menstrual.

—¡Exactamente! Y por eso le dije a Violeta que aceptaría la paternidad, aunque el bebé no se parezca a mí y tenga las características de uno de los violadores. Ahora nos toca esperar, ¿qué más podemos hacer?, dígame. Bueno, me iré a encontrar con su esposa en la estación de autobuses. ¡Hasta pronto, *papito*! —dijo riéndose incrédulo.

—¡Hasta luego, *hijito*! —replicó el doctor, y sonrió celebrando la ocurrencia de Edgardo.

***

Doña Florinda de Estrada comenzó a bajarse muy lentamente del autobús, pero al llegar al último peldaño se detuvo un instante mientras pasaba detenidamente la mirada sobre el grupo de pasajeros que habían bajado antes; como si buscara a alguien conocido o por conocer. El licenciado alzó su mano y ella al ver su gesto comprendió el mensaje. La fotografía que su esposo le mostró el día anterior coincidía con la agradable fisonomía de la señora.

—¿Es usted el licenciado Escoto? —preguntó la dama.

—¡Sí, señora, a sus órdenes! ¡Bienvenida a Esquipulas! —exclamó Edgardo complacido por la simpatía que reflejaba el rostro de la recién llegada—. Su esposo la está esperando con los brazos abiertos y el corazón saturado de gozo —añadió poéticamente, alzando la maleta que el chofer del bus colocó frente a ella.

—El hospital... ¿queda cerca? —preguntó Florinda.

—Sí, como a unas diez cuadras —dijo el licenciado mientras le hacía señas a un joven adolescente que se ofrecía a cargar equipajes por unas cuantas monedas.

—¿Hasta dónde van los señores? —preguntó el mozalbete respetuosamente.

—Vamos hasta el hospital —dijo Edgardo. ¿Cuánto...? —preguntó enseguida.

—¿Un quetzal? —preguntó como si la cantidad estuviera fuera de lo acostumbrado.

—Está bien, pero tenés que llevarla hasta el cuarto donde está el esposo de la señora.

El joven se echó la maleta al hombro y los tres comenzaron a caminar hacia el hospital.

—La veo fresca y rozagante —dijo Escoto caballerosamente—. Ello me indica que usted tuvo un viaje muy agradable y sin contratiempos. No quiso decir que su cuerpo grácil y su donaire eran todavía muy atractivos para no exagerar los cumplidos protocolarios y no hacerla sospechar que el amigo de su esposo tenía motivos ulteriores.

—Así fue, señor licenciado, tuve un viaje maravilloso —dijo Florinda y añadió—: Ricardo me habló de usted y sus palabras me hicieron entender que él está encantado de su personalidad. Me lo describió exactamente como usted luce, así que no tuve duda alguna cuando lo vi entre el gentío alrededor del bus.

—Me alegra muchísimo porque eso nos permitió identificarnos al instante. Aunque yo había visto una fotografía suya que el doctor guarda en su billetera.

—Esa foto tiene alrededor de veinte años y los años no pasan en vano —observó Florinda con un dejo de tristeza.

—Pues a lo mejor usted, señora, sea la honrosa excepción —dijo Edgardo galantemente—. A usted parece que no la han afectado... aunque el tango de Gardel dice que *"veinte años no es nada..."*.

—¡Qué dicha que así fuera! —exclamó Florinda complacida—. Y le agradezco su galantería. Pero mi cabello, que fue de color negro azabache en mi juventud, muestra ya demasiadas canas.

"Las canas nacen de las ganas", quiso decirle el licenciado, pero calló porque el viejo dicho le pareció inapropiado, lascivo e inoportuno. Continuaron conversando amenamente mientras se acercaban al nosocomio. Escoto se mantenía alerta a que el cargador de maletas no tomara un rumbo distinto y se extraviara el equipaje de quien eventualmente podría convertirse en su futura madre adoptiva.

Ni Edgar ni doña Florinda advirtieron que detrás de ellos caminaba también una señora cincuentona, de amplias caderas y busto prominente, acompañada de una hermosa jovencita aparentemente en el ocaso de la adolescencia. Ambas lucían cabelleras rubias y ojos azules que las hacían más conspicuas que una mosca nadando en un vaso de leche.

Escoto y la señora entraron al hospital y se dirigieron a la habitación donde se encontraba el doctor Estrada. Nadie les cortó el paso pues todavía eran horas de visita general. Los ojos de los esposos se llenaron de lágrimas de gozo al encontrarse nuevamente.

Al contemplarlos expresando el inmenso regocijo del reencuentro, Edgardo sintió un grueso nudo atorando su garganta y sus ojos se humedecieron espontáneamente. La romántica escena del reencuentro le trajo a la mente el triste recuerdo de sus padres ya fallecidos y las horas de dicha marital de las que él había sido testigo durante su niñez. Y, lógicamente, también la imagen de su adorada Violeta anhelando su regreso.

Durante el intercambio de numerosos y apretados abrazos y de sonoros besos entre ellos, Escoto se mantuvo frente a la ventana observando los transeúntes que deambulaban alrededor del hospital. Florinda finalmente se sentó y enseguida invitó al licenciado a tomar la silla colocada al otro lado de la cama del enfermo.

—Ya nos *saludamos* lo suficiente, señor licenciado —dijo ella sonriente—. Ahora Ricardo tiene que presentármelo formalmente.

—No creo que haya necesidad de presentártelo —comentó el paciente—. Pero sí creo que debemos hablar sobre las circunstancias que nos unieron en la desgracia. Seguidamente, el doctor Estrada relató detalladamente los datos más importantes de su tragedia.

—¡Esto es admirable! —exclamó Florinda—. Gracias, licenciado por todas sus bondades para mi esposo. Espero que el cielo le bendiga por su noble corazón.

—¡Muchas gracias, señora! —dijo Escoto y agregó humildemente—: Lo que hice no fue nada del otro mundo. Estoy seguro de que cualquier persona al verlo en ese estado se hubiera compadecido de su esposo o de otra persona en circunstancias similares.

—¡Estoy absolutamente de acuerdo! —dijo con seriedad la esposa—. Pero es que en este caso estamos hablando de su generoso comportamiento con Ricardo. Y ¿cuál creés vos que debería ser el premio? —preguntó a su marido.

—Si Edgardo acepta, lo adoptaremos ya que nunca pudimos tener hijos.

—Y usted, señor licenciado, ¿que respondería a esa oferta? —preguntó Florinda.

—Bueno —contestó Escoto— ya le dije a su esposo que aceptaría solamente si usted también estuviera de acuerdo. Además, como ya le expliqué, mi novia y yo pensamos casarnos lo más pronto que se pueda; es decir, antes de que nazca el bebé.

Las últimas palabras del licenciado dejaron atónita a doña Florinda. Haciendo un gesto de censura con su índice, dijo alarmada:

—Esa conducta la encuentro muy reprobable, don Edgardo.

Ricardo intervino al instante con una explicación.

DOCE

—Querida —le dijo Ricardo Estrada a Florinda con voz cariñosa pero seria—: Un par de malhechores violaron a Violeta, la prometida de Edgardo, y nuestro futuro hijo ha decidido aceptar la criatura como suya y además se las arregló para que la policía castigara a los viles estupradores por ese delito y muchos otros crímenes relacionados. Ambos fueron expulsados del país junto con Edgardo y conmigo. Como te dije antes, nos aplicaron la ley fuga. Uno de ellos murió en la frontera y el otro está internado en este hospital en estado de coma...

—¡Madre Santa, qué cosas tan terribles han estado sucediendo en este país! —exclamó horrorizada la esposa—. Bueno, pues, siendo así... no podría oponerme a la adopción de la familia entera. ¡Venga, hijo mío! —añadió, poniéndose de pie y extendiéndole los brazos. Enseguida los tres se abrazaron con mucho afecto como si hubieran sido padres e hijo biológico.

—Una vez vuelva a circular, haré los trámites legales de la adopción —prometió Ricardo.

—No hay prisa, señor mío, su salud es lo primero —dijo el licenciado.

—Estoy en completo acuerdo con Edgardo —expresó la esposa—. Lo primero es tu salud.

—Muy bien, ahora sólo resta encontrar una habitación para Florinda —dijo el doctor.

—Como le dije antes —le recordó Edgardo— si *mamá* quiere, puede quedarse conmigo en el Güija. Por ahora, quiero invitarla a que me acompañe a un restaurante a almorzar pues ya tengo mucha hambre.

***

Después del almuerzo, durante el cual se enfrascaron en una larga y amenísima conversación referente al pasado de ambos, madre e hijo se dirigieron al hotel. Don Anselmo gustosamente aceptó añadir otra cama a la habitación de Edgardo; y a Florinda le agradó mucho el cuarto por su sobrio pero cómodo acondicionamiento, sus muebles y decorado. Luego fueron a visitar a los curas Arnelo y Valadés con el propósito de darles las gracias por su pronta intervención en rescatar al doctor Estrada de las garras de la muerte. Tan pronto llegaron, Haydé los hizo pasar a la sala de recibo. Allí se encontró con el padre Luis en compañía de una señora y una bellísima jovencita, ambas vistiendo riguroso luto. Fueron presentados como la señora Cunebunda de Wallenberg y su hija Éricka, oriundas de Cobán.

Edgardo se quedó pasmado por la exquisita hermosura de la jovencita y mucho más por su extremo parecido con el difunto Alfredo; aunque, por obvias razones, se abstuvo de mencionar haberlo conocido. Ni tampoco pudo traer a colación el hecho de que los torturadores de su hijo habían muerto pocas horas después de aplicarles la ley fuga. Al fin y al cabo, pensó, todos ellos se enterarán oportunamente.

En cierto momento, el licenciado fijó su mirada penetrante en la de Éricka, cuyo luctuoso ajuar realzaba aún más la inmaculada blancura de su piel. Ésta pronto le correspondió con un silencioso y breve guiño. Su belleza de corte clásico le recordó al instante a la atribulada Susanna en el renombrado cuadro barroco, *Susanna e i Vecchioni*,[42] de Artemisia Gentileschi.[43] Sin embargo, la bella hembra frente a él no parecía ni sentirse doliente ni enlutada por el reciente deceso de su hermano. El entrecruce de las miradas furtivas no fueron del todo ignoradas por la celosa Teté; pero, astuta como era, decidió no comentar nada frente al párroco. Pronto Edgar comparó silenciosamente las dos bellezas sentadas frente a él. Su voto se inclinó a favor de la sobrina del padre Antonio; principalmente porque la otra, bellísima y atractiva como era, era también la hermana del violador de su amada.

—¿Qué me sugeriría usted, padre Arnelo? —preguntó llorosa la madre de Alfredo.

—Realmente no sé qué decirle —dijo el párroco—. No me atrevo a sugerirle que vaya a pie a Santa Fe. Y por vehículo, es prácticamente imposible. El camino, si así lo pudiéramos llamar, es una trocha por la que no pueden pasar vehículos a menos que estén

---

[42] Susana y los sátiros.
[43] Pintora italiana (1593 – 1653).

acondicionados para transitar en todo terreno. O sea que ningún carro de alquiler se atrevería a llevarlas…

—Perdón —interrumpió Edgardo—. ¿No sería mejor que la señora Wallenberg acudiera a la Guardia Civil para informarse si el cadáver de su hijo es realmente el que permanece en la estación de policía de Santa Fe? Aunque a lo mejor ya lo enviaron a Tegucigalpa. De ser así, ellos sí podrían comunicarse con la policía de ese pueblo y tal vez arreglar alguna forma para que la señora y su hija sean escoltadas por agentes de las autoridades hondureñas, ¿no les parece más lógico.

—El señor licenciado tiene razón —dijo Cunebunda—. Iremos a la Guardia Civil ahora mismo a ver qué pueden hacer por nosotras. Pero, permítame preguntarle, ¿cómo supo el nombre de mi hijo, padre Luis? —preguntó.

Aunque muy saturada de mentiras-verdades piadosas, la versión dada por el párroco, tuvo un sentido lógico y por ello la madre del occiso la creyó a pie junto. Edgar se alegró porque al no mencionar su nombre continuaba libre de sospechas. Él y su madre adoptiva permanecieron en la sala de recibo para agradecer a los sacerdotes la ayuda prestada al doctor Estrada en su hora más crítica y para que Escoto les informara que ya había encontrado una habitación en un hotel gracias a la información obtenida del cura García Artola. Pidió la cuenta por el uso del cuarto parroquial y también por los alimentos que había disfrutado en tan grata compañía.

El párroco le contestó que los servicios y alimentos proporcionados eran parte de la misión de la iglesia de dar techo a los desamparados así como alimentar a los que padecen hambre, tal como lo había ordenado su epónimo fundador. Sin embargo, el licenciado, sintiéndose muy agradecido, le entregó una cantidad módica para compensar los gastos incurridos.

***

Haydé se ofreció a acompañar a la madre y a la bella hija. Al salir de la residencia del párroco y dirigirse a la estación de la Guardia Civil, las tres damas se mantuvieron en silencio. Sin embargo, Éricka se sentía inquieta por obtener datos con respecto al licenciado Escoto.

—Ese joven que llegó con su mamá, ¿está casado? —le preguntó a Teté.

—*Mein Gott!*[44] —gritó su progenitora encolerizada—. ¿Cómo te atrevés a preguntar esa insolencia? ¡Estamos de luto, niña, por nuestro amado Alfredito! —añadió pucherosa.

—¡Mamá! —protestó la hija—. Yo ya cumplí veinte años y nunca he tenido un novio… ¡Porque usted nunca me ha permitido tenerlo! —añadió altanera y quejosa a la vez.

—¡Quedate aquí afuera con la señorita! —le ordenó—. Y mantenete con el pico bien cerrado o hablá de cualquier otra cosa ¡menos de hombres y de novios! —agregó agriamente.

---

[44] ¡Dios mío!

Mientras la madre se entrevistaba con el sargento Morales, Éricka de inmediato aprovechó la oportunidad para indagar más a fondo sobre el licenciado.

—Usted, señorita, todavía no me ha contestado mi pregunta —se quejó—. ¡Debo confesarle que ese hombre me ha dejado verdaderamente encandilada...! Sólo con pensar en él se me hace agua la boca. Por eso quiero saber si está casado o si tiene novia...

—No. Edgardo no está casado, pero sí tiene novia, si eso es lo que tú en verdad quieres saber —dijo Haydé—. ¿Es que realmente te gusta mucho?

—Ya se lo dije. Está muy chévere... ¿Es usted la novia? —preguntó de repente.

—¡No, desgraciadamente no! Por cierto, la novia de Edgar también es cobanera como ustedes —agregó inocentemente.

—¡Ah! ¿Usted la conoce?

—Sí. Pero solamente la he visto una vez...

—¿Cómo se llama?

—Violeta... No recuerdo que me haya dado el apellido...

—¿Cómo es ella?

—Es muy bonita: trigueña de pelo castaño, un poco lacio, carita redonda y ojos verdes... y tiene una mirada muy dulce. Pero yo diría que es más celosa que una gata recién parida...

Éricka rio de buena gana.

—Yo la conozco —dijo—. Fuimos compañeras en el instituto. Se acaba de graduar. Pero ya tiene una reputación pésima.

—¿Qué clase de reputación?

—¡Es *reputísima*! —exclamó y se echó a reír despectivamente de su exabrupto.

—¿A vos te consta? —preguntó Teté con aire secretamente ofendido.

—Por supuesto, no la he visto haciéndolo, pero le oí decir a mi hermano, Alfredo, que él se había acostado con ella varias veces, que es muy efectiva en la cama y que no cobra mucho. Por eso no la quiso seguir visitando... porque *esas*, según él, son las que propagan la gonorrea y otras enfermedades no mencionables.

Haydé recordó el relato de Edgardo y las razones de su venganza. Sintió que la sangre se le agolpaba en la cara y le hervía en las arterias, tal era la cólera que le habían causado las últimas expresiones arteras de Éricka.

—¡Yo no me atrevería a repetir esa calumnia infame! —exclamó Haydé y luego se dio vuelta para ocultar su rostro enrojecido por la rabia.

Éricka se extrañó mucho de la actitud negativa y repentina de su interlocutora.

—¿Calumnia...? —preguntó muy incómoda. Era obvio que Haydé ya había sido informada por Edgar ya que parecía encolerizarse por la información que ella le ofreció y la cual bien podría ser una mentira.

—¡Sí, señorita! Por esas calumnias que tu hermano Alfredo propaló en Cobán es que ahora se encuentra en una sepultura...

—Y usted ¿cómo lo sabe?

—Que te baste saber que tu hermanito y su compinche Patricio se dedicaban a violar y asesinar jovencitas como tú, indias y ladinas, en las afueras de Cobán.

—¿Cómo ha sabido usted todas esas cosas? —inquirió Éricka.

—¡Me lo dijo un pajarito! —respondió Teté irónicamente. Inmediatamente se marchó indignada y sin despedirse.

Haydé comprendió al instante que tal vez había hablado más de la cuenta, es decir, más de lo que debía haber dicho ante la hermana del criminal, pero se consoló diciéndose que las calumnias son más crueles que las balas porque hieren a mansalva y muchas veces, hasta mortalmente. Y aunque la infamia repetida por Éricka lesionaba a su rival, Violeta era, al fin al cabo, una mujer inocente y merecía su solidaridad sororal. Cuando Cunebunda salió de la estación, se extrañó de no encontrar a la gentil cicerona.

—¿Qué le pasó a la señorita Valadés?

—Se acordó que tenía algo muy urgente por hacer —mintió con cara seria—. Y ¿qué le han dicho? —preguntó para evitar contestar más preguntas.

—Mañana sabremos si nos van a ayudar —comentó la madre escuetamente—. Ahora, vámonos para el hotel. Estoy muy cansada y quiero dormir una siesta antes de ir a buscar dónde cenar. ¡Gracias a Dios que hice la reservación del cuarto desde Cobán! Es decir, antes de que saliéramos de casa para el aeropuerto. Por eso fue que lo obtuvimos al llegar.

La hija se abstuvo de comentar las palabras de la madre porque estaba absorta en sus propias reflexiones.

Durante el trayecto, Éricka no pudo apartar de su mente las acusaciones hechas por Haydé. Recordó haber visto algunos arañazos en la cara, en el pecho, en la espalda y en los brazos de su hermano, unos días antes de que lo arrestaran por última vez. Recordó que Alfredo la había forzado en esos días y antes trató de sobrepasarse con ella y lo detuvo en seco diciéndole que se lo diría a su mamá. También le vino a la memoria que una sirvienta de los Landau acusó a los dos compinches de haberla violado simultáneamente y también de haberla embarazado y que esas acusaciones causaron la cancelación de la boda de Patricio. *No tendría nada de raro*, se dijo en silencio, *que Haydé tuviera razón*. Pero entonces su hermano Alfredito habría sido realmente un monstruo, un sicópata asesino y violador. Indudablemente, su muerte habría sido el castigo que Dios le había impuesto por sus muchas fechorías. *¿Estará ahora mi hermanito en el mero infierno bebiendo voj calentado a la usanza cobanera y bávara?*[45], se preguntó riéndose internamente. Sin embargo, no se atrevió a comentar con su madre las crudas acusaciones de Haydé contra su difunto hermano, porque para ella Alfredito era un angelito de alas inmaculadas y, como tal, su alma se encontraba ya entre el séquito bienaventurado de los justos que rodean al Altísimo.

***

---

[45] Los cobaneros beben el *voj* calentado. Los bávaros acostumbran beber la cerveza en la misma forma.

Al llegar al Güija, Éricka inmediatamente se hizo amiga de Adelita y se quedó a la entrada platicando con ella luego que su madre se fuera a descansar.

—Hay muchos patojos rechulos en Esquipulas, ¿no es cierto, Lita? —preguntó la joven cobanera soslayadamente.

—¡Muy pocos, señorita! —respondió la recepcionista—. Pero vienen muchos de afuera y algunos se hospedan aquí en nuestro hotel. ¿Por qué me lo pregunta? ¿Ya conoció alguno?

—Sí, acabo de conocer a alguien muy lindo y pollón, pero ya me dieron la mala noticia de que está comprometido.

—¿Sabe usted cual es el nombre de ese sueño imposible? —preguntó Adelita con típica curiosidad femenina.

—Me lo presentaron hace unas horas como el licenciado Escoto. Edgardo o Edgar es su nombre de pila, creo yo. Pero… ¡está chulo el condenado!

—¡Está de mucha suerte, señorita! —le informó la recepcionista alegremente—. Porque el licenciado Edgardo Escoto Azurdia es un hombre guapo. Para su información, esta mañana le di el cuarto 1D. Luego vino con su mamá. Ambos están en la habitación contigua a la suya.

—¡No me diga! —exclamó Éricka extasiada, sus hermosos ojos azules brillando alegres.

—¡Pues sí le digo! —replicó la recepcionista riéndose con fruición—. Cuando se registró esta mañana comenzó a hablar animadamente conmigo;

luego se puso lisonjero y muy perturbado derramó el tintero sobre su guayabera. Yo creo que cuando trata con las mujeres se torna muy tímido y nervioso, el pobrecito —añadió y luego dio un largo suspiro.

La señorita Wallenberg, ignorando el comentario de la recepcionista, tomó sus manos entre las suyas y luego exclamó relamiéndose:

—Estoy más que segura que el Destino nos ha puesto a Edgardo y a mí en el mismo camino. ¡El camino del Amor! ¡Un millón de gracias por la información!

—¡A sus órdenes! —replicó Adelita sonriendo complacida.

Ahora ya podré averiguar de qué está hecho ese machazo, si es realmente de carne maciza o de papaya madura, pensó entusiasmada y luego se marchó a su habitación, la 1E.

—¡Ah! Olvidé decirle que el licenciado no es chapín sino guanaco —se dijo Adelita en voz alta y se prometió aclarárselo en la primera oportunidad.

***

Edgardo y su madre adoptiva, mientras tanto, regresaron al hospital y allí se encontraron con otra sorpresa nunca esperada, al menos por el licenciado. La puerta estaba cerrada y pronto se imaginaron que un médico o una enfermera les abriría. Al tocar, un caballero rubio de porte teutónico acudió a abrir.

—¿Qué desean? —preguntó con la puerta entrecerrada.

—Soy la esposa del paciente y este es nuestro hijo —dijo doña Florinda.

—¡Pasen, pasen, por favor! —dijo el caballero—. Mi nombre es Fritz Landau y esta dama es mi esposa, Emilia. Estábamos hablando con el doctor Estrada sobre nuestro hijo y su malhadado encuentro con la policía secreta.

Florinda y su hijo ingresaron a la habitación. El doctor los presentó y luego se sentaron a la orilla de su cama. Edgardo se preguntó al instante si esa pareja de progenitores estarían enterados de la infame letanía de crímenes atroces de su vástago pero pretendió no conocerlo ni interesarse por el tema del que hablaban.

El doctor fue muy prudente al reanudar la historia de la tragedia que había sufrido en compañía de Patricio y Alfredo y astutamente evitó mencionar la presencia de Edgardo.

—El sargento Morales me indicó que usted había declarado que cuatro prisioneros venían en la furgoneta y que también los acompañaban cuatro miembros de la policía secreta. ¿Qué pasó con el cuarto reo? —preguntó Landau.

—Ahora me acuerdo que cuando nos aplicaron la ley fuga, el cuarto prisionero, cuyo nombre nunca averigüé caminaba a paso rápido delante de nosotros, es decir delante de Patricio, Alfredo y mi persona. Cuando a mí me impactó un balazo en la espalda, caí de bruces y no supe más de él. Supongo que continuó caminando porque cuando yo decidí pasarme por debajo del alambrado para venirme a Esquipulas ya no vi sino dos cadáveres y a unos cincuenta metros de la guardarraya —explicó Ricardo, mintiendo con astucia.

—¿Entonces, usted nunca se enteró de los cargos que les hicieron a Patricito y a su amigo Alfredo Wallenberg? —preguntó doña Emilia llorosa.

—Realmente, no. Lo único que recuerdo es que el jefe declaró que nos deportaban porque la oficina de migración nos consideraba a todos extranjeros indeseables y criminales peligrosos; que el Gobierno no aportaba dineros para las deportaciones por vía aérea, y por ese motivo nos deportaban por tierra —dijo Estrada.

—¿Y no supo los nombres de los torturadores? —preguntó Fritz.

—Al que ordenaba lo llamaban teniente Villagrande. Y a su asistente, cabo Saldívar.

—Papá: de acuerdo con el periódico *Impacto*, esos son los nombres de los que perecieron en la carretera entre Jinotepeque y Jalapa. O sea que el círculo ya se cerró con ese desdichado accidente —dijo Edgardo.

—Tienes razón, hijo mío —comentó el doctor—. Eso quiere decir también que nunca podré averiguar quién contrató a esos infelices para arrestarme, torturarme y hasta tratar de matarme —se quejó amargamente.

—¿Tienen todavía el periódico? —preguntó Emilia—. Me gustaría leerlo si me lo permiten —añadió.

En ese momento oyeron la campana del hospital indicando que la hora de visita estaba a punto de terminar.

—Puede usted llevárselo, señora —dijo el doctor entregándole el tabloide.

—¡Ah! Eso me recuerda que yo traje dos de los periódicos del día —dijo Edgar abriendo su cartapacio.

Luego de despedirse del esposo, doña Florinda y el hijo adoptivo se dirigieron al hotel.

***

El teniente Asdrúbal Serrano Villa llamó al sargento Tomás Valverde Gossens a su oficina:

—¿Conseguiste los periódicos del diez de enero pasado? —preguntó.

—Sí, mi teniente. Pero las fotos no están muy claras.

—Entonces debías de contactar a los periódicos para que traten de mejorar las fotografías más... Tal vez si las pudieran aumentar...

—Es que no se trata de que las fotos estén borrosas sino que en una el sospechoso aparece de medio perfil y en la otra está agachado ingresando a un vehículo.

—Y del pasaporte del sospechoso ¿qué averiguaste?

—Que era genuino porque su número aparece en la lista de un lote de veinte pasaportes que fueron robados en blanco en el consulado de Guatemala en Tuxtla Gutiérrez, Chiapas.

—¡Carajo! O sea que ese güevón que aparecía en el pasaporte, ¿nunca existió?

—Carlos Vielman Rodríguez era un nombre falso. Y no sabemos si en realidad se esfumó hacia el interior de Honduras, si murió al otro lado o si se regresó para Guatemala.

—Comprendo perfectamente. Pero también sé que la declaración que él dejó firmada no la podremos utilizar en el proceso contra Patricio Landau porque sería la mejor arma de la parte defensora para desvirtuar las declaraciones del acusado.

—En lo último no estoy de acuerdo. Los cargos por tratar de poner en entredicho a la persona del embajador son realmente baladíes. Pero los otros por asesinato y estupro violento son los que podrían llevarlo al paredón.

—Sí, tenés razón. ¿Hablaste al fin con el embajador Fuentes?

—¡No! No pude porque el embajador fue llamado a San Salvador para consultas y no han especificado su fecha de regreso.

—O sea que ya olió el pedo y se largó para su tierra —comentó soezmente—. Es probable que no regrese nunca —añadió.

—No creo que su testimonio tenga importancia para la fiscalía. Al fin y al cabo, él ya declaró que no conocía a Vielman Rodríguez. ¿Para qué interrogarlo más…?

—Tenés razón. Vamos a olvidarnos de Vielman y del coronel Fuentes.

***

Mientras esperaba la cena, el doctor Estrada echó una mirada a los tabloides que Edgar le trajo. Una noticia que *El Imparcial* había desplegado en forma muy prominente en su primera página llamó su atención. Según el periódico, la Sección Primera de

Investigaciones Preliminares, adscrita al Servicio de Inteligencia de la Seguridad del Estado, comúnmente conocida como SIPSE, la cual había estado bajo el mando del teniente Lucio Villagrande por los últimos diez años, había sido cerrada y sellada por el Ministerio de Gobernación, del cual dependía. La clausura o cierre temporal, agregaba el tabloide, fue motivada por las acusaciones formuladas por el diputado verapacense, Otto Landau, en la Asamblea Nacional. Según el asambleísta, dicha agencia estaba siendo utilizada para investigar varios asuntos ajenos a su misión específica, o sea, la seguridad del Estado. El reportaje, sin embargo, no mencionaba el hecho de que el teniente había fallecido en días recientes junto con sus tres ayudantes en un accidente de tránsito. *Prensa Libre*, mientras tanto, informaba sobre el deceso de Villagrande y el hallazgo de dos pasaportes guatemaltecos a nombre de Patricio Landau y de Alfredo Wallenberg y una enorme cantidad de dólares en los bolsillos de los tres occisos. Esa información corroboraba lo difundido días atrás por el diario *Impacto*. El doctor se preguntó dónde terminaría este enredado caso. A su juicio, el uso de la tortura en las investigaciones judiciales o seudo-judiciales era una rémora del pasado y causante de muchas flagrantes injusticias. Era ciertamente muy encomiable que las Naciones Unidas ya habían promulgado algunos instrumentos legales tales como la Declaración Universal de los Derechos Humanos y aunque el Artículo 5 de esa declaración reza: *"Nadie será sometido a torturas ni a penas o tratos crueles, inhumanos o degradantes"*, el profesor temía que algunos gobiernos encontrarían la forma de desobedecer o de subvertir la declaración para sus propios fines malévolos.

**

Dos individuos se identificaron ante la secretaria de Otto Landau como oficiales de la Sección de Investigaciones del Ministerio de Justicia.

—Necesitamos hablar urgentemente con el señor diputado. ¿Se encuentra en este momento en su despacho o hay buscarlo en el palacio?

—El diputado Landau se encuentra aquí en su despacho —informó la secretaria—. Ahora mismo lo llamo —añadió accionando el intercomunicador.

Landau los recibió amablemente.

—¿En qué puedo servirles, señores? —preguntó.

—Soy el teniente Asdrúbal Serrano Villa y mi compañero es el sargento Tomás Valverde Gossens. Usted acusó a la oficina de investigaciones preliminares, que conducía el teniente Lucio Villagrande Morales, de dedicar su posición a ciertas actividades no relacionadas con los objetivos de esa agencia.

—En efecto, señores, yo hice esa denuncia porque se me informó de buena fuente que el teniente Villagrande había pedido la captura de dos ciudadanos cobaneros, uno de ellos mi sobrino, por cierto, y su inmediata transferencia a la capital. Uno de sus subalternos pidió a la policía secreta que los enviara a la oficina de dicho teniente. Luego, Villagrande desapareció y con él mi sobrino y un amigo de su niñez.

—¿Está usted enterado que el teniente Villagrande y tres de sus ayudantes murieron hace cuatro días en el tramo de la carretera de Jinotepeque a Jalapa? —preguntó Valverde.

—No, no estaba enterado —replicó el diputado sorprendido.

—Es más: la Guardia Civil encontró en el vehículo chamuscado los pasaportes y cédulas de Patricio Landau y Alfredo Wallenberg. En la ropa de los occisos también fueron encontrados un poco más de ocho mil dólares —agregó Valverde.

—¿Y el cadáver de Alfredo?

—Ninguno de los dos fueron hallados dentro o fuera del vehículo destruido. Solamente sus pasaportes y sus cédulas —añadió el teniente.

—Esperen un momento —dijo Landau—. Un doctor me informó que a Patricio lo encontraron en estado de coma en las afueras de Esquipulas y luego lo internaron en el hospital local. El médico agregó que él mismo le extrajo una bala del pulmón y que la prognosis era reservada dada la gravedad de su condición postoperatoria y, además, estaba seguro que había sido torturado previamente. Llamé a Fritz, mi hermano, en Cobán y le informé sobre el estado de mi sobrino.

—O sea pues que en este momento Patricio está hospitalizado en Esquipulas —comentó Valverde—. Tal vez una vez salga del coma pueda informarnos sobre los motivos para su detención y aclarar este extraño enredo.

—Una pregunta más —dijo Serrano—. Cuándo usted habló con su hermano, ¿le mencionó sobre algún viaje planeado por Patricio y Alfredo?

—¡No que yo recuerde! —dijo Landau—. Lo único que dijo fue que habían sido detenidos por causar un accidente de tránsito en Cobán y luego fueron enviados a la capital. Y ¿por qué creen que los muchachos estaban planeando viajar fuera del país? —inquirió curioso.

—Por lo general ninguna persona lleva el pasaporte consigo a menos que esté planeando viajar al extranjero —dijo Valverde.

—Convengo que no es costumbre cargarlo en el bolsillo, pero tampoco existe una ley que lo prohíba; por lo tanto, su sospecha no parece tener fundamento legal. Pero, sí, yo carezco de información con respecto a esa intención de viajar al extranjero…

El teniente y el sargento se pusieron de pie.

—Pues le agradeceríamos si usted nos diera cualquier otro dato pertinente que recibiera de los familiares de los muchachos.

Luego que llegaron a la calle, el sargento preguntó con aire extrañado:

—¿Dígame, teniente, por qué no le mencionó al diputado sobre lo que encontramos en la oficina de Villagrande?

—Porque a estas alturas no sería prudente, amigo mío —dijo el teniente—. Y agradezco tu discreción. A decir verdad, cuando ya estábamos frente al diputado temí que abrieras la boca y me lo preguntaras delante de él. Pero la culpa hubiera sido mía por no advertírtelo a tiempo, es decir, antes de entrar a su oficina.

—¿Y cuál será el próximo paso, si se puede saber?

—Tan pronto lleguemos a la oficina, llamás a la Guardia Civil en Esquipulas y deciles que pongan guardia permanente a la entrada del cuarto del hospital y que lleven un registro diario de todas las personas que lleguen a visitarlo. ¡Ah! Y también que nos notifiquen tan pronto Patricio salga del coma.

Una hora después, Valverde entró a la oficina de su jefe.

—¿Qué te causa esa sonrisa de bobo que traés? —preguntó Serrano.

—¿Qué otra cosa podría ser? —preguntó el sargento—. Este lío de Villagrande cada vez se pone más de color de hormiga —añadió moviendo la cabeza con aire de incredulidad.

—¡A ver! ¡A ver! Contame de una vez ¿qué es lo que tiene color de hormiga?

—Hablé con un sargento de apellido Morales en Esquipulas y me dijo que Villagrande llevaba cuatro prisioneros. Patricio y un abogado hondureño de nombre Ricardo Estrada Soto, están en el hospital. Alfredo murió al otro lado de la frontera, o sea en Honduras y la patrulla de la jurisdicción de Santa Fe, departamento de Ocotepeque recogió el cadáver y lo llevaron a su estación. Pero uno de los cuatro prisioneros está desaparecido y no se sabe si se internó en Honduras o se regresó para nuestro territorio. Morales supone que como tres fueron baleados en la espalda, lo más lógico es que el desaparecido habría sufrido igual suerte y es probable que esté muerto en alguna cueva dentro de territorio hondureño. El doctor Estrada alega desconocer su nombre o lo que le pudo haber sucedido pues él también perdió el conocimiento al sufrir un balazo en la espalda. Lo único que pudo asegurar fue que él, como los otros dos prisioneros, sufrió graves torturas en sesiones múltiples.

—¡Muy bien! Por los papeles firmados que encontramos en la oficina de Villagrande, ya sabemos que el desaparecido se llamaba o se hace llamar Carlos Vielman Rodríguez, si ese es o fue realmente su nombre. Lo que me intriga es ¿por qué se llevaron a esos infelices a la frontera y luego les dispararon a matar…?

—¿Será que querían aplicarles la ley fuga?

—Pero… ¿por qué motivo?

—Ahora que me acuerdo… —dijo Valverde sacando la libreta de su bolsillo—. A Landau le encontraron un papel o documento espurio en el que se hacía constar que Migración había ordenado su expulsión por ser extranjero criminal e ilegal en el país. La policía hondureña reportó haber encontrado un documento similar en la ropa de Wallenberg. Y el doctor Estrada declaró haber recibido un documento semejante, aunque él nunca ha incurrido en crimen alguno, ya sea en Honduras o Guatemala o en cualquier otro país. Y, realmente, la Guardia Civil no tiene ningún récord criminal de ese doctor.

—¡Qué lío, qué lío! —exclamó el teniente anonadado—. ¿Algo más? —preguntó.

—¡Sí, señor, hay algo más! El doctor Estrada alega ser abogado y catedrático de origen hondureño y que había sido contratado por cuatro años por la Universidad de San Carlos como profesor de la facultad de Derecho y su contrato estaba a punto de ser renovado. Llamé a la oficina de personal y allí me informaron que ese doctor efectivamente se desempeñaba como profesor pero que había desaparecido y hasta hoy no saben de su paradero. Las declaraciones del doctor son correctas indudablemente. ¡Ah! Y la Dirección General de Migración no tiene récord de haber ordenado la expulsión de los cuatro prisioneros y ni siquiera conocen sus nombres.

—¡Increíble! Pero seguiremos investigando — dijo el teniente con voz cansada.

TRECE

Al llegar al Güija, doña Florinda y Edgardo se dirigieron a la habitación que compartían en el hotel. Mientras abrían la puerta, Éricka Wallenberg salió rápido del cuarto contiguo.

—¡No sabía que éramos vecinos! —exclamó efusivamente con sorpresa fingida pues la locuaz recepcionista ya le había proporcionado la información y la joven lo esperaba estoicamente apostada detrás de su puerta.

—Pues sí, lo somos —dijo Edgardo con obvia indiferencia entrando a su habitación. Por simple educación, no cerró la puerta porque la hermosa joven permanecía de pie frente a él, mirándolo inquisitivamente como si quisiera preguntar o añadir algo. Por un instante y sin pronunciar palabra, se quedaron viendo mutuamente.

—¿Tiene algo que preguntarme o algo que decirme? —inquirió finalmente el licenciado.

—Sí, sí —admitió ella dulcemente . Me gustaría hablar con usted... Pero... en privado. Luego preguntó con cierta duda—: ¿Podría, a lo mejor, acompañarme a tomar unas aguas?

—Creo que sí —respondió él—. Pero primero permítame preguntarle a mamá si me necesita para algo —agregó, pensando que lo caballeroso no quitaba lo valiente y no tenía motivos reales para desdeñarla de buenas a primeras.

La joven esperó pacientemente por unos minutos y luego, temiendo que Edgardo no pudiera acompañarla, se empezó a encaminar sola hacia la calle. Momentos después el licenciado salió y apresuró el paso para lograr alcanzarla. Al pasar frente a la oficina de recepción, le guiñó el ojo a la dulce Adelita y ésta se dio cuenta con disgusto que Edgardo marchaba ávidamente en pos de la joven huésped. Cuando por fin estuvo junto a ella, osadamente la tomó por el codo y ella, regocijada, volvió su rostro sonriente hacia él.

—¡Camina usted muy rápido, señor licenciado! —le dijo afablemente.

—Solamente cuando el objetivo que persigo es tan agradable y hermoso como su persona —le contestó él galantemente, aunque no se sentía muy seguro de querer cortejar a la hermana del violador.

—¡No lo culpo y gracias por la flor! —dijo Éricka sonriendo, complacida por el piropo.

—A propósito —agregó Escoto con gesto pícaro—: ¿Ha visto usted, por casualidad, esa caricatura humorística en la que una mazorca ha sido colocada frente a un burro para que acelere el andar? Lo malo del caso es que la mazorca va amarrada a un garrote y éste atado al aparejo que va encima del cuadrúpedo; de manera pues que no importa lo rápido que el pobre asno corra, nunca logrará alcanzarla. Pues en nuestro caso usted sería esa linda mazorquita, señorita Éricka, y yo…

—¡…el cuadrúpedo! —completó ella la frase y luego se rio estrepitosamente.

Su garboso donaire y jovial encanto eran tales que Edgar se olvidó por un momento que ella era la hermana del violador que había estuprado a su amada Violeta. Pero su olvido no le duró mucho tiempo.

—¿Y cuál es la pregunta que le quiere hacer a su devoto asno?

—¿Conoce usted a una… *muchacha* cobanera de nombre Violeta Winter?

A Edgardo no le agradó el término descortés que Éricka había usado para referirse a su amada. Reflexionó por un instante sobre la respuesta y pronto concluyó que tendría que decir la verdad sin importarle las consecuencias.

—¡Sí, la conozco! Y no solamente conozco a esa *señorita*, sino que también es mi prometida y muy pronto será mi esposa —aseveró con voz seria y decidida.

—¿Y usted sabe que Violeta tuvo aventuras amorosas con mi hermano Alfredo?

—¿Aventuras *amorosas*? ¡Vamos, señorita, por amor de Dios! ¡Por favor, no ensucie a la palabra *Amor*! —la reprendió el licenciado con voz airada—. Alfredo y Patricio —añadió con justa rabia— la asaltaron en un camino rural; la llevaron a un paraje solitario donde la desfloraron por la fuerza y abusaron salvajemente de su cuerpo. Luego intentaron destrozarle la cabeza para asesinarla y evitar que los denunciara y después la calumniaron vilmente. Dígame, señorita Wallenberg,

¿a ese horrendo crimen tiene usted la desfachatez de llamarlo *una aventura amorosa*? —preguntó airado, mirándole fijamente a los ojos.

La joven no se inmutó.

—¿Y eso le consta a usted o solamente repite lo que ella le dijo? —preguntó de manera cruel.

—Tenemos todas las pruebas, señorita Éricka. ¿No me cree?

—¡Sí, sí, le creo! —respondió añadiendo—: Pero tengo otra pregunta que hacerle: ¿Fue ese el motivo por el que usted se vengó, *asesinando* a mi hermano?

—¡Se equivoca, señorita! Yo no lo maté. *Según dicen*, fue la policía secreta que lo mató por razones aún desconocidas. Debía averiguarlo con ellos —sugirió dolosamente pues de sobra sabía que los asesinos de los difuntos carebaches ya habían fallecido.

—Créame que lo haremos, de eso puede estar seguro —dijo ella y continuó caminando hacia la tienda. Edgardo tuvo intenciones de separarse de la joven y regresar al hotel; sin embargo, continuó a su lado hasta llegar a la tienda. Ella se sentó y lo invitó a hacer lo mismo. Él pidió una soda y una cerveza.

—¡Qué lástima que nos hayamos conocido en estas horribles circunstancias! —exclamó Éricka y sus palabras exhibían evidente sinceridad—. Porque no puedo negar que usted me agrada enormemente. Es más, ¿por qué no decirlo? Usted me atrae muchísimo —añadió sin ambages, tomándole una de sus manos y viéndole a los ojos tiernamente—. Además, después de oírlo hablar en la casa parroquial, tengo la certeza de que usted además de ser un hombre muy guapo es también educado e íntegro.

Su elegancia, aunque sobria, era otro de los atributos adicionales que ella había observado en él, pero lo calló discretamente.

—¡Gracias por ese concepto tan hermoso que tiene usted de mi persona! —exclamó Edgar agradecido; súbitamente cambiando de parecer con respecto a la hermosa—. Y ciertamente son muy lamentables las circunstancias en que el destino nos ha puesto en el mismo camino. Espero que usted no se olvide de mí porque yo *siempre* la recordaré. (*¿Cómo podría escaparme al embrujo de su tierna mirada?*, se preguntó en silencio aunque un poco contrariado).

—¡A propósito! —dijeron los dos simultáneamente y luego se rieron de la extraña y graciosa coincidencia.

—¿A propósito de qué... me iba a decir? —preguntó el licenciado.

—A propósito del lugar donde nuestros caminos se cruzaron —dijo ella con vena poética—. ¿No le parece muy bonito el pueblito de Esquipulas? ¿Tibio, romántico y muy acogedor? —preguntó con voz sedosa.

—¡Sí, ciertamente! Es un pueblecito muy bonito, bucólico y tranquilo. Me recuerda a mi pueblo natal —dijo Escoto.

—¿Dónde está localizado...?

—En el norte de El Salvador. Se llama Chalatenango y es la cabecera del departamento del mismo nombre. Aunque fue fundado por el invasor español en 1536, continúa siendo, como éste, una población de escasos cinco mil habitantes. Si no me equivoco, el pueblo de Esquipulas fue establecido unos veinticinco años después —añadió. La revelación de su origen no pareció importarle a la joven.

—Se ve que usted conoce bastante bien la historia centroamericana —dijo Éricka en un tono congratulatorio y obviamente con la intención de ganarse aún más su confianza—. ¿Y a qué se dedica, si se puede saber? —preguntó sinceramente interesada en la información.

—¡Gracias por su comentario! —contestó el licenciado—. Soy maestro recién graduado de San Carlos y estoy buscando empleo para este año escolar.

—Le deseo mucha suerte y ojalá consiguiera un puesto en Cobán para que Violeta y usted estén cerca de su familia… —*Y cerca de mí,* se dijo en voz baja.

—Entonces, ¿ya no somos enemigos? —preguntó Escoto.

—¡Nunca lo fuimos, licenciado! —dijo Éricka tomando una mano de Edgardo entre las suyas y apretándola suavemente—. O ¿es que usted me consideraba su enemiga porque soy la hermana de Alfredo Wallenberg? —preguntó mirándole a los ojos fijamente como si tratara de descubrir sus verdaderos sentimientos en la mirada.

—Casualmente —dijo él, tomándole la otra mano— mi filosofía personal no me permite calificar de culpable a los familiares de los condenados porque yo creo en la responsabilidad individual; o sea pues que porque yo sea esposo, hermano, padre o hijo de un criminal no me hace culpable de sus delitos. Por lo tanto, la culpabilidad de su hermano no podría recaer en usted a menos que se pudiera comprobar que tuvo cierta complicidad en el crimen; lo cual en su caso sería imposible.

—¡Es una excelente filosofía! —exclamó Ericka sonriendo y empuñó sus manos en un solo apretón—. Su compañía es muy placentera y su conversación muy amena, pero temo que a mamá le dé un soponcio mortal si al despertarse no me encuentra ni en la habitación ni en el *lobby* conversando con nuestra amiga, la Adelita. ¿Nos vamos? —preguntó con resignación.

Durante el corto trayecto hacia el hotel, ambos se mantuvieron en silencio. Edgardo pensó por un breve momento sobre las posibilidades de un romance con Ericka pero las desechó al recordar de nuevo que ella era hermana del maldito violador. Se reprochó, sin embargo, por su ligereza en entablar enlaces amorosos con mujeres hermosas y se repitió vehementemente que su Violeta era única e irremplazable. La joven, mientras tanto, se hizo el firme propósito de arrebatar el corazón de Edgardo a la odiosa y maldita *lamida*. Tendría que actuar con premura pues el tiempo de compartir con él sería muy corto, pensó —*demasiado corto*, se dijo— para sus propósitos y tendría que utilizar todos sus encantos y su experiencia en las lides del amor para cimentar esa relación antes de que se separaran. *En esa forma, nunca podrá olvidarme*, se dijo esperanzada.

Al llegar, Adelita les informó que sus madres habían decidido irse a la iglesia.

—Bueno —dijo Edgardo a su acompañante— en vista de que nuestras mamás andan juntas, podríamos ir más tarde a recorrer el pueblo. Mientras usted se decide, iré a darme una ducha. Adelita, por favor, no olvide la toalla extra del baño para mi madre. Mejor sería que me mandara dos —añadió y se marchó a su habitación.

Éricka no hizo comentario a la sugerencia de Escoto.

—Decime, Adelita, si mi mamá estaba furiosa porque no me encontró aquí con vos o porque supo que había salido en compañía de Edgardo —le preguntó.

—Bueno, sí —afirmó la empleada del hotel—. Su madre pareció molestarse cuando yo le informé que usted y el licenciado habían salido juntos pero luego que doña Florinda le dijo que no se preocupara, que su hijo era una persona muy sana y muy respetuosa, doña Cunebunda la invitó a asistir a los maitines y al primer rosario. Parece que han hecho buenas migas.

Tan pronto el licenciado cerró la puerta se desvistió enteramente para bañarse. Entró al baño y estaba a punto de abrir el grifo cuando escuchó un golpeteo en la puerta. Creyendo que era Adelita, o alguna de las mucamas, trayéndole las toallas solicitadas, decidió ir a abrir. Pero primero cubrió modestamente sus caderas y su *parque de diversiones* con la camisa. Al abrir, se topó con Éricka. Sendas toallas colgaban de sus brazos y una sonrisa muy pícara mostrando su blanquísima dentadura.

—¿Era esto lo que había pedido? —preguntó guiñándole el ojo. Enseguida, y sin esperar invitación, entró a la habitación, cerró la puerta y comenzó a desabotonarse la blusa ante la mirada atónita del mancebo; haciéndole sentir más que sorprendido, muy desconcertado. Naturalmente, la exuberante belleza de la joven ya lo había llevado a tener pensamientos lascivos y anhelos libidinosos, como le suele suceder a los hombres viriles cuando entablan amistad con una mujer hermosa por primera vez.

Éricka se quitó la ropa en un santiamén, quedando al instante completamente desnuda, y sin exhibir ningún pudor o recato alguno. *"¡Divina en su desnudez!"*, como Eça de Queiroz[46] describiera a la infiel María Eduarda en *Los Maias*, pensó Edgardo al instante. La innegable belleza de su cuerpo juvenil y el brillo seductor de sus ojos nublaron los de Edgardo. Ella vino hacia él y le arrancó la camisa que modestamente cubría sus genitales, luego se colgó del cuello; los pezones, duros como saetas, circundados por rosadas areolas, se hundieron cual agudos puñales en la piel sudorosa de su pecho.

—¿Quieres hacerme el amor *ya*... o después de que nos duchemos? —preguntó de sopetón después de un largo y apasionado beso.

Escoto se dio cuenta de que ya no le quedaba alternativa. Y, ciertamente, sintió un miedo atroz del vehemente ardor de la preciosa hembra que febrilmente acariciaba sus órganos, pero calló sus temores; aunque realmente continuaba temiendo ser sorprendido *in fraganti* tanto por su madre adoptiva como por la madre de la ardorosa joven. Recordó oportunamente que esa lujuriosa mujer era la hermana del lascivo estuprador que había violado a su amada. *¿Qué se propondrá esta zorra llevándome a un coito obligado? ¿Tratará de*

---

[46] Escritor y novelista portugués (1845-1900).

chantajearme después si no dejo a Violeta?, se preguntó ambivalente y atónito. Estuvo casi a punto de negarse a la cópula pero ella, al observar su sorprendente gesto de indecisión y anticipándose a un posible rechazo, se arrodilló rápidamente frente a él y tomando el pene rígido en su mano lo introdujo en su boca. Edgar cerró los ojos para gozar a plenitud la deliciosa y libertina succión y la dejó que saciara plenamente sus deseos desenfrenados. Mientras tanto, él renegaba contra sí mismo por permitirle a esa perra calculadora y egoísta aprovecharse de su debilidad por las hembras hermosas y los placeres que ellas brindan a sus antojos. En ese turbio maelstrón de emociones contradictorias se acercaba ya, inexorablemente, al delicioso paroxismo del orgasmo y de la eyaculación. Le preocupó de pronto que la súcuba no tuviera la edad legal para involucrarse en actividades sexuales con cualquier persona.

—¿Cu-cu-cuán-cuántos años te-te-nés? —balbució preocupado por la posible minoría de edad e incoherente por la fogosa sensación del arrebatador placer que lo subyugaba. Ella lo soltó por un momento lo suficientemente largo para responder:

—¡Más de veinte! —Y retornó de inmediato al tórrido acto felático. La poderosa succión lo condujo rápidamente a un cataclismo orgásmico, forzándolo a eyacular en un deleitoso y violento final. De repente, sintiendo que sus piernas le temblaban flaqueantes, quiso descansarlas sentándose en una silla pero ella lo empujó poco a poco hacia la cama.

—Un momento —dijo Edgardo detenido frente al lecho—. *Dejame* buscar un condón.

Éricka le arrebató el preservativo de las manos y después de sacarlo de la envoltura, febrilmente lo colocó en su propia boca y luego lo deslizó suavemente sobre el miembro semi-erecto del mancebo. Enseguida la joven se encargó de excitarlo oral y manualmente para entregarse a la cópula anhelada. Éricka parecía insaciable. Sus trémulos y vehementes gemidos de hembra ardiendo en celo llenaban la habitación y Edgardo, no pudiendo más sustraerse al temor de ser descubierto temblaba alternando el placer satisfactorio con la aprensión abrumante. Esa angustia inoportuna dilató el febril y ansiado desenlace. No obstante, el placer fricativo crecía febrilmente. Pasada media hora de arduo y placentero ajetreo, se metieron juntos bajo la ducha. Pronto la dulce y ardiente compañera salió de la habitación y se fue a la suya con una enorme sonrisa de satisfacción dibujada en su faz angelical, todavía enrojecida por el extenuante pero lúbrico y delicioso esfuerzo realizado.

Entretanto, Edgardo, negándose a creer que lo que acababa de sucederle hubiera sido real, se dio fuertes y repetidas palmadas con agua helada en las mejillas para despertarse de ese último sueño tan increíble como placentero.

Momentos después se encontraron a la puerta del hotel.

—¡Me ha dejado usted sorprendido y realmente aturdido! —dijo él viendo hacia la calle por donde aparecerían sus respectivas mamás. No se atrevía a continuar voseándola para no darle más alas y, a la vez, evitar que sus madres, al oír el tuteo, sospecharan sus pecaminosas intimidades.

—Pero *te* gustó, ¿o no? —preguntó Éricka, sonriendo pícaramente.

—¡Absolutamente! Sería un gran mentiroso si le dijera que no lo gocé. Pero yo hubiera jurado que usted todavía era virgen. Bueno, ahora sé que estaba equivocado. Pero, dígame, ¿con quién aprendió el bello arte de hacer el amor sin rodeos, sin temores ni tapujos? —preguntó Edgardo con la segunda intención de conocer la historia de sus proclividades libertinas, si ello fuera posible. Ella lo complació al instante sin inmutarse.

—Esa pregunta es demasiado indiscreta, señor licenciado —dijo ella afectando pose de ofendida seriedad—. Pero la voy a contestar porque vos me has complacido completamente.

—Escucharla decir eso me agrada muchísimo y enaltece mi vanidad machista. Pero... ¡por favor, cuénteme ya, que soy todo oídos! —suplicó mientras la halaba suavemente por el codo para alejarla de la entrada del hotel.

Mientras caminaban sin una meta definida, Éricka comenzó su historia, diciendo:

—En casa tuvimos un chofer garífuna, un mulato de nombre Ulises Montalvo Barnes, nacido y criado en Puerto Barrios, que manejaba el carro de papá. Yo lo espiaba a cada momento que podía porque, a pesar del color oscuro de su piel, me atraía sexualmente pero, por razones obvias, no me atrevía a expresarle mis deseos ardientes. Todas las noches soñaba que me entregaba a él y me sentía estrujada entre sus brazos musculosos y besada apasionadamente por sus labios carnosos y sensuales...

—Y él... ¿no se daba ni cuenta ni intuía sus deseos secretos? —interrumpió el licenciado.

—...Aunque Ulises lo intuía, siempre se mantuvo alejado de mí, portándose circunspecto y muy discreto, como era de esperarse de un sirviente. Su aparente frialdad hacia mí en lugar de apaciguarme incrementaba aún más mis enloquecidos anhelos. Una noche que papá y mamá se aprestaban a salir para una fiesta, yo engañosamente alegué no poder acompañarlos porque en ese momento aquejaban mis malestares de mujer y me quedé en casa. Ya para entonces había deslizado un mensaje debajo de su puerta en el que le pedía que volviera a casa tan pronto mis padres ingresaran al casino. Ulises, complaciente, se apareció a la media hora. Para entonces ya había mandado a dormir a la sirvienta de adentro. Lo llevé de la mano hasta mi cuarto y después de entregarle mi virginidad; él, como recompensa, me enseñó todo lo que se debe hacer en esas deliciosas circunstancias. Mantuvimos secreta esa relación por un par de meses. Mientras tanto, Ulises me enseñó a manejar el auto de papá, pero mamá no me dejó tomar el examen para obtener mi licencia porque temía que al obtenerla me fuera del todo de la casa.

—¡*Usted* es una chiquilla tremenda! —exclamó Edgardo—. ¿Y nunca tuvo problemas con Montalvo?

—Con él, no. Pero sí con Alfredo...

—¿Con Alfredo? ¡No me diga que también trató de violarla...!

—Sí. Una noche me cachó saliendo del cuarto de Ulises y me chantajeó diciéndome que tenía que pagarle su silencio acostándome con él o entregándole cinco mil quetzales.

—¿Y qué hizo?

—Le pagué pero continuó chantajeándome y finalmente no quise darle un centavo más. Una madrugada se metió en mi cuarto y me violó sin siquiera ponerse un condón. Yo lo amenacé con contarle lo sucedido a mamá; pero él se me adelantó y le dijo haber visto a Ulises saliendo de mi habitación de madrugada. Mamá fue a hurgar en el cuarto del chofer y encontró dos de mis pantaletas debajo de su almohada.

—¡Madre mía, qué problema! —exclamó Escoto.

—No es necesario decir —continuó Éricka— que mamá lo despidió inmediatamente. Pero le pagó una buena suma para que se largara de Cobán ese mismo día y sin que papá se enterara de la razón de su súbita desaparición. Luego él me escribió y me contó lo que le había sucedido y también me puso una cita a la oficina de telecomunicaciones. Durante esa conversación telefónica, me contó que, recién llegado, Alfredo le había propuesto que se acostara conmigo para poder chantajearme, pero él se negó.

—¡Me niego a creerlo! —comentó Edgardo asombrado totalmente.

—También me dijo que en dos ocasiones él les compró ropa nueva a Patricio y a Alfredo y se las llevó a un monte grueso en las cercanías de San Pedro Carchá y San Juan Chamelco. Y que la ropa que llevaban puesta, manchada con sangre, la habían enterrado al pie de un árbol. Ulises los esperó en el carro mientras ellos se bañaban en una quebrada y se cambiaban de ropa. Le pregunté que por qué no les informó a nuestros padres lo que sabía de ellos. Me contestó que Patricio le regaló cien quetzales para que se mantuviera callado y Alfredo lo amenazó con hacerlo despedir si decía algo.

A Edgardo no le sorprendió la información dada por Éricka porque los estupradores frente a él habían confesado todos esos crímenes a Villagrande. Le extrañó, sin embargo, que una joven rica, aparentemente fina y educada, se jactara de su vida sexual e íntima ante él, un perfecto extraño a quien apenas acababa de conocer unas horas antes. Pero no queriendo escuchar más acerca de las confidencias de la joven, se limitó a preguntar:

—¿Cuándo fue la última vez que tuvo relaciones sexuales con su hermano?

—En la noche anterior al día en que lo arrestaron y remitieron para la capital. Se metió en mi cama y me dijo cínicamente que venía a darme la *cogida* del adiós porque a la mañana se iría con Patricio para Méjico y no pensaba regresar por mucho tiempo.

—¿Quiere cenar conmigo? —preguntó de repente el licenciado.

—¡Naturalmente y gracias por la invitación! —replicó Éricka fascinada—. La gimnasia sobre la cama siempre despierta en mí un apetito voraz —agregó cínicamente. Su plan de conquista ya mostraba resultados promisorios, se dijo entusiasmada. Tendría que mantener esa presión constante sobre Edgardo a como diera lugar, fue su decisión irrevocable.

Mientras esperaban el servicio, Edgar preguntó:

—¿Y qué hubiera hecho su padre si Ulises hubiera decidido contarle la verdad sobre Alfredo y la verdadera razón de su despido?

—No tengo idea del tremendo caos que hubiera creado en el seno de mi familia. Y, sí, realmente no sé qué podría haber hecho papá al enterarse de mis amoríos con Ulises y de la conducta sexual y aberrante de mi hermano. Pero lo cierto es que mamá le dio una fuerte suma para callarlo. Y desde que yo me acuerde, mamá siempre permitió que Alfredo hiciera lo que le viniera en gana mientras que a mí me lo prohibía todo. ¡Hasta tener amigas!

—Y *su* padre ¿nunca se enteró de lo que pasaba dentro de su hogar?

—¡No! Papá comenzó a desentenderse de todos sus hijos desde que concluyó que era mejor dejar que mamá cuidara de nosotros y del manejo del hogar para el poderse dedicar en forma exclusiva a su negocio. Mi hermana Karen, tan pronto terminó sus estudios en Suiza y cumplió los veintiún años, se enamoró de Julio Iglesias, un vendedor de repuestos para ingenios de café y, según dicen las malas lenguas, se largó con él, llevándose el carrito Volkswagen que Alfredo le había traído de Alemania como regalo de cumpleaños. Hace ya más de dos, casi tres años ya, que no tenemos noticias de ella.

—¿Karen nunca les explicó las razones que motivaron su huida?

—Que yo sepa, nunca quiso comunicarse con nosotros. Y no tenía por qué hacerlo porque desde el mismo momento en que ella trató de presentar a Julio a toda la familia, mamá lo insultó ordenándole que se largara de su presencia y dejara a Karen en paz.

—O sea que su mamá no acepta que sus hijas escojan la persona con la que se quieren casar —comentó el licenciado.

—¡Exactamente! Es más: mamá quiere llevarme a Alemania para que allá conozca el marido que ella ya seleccionó *por correspondencia*. Y por esa razón insistió en que yo aprendiera el alemán para que me pudiera entender con mis futuros suegros.

—Ahora comprendo por qué Karen decidió tomar su propio camino.

—Y yo haré lo mismo si mamá insiste en continuar manejándome como títere —agregó Éricka con seria determinación.

—He observado —dijo Escoto, haciendo un paréntesis a las tragedias de los Wallenberg— que su dicción es excelente. ¿Cómo lo ha logrado? Yo sé muy bien que en la escuela secundaria no enseñan a los estudiantes a hablar con tanta precisión y elocuencia.

—¡Sos un excelente observador, bandido! —dijo la joven felicitándolo—. Mamá, siempre empeñada en que yo también aprendiera a hablar el *hoch deutsch*, como los alemanes llaman a su lenguaje académico, me puso un tutor español que había estudiado en Suiza y hablaba los dos idiomas a la perfección. Con él mejoré mi dicción en ambas lenguas. Su plan secreto era mandarme primero a una universidad alemana, pero yo me negué rotundamente a complacerla, y desde allí hemos estado en un amargo conflicto sin final.

—Por lo menos le sacó harto provecho a la tutoría —dijo Edgardo felicitándola—. Pero dígame una cosa, ¿recuerda usted si su difunto hermano gustaba de irse a los puños con sus compañeros del jardín infantil o tenía episodios de conducta violenta contra usted u otras jovencitas? —preguntó con la intención de formarse una idea cabal sobre qué le motivó para comenzar a violar jóvenes indígenas.

—Alfredo realmente no era tan malo como Patricio; pero como él era uña y carne con Landau, siempre imitaba todas las maldades de su amigo íntimo. Recuerdo que cuando yo tenía unos seis años me pidió que le guardara un cuchillo afilado entre los colchones de mi cama. La sirvienta encargada de arreglar mi cuarto lo encontró y se lo entregó a mamá. Al preguntarme de dónde había sacado el arma, le conté que pertenecía a mi hermano y él confesó que Patricito se lo había dado a guardar. Y añadió que su amigo lo utilizaba para capar perros callejeros por la noche. Y, además, estaba planeando capar a un infeliz indio de los que se quedaban a dormir la borrachera recostados en los zaguanes. Mis padres tuvieron un altercado con los Landau porque mamá acusaba a Patricito de ser el perverso que mal enseñaba a su hijo Alfredito y doña Emilia decía lo contrario. La sociedad comercial estuvo a punto de deshacerse por esa causa, pero papá logró convencer a don Fritz que los problemas de los mocosos no debían interferir con la excelente marcha de sus negocios.

—O sea pues que su hermano siempre tuvo a la madre que lo defendía a capa y espada y eso le dio alas para cometer muchos otros crímenes —dijo el licenciado mientras llamaba al mesero para pedir la cuenta.

—Me avergüenza admitirlo, pero yo nunca tuve cariño fraternal de parte de mi hermano y de parte de Karen tampoco porque siempre querían estar dándome órdenes que yo odiaba y nunca las obedecía. Y vos, ¿tenés hermanos o hermanas?

—Tengo una hermana y un hermano; ambos ya casados. Pero yo soy ocho años menor que Amanda y diez menor que Antonio. Desde pequeño yo estuve internado y mi relación con ellos fue también mínima porque solamente nos veíamos durante las vacaciones y siempre me trataron como el bebé de la familia.

Terminada la cena, Éricka y Edgardo regresaron al hotel. Eran las nueve de la noche y supusieron que sus mamás estarían de regreso de la iglesia. Se mantuvieron silenciosos mientras esquivaban los corrillos formados alrededor de puñados de vendedores ambulantes que ofrecían golosinas y gaseosas y también cervezas y licores con sabor a frutas por vasos.

***

Al llegar al Güija, encontraron que sus progenitoras ya se habían encerrado en sus propias habitaciones. Entrando a la suya, Escoto observó que Florinda parecía estar ya a punto de terminar su rosario pues los dedos de sus manos regordetas que llevaban las cuentas en su camándula se acercaban al punto inicial. Edgardo, sintiéndose cansado, se metió en el baño a ponerse el piyama que había adquirido previamente, anticipándose a la aceptación de Florinda de compartir la habitación. Mientras se cambiaba se arrepintió una vez más de haber iniciado una relación tórrida, aunque tenue, con la señorita Wallenberg. *Si pudiera viajar al pasado inmediato y comportarme menos acomodaticio*, pensó, *pero eso ya no es posible*, se dijo arrepentido y frustrado. *Pero ¿cómo deshacerme de la súcuba? ¿Cómo?*, se preguntó preocupado. Decidió al instante hablarle seriamente, hacerle hincapié acerca de su intención irreversible de casarse con Violeta y su resolución de terminar su naciente relación de una vez por todas. *¡Y allí terminará el problema!*, se dijo esperanzado. Pero Edgar había subestimado la testarudez y firmeza de la determinación de la joven. ¡Muy pronto lo sabría para su amargo desconsuelo!

Al salir él del baño, su madre entró a cambiarse. Al salir ella, se sentó al borde de la cama frente al hijo adoptivo.

—Tuvo un día muy agitado, ¿no es cierto? —preguntó sonriente.

—Sí, muy agitado —convino Edgardo disimuladamente.

—Pero muy placentero, ¿verdad? —añadió crípticamente la señora, viéndole inquisitiva.

—¿Por qué lo dice? —preguntó el hijo con voz aprensiva.

Florinda se levantó de la cama y sacó del cesto de la basura el envoltorio del preservativo usado por su hijo y la concubina.

—¡Por esto! —dijo y lo arrojó de nuevo al basurero.

Su hijo adoptivo se sonrojó pero permaneció callado porque realmente no sabía qué decir.

—Nunca creí que esa jovencita fuera tan… tan audaz y tan…

—¿Libidinosa…? —dijo Escoto tímidamente.

—¡Exacto! Esa sería la palabra adecuada. Probablemente cruda, pero muy apropiada. Pero lo que más me extraña es que su mamá me aseguró que Éricka todavía está virgen y que la mantiene *muy bien controlada* desde que su hija mayor se fugó con un vendedor viajante hace un par de años y nunca más ha sabido de ella… También me dijo que Éricka está loca por irse de la casa a estudiar en la Universidad Nacional de Guatemala pero que ella quiere mandarla a cualquier universidad pero en Suiza o en Alemania.

—Parece que sus hijas se han rebelado al control férreo que doña Cunebunda ha querido imponerles —dijo Edgardo—. Y allí radica su fracaso; porque siempre ha tratado de manejarlos a su antojo y parece que siempre le ha salido el tiro por la culata. Estoy seguro de que no se da cuenta que la juventud de ahora ya no es sumisa como lo era la de su generación.

—Ciertamente los tiempos y las costumbres han cambiado —admitió Florinda cándidamente—. Y ahora los jóvenes y *las* jóvenes ya no quieren esperarse hasta llegar al matrimonio para experimentar el goce del placer sexual. El gran ideal de la pureza virginal se ha convertido en un hazmerreír. Me alegra el no haber tenido hijos, especialmente hembras…

—Aunque los problemas referentes a la sexualidad han existido siempre, ¿no lo cree usted?

—¡Por supuesto! Nosotros no hemos inventado nada nuevo —dijo Florinda riéndose.

—¡En efecto! —convino el hijo adoptivo—. La sexualidad ha estado presente en la milenaria historia de la humanidad desde sus principios. Un pastor protestante en los Estados Unidos alega que la misma Biblia habla de todas las modalidades del acto sexual, incluyendo el sexo oral. Y creo que por esa razón la iglesia católica se oponía terminantemente a que la gente común la leyera.

—¡No creo que la Santa Biblia hable de sexo oral! —dijo su madre con aire escéptico.

—Cuando tenga la oportunidad, mi querida señora, busque el versículo 2.3 del Cantar de los Cantares. Allí encontrará que la mujer amada dice, y cito: *"Como un árbol de manzano entre los árboles del bosque es mi amado entre los hombres jóvenes. Con gran delicia me senté bajo su sombra y él me hizo saborear su fruto; el cual me pareció delicioso al paladar"*. Aunque escondido en una metáfora sutil, su significado es absolutamente obvio. Y como decía antes, la sexualidad no fue inventada ayer sino que ha sido parte intrínseca de nuestra naturaleza. ¿No lo cree usted así?

—¡Claro que sí, hijo mío! Al fin y al cabo, todos somos productos de un acto sexual. Y, de acuerdo con la Santa Biblia, fue el mismo Dios quien ordenó a Adán y a Eva que se multiplicaran. Y esa tarea de multiplicación solamente es realizable a través de nuestros órganos genitales —dijo ella sonrojándose gazmoñamente.

—¡Qué magnífico, mamá, que usted lo comprenda tan claramente y acepte esa verdad tan vilipendiada! —dijo Edgardo.

—No me aplauda todavía porque aún no he terminado —dijo sonriendo doña Florinda—. La iglesia católica predica contra el acto sexual que se realiza solamente con el propósito de obtener placer carnal. O sea que dicho acto es permitido si lleva la intención de crear un nuevo ser.

—Pero nuestros cuerpos, señora mía, están regidos por las hormonas y ellas son fuerzas ciegas que nos compelen a realizar los actos sexuales. En la mayoría de los casos, el fin o el propósito es secundario; el primario es el placer que se deriva de él. Pero yo creo que es la moral restrictiva que imponen las religiones a la sociedad la que exacerba a las parejas a buscar el goce antes que la reproducción. Aunque es bien sabido que la primera vez la hembra se entrega al macho por curiosidad y luego porque el placer que gozó aumenta su deseo de repetirlo.

—Me parece que usted tiene razón. Pero usted no me parece ser muy religioso...

—En efecto, ¡no lo soy! Sin embargo, creo en el Dios Universal que no tiene ni autoriza religión alguna.

—¿No era religiosa su familia?

—Sí. ¡Y ¡muy religiosa, por cierto! Mamá, especialmente. Yo perdí mi fe en la religión y en sus predicadores a muy temprana edad como resultado de una experiencia bochornosa que, por ahora, prefiero callar... He leído también varias obras en las que se debaten los orígenes y las prédicas de las religiones que dolosamente alegan fueron creadas o inspiradas por Dios.

—¿Cómo cuáles?

—Me vienen a la memoria las palabras lapidarias de Pierre Bayle,[47] un filósofo nacido un año antes de que terminara la *Guerra de los treinta años*. *"Dios es un ser demasiado bueno"*, escribió, *"para ser el autor de algo tan vil y pernicioso como son las religiones reveladas, las cuales llevan en su vientre las semillas inexterminables de la guerra, las matanzas y la injusticia"*. Y la Historia Universal corrobora lo expresado por ese filósofo que, por cierto, inicialmente fue católico y luego calvinista y murió siendo escéptico. Y si nos remontamos a los filósofos griegos, veremos que Platón advirtió a sus seguidores no volverse esclavos de los mitos religiosos porque aunque aparezcan muy atractivos son siempre falsos y perniciosos. Y ese antiquísimo sabio estaba en lo cierto porque todas las religiones embaucan a los haraganes mentales que borregamente aceptan sus falsos dogmas y contribuyen con dineros bien ganados o dolosamente obtenidos para que sus dirigentes y predicadores continúen morando en lujosos palacios con sirvientes, auxiliares y concubinas y gozando de la opulencia que se la prodigan los tontos.

—Pero la fe es el don más maravilloso que Dios nos ha dado —afirmó la madre adoptiva.

---

[47] Filósofo y escritor francés (1647 - 1706).

—Recientemente leí la famosa obra *La Luna y los seis peniques* de Somerset Maugham[48] y en ella escribió que *"la raza humana tiene una absurda y congénita proclividad por el mito"*.

—¿Quién soy yo para juzgarlo, Edgardo? —dijo doña Florinda con ánimo sereno, aunque visiblemente contrariada—. Por lo que sé y he visto, usted me parece un hombre muy sensato y, volviendo al tema anterior, estoy de acuerdo que la fruta vedada es la que más se apetece y por eso es imposible mantener a nuestros hijos en perpetua castidad y obediencia.

—Otra de las verdades innegables es que nuestros antepasados primordiales crearon muchos mitos porque su ignorancia de nuestros conocimientos actuales los compelían a contestar las preguntas primitivas sobre el planeta y su relación con los astros que veían y vemos a diario. Por ejemplo, ellos se imaginaban que la Tierra no era redonda como un globo sino una plataforma y todo lo inalcanzable o tocable por sus manos pertenecía al dios que ellos imaginaron moraba entre las estrellas que ese mismo dios había creado. Tanto así que *todas* las religiones nos predican que el cielo está *allá arriba* y allí moran los dioses y los bienaventurados. Pero ese mítico *allá arriba* se derrumba cuando aprendemos que la Tierra no es una plataforma y sí es un planeta esférico que rota sobre sí mismo y gira alrededor del Sol. Esa creencia absurda la encontramos en todas las religiones como

---

[48] Novelista inglés (1874 -1965).

una verdad dogmática e irrebatible. El cristianismo alega que Jesús, su madre y muchos otros llamados santos *han subido* al cielo sin tener que morir. El islamismo asegura el mismo mito, y alega que Mahoma pudo viajar en vida a los siete cielos guiado por un arcángel, pero que no se le permitió que subiera hasta el séptimo porque allí es donde mora el Altísimo y su condición humana no le permitiría presenciar la augusta imagen del Creador. Y alegadamente se encuentran *allá arriba* pero no especifica donde están ubicados *esos siete cielos*. Todas las otras religiones, tales como el budismo y el hinduismo y las demás, hablan de cielos; y la mitología griega habla del Olimpo, donde moraban todos sus dioses que finalmente desaparecieron.

—¿O sea que usted no cree que haya un cielo donde se premia la virtud y un infierno que castiga a los malvados? —preguntó la madre adoptiva con mucha extrañeza.

—Desafortunadamente no lo creo. Y digo desafortunadamente porque me encantaría creer con la ingenua inocencia que hace que la gente implore a sus santos y que esperen encontrarse con sus antepasados en ese *mítico* cielo que las religiones dicen se encuentra *allá arriba*; porque nadie quiere encontrarlos en el *mítico* infierno que se encuentra *allá abajo*, ¿no es cierto?

La dama sonrió dubitativa.

—Nunca pensé que me encontraría con alguien que tuviera esas creencias tan disímiles a las mías —dijo pensativa.

—No, señora, mis creencias no son disímiles a las suyas. Las mías están basadas en los conocimientos científicos que ahora poseemos y que son absolutamente probables. Como dije antes, la Tierra es un planeta esférico como los otros y todos ellos también rotan y giran constantemente alrededor del Sol. O sea que los términos *allá arriba* o *allá abajo* no son lugares reales sino términos referenciales, como el oriente y el occidente, el norte y el sur que utilizamos para indicar la posición temporal de un objeto. Y esa conclusión aniquila el mito de los cielos que creó la ignorancia total de nuestros antepasados. Y esa creencia falsa de que la Tierra era plana subsistió hasta que Galileo Galilei, en el siglo décimo sexto, propuso que ella era redonda. Y por haberlo dicho sufrió una cruel persecución por la iglesia católica y se le condenó a la hoguera por herejía porque ese sabio criterio que él ofrecía destruía los mitos que aún se conservan inalterables como si Galileo nunca hubiera existido. Finalmente, fue obligado a retractarse y aunque lo hizo para salvarse de la hoguera fue mantenido en prisión perpetua en su propio hogar. Siglos después, los jerarcas de esa religión han tratado de acallar u ocultar ese barbárico crimen pero no han tratado de erradicar los mitos que su vil ignorancia generó y llevó a que sus seguidores padezcan de *anacusis sicológica*.

—¿*Anacusis*? ¿Qué diablos es eso? —preguntó Florinda curiosa.

—Inhabilidad para oír, según el diccionario médico.

—Es muy difícil rebatir sus postulados. Yo no poseo la erudición que usted posee.

Edgar decidió no prolongar su diatriba porque tenía deseos de dormir.

—Hay algo más en esta jovencita Wallenberg que me preocupa…

—¿De veras? ¿Será que ahora cree que haya quedado embarazada?

—¡No, no! ¡Nada de eso! —dijo Edgardo riendo nerviosamente—. No lo creo porque, como usted bien lo sabe, fuimos cautos y usamos protección. No, lo que realmente me preocupa en ella es que su conducta de niña voluntariosa es muy similar a la de su difunto hermano.

—¡Explíquese, por favor!

—Éricka quiere imponer su voluntad sobre mi persona utilizando sus encantos físicos y su sexo como arma, como es obvio. Y el estuprador hace exactamente lo mismo: Utilizando su fuerza bruta, impone sus apetitos lúbricos sobre la víctima.

—No comprendo su razonamiento…

—Me explico… En mis cursos de sicología sobre los patrones de conducta infantil nos enseñaron que esas conductas son aprendidas por la mente del recién nacido desde el mismo momento en que nace. El bebé comprende instintivamente que su arma poderosa es el llanto. Llora cuando quiere que lo alimenten o que le cambien el pañal y la madre, solícita por lo general, le complace sus deseos que en esa etapa son todavía necesidades.

—Sí, eso es cierto, aunque yo no lo digo por experiencia propia…

—A medida que el niño crece, sus deseos se multiplican y se convierten en aparentes necesidades impostergables, algunas reales, otras ficticias. El arte de educar al hijo exitosamente consiste, en primer lugar, en determinar cuáles de sus exigencias son realmente necesidades y cuáles son simples caprichos. Por desdicha, las parejas no son instruidas de manera adecuada para criar a la prole correctamente y por ello son incapaces de hacerlo como es debido.

—Estoy de acuerdo con usted —interrumpió Florinda—. Pero, continúe por favor.

—Cuando hay conflicto o rivalidad entre la pareja, uno de ellos complace los deseos del hijo y el otro los desautoriza o los complace con creces. El vástago se entera entonces cuál de sus padres es el más fácil de manipular y los enfrenta para su propio beneficio. Y en vez del llanto utiliza el chantaje y, a veces, hasta el burdo engaño y la violencia. Estoy segurísimo de que Éricka usaría esas armas de su infancia para amordazarme emocionalmente. Pero, créame, señora, no lo logrará ¡no importa cuánto se empeñe...!

—Espero también que sus conocimientos le ayuden a educar correctamente a mis nietos —dijo doña Florinda sonriendo.

—Claro. Lo mismo espero yo —dijo Edgar y enseguida agregó—: En el caso de los Wallenberg, es obvio que esta familia es absolutamente disfuncional. La madre solapaba las fechorías de su hijo mientras cortaba las alas de sus hijas. La mayor, no pudiendo soportar más la tiranía materna, huyó del hogar. La culpa la tienen la incomprensión de la madre y la indiferencia del padre. Por las mismas razones, la hija menor se involucró sexualmente con un empleado de la casa y terminó yendo a su cama hasta que la descubrieron. El hijo, no satisfecho con violar jovencitas fuera del entorno familiar, penetraba en la alcoba de su hermana para satisfacer sus instintos incestuosos.

—¿Quién es el culpable de la tragedia de esa familia? —preguntó Florinda.

—Los padres son culpables; pero, aún más, su crasa ignorancia que los llevó a procrear una familia sin antes trazarse un plan de educación para sus hijos. Lo más patético del caso es que, tanto los Wallenberg como los Landau, siendo tan ricos, no buscaran ayuda siquiátrica para ninguno de los muchachos.

—¿Cree usted que la consejería sicológica los hubiera alejado de las conductas criminales?

—¡Absolutamente! Los dos jovencitos, de acuerdo con lo relatado por Éricka, dieron claras señales de ser sicópatas desde su infancia. En mis cursos de sicología se nos enseñó a detectar las características básicas. Desde la niñez, los sicópatas dan muestras de inmoralidad; también demuestran carencia de empatía o remordimiento; se deleitan intimidando a los más pequeños y les encanta torturar animales y eventualmente a los seres humanos. En el caso de Alfredo y su cómplice, su carencia de remordimiento está predicada en el hecho de que ellos mismos, jactándose sin problema de sus crímenes, se autodenominaban *el dueto estuprador*. La violación sexual no es un acto amoroso. El violador goza de su imposición sobre aquel que es físicamente más débil. Cuando estas señales características afloran en la conducta de un niño, la ayuda sicológica es esencial y hasta fundamental para corregirlas. ¡Y allí tenemos los obvios resultados de su patética ignorancia y de sus descuidos! Cambiando de tema, señora, quisiera saber si usted le ha mencionado a la señora Wallenberg que yo he sido adoptado recientemente por ustedes y el motivo que los llevó a adoptarme...

—¡Pierda cuidado! Ella tiene la certeza de que usted es nuestro hijo biológico y ni Ricardo ni yo tenemos por qué declarar el carácter real de nuestra relación. Y, a propósito, algo divertido nos sucedió cuando llevé a Cunebunda a que conociera a mi esposo. Al verlo, lo primero que ella dijo fue que los ojos de Ricardo eran idénticos a los suyos.

—¡Así lo espero! —le comentó mi marido, guiñándome el ojo. Y luego los tres celebramos su frase perfecta de marido celoso y secretamente doloso.

—Ciertamente fue hilarante y muy oportuno su comentario —comentó Escoto, riendo alegremente—. Estuve un poco preocupado porque temía que tanto la madre como la hija sospecharan o se enteraran de que entre nosotros no existe una relación sanguínea.

—Olvidaba decirle que el doctor Cárdenas ya autorizó el traslado de Ricardo a una clínica en la capital y se encuentra averiguando cuál sería la más conveniente.

—¡Maravilloso! Y dígame: ¿lo llevaríamos por ambulancia o por helicóptero?

—El doctor dijo que el transporte por tierra sería muy arriesgado. Nos iremos los tres juntos ¿O prefiere quedarse a *hacerle compañía a Éricka*? —preguntó pícaramente.

—¡De ninguna manera! —respondió riéndose el hijo adoptivo—. Yo estoy muy ansioso por ver a mi Violeta y también porque quiero buscar empleo en la capital.

—Creo que mi esposo no se lo ha dicho todavía, pero yo sé que él tiene algunos planes para usted que, estoy segura, le van a interesar. Bueno, ¿qué le parece, hijo mío, si apagamos la luz y nos ponemos a dormir? —dijo Florinda con dulzura maternal.

—¡Magnífica idea, mamá! —exclamó Escoto y se levantó de la cama para darle el primer beso filial para desearle buenas noches.

CATORCE

Muy temprano a la mañana siguiente, Haydé Valadés se presentó en el Güija. Adelita se encontraba nuevamente de turno en la registración.

—¿En qué puedo servirla, señorita? —preguntó con su acostumbrada solicitud y cortesía.

—Quisiera saber si el licenciado Escoto ya se levantó o... —dijo Teté un poco amilanada y apresurada pues temía encontrarse con Éricka Wallenberg, con su madre o con ambas.

—Si gusta puedo ir a su puerta a tocarle; aunque no sé si ambos ya están levantados —dijo Adelita interrumpiéndola inocentemente.

—Luego... ¿está durmiendo acompañado de... de Violeta? —preguntó ansiosamente.

—No, no, de doña Florinda, su mamá...

—¡Ah, sí, claro! —dijo Haydé haciendo un gesto de extrañeza—. Sí, hágame el favor y vaya a tocarle —agregó—: Y dígale que Teté lo busca y que me urge hablar con él.

Minutos después apareció Edgardo.

—¿Cómo estás, Teté...? ¿Dormiste bien... *solita*? —preguntó sonriente, haciéndole un guiño pícaro.

—Duermo *mejor sola* que *mal acompañada* —dijo mintiendo; celebrando su trillada respuesta—. ¿Y tú? Espero que no haya venido a sacarte de la cama.

Mientras ella hablaba, Escoto pensaba que aparecía más radiantemente bella esa mañana y que sería muy difícil escoger una entre las tres potranquitas de su establo.

—No, no; yo me levanté hace una hora a revisar mis notas. Mamá en este momento se está bañando y tan pronto esté lista, iremos a desayunar... ¿Quieres venir con nosotros?

—¡Claro! Gracias por la amable invitación. Ven, quiero hablar a solas contigo —añadió, tomándolo de la mano y halándolo hacia la calle.

Edgardo se resistió suave y discretamente.

—Mejor sentémonos aquí en el *lobby* —dijo sin soltarle la mano. Se acomodaron en dos sofás adyacentes—. ¿Decime, de qué me querés hablar? —preguntó expectante.

—Vine porque... bueno, porque ya estaba desesperada por volver a verte, ¡bandido! —lo riñó cariñosamente y en voz baja—. Pero vine también para prevenirte. Esta madrugada Patricio salió del coma y me parece que no sería prudente que te aparecieras por el hospital.

—¡Mil gracias por tu cariño y por la información! —expresó Escoto agradecido—. Aunque ese infeliz ya no me preocupa mucho porque nos iremos para la capital tan pronto el doctor Cárdenas consiga un helicóptero para transportarnos. A lo más tardar mañana —agregó esperanzado.

—¡Ah! Olvidaba decirte que ha sucedido algo extraño. Antier las autoridades apostaron un guardia civil permanente a vigilar la puerta del cuarto de Patricio y para entrar a verlo hay que identificarse, firmar en un libro, especificando el nexo familiar y/o el motivo de la visita.

—¿Y la familia no ha indagado el porqué de todas esas precauciones?

—¡Sí, naturalmente! Según me dijo uno de los guardias, don Fritz se puso furioso y llamó a su hermano, el diputado, pero éste le aseguró que el motivo era justificado ya que la Guardia Civil teme que alguien podría tratar de matarlo.

Edgardo se carcajeó con aire escéptico.

—Seguramente el verdadero propósito es muy diferente —dijo al aplacar su risa—. Recuerdo que antes de soltarme tuve que firmar una declaración reiterando los cargos que había hecho contra el *dueto chimador*, como ellos mismos se apodaban. Estoy seguro de que hicieron lo mismo con ambos carebaches. Por los crímenes en los que él fue autor y cómplice y que ellos confesaron ante Villagrande, lo procesarán de oficio, estoy seguro. O sea pues que tan pronto sea dado de alta, lo detendrán formalmente y lo llevarán a Cobán para enjuiciarlo. Ese es el motivo por el cual lo mantienen vigilado permanentemente. Y alegan que esa medida es para su protección porque, siendo hijo de gente rica, las autoridades no quieren manchar aún más el nombre de la familia.

—O sea, pues, que Patricio podría ser fusilado… —dijo Haydé pensativa.

—Puedes esperar sentada, amorcito —dijo Edgar con aire escéptico—. Eso sí estaría por verse aunque es muy improbable —agregó—. Recuerda que además de que sus padres son muy adinerados y políticamente poderosos, él es su hijo único. Estoy más que seguro que pagarían un buen equipo de abogados que lograrían probar su inocencia alegando que Patricio hizo las confesiones bajo tortura. No me cabe duda de que ellos cometieron delitos mucho más atroces que los estupros, tales como el asesinato; y no uno sino muchos, pero como dice el famoso refrán castellano, *"Poderoso caballero es don Dinero…"*.

—No puedo creer que un individuo con un historial criminal tan monstruoso como el de Patricio pueda salir absuelto…

—¡Vos sos demasiado ingenua, preciosa! El primer argumento de sus abogados sería que la persona que hizo las acusaciones, o sea mi persona, ha desaparecido; o murió y a lo mejor nunca existió. Por lo tanto, no puede aparecer de nuevo a confirmar sus declaraciones. Y esa evidencia sería descartada por inútil y el acusado saldría libre.

—Y Violeta… ¿no podría testificar contra Patricio?

—Sí, había planeado convencerla de que su testimonio sería fundamental para obtener una condena. No recuerdo si te dije que los carebaches ya habían propalado la calumnia de que Violeta era una prostituta solapada que había tratado de chantajearlos. Esos malditos eran muy precavidos. Además, no quiero exponer a mi adorada al escarnio de la prensa amarillista.

—Cambiando de tema… la jovencita de la recepción me dijo que *tu mamá* estaba durmiendo en el cuarto contigo —dijo Teté.

Edgardo se rio.

—Sí, es cierto —dijo, confirmando lo dicho por Adelita.

—Pero tía Edi me había dicho que tú eras huérfano y que habías perdido a tus padres en un accidente de tránsito. Probablemente yo le entendí mal.

—No, vos entendiste correctamente a tu tía. La señora que está compartiendo mi cuarto es mi madre *adoptiva*. Te la presenté en la casa parroquial ¿no te acordás?

—¡Ah, sí, sí! Pero no me dijiste que era tu mamá adoptiva —declaró extrañada.

—¡Sí, señorita, te lo dije! —dijo Escoto mintiendo. Quiso dar fin al interrogatorio porque en ese momento vio que Éricka venía rápidamente hacia ellos.

—¡Buenos días, *cariño*! —susurró dulcemente la joven cobanera mientras se agachaba para besar la boca cerrada de Edgardo. Él movió su rostro hacia un lado pero ella ignoró su obvio rechazo. Luego, astutamente, le dio un fingido beso a Teté, mientras le decía:

—¡Muy buenos días, señorita Valadés!

Haydé respondió al saludo con obvio desgano. Y enseguida preguntó hoscamente:

—¿Usted *también* está hospedada en este hotel?

—¡Sí, señorita, *afortunadamente* nos han puesto en cuartos contiguos! —respondió Éricka con la malsana intención de insinuar el nexo romántico ya existente entre ella y Edgardo. Su intuición femenina la había llevado a concluir que entre el licenciado y Haydé existía una relación mucho más íntima y menos formal que la que pretendían tener. Y su intuición no la engañaba.

La hermosa enfermera se puso de pie. Para irritar a su rival, besó apasionadamente los labios de Edgar.

—Esta mañana me regreso a Jutiapa —dijo—. Así que allá nos veremos en la pensión cuando regrese a Guatemala. Enseguida se dirigió a su antagonista, extendiéndole la mano—: Espero que resuelvan pronto el problema del cadáver de su hermano y que tengan un feliz viaje de regreso a Cobán —añadió secamente.

—¡Muchas gracias! —dijo Éricka frunciendo el ceño con obvio disgusto.

—¿Tu tío regresa con vos o te vas sola? —preguntó Escoto.

—Mi tío regresará a Guatemala hasta fines del mes…

—¡Que te vaya bien, Teté, y mil gracias por la información! —dijo Edgardo.

La sobrina de Edelmira partió y su antagonista esperó verla salir del hotel para preguntar:

—¿Por qué la llamás *Teté*? ¿Es que no se llama Haydé?

—En la pensión todos la llamamos así —respondió Edgardo parcamente.

—¿Y vos *todavía* no te has acostado con ella? —preguntó Éricka de sopetón mientras le frotaba la rodilla.

—Bueno todas las noches dormimos *juntos* pero en camas y cuartos separados. ¿Es eso lo que le interesaba saber? —dijo el licenciado riéndose pícaramente mientras apartaba la mano que acariciaba su muslo.

—Yo comprendo que las mujeres que se han acostado con vos antes que yo, pertenecen a tu pasado que ya no se puede cambiar —dijo Éricka con voz triste y tenor filosófico.

—¡Exactamente! Y las que vendrán después pertenecerán solamente a *mi* futuro. Debe *usted* comprender de una vez por todas, señorita Wallenberg, que yo *no* estoy enamorado de *usted*; hermosa, complaciente y apasionada como es —dijo Escoto con voz grave—. Y por favor, le suplico que no me vosee ni en presencia de su madre ni de la mía, porque al hacerlo podría crear impresiones equivocadas. Lo que hicimos ayer lo hicimos porque *usted* deseaba el goce sexual y yo me vi obligado a complacerla tanto como pude. Ciertamente, yo también lo disfruté intensamente y agradezco su buena voluntad, pero ya no quiero comprometerme más. Agradezco también el haberme hecho partícipe de su historial íntimo y familiar y le prometo que guardaré su secreto en lo más recóndito de mi memoria.

—Entonces la promesa que *usted* me hizo de no olvidarme jamás fue simplemente ¡una *solemne* mentira! —exclamó Éricka con lágrimas visibles humedeciendo sus ojos.

—Yo no he dicho que la olvidaré; simplemente le he querido dar a comprender que es imposible que entre usted y yo pueda nacer y crecer un romance formal. Y la razón es porque simplemente yo sí estoy profundamente enamorado de Violeta. Y a ella sí le he hecho una promesa formal de matrimonio. Especialmente ahora que espera un hijo mío…

—¿Y no es posible que ese niño sea hijo de mi hermano o de Patricio y no de usted?

—También hemos considerado esa horrible posibilidad, pero yo le he prometido a Violeta que lo aceptaré como mi hijo biológico aunque tenga las características físicas del criminal que lo pudo haber engendrado. Esa criatura, naturalmente, es inocente de la conducta criminal del estuprador. Y recuerde que ella es también medio alemana…

—¡Y medio *india*! —acotó Éricka con voz y gesto despectivos.

—¡Y a mucha honra y orgullo, señorita Wallenberg! —replicó Edgardo con voz severa—. Porque, aunque usted no lo crea, yo también tengo sangre maya corriendo por mis venas. Mis padres no se avergonzaban de ser medio indígenas y medio hispánicos y ellos me heredaron su sangre *lenca*[49] y como dice el vals peruano, igual que la suya *también tiñe de rojo*…

—¡No fue mi intención ofenderlo! —dijo Éricka en tono de súplica, poniendo su mano de nuevo sobre el muslo del licenciado.

—El que menosprecia mis raíces indígenas me ofende profundamente —afirmó Edgardo apartando de

---

[49] Etnia maya que pobló el norte y sureste de la República de El Salvador y luchó contra el invasor español.

nuevo la mano acariciante—. Y le ruego que terminemos esta conversación porque no tiene sentido continuarla —añadió con rostro severo. Y diciendo esto se puso de pie.

La joven bajó la cabeza y comenzó a sollozar. Para ocultar sus lágrimas cubrió el rostro con sus manos. Momentos después, sus respectivas mamás aparecieron sonrientes. La madre se dio cuenta al instante que su hija lloraba por algo.

—¿Qué te pasa, mi niña? —preguntó acercándose a ella.

—Me contaba los *momentos inolvidables* que pasó con su difunto hermano y esos gratos recuerdos la hicieron llorar —explicó el licenciado. Solamente la llorona comprendió su cruel sarcasmo.

—Sí —dijo la madre, con los ojos también nublados por las lágrimas— se amaban tanto que yo no sé cómo *mi pobre niña* podrá olvidar nuestra irreparable pérdida.

—Bueno, vámonos a desayunar —sugirió doña Florinda tomando la mano de su hijo adoptivo.

Caminaron al restaurante más próximo y se aprestaron a desayunar todos juntos. Pero Éricka permaneció callada, además de seria y huraña. Edgardo también se tornó parco de palabras. Para su madre adoptiva era obvio que la pareja había reñido y ello motivaba el ceño adusto de su hijo y la actitud abatida de Éricka que se negaba a hablar con los demás.

***

—Pues nosotros nos iremos pronto para Ciudad de Guatemala —dijo doña Florinda—. Solamente estamos esperando que el doctor Cárdenas obtenga el servicio de transporte vía helicóptero. Claro, nosotros lo acompañaremos en el viaje.

En ese momento, a Edgardo se le ocurrió una idea descabellada. Y, muy extrañamente, no sabía cómo expresarla. Así que calló, temporalmente.

—Pues nosotras tendremos que hacer el viaje a Santa Fe a lomo de mula —reportó doña Cunebunda con voz de desaliento—. Sólo me anima la idea de que finalmente podremos ver a Alfredito por última vez, aunque sea solamente su cadáver.

—Mamá: ¿No sería posible conseguir que el helicóptero lleve primero a la señora Wallenberg y a su hija a Santa Fe y luego venga por nosotros? Al fin y al cabo, ese viaje por aire sería cuestión de media hora o quizá menos —expuso rogando al cielo que la madre aceptara su idea para poder deshacerse de su hija de una vez para siempre.

Éricka, olvidando intempestivamente su mal humor, aplaudió al instante la idea de Edgar pero con velada segunda intención.

—¡Es una idea genial, mamá! Yo podría quedarme aquí en el hotel Güija, esperándola, mientras usted va a Santa Fe y luego vuelve por mí. ¿No le parece, mamá? —preguntó emocionada.

—No, señorita —replicó doña Cunebunda categóricamente—. Cuando me vaya para Santa Fe tú vendrás conmigo porque no pienso volver a Esquipulas. Y, además, quiero llevarme en avión el cuerpo de mi niño Alfredito para enterrarlo en Cobán.

Pero, sí, ciertamente la idea del licenciado tiene mérito. Iremos ahora mismo a la Guardia Civil para averiguar si sería posible obtener permiso de las autoridades hondureñas para hacer ese viaje a Santa Fe en helicóptero. ¡Mil gracias, licenciado Escoto por hacernos esa sabia sugerencia!

Al terminar el desayuno, madre e hija se marcharon al cuartel de la Guardia Civil y madre e hijo regresaron a su cuarto en el hotel.

El sargento Morales prometió contactar el consulado hondureño en Chiquimula una vez hubo escuchado la solicitud de doña Cunebunda. Y pronto comenzó a realizar las llamadas pertinentes. Pero les pidió que esperaran allí mismo por la autorización consular.

Mientras esperaban el resultado de la llamada, Éricka pidió permiso a su madre para visitar al padre Antonio Valadés. Pretextó, dolosamente, que deseaba confesarse con ese presbítero. Doña Cunebunda se sintió gratamente sorprendida por el insólito ruego de su hija. Creyó adivinar en sus palabras el deseo de iniciar un renacimiento espiritual. Supuso con maternal optimismo que el trágico final de su hermano la había hecho meditar sobre la fragilidad de la vida y había concluido que era preciso enmendar su conducta buscando la ayuda divina. Ese ofuscador espejismo cegó la visión materna, impidiéndole sospechar el siniestro propósito de su hija.

—*Ja wohl, mein liebchen, geht vorwärts!*[50] — dijo urgiéndola con dulce voz maternal—. *Ich will warten auf dich ins Hotels Zimmer*[51] —agregó, acariciándole el mentón y besando tiernamente su mejilla.

La joven llegó a la casa parroquial y pidió ver al sacerdote.

—Me gustaría hablar a solas con usted, padre —le dijo con actitud inusitadamente humilde—. ¿Podríamos hacerlo en el confesionario? —preguntó dulce y astutamente. Sospechaba que su madre pudiera haberla seguido para cerciorarse de que realmente había ido a confesarse.

—¡Por supuesto! —dijo el cura Valadés—. ¡Sígueme! —Y se fueron a la iglesia. Él se sentó dentro del confesionario mientras ella se arrodillaba frente a la ventanilla.

—Habla, hija mía —sugirió el sacerdote.

—Estoy enterada de que mi hermano y su amigo, Patricio Landau, violaron a la Violeta Winter —dijo con voz fingidamente compungida—. Y me siento *muy* avergonzada, padre, por esa inmunda canallada. Me gustaría encontrarme con ella para pedirle perdón tanto a nombre de mi difunto hermano, como de mi familia y, por supuesto, a nombre propio. Pero no sé cómo localizarla y, según yo entiendo, ella vive en la misma pensión donde reside el *señor* licenciado.

---

[50] ¡Por supuesto, querida, andá inmediatamente!
[51] Te esperaré en el cuarto del hotel.

—Bueno, no propiamente —dijo el cura, quien no dudó por un momento de la sinceridad de Éricka ni tampoco pudo haber sospechado sus intenciones y planes malévolos—. Violeta va a la pensión a visitarlo en sus días libres, los lunes y los jueves, para salir a pasear y para hablar de sus planes de matrimonio. El resto de la semana permanece en el convento de las Hermanitas Descalzas. Pero ¿por qué no le preguntas al licenciado por el número de teléfono del convento? Él sí lo sabe; yo no lo sé de memoria.

—Lo que pasa, padre, es que el licenciado se está comportando muy grosero conmigo —indicó mintiendo—. Actúa como si yo fuera la verdadera culpable de lo que le pasó a la pobre Violeta. Él no sabe que ella fue mi compañera inseparable en el instituto y me duele en el alma que haya sido vejada física y espiritualmente por mi hermano y su amigote.

—Comprendo tus razones, hija mía, y las aplaudo —dijo el cura gratamente sorprendido—. Yo hablaré con Edgar y le preguntaré el número y te lo daré esta tarde o esta noche cuando vengas con tu madre al rosario.

—¡No, no, por favor, padre! No le pregunte nada… Ya me las arreglaré para averiguarlo. Pero ¿la pensión y el convento están juntos o cerca el uno del otro? —preguntó astutamente.

—¡No, niña! —exclamó el sacerdote—. La pensión está contigua al colegio salesiano de Santa Cecilia, sobre la avenida Bolívar, mientras que el convento donde trabaja Violeta se encuentra a la entrada del pueblo de Fraijanes.

—¡Gracias, padre Antonio! Esa información me basta. ¡Hasta luego! —dijo Éricka. Y luego besó hipócritamente la mano del clérigo.

—¡Que Dios te bendiga, hija mía! —dijo Valadés, convencido de la sinceridad y buena voluntad de la Wallenberg. Le complació enormemente descubrir un alma cobanera libre de la perversa idiosincrasia racista que aún perduraba en Cobán entre muchos de los ladinos.

**

Al salir de la iglesia, Éricka avistó a un hombre rubio de mediana edad, vestido con overol de trabajo, sacando una caja de herramientas del baúl de su vehículo. La colmó de júbilo el identificarlo al momento.

—¡*Don* Ernesto! ¿Qué hace usted por Esquipulas? —preguntó alegre mientras se dirigía sonriente a su encuentro como si él fuera un vecino o un amigo entrañable.

Ernesto Winter también la reconoció al instante y le extrañó que la joven le hablara con tanta familiaridad y tan respetuosa cortesía. *Al fin y al cabo*, se dijo, *esta es una de las herederas más acaudaladas de Cobán y sin duda alguna... ¡la más hipócrita de todas! ¿Qué se traerá entre manos?*, se preguntó precavido.

—Pues, aquí siempre trabajando, como usted ve —respondió—. ¿Y usted?

—Estaba visitando al padre Antonio Valadés, ¿lo recuerda, don Ernesto? Y precisamente hace un momento estábamos hablando de su adorada Violeta. ¡Qué ingrata es esa condenada! No se ha dignado escribirme ni una notita para darme su dirección en la capital. A lo mejor usted pudiera dármela…

—¿El padre Antonio está aquí? —preguntó Winter, ignorando las palabras amigables de Éricka pues sabía perfectamente que ella fue una de las alumnas que más daño le hizo a su hija con sus múltiples humillaciones y burlas continuas y por cierto despiadadas por su condición de *india lamida*. Le alegró el hecho de que Éricka ignorara la dirección de Violeta y se imaginó que la procuraba en ese instante solamente para continuar el cruel escarnio y el hostigamiento habitual. Y Ernesto no estaba del todo equivocado.

—¡Sí, señor! —contestó Éricka, continuando su farsa—. Está aquí de visita desde enero.

—¡Qué bueno! —comentó el señor Winter parcamente—. Hace ya muchos años que no he podido estrechar su mano —añadió mientras tocaba a la puerta de la casa parroquial.

—¿Y no me va a dar la dirección de Violeta?

—Fíjese que no la tengo, señorita —dijo Ernesto, añadiendo secamente—: Ella no quiere que *nadie* sepa donde vive o la dirección de su trabajo.

Viendo la falta de cooperación de su interlocutor, decidió arrojarle su baba venenosa.

—Pues, para su información —dijo con voz y aire de desprecio— Violeta ya *vive amancebada* con el licenciado Edgardo Escoto y trabaja como *sirvienta* en el convento de las Hermanitas Descalzas en el pueblo de Fraijanes.

—Veo que usted está mejor enterada que yo — dijo Winter ardiendo de cólera por dentro aunque manteniendo la calma exterior—. ¡Hasta luego! — añadió ásperamente.

Éricka se marchó al hotel llena de rabia. Estaba segura de que Ernesto le había mentido para ocultar la triste realidad de su hija lamida. *Pero yo soy más astuta de lo que usted cree, don Ernestico*, se dijo amargamente. *Voy a encontrar la dirección de la pensión, me hospedaré allí y allí mismo me facilitarán información sobre esa maldita lamida.*

***

Doña Cunebunda fue a visitar a Patricio antes de regresar al hotel. Le extrañó enormemente que la obligaran a firmar un libro a la puerta de su cuarto y tuviera que explicar las razones de su visita. El guardia estaba a punto de hacerle una revisión corporal en pleno pasillo cuando Fritz Landau salió de la habitación de su hijo y protestó, aduciendo que la inspección corporal de la dama en busca de armas, y a la vista de todos, era indecorosa e innecesaria. Además, dijo, sería una grave afrenta para una señora tan distinguida quien, además, acababa de perder a su hijo.

—*Danke, schön, Herr Landau!*[52] —dijo Cunebunda en alemán y con voz agradecida—. *Wie gehts euren Kind?*[53] —preguntó quejumbrosa.

---

[52] ¡Muchas gracias, señor Landau!
[53] ¿Cómo le va a vuestro muchacho?

—*Es geht ihm so, so...*[54] —respondió Fritz un poco desalentado.

—*Und warum hat die Polizei...?*[55] —preguntó enseguida la dama.

El padre intuyó el resto de la pregunta.

—Porque alegan que alguien podría tratar de matarlo —respondió. Y luego agregó—: Dicen que temen que el prisionero número cuatro, quien se cree que sobrevivió, tendría *diez mil razones* para matarlo.

—¿Diez mil razones? —preguntó extrañada.

—¡Sí, mi señora! Emilia le había entregado diez mil dólares que Patricio necesitaba para abrir un negocio en la capital y esa suma ha desaparecido completamente.

—¿Patricio llevaba toda esa cantidad cuando lo arrestaron? —preguntó incrédula.

—Sí, señora. La policía de Cobán dice que mi hijo declaró que ese dinero se lo había dado mi esposa para montar un negocio en la capital, pero ellos alegan que Patricio lo necesitaba realmente para pagarle a alguien que los estaba chantajeando y que le envió un telegrama exigiéndole dinero y que lo recogieran en Quezaltenango para llevarlo a Méjico. Alegan, además, que los tales diez mil dólares fueron enviados junto con nuestros muchachos a Guatemala, pero en la oficina central no aparece el dinero ni hay indicios de que hubieran sido recibidos por alguna persona con autoridad.

---

[54] Le va un poco bien…
[55] Y ¿por qué la policía ha…?

—Yo no entiendo ese enredo, dijo la señora Wallenberg. ¿Usted sí…? Es decir, ¿qué tiene que ver el cuarto prisionero con la desaparición de los diez mil dólares?

—El cuarto prisionero fue el chantajista detenido en Quezaltenango y fue deportado junto con nuestro hijo, Patricio, Alfredito y el doctor Estrada. El sargento Morales sospecha que ese individuo sabe dónde está escondido el dinero, pero antes de recobrarlo tratará de matar a nuestro hijo para callarlo.

—Ahora sí ya entiendo —dijo Cunebunda y añadió—: Y a propósito, el hijo del doctor le pedirá al piloto del helicóptero que nos lleve a Santa Fe a recoger el cadáver de mi hijo. Pero se regresará inmediatamente a la capital con el doctor Estrada y a su familia.

—¡Qué buena noticia! —exclamó Landau—. A lo mejor ese helicóptero podría volver y llevarnos a nosotros a Cobán. Hablaré con el doctor Cárdenas y también con el sargento Morales. Y, por supuesto, tendría que hablar también con el piloto… Aquí entre nos, yo no quiero que Emilia se entere todavía… pero yo sospecho que nuestro hijo no está siendo *protegido* sino que está realmente está bajo arresto…

***

Al día siguiente el helicóptero llevó a la madre y a la hija hasta Santa Fe. Tan pronto regresó a Esquipulas, el piloto se dirigió a la habitación del doctor Estrada para comenzar los trámites del viaje a la capital. El licenciado Escoto presentó al capitán

Eduardo Estévez Lara, a don Fritz Landau y a doña Emilia, quienes lo esperaban allí.

—A mi esposa y a mí nos gustaría también utilizar sus servicios, capitán —dijo Fritz Landau—. Necesitamos que nos lleve a Cobán.

—¡Con mucho gusto! —respondió el piloto—. ¿Para cuándo tiene programado el viaje? Y ¿cuántos pasajeros habría que transportar? —preguntó sacando su libreta de apuntes.

—Todavía no estamos seguros de la fecha, pero seríamos seis pasajeros.

—¿Todos adultos o llevan también algún menor de edad?

—No, ningún menor de edad —dijo Fritz y explicó—: Los pasajeros serían mi esposa, mi hijo, el sargento Morales, dos guardias civiles y su servidor.

—Tendría que comunicarme con mi jefe porque mi aparato solamente tiene cupo para cuatro pasajeros, mi copiloto y yo —dijo Estévez—. Para su viaje necesitaríamos una nave con capacidad para ocho. Déjenme ir al helicóptero a comunicarme con la oficina a cargo de los itinerarios. Volveré dentro de media hora con la respuesta —prometió.

—Mamá —dijo el licenciado tomando cariñosamente la mano de su madre— iré al hotel por las maletas —temiendo que accidentalmente trajeran a su enemigo a la habitación de su padre y, reconociéndose ambos, se armara la de San Quintín.

—Vaya, pues, m'hijo —dijo Florinda.

—Permítame su quepis, capitán —añadió Escoto astutamente, sin esperar que el piloto se lo pusiera y aprovechando que se secaba su frente sudorosa por el calor.

—¿Qué le parece? —preguntó Edgardo después de ponérselo y saludar bromeando con el consabido saludo militar.

—¡Le queda muy bien! —lo felicitó el capitán sin comprender que el licenciado se había *disfrazado* parcialmente para evitar ser identificado por el estuprador en caso de que estuviera deambulando dentro del hospital en una silla de ruedas—. Solamente necesitaría dos años en la Escuela de Aviación para graduarse de piloto —añadió riéndose.

—Es una profesión muy apetecida por la mayoría de los jóvenes que gustan del peligro —dijo Escoto—. Pero a mí me atraen las menos arriesgadas, como la mía.

—¡No lo culpo, señor Escoto! —exclamó Estévez—. Usted no sabe lo que mi madre me rogó para que estudiara cualquier otra profesión menos ingeniería de aviación. Pero yo estaba empeñado en meterme al ejército para poder ser entrenado como piloto. Y después de quince años de pilotear naves de diferentes tamaños aquí me ve usted, vivito y coleando. De modo que no me arrepiento de haber escogido esa carrera.

—¡Lo felicito! —dijo Edgardo y enseguida agregó—: Ojalá que usted termine su vida en una cama como la mayoría de nosotros los cobardes. Eso me hizo recordar a Enrique Jardiel Poncela[56] quien escribió en *¡Espérame en Siberia, vida mía!* que *"Aquel que huye*

---

[56] Novelista humorístico español (1901-1952).

de morir aplastado por un camión, muere al fin aplastado por un triciclo...".

—¡Muy cierto, muy cierto! —dijo el capitán, agregando—: A veces huimos del toro furioso y nos cornea la vaca mansa. Y usted, ¿para dónde va? —preguntó.

—En estos momentos me dirijo al hotel a recoger las maletas. Al regreso pienso dejarlas de una vez en el helicóptero. ¿Su copiloto estará allí?

—¡Sí, claro! —afirmó Estévez—. La nave está estacionada en la cancha de baloncesto ubicada detrás de la iglesia.

—¡Le agradezco muchísimo! —dijo Escoto, regocijadamente trayendo a la mente que pronto estaría en la grata compañía de su amada Violeta. Su destino, sin embargo, le tenía guardada una ingrata sorpresa antes de que eso sucediera.

QUINCE

Al llegar al Güija, Edgardo sufrió la increíble y desagradable sorpresa de encontrar a Éricka Wallenberg charlando jovialmente con Adelita.

—¡Hola, mi cariño! —exclamó la cobanera, riéndose nerviosa—. No esperabas encontrarme ¿no es cierto? —preguntó cínicamente.

—No, señorita Wallenberg —admitió el licenciado cortésmente a pesar de que por dentro ardía de rabia; especialmente por el continuado voseo. Recordó haberle advertido que no lo hiciera más. *Obviamente, hubiera sido mejor advertírselo a una roca*, se dijo enfurecido. Sin embargo, calló su disgusto pues no quería hacer una escena bochornosa frente a la linda hija del dueño del hotel—. Ciertamente no esperaba verla tan pronto —añadió ásperamente.

—¡Pero aquí me tenés! —exclamó Éricka insolentemente—. ¡Sea que te guste o que no te guste! —añadió en un graznido altanero, pensando que *nadie* podía desecharla tan fácilmente como se tira a la basura un par de zapatos viejos.

—Luego ¿usted no se había ido con su mamá para Santa Fe? —preguntó Edgardo secamente.

—¡Sí, mi cariño, me fui! Pero me regresé con el capitán Estévez...

—¿Y la señora Wallenberg, su madre?

—Allá se quedó con su hijito —dijo desdeñosamente—. Es decir: con el hediondo cadáver de su hijito que está pudriéndose en la sepultura. La exhumación piensan hacerla mañana; pero yo no tengo estómago para ver cadáveres podridos y hediondos y se lo dije bien claro a mi madre. Ella le suplicó al capitán que me trajera de regreso a Esquipulas —indicó mintiendo descaradamente—. De aquí me iré para Cobán en bus o *a pata* —agregó agriamente—. O tal vez en helicóptero, si *mis amigos* me invitan a viajar con ellos...

—No creo que lo último sea posible —dijo Edgardo, alegrándose internamente de que no hubiera cupo para ella en el helicóptero en el que viajaría con sus padres adoptivos.

—No me refería al de ustedes sino al de los Landau —expuso con menosprecio—. Aunque no sé cuándo lo harán.

—Le deseo feliz viaje, señorita Wallenberg —le auguró Escoto con frialdad. Hubiera querido decirle que esperaba que desapareciera del mapa para siempre, pero en su desazón no supo cómo formular sus verdaderas esperanzas.

—¡Mil gracias por sus *buenos* deseos! —contestó Éricka maldiciéndolo internamente.

—Por favor, Adelita, ¿sería tan amable de prepararme la cuenta? Mientras la hace, iré por los velices —agregó Edgardo. Y se marchó a su cuarto.

Éricka lo siguió a hurtadillas y mientras él trataba de abrir la puerta, la joven lo abrazó por detrás, y luego mientras acariciaba *el parque de diversiones* le apretó los testículos. Escoto se esforzó en rechazarla pero ella insistió con denodado empeño, asiéndose a su cuerpo como hiedra empecinada y gimiendo suplicante:

—¡Tenemos que hacer el amor una vez más antes de decirnos adiós! ¡Por favor, por favor, mi amorcito, no me negués esa *última* dicha! —añadió con pasión gemebunda. Sus caricias lascivas y vehementes forjaron en el hombre el efecto deseado y ambicionado por la hembra.

—¡Está bien, entre! —le dijo, vencido por su insistencia y por su propio ardor juvenil, a la vez que se odiaba por su desconcertante pusilanimidad.

Inmediatamente se entregaron febrilmente al devaneo sexual sin tomar precaución alguna. Una vez complacidos los tiránicos anhelos carnales de ambos, la pareja abandonó el cuarto de hotel. Ella se sintió satisfecha de haber impuesto su ardor y su voluntad sobre el macho cabrío y él arrepentido hasta el tuétano de su impotente debilidad frente a la insaciable seductora. Después de media hora de inexplicable encierro y sufriendo extrema vergüenza, se presentó ante Adelita para entregarle las llaves y cancelar el pago del hotel.

—Fue… fue… un placer conocerla —balbuceó Edgardo todavía jadeante y tembloroso—. ¡Qué lástima… que no… hubiéramos tenido suficiente tiempo… para… conocernos mejor! Salúdeme a don Anselmo y hágale saber que me voy altamente agradecido por sus atenciones hacia mí y hacia mi madre.

Adelita sonrió en silencio mientras estrechaba la mano del paisano. Con las dos maletas colgando de sus manos, Escoto salió del hotel con Éricka a la zaga.

—¡Por favor, señorita! —dijo deteniendo su paso e implorando—. ¡Quédese en el hotel o lárguese a donde mejor le parezca! Porque de aquí en adelante prefiero continuar solo...

—¿Por qué te empeñás en rechazarme, amor mío? —preguntó la joven atrapándolo por el brazo—. ¿No entendés que dejé sola a mamá en Santa Fe solamente por venir a verte otra vez y para que hiciéramos el amor una vez más? —gimió llorosa.

—¡Por el amor de Dios, señorita Wallenberg! —gritó Edgardo exasperado mientras colocaba las maletas en el suelo—. ¡Ya no sé cómo explicarle! Ya no sé cómo decirle para que lo entienda de una vez que no quiero tener ningún romance con usted. Imagínese que fuimos simplemente *dos nubecitas* errantes que casualmente se cruzaron brevemente en el límpido cielo de Esquipulas; y que el fuerte viento de nuestro destino las separó ineluctablemente. Váyase usted por su camino y yo me iré por el mío. ¡Adiós! Y ¡hasta nunca!

—Me las vas a pagar, *Edgardito*; ¡pronto me las vas a pagar! ¡Ya verás, ya verás! —gritó Éricka, histérica y amenazante.

El licenciado se arrepintió de haberla conocido; se arrepintió de haber sido cortés y hasta amable con ella y se arrepintió de haberle permitido que, prácticamente, lo violara física y sexualmente. Pero ya era demasiado tarde para los arrepentimientos y también para borrar para siempre el pasado inmediato. *Por eso es que dicen*, se dijo con amargura filosófica, *que los hombres y los mangos no nos parecemos porque los mangos eventualmente maduran, en cambio nosotros los hombres, nunca... ¡nunca maduramos!*

***

Con su habitual sonrisa reflejada en el rostro, sor Hipólita ingresó a su oficina llevando una pequeña hoja de papel doblada, inusualmente tarareando *De colores*, una alegre y antigua melodía española. Su faz aparecía saturada de presagios placenteros.

Violeta detuvo por un instante el veloz tecleo en su máquina de escribir.

—¿Puedo preguntarle por el motivo de su gran regocijo? —inquirió ella también sonriendo.

—¡Claro que puedes! —dijo la superiora—. Estoy feliz porque una señorita a quien yo admiro mucho y a quien amadriné para que entrara al convento hace dos años, acaba de hacer los votos y viene para acá a unirse a nuestra congregación.

—¡Qué bueno! —exclamó la secretaria—. ¿Y cómo lo supo?

—Cuando entraba al convento me alcanzó un mensajero y me entregó este telegrama. Lo abrí al momento y es de sor Martina de Porres, la superiora del convento en San Marcos. Me anuncia que sor Benedicta del Carmen llegará esta tarde...

—¿Viene por avión?

—¡Por supuesto que no...! —respondió la madre superiora escandalizada—. Viene por autobús, supongo yo. En nuestra congregación no se permite ese tipo de lujo, especialmente a quienes acaban de hacer votos de *pobreza*, castidad y obediencia —explicó seriamente.

—¡Ah, *caray*! —exclamó Violeta y luego se abochornó de su interjección grosera. Se cubrió los labios inmediatamente con la palma de su mano. La madre superiora levantó su dedo índice admonitorio pero no la riñó de palabra.

—Le ruego que me perdone —dijo Violeta arrepentida.

—Trata de olvidar los términos vulgares, hija mía —dijo suavemente—. Yo sé que no es fácil pero cuando hay voluntad todo se aprende y hasta se aprende a olvidar —agregó y luego dirigió su mirada al reloj grande que colgaba de la pared y que marcaba las horas en elegantes números romanos—. Faltan cinco para las dos y a esa hora tengo la clase a mis postulantas sobre las *Enseñanzas del Catecismo del Padre Ripalda*.[57] Si ellas llegan antes de las tres, hazlas pasar al locutorio y pídeles que me esperen allí. Ofréceles un vaso de limonada con chan para que se hidraten.

—¿Cuántas son, pues, madre superiora? —preguntó la secretaria.

—Dos. La otra se llama sor Dionisia del Santo Niño Jesús. La anciana viene a comenzar su jubilación

---

[57] Jerónimo Ripalda - Sacerdote jesuita, escritor y teólogo español (1594 – 1648).

entre nosotras —explicó cerrando la puerta de la oficina tras de sí.

Media hora después, Violeta abrió el portón tan pronto oyó el golpeteo del aldabón.

—¡Muy buenas tardes! ¡Pasen adelante! —saludó a las recién llegadas.

—¡Que Dios te bendiga, hija mía! —respondió la monja con aspecto de anciana. Su rostro y su cuerpo enjuto y encorvado mostraban claramente que en efecto necesitaba un merecido descanso—. ¿Sor Hipólita no está? —preguntó después de su trillada jaculatoria.

—En este momento, sor Dionisia, la madre superiora está dando clase a las postulantas pero vendrá pronto a recibirlas —dijo Violeta.

—¿Y cómo supo mi nombre? —preguntó la anciana sorprendida.

—La madre superiora me dio los nombres de ambas. ¡Bienvenidas sean! —dijo Violeta.

—¡Mil gracias, señorita…! —comenzó a decir la monja más joven.

—Violeta Winter —se aprestó a decir la secretaria y sus rostros se vieron mutuamente por un instante. Era fácil adivinar algunos mechones de cabellos dorados tratando de escaparse por los lados del inmaculado griñón almidonado. Su dueña bajó humildemente sus ojos azules con un leve sonrojo en su piel nacarada. Las dos pensaron al instante haberse conocido en alguna parte pero no atinaban a responder dónde. Ambas, sin embargo, callaron sus conjeturas.

—¿Y dónde están los velices? —preguntó la secretaria abriendo el portón.

—En el baúl del carro —respondió sor Dionisia.

Violeta sacó la cabeza entre el portón medio abierto y vio un carro pequeño estacionado frente a ella y con la insólita forma de un escarabajo.

—¿Es ese *carrito miniatura* que está allí enfrente? —preguntó mofándose escéptica.

—Sí —dijo sor Benedicta parcamente y enseguida fue a levantar la capota frontal que cubría el maletero. Sacó dos maletas y la cerró de golpe.

Al regresar de su clase, el encuentro entre la madre superiora y las tres monjas fue un evento saturado de extraordinario júbilo, particularmente entre ella y la joven religiosa.

—Me dice Violeta que llegaron por carro —dijo sor Hipólita sorprendida—. ¿Está sor Martina enterada de que usted posee un vehículo? —preguntó con voz grave.

—Sí, madre superiora —replicó modestamente la joven monja—. Lo que pasó fue que Julio, usted, madre, *sabe* quién es él —dijo sonrojándose— se había quedado con el carro. Pero como ahora ya está casado y pronto va a tener familia se ha comprado uno más grande. Me llamó para preguntarme si me lo podía regresar. Sor Martina lo autorizó y me dijo que me lo trajera para Guatemala para que usted lo usara como vehículo de propiedad del convento.

—¡Aceptado! —exclamó feliz sor Hipólita—. ¡Gracias a Dios por este oportuno regalo!

—¡Amén! —exclamaron al unísono las recién llegadas.

***

El párroco entró a la cocina en el mismo momento en que Ernesto Winter terminaba de evaluar y reacondicionar la refrigeradora que la parroquia había adquirido un mes antes.

—¡Muy buenas tardes! —dijo el sacerdote—. Parece que hicimos un buenísimo negocio con su adquisición, ¿no es cierto? —añadió orgullosamente, señalando el aparato; sin esperar respuesta a su saludo.

—¡Muy buenas tardes tenga usted también, padre Arnelo! —replicó Winter—. Sí, este aparato está funcionando perfectamente porque no hay indicios de escape de gas y la temperatura se mantiene a un grado óptimo. Le aconsejo, sin embargo, que trate de no cambiar constantemente la temperatura pues ello sí dañaría el termostato. Ay les queda en 10° centígrados en la cabina inferior y en -4° para el congelador. Y así debe permanecer… Pero cada veinticuatro horas debe chequear el registrador del termómetro que está escondido detrás de esta portezuela al lado izquierdo. Simplemente, siga las instrucciones del manual.

—Se lo haré saber a María Rufina, la cocinera. Ella es la que abre la refrigeradora más a menudo. Y su familia, ¿cómo está? —preguntó solícito el clérigo.

—¡Todos bien, gracias! A propósito, supe que el padre Antonio Valadés está de visita en Esquipulas. ¿Podría hablar con él?

—Por supuesto —dijo el párroco—. Vaya a la sala y ahora lo llamo —agregó, ofreciendo su mano para despedirse—. Y que ¡Dios le pague por sus servicios!

El padre Antonio sufrió un súbito ataque de indecisión cuando Arnelo le dijo que Ernesto Winter deseaba hablar con él. Le preocupaba no saber qué decirle sobre Violeta pues no sabía si Ernesto ya estaba enterado de la violación sufrida por su hija. Pero no teniendo verdaderas razones para esquivarlo, se presentó valientemente en la sala donde lo esperaba su viejo amigo.

—¡Hombre, qué gusto me da verlo! —exclamó el padre Antonio abriendo sus brazos.

—¡El gusto es mío, padre! —respondió Winter y se unieron los dos en apretado abrazo.

—¿Anda en asuntos de trabajo?

—Sí. Hace un mes, el padre Arnelo adquirió una refrigeradora a gas de mi patrón, la Esso Standard Oil, y he venido a hacerle el primer chequeo mensual. Quería, además de saludarlo, preguntarle si ha visto a mi hija Violeta recientemente.

—Pues, a la verdad, sí. Precisamente, recibimos los tres juntos el nuevo año. Vino con el licenciado Escoto, su novio, y la pasamos muy bien.

—¿Qué opinión tiene usted de ese joven? —inquirió en un tono muy serio.

—Lo conocí hace dos meses cuando vino con ella a la parroquia a recoger sus maletas. Me parece un hombre bueno, culto, serio y bien centrado. Ellos se adoran y ya tienen planes para casarse muy pronto; es decir, antes… (Estuvo a punto de decir *antes de que nazca el bebé* pero esa información hubiera abierto la proverbial caja de Pandora, se dijo temblando interiormente).

—¿Antes de *qué*? —preguntó Ernesto con gesto suspicaz.

—Antes de que termine el año —mintió el cura pretendiendo observar a alguien que pasaba frente a la ventana para ocultar el rubor de su rostro.

—¡Ah…! Según me dijo una joven cobanera a quién encontré hoy en la calle, que Violeta y Edgardo viven juntos… *maritalmente*. ¿Está usted enterado de ese *chisme* o es esa la merita verdad? —preguntó con voz preocupada.

—Si ellos llevan vida marital, eso yo no lo sé —respondió Valadés mientras continuaba mirando a la calle—. Lo que yo sí sé es que ambos estuvieron alquilando dos habitaciones contiguas en la pensión de mi hermana Edelmira. Luego que Violeta comenzó a trabajar, solamente se ven en sus días libres.

—Y ¿dónde trabaja mi hija?

—En un convento de monjas en Fraijanes. Para ese puesto yo la recomendé a la madre superiora y comenzó a trabajar el primero de diciembre pasado.

—Y trabaja allí como *sirvienta*, ¿no es cierto?

—¡No, señor! —dijo el cura indignado—. Trabaja como *secretaria* de la madre superiora. Según fui informado se lleva muy bien con todas las monjas; tanto que… (Calló a punto de decir *que las monjas le habían prometido cuidar al bebé y le habían tejido ya dos pares de patincitos*), sor Hipólita me ha dicho que Violeta es muy eficiente —completó la frase con voz acelerada.

—Pues le agradezco muchísimo la información, padre Antonio —dijo Ernesto viendo su reloj; y comprobando que ya se acercaba la hora de la segunda cita, se levantó para despedirse.

—¿Se regresa ya para Cobán? —preguntó el cura, comenzando a respirar con sosiego. Le alegró que Ernesto Winter pareciera estar de prisa porque así se largaría más pronto.

—Esta noche tendré que dormir en Chiquimula. Ahora tengo una cita de trabajo con la refrigeradora del señor alcalde de Esquipulas, don Porfirio Castañeda.

—¡Salúdeme a su familia y que tengan un feliz año! Cuando vaya a Guatemala, hágame el favor de visitarme en la Parroquia de Santa Marta. Lo recibiré con mucho gusto.

***

El viaje por helicóptero desde Esquipulas hasta la Ciudad de Guatemala fue muy placentero a la vez que muy instructivo pues conocieron —a vuelo de pájaro, claro— las múltiples y arboladas montañas, los ríos serpentinos y los valles esmeraldinos del sureste guatemalteco. Con un mapa del país en la mano, Edgar fue indicando el nombre de los parajes y pueblos sobre los cuales volaban, a la vez que sus detalles descriptivos. El doctor Cárdenas los acompañó para proveerle auxilios al paciente en caso de que fuese afectado por las vicisitudes propias del vuelo. Para fortuna de todos, Ricardo no sufrió ningún efecto perjudicial a su endeble salud El caleidoscópico paisaje que ofrece la hermosa y variada topografía del sureste del país, además de mantenerlo alerta, le hizo olvidar las lágrimas derramadas al contemplar el pintoresco pueblecito desde la altura y del que se alejaba irremediablemente sin haber recorrido sus calles, gustado sus múltiples y sabrosos manjares y sin haber saludado a sus habitantes. En ese lugar su vida había tomado otro rumbo aunque todavía ignoto y no se sentía seguro si esas lágrimas eran de tristeza por alejarse definitivamente o de agradecimiento a las personas que le habían ayudado a escapar de las garras de la muerte.

Mientras la nave cubría la distancia, Edgardo ponderaba y no podía olvidarse de las palabras amenazantes de Éricka. Se alegró al recordar que la insaciable súcuba vivía en Cobán y ella no sabía ni su nueva dirección ni tampoco la de Violeta. Esa conclusión ingenua lo tranquilizó por el momento.

De repente, el capitán Estévez pasó el control de la nave a su copiloto. Luego de quitarse los audífonos, preguntó a viva voz:

—¿Se encontró con la señorita Wallenberg, licenciado?

Escoto pensó rápidamente.

—¿Cuándo? —preguntó, pretendiendo calma aunque el corazón le palpitaba acelerado.

—Esta mañana —dijo el capitán—. Me rogó que la trajera de nuevo a Esquipulas porque dizque tenía que tratar un asunto muy importante con usted... Y me dijo que lo esperaría en el hotel hasta que usted fuera a recoger las maletas.

—Pues seguramente se aburrió de esperarme porque no la vi —mintió el licenciado.

—¿Doña Cunebunda le dio permiso a su hija para regresarse con usted? —preguntó Florinda escandalizada.

—Pues, realmente no sé si le dio permiso —respondió Estévez—. Pero cuando estaba a punto de despegar, esa señorita se apareció haciéndome señas para que nos detuviéramos. Yo creí que había olvidado algo dentro de la nave y la obedecí. Se subió intempestivamente y me dijo que le urgía volver a Esquipulas porque tenía algo pendiente con el licenciado Escoto. Como no tenía razón para negarme, accedí a traerla. ¡Y de gratis! —añadió riéndose entre dientes.

—¡Pues hizo su viaje en vano! —dijo Edgardo, reiterando su mentira—. Porque en verdad no me encontré con ella. ¡Ni tampoco tenía intenciones o deseos de hacerlo!

Doña Florinda rio internamente y quiso preguntar cuál había sido el motivo por el cual se había tardado tanto tiempo en ir a recoger el equipaje. Pero calló para que su hijo adoptivo no apareciera como mentiroso.

***

El doctor Estrada Soto fue internado en la Clínica Louis Pasteur de la Ciudad de Guatemala por un par de días solamente. Mientras tanto, Edgardo y doña Florinda, con la ayuda de una pareja de jóvenes contratadas para la ocasión, reacondicionaron el apartamento de los Estrada que había quedado semidestruido y alborotado por la policía secreta mientras buscaban evidencia de las supuestas actividades subversivas de su dueño contra la funesta dictadura hondureña. También amoblaron una alcoba adicional para la joven pareja. Y finalmente llamaron a una agencia de empleos domésticos para contratar una criada que les trabajara durante el día.

Escoto estaba ansioso por ver de nuevo a Violeta y quería acudir inmediatamente al monasterio para visitarla. Ella, sin embargo, le rogó que no lo hiciera pues los únicos varones permitidos dentro del recinto eran los confesores y los proveedores logísticos del convento. Le pidió que tuviera un poco de paciencia pues solamente faltaban dos días para que ella viniera a conocer su nueva familia y a quedarse a pasar la noche en su compañía.

Teniendo tiempo de sobra, Edgardo visitó la pensión de doña Edelmira con el propósito de recoger sus cosas.

—Entonces, finalmente se nos va —dijo la dueña con los ojos llorosos y apretando los músculos del rostro tratando de no prorrumpir en llanto—. Todos aquí lo vamos a extrañar mucho, profesor. Paquito y Olinda sobre todo, porque ellos lo quieren tanto. Porque, además, usted se parece bastante al Meneses, o sea el sinvergüenza haragán de su padre que se ha desparecido como el humo.

—¡Deshonor que me hace! —dijo Edgar riéndose—. Pero no se preocupe, por más que se empeñe no me hará enojar —añadió.

—¿Piensa quedarse en El Salvador mucho tiempo o va a regresar pronto?

—Voy por un mes, más o menos —mintió Escoto para no revelarle que ya había sido adoptado; porque esa confesión requeriría de una explicación que él deseaba mantener en total secreto ante todo el mundo—. Se me olvidaba preguntarle si ya llegó alguna carta del Departamento de Tránsito. Estoy esperando mi licencia para manejar —agregó.

—Se la di antier al señor Handal, como usted lo había pedido.

—Entonces yo me comunicaré con él. ¡Muchas gracias! Por favor, dígales a todos mis excompañeros que a mi retorno los vendré a visitar. ¡Ah! Y a propósito de compañeros… ¿dónde está mi compañera favorita, la bella Teté?

—De Esquipulas se regresó a Jutiapa. Luego me llamó y me prometió que volvería antes del diez de febrero para continuar con el proceso de revalidación de sus estudios. Cuando vuelva le diré que usted preguntó por ella.

—Un millón de gracias por todas sus bondades, señorita Edelmira. En estos cuatro años, ustedes me hicieron sentir como si estuviera viviendo en mi propio hogar. Eso me ayudó a sobrellevar el dolor causado por la trágica desaparición de mis padres. ¡Adiós! —dijo con los ojos húmedos y la garganta atorada por la emoción de la partida.

***

—Lo veo preocupado —dijo el doctor Estrada a Edgardo tan pronto éste se sentó a la mesa para cenar juntos—. ¿Qué es lo que le pasa? —preguntó muy serio.

—Sí, papá, tengo un problema muy grave y realmente no sé cómo resolverlo.

—A ver, ¿cuál es el problema?

—Mi pasaporte se vence en treinta días y temo que me lo confisquen si me presento al consulado salvadoreño a revalidarlo. Y eso es por las razones que usted ya conoce.

Florinda había terminado ya de ayudar a Erminia, la criada, a servir los alimentos y estaba sentada a la mesa frente a su hijo, siguiendo atentamente el hilo de la conversación entre su esposo y Edgardo.

—Sí, es muy probable —dijo el catedrático—. Aunque ya ha pasado mucho tiempo para que la dictadura en su patria trate de tomar venganza contra usted. Naturalmente, la forma más fácil para ellos sería dejarlo en un limbo migratorio; es decir, convertirlo en persona sin patria y sin documentos válidos que definan su nacionalidad. Pero, no se aflija, hijo mío, creo que yo le tengo la solución perfecta.

—¿De veras? Y ¿cuál sería esa solución perfecta? —preguntó Edgardo a la expectativa de un milagro realmente salvador.

—Desde hace días he estado pensando que a lo mejor a usted le interesaría estudiar la carrera de abogado en...

—¡En Italia! —gritó emocionada la madre adoptiva, anticipándose a la decisión de Edgar y a la oferta que su esposo estaba a punto de hacer.

—¿En *Italia*? —preguntó Escoto atónito y escéptico, aunque ciertamente muy entusiasmado.

—Sí, hijo mío —dijo su padre—. Si usted acepta mi oferta, me gustaría que en un par de días volara a Milán. O sea, tan pronto obtenga una visa de turista en el consulado italiano. Una vez allí, viajaría a

Boloña a presentar su solicitud de ingreso a la facultad de leyes. Luego se va a Roma, para renovar el pasaporte y enseguida vuelve a Guatemala. ¿Qué le parece la idea? —preguntó animado y sonriente, seguro de que Edgardo la aceptaría.

—¡Genialísima! ¡Mil gracias, papá y mamá! —exclamó Edgardo mientras se levantaba presto a abrazarlos a ambos para demostrar su genuina gratitud.

—Lo que lo hace feliz a usted, nos hace felices a nosotros también —rubricó Florinda.

—Ahora yo les tengo una sorpresa —dijo Escoto—. Con el dinero de mi herencia, fui esta mañana a la agencia de carros Studebaker y me compré un Starlight Commander, un modelo del año pasado. Ya pagué el cincuenta por ciento y me lo entregarán dentro de un par de semanas.

—Pero si se va para Italia ¿qué va a hacer con ese carro? —preguntó la mamá.

—Pues si me voy se lo dejaré a ustedes. Al fin y al cabo, ustedes van a necesitar transporte para hacer paseos dentro y fuera de la ciudad. Pero les quiero pedir que no mencionen la adquisición del carro frente a Violeta porque quiero darle la sorpresa yo mismo; yéndola a recoger en mi auto nuevo cuando regrese de Italia.

Violeta, aprovechando su día libre, vino al apartamento a conocer a sus futuros suegros adoptivos. Ambos quedaron encantados con la belleza, simpatía y gratísima personalidad de su futura nuera y les agradó confirmar que habría un nieto o nieta en sus vidas muy pronto. Les hizo mucha gracia escuchar de sus labios que por la madrugada del día anterior había despertado con los antojos típicos de las embarazadas; y en su caso, un deseo inmenso de tomar *atol de elote*[58] mezclado con helado de vainilla.

—Y ¿cómo hizo para conseguirlo? —preguntó su futuro suegro.

—Tan pronto me levanté fui a decírselo a sor Hipólita, mi jefa. Ella me dijo que no debía preocuparme porque uno de los agricultores que venden cereales al convento le había contado que tenía sembrado un tunalmil[59] y que ya tenía elotes tiernos. Fuimos a buscarlo a su finca y le pidió que fuera por ellos. Me vendió solo una mano[60] y hervimos suficiente atol para ambas.

—Eso demuestra que es importante llevarse bien con el jefe —acotó doña Florinda.

Ya en la intimidad de la alcoba, Edgardo explicó el doble motivo de viajar a Italia.

—A matar dos pájaros con un tiro —dijo—. ¡El doctor es un hombre tan bondadoso conmigo!

—¿Y a cuenta de qué? —preguntó Violeta con voz suspicaz.

—Pronto lo sabrás —le contestó.

Después del almuerzo, el doctor Estrada relató a Violeta lo sucedido dentro y fuera de la cárcel y las razones que tuvo para adoptarlo.

---

[58] Bebida caliente hecha de maíz tierno licuado, leche, canela y azúcar.
[59] Milpa o maizal sembrado durante la estación seca llamada verano.
[60] Cinco elotes.

—Pues me alegro por tu suerte, que es también nuestra suerte —dijo la futura esposa de regreso en la alcoba—. Espero que en Italia te mantengas alejado de las… ¡*italianitas!*

—¡Perdé cuidado, amor mío! —le aseguró Edgardo—. Te prometo que mientras esté allá seré el hombre más fiel del planeta Tierra —añadió con su habitual lenguaje hiperbólico.

Violeta sonrió escéptica pero no comentó sobre las exuberantes promesas de su amado.

—Pero tenés que prometerme… —agregó Escoto— que te vendrás en taxi cuando salgas del convento con destino a casa. Llama todos los días a mis padres para darles cuenta de tu salud. Te escribiré desde Boloña tan pronto llegue. ¡Cuidate y cuidá de nuestro bebé…!

—Te juro que lo haré aún a costa de mi vida —le aseguró Violeta.

—Te escribiré tan pronto llegue a Boloña —le prometió en añadidura—. ¿Sabes qué? —preguntó y luego agregó pensativamente—: Me gustaría llevarte conmigo, pero no me parece correcto que dejes tu puesto sin darle previo aviso a la madre superiora. Al fin y al cabo, todas ellas te han tratado muy bien y vos misma decís que estás contenta allí. Sin embargo, me gustaría que te retiraras del trabajo tan pronto o antes de que nos casemos.

—Tenemos toda una vida por delante, cariño. Ya habrá tiempo para que viajemos juntos. Pero decime una cosa, ¿y los gastos del viaje también los va a sufragar el doctor Estrada?

—¡Por completo! Yo quería pagar los hoteles y las comidas, pero papá me dijo que él me proveería un viático y que guardara mi dinero para los gastos de la boda.

Al despedirse frente al convento, se abrazaron calurosamente.

—¡Me duele tanto irme para el extranjero cuando vos más necesitás de mi compañía y protección!

—Por mí no te preocupés, cariño —respondió la novia—. Yo me sé cuidar muy bien. Pero, por favor, no tardés mucho en volver.

—No creo que necesite más de tres semanas.

—Y escribime tan pronto puedas…

—¡Así lo haré! —prometió solemnemente.

DIECISÉIS

Éricka Wallenberg, enterada de que no habría cupo para ella en el helicóptero que llevaría a la familia Landau a Cobán, llamó a su padre y pidió que le comprara inmediatamente un pasaje en avión desde Chiquimula para su viaje de regreso a casa. Se quejó de que su madre no le había dado dinero para aquel vuelo.

—*Warum bist du nicht mit deine mutti?*[61] — preguntó Kurt en alemán para que el jefe de supervisores, presente en la oficina, no se enterara de los problemas íntimos de la familia.

—Porque mamá se fue a Santa Fe a recoger el cadáver de Alfredo para llevárselo por avión a Cobán. ¿No te explicó mamá lo que estaba planeando? — preguntó la hija secamente.

—*Ja, wohl! Aber sie sagte auch daß du und sie zusammen reisieren würden.*[62]

—Así lo habíamos planeado, pero yo estoy sufriendo de malestares en el estómago y no creo que

---

[61] ¿Por qué no estás con tu mamita?
[62] Sí, ciertamente. Pero también dijo que viajarían juntas.

pueda tolerar la presencia y hediondez de un cadáver, aun siendo el de mi hermano.

—*Ich verstehe, liebchen, aber...*[63] —dijo el padre con actitud comprensiva—. Ordenaré que te compren el pasaje y lo recogés en el aeropuerto. *Auf wiedersehen, mein liebchen! Kuß, kuß, kuß!*[64]

Muy a pesar suyo, la joven tomó el proletario bus para Chiquimula. Una vez en él, sentada al lado de gente muy pobre y ciertamente hedionda a sudor y a otras emanaciones poco gratas, deseó tener un par de pinzas para apretarse la nariz y evitar oler los efluvios de las clases menesterosas que no tenían otro recurso que utilizar el transporte público. Pero careciendo de pinzas tuvo que recurrir al viejo método de contener el aliento o de taparse la nariz con sus manos en varias ocasiones desagradables. Se llenó de gozo al llegar finalmente a Chiquimula.

El viaje por avión lo realizó sin tropiezos y llegó a Cobán sintiendo el alma muy desconcertada pero ciertamente no derrotada. Al llegar a casa, Éricka se encerró en su alcoba a planear su próxima movida. Aunque hubiera querido no hacerlo después, esperó a que su madre y el cadáver de su hermano llegaran por fin para lograr emanciparse de la autoridad de sus padres. Pretextando que quería obtener una carrera universitaria viajaría a la capital a solicitar su admisión a San Carlos, la única universidad existente en el país en esa época. Era muy seguro que sus padres tratarían

---

[63] Comprendo, cariño, pero...
[64] ¡Adiós, mi cariño! ¡Besitos!

de impedir su partida a toda costa. Primero le ofrecerían el cielo y la tierra con tal de que permaneciera en casa haciéndole compañía a su madre. Luego utilizarían el trillado argumento de la terrible soledad del nido vacío para obligarla a renunciar a sus planes. Pero ella se prometió mantenerse firme en su decisión y ni halagos, ni llantos, ni amenazas ni promesas la harían cambiar. Por de pronto, obtendría su licencia de manejar antes de que la madre llegara. De repente la asaltó el gratísimo recuerdo de Edgardo y ella durante el último fogoso encuentro en la cama del Güija.

Esas escenas inolvidables la habían perseguido durante todo su viaje en el bus, en el avión y hasta en los mismos sueños. No quiso reflexionar sobre las crueles palabras expresadas por el hombre amado al despedirse tan crudo y tan abruptamente, porque le hacían mucho daño. Oportunamente, recordó la frase predilecta con que su abuela Gertrude citaba a *Las Cuitas del joven Werter* de Goethe:[65] *Wer liebt... leidet!*[66]

Cierto era que su madre insistía con fervorosa perseverancia en que sus hijas se casaran con *anständige deutsche Herren.*[67] Pero esa absurda meta estaba arraigada solamente en su mente chauvinista y anticuada y no en la moderna mentalidad realista de sus hijas. Edgardo no tenía nada que envidiarles a los alemanes. Era muy guapo, de buen porte, de tez blanca

---

[65] Escritor novelista alemán (1749-1832).
[66] El que ama, ¡sufre!
[67] Caballeros alemanes, ricos y educados.

y educado; un macho brioso y efectivo en la cama. Todas las mujeres que lo conocían, sin lugar a duda se desvivían por atraparlo y casarse con él; o, por lo menos, llevárselo a la cama en última instancia. En todo caso, el matrimonio con Edgar no sería entre una joven rica y un hombre pobre ya que sus padres parecían ser gente acomodada y siendo su hijo único seguramente recibiría una herencia substancial. Pero al mismo tiempo se preguntó ¿por qué un hombre tan fino como Edgar se habría enredado con una zarrapastrosa como Violeta? Siendo que ella era una paria con una limitada educación secundaria. *¿De qué subterfugios se habrá valido esa maldita lamida para obtener su atención y ganarse su amor y fidelidad?*, se preguntó con amargura.

Le vino a la memoria que su rival tenía ciertas habilidades notables, tales como una voz muy melodiosa, dulce y vibrante; aunque por ser una india lamida no le habían permitido cantar en el coro de la iglesia. *¿Sería que engatusó a mi adorado Edgardito cantándole los lacrimosos titipuchales*[68] *de María Victoria?*[69] *¡No tendría nada de raro! ¡Es una perra astuta, la maldita! ¡Ah! Pero esas son minucias insignificantes que el tiempo y mi decidida perseverancia se encargarán de aniquilar*. La asaltó el recuerdo de las palabras coléricas de su amado, alegando que él también tenía sangre maya en sus venas y a mucho orgullo.

_____

[68] Popurrí de canciones románticas y acarameladas.
[69] Cantautora mejicana (1933 -).

Estoy segura que eso lo dijo simplemente para fastidiarme y para que de una vez me olvidara de él, ¡el muy majadero! Pero ¡no lo logrará! ¿Y si sus palabras fueran realmente verdaderas y nuestros vástagos resultaran unos morenitos y otros blancos; unos de cabellos rubios y otros de pelo castaño?, se preguntó riéndose nerviosamente. *¡No sería una tragedia!*, se consoló diciéndose. *Al fin y al cabo, nosotros los alemanes no somos realmente una raza pura por más que los nazis hayan soñado y berreado histéricos de su pureza aria.* Se regocijó al reconocer que ella poseía todas las armas necesarias para la conquista de su licenciado: Mucho dinero, hermosura física, posición social, influencia política, movilidad, y una férrea determinación de ganar su corazón a cualquier precio. Y mientras tanto, ¿qué le podría ofrecer esa maldita *india lamida* de Violeta? ¡Nada! ¡Absolutamente nada! Su familia vivía en una casucha en las afueras de Cobán; su padre era un mecánico de mala muerte que se ganaba la vida reparando refrigeradoras; y su madre, además de ser una india mugrosa, analfabeta, remendaba ropa de otros indios tan mugrientos como ella para suplementar el miserable sueldo del marido. Y para hacerla menos apetecible, la tal Violeta cargaba en su panza el bastardo de *padre desconocido*. Pronto Edgardo comprendería las múltiples ventajas y oportunidades que se le abrirían casándose con Éricka Wallenberg. Con esa visión saturada de panglosiano optimismo arraigado en su mente encaprichada, pronto se quedó profundamente dormida.

***

Mientras tanto, el sargento Morales informaba a Fritz y Emilia Landau que el helicóptero que los llevaría a Cobán llegaría al día siguiente al mediodía. Partirían a eso de las seis de la tarde, les anunció, porque los motores de la nave necesitarían unas tres horas de forzado descanso además de una revisión total del aparato antes de despegar.

Al día siguiente, a eso de las seis de la tarde, el sargento se apareció en el hospital con dos subalternos. Ambos, al igual que su jefe, portaban armas de dotación colgando del cinturón. Los Landau ya tenían preparadas sus maletas y habían sentado a Patricio en una silla de ruedas. Esta previsión les fue recomendada por el médico en virtud de los múltiples traumas que el joven había sufrido y el hecho de que aún no se encontraba totalmente restablecido. Aunque el médico de cabecera objetó ese traslado prematuro, los padres insistieron en llevárselo a Cobán con la certidumbre de que allá el servicio médico sería mejor y, además, podrían visitarlo diariamente y estarían al pendiente de su recuperación.

—¡Campoamor! —gritó Morales—. ¡Empuje la silla del prisionero! —ordenó.

—¡Cómo no, mi sargento! —contestó el aludido y procedió a obedecer.

—Y usté, Vélez —ayúdeles a la señora y al señor con los velices.

Al llegar al pie del helicóptero, el sargento saludó militarmente al capitán y le presentó a los

Landau y a los agentes de la Guardia Civil, Romeo Campoamor y Veladio Ochaeta.

—¡Mucho gusto de conocerlos! Yo soy el capitán Alcides Baquero Barrios —dijo—. Y este señor es mi copiloto, el teniente Arturo Mondragón Reina. Hágame el favor, sargento, de llenar la planilla de pasajeros. Tan pronto se acomoden dentro de la nave, pónganse los paracaídas y asegúrense de que estén bien ajustados.

—¡Con mucho gusto, capitán! —dijo Morales ceremoniosamente.

Una vez el plan de vuelo y la lista de pasajeros fueron reportados a la torre de control del Aeropuerto La Aurora de la Ciudad de Guatemala, la nave despegó. El sargento ya había explicado a los Landau que la comandancia central le ordenó que Patricio se mantuviera esposado durante el vuelo. Por lo tanto, ninguna súplica podría cambiar la orden.

Fritz se tragó la cólera y no quiso importunar más a Otto, su hermano; y aunque le fastidiaba ver a su hijo tratado como un vulgar criminal antes de ser enjuiciado y encontrado culpable, lo que sucedía lo alegraba a la vez, porque estaba seguro de que esta desagradable experiencia le serviría a Patricio para que finalmente comprendiera que sus malandanzas lo habían llevado a ser vejado inicuamente y a ser considerado un peligroso delincuente.

Este horrible escarmiento, pensaba el padre con el alma esperanzada, *hará cambiar su conducta hasta convertirse en un hombre digno y respetuoso de las leyes*. Como padres, ambos se resistían a creer que su único y adorado vástago fuera culpable de crímenes de violencia contra sus semejantes y, mucho menos, que fuera autor o cómplice de crímenes espantosos. Les dolía, así mismo, no estar enterados de todos los cargos que las autoridades se proponían incoar contra su hijo, pero les alentaba la esperanza de conocerlos muy pronto.

Mondragón revisó los paracaídas y al llegar al prisionero, se extrañó que el suyo todavía estuviera suelto.

—No me lo puedo poner —explicó Patricio—. El sargento no permite que me quiten las esposas.

—Tengo órdenes de mantenerlo esposado —replicó el sargento, justificando su decisión.

—¡De ninguna manera! —exclamó el teniente—. Este joven es ahora nuestro pasajero y su derecho a la seguridad durante el vuelo está muy por encima de cualquier orden policial. ¡Quíteselas ya o no podremos despegar! —agregó en tono amenazante.

A regañadientes, el sargento obedeció la orden perentoria del copiloto. El helicóptero alzó el vuelo verticalmente y luego se tendió horizontalmente sobre Esquipulas. Sus emblemáticas torres gemelas pronto desaparecieron en la distancia bajo un cielo límpido y azulado y un sol aún deslumbrante; aunque paulatinamente tornándose en una bola roja anaranjada suspendida del empíreo mientras descendía inexorablemente a las tinieblas de la noche. Inicialmente, los pasajeros se mantuvieron silenciosos. Los guardias, sentados a cada lado del prisionero, mantenían sus manos sobre las pistolas prestos a disparar sus armas de dotación. El sargento Morales disipaba su natural aprensión entreteniéndose con una libreta donde escribía y borraba palabras secretas y luego hacía cuentas con cifras inescrutables; las que borraba o cubría con profusas líneas y luego arrancaba la página y la estrujaba antes de metérsela en los bolsillos. El resto de los pasajeros hablaban en voz baja o se comunicaban con conocidas señas manuales para poder reducir la tensión que percibían más fuerte en la piel de sus espaldas. Alrededor de la nave, las nubes se tornaron poco a poco más densas y paulatinamente la humedad se hizo sentir cada vez con mayor intensidad. Algunas gotitas de lluvia se habían quedado adheridas a los cristales de las ventanas y el vaho de la respiración condensada nublaba su interior e impedía parcialmente ver el exterior. El sol jugaba al escondite entre las nubes mientras la nave se deslizaba suavemente, como sobre una carpeta de terciopelo. El verdor de la profusa vegetación se veía intenso, casi negro, por entre la creciente neblina y solamente de vez en cuando se adivinaban pequeñas viviendas campesinas y numerosos ríos serpenteando en su descenso hacia el caudaloso Motagua. De repente, el helicóptero empezó un rápido ascenso. Como era de esperarse, los pasajeros al instante se asustaron. Baquero los tranquilizó diciendo:

—¡No se aflijan! Estamos ganando altura porque nos aproximamos a la Sierra de las Minas. Tenemos que pasar por encima de sus crestas o nos estrellaríamos contra ellas.

—¡Dios nos libre! —gritó doña Emilia; más que acongojada, petrificada por el miedo. Sus mejillas, habitualmente sonrosadas, se habían tornado súbitamente pálidas por el vehemente temor a un accidente. Abrió su bolso con manos temblorosas y extrajo de él una camándula negra de cuentas plateadas y comenzó a rezar a mandíbula batiente.

Fritz Landau se sonrojó al observar que los demás pasajeros, incluyendo su hijo, sonreían discretamente al presenciar la clara demostración de pánico de la única dama del grupo. Aunque se avergonzaba de esa actitud timorata de su esposa, comprendía perfectamente su desesperado estado de ánimo porque él también se sentía un poco intranquilo. Sin embargo, su condición de macho bravío no le permitía demostrarlo ante los demás hombres presentes. No atreviéndose a regañarla en presencia de extraños, le dio palmaditas suaves en el muslo mientras le susurraba al oído en alemán:

—*Liebchen, du müßt dich beruhigen!*[70]

Ella hizo una mueca airada.

—Los pilotos saben perfectamente lo que están haciendo —añadió Fritz en voz baja, tratando de apaciguar su temor. La esposa levantó la vista del rosario—. ¡En lugar de regañar; vos también debías estar rezando! —lo increpó a media voz.

En ese preciso momento, la nave comenzó a entrar al interior opaco de una enorme nube oscura. Se vio de repente el destello de un relámpago y se escuchó el estridente estallido de un rayo e inmediatamente el estruendo ensordecedor de un trueno trepidante.

---

[70] ¡Querida, tenés que tranquilizarte!

—¡Oh, no, Dios mío! —gritó Mondragón alarmado—. ¡El motor está en llamas! —agregó, súbitamente sobrecogido por el pánico.

—¡Hay que abandonar la nave ya! ¡Antes de que el tanque estalle! —ordenó Baquero aterrado. Al instante el copiloto se acercó a la temerosa doña Emilia. La tomó fuertemente por el brazo y ella se resistió.

—¡Usted primero señora y apúrele! —ordenó el copiloto halándola hacia la puerta. Ella volvió a resistirse mientras dirigía su mirada horrorizada hacia el esposo y hacia el hijo. El oficial insistió, arrastrándola hacia la puerta, la cual abrió con un enérgico tirón.

—¡Tiene que obedecerme, señora, o todos moriremos achicharrados! —Mondragón le advirtió sofocado y luego agregó calmadamente—: Tan pronto salte, jale esta cuerda y el paracaídas se abrirá en tres segundos. ¡Buena suerte, señora, y que Dios la proteja! —dijo y la empujó inmediatamente hacia el exterior de la nave.

El paracaídas se abrió como el copiloto había anticipado. El marido saltó y después el hijo; luego el sargento y sus subalternos; el copiloto y, por último, el capitán. En el momento en que éste se lanzaba al vacío el tanque de gasolina estalló y su paracaídas fue alcanzado por el fuego antes de abrirse. Su cuerpo inmediatamente se precipitó hacia la oscura superficie.

La lluvia comenzó a caer copiosamente pero ya era demasiado tarde para que ayudara al infortunado piloto a apagar las llamas y poder salvar su vida. La superficie, saturada de humedad y de densas y verde-oscuras arboledas, fría e impasiblemente recibió los cuerpos y, probablemente, les sirvió de rústico cementerio a todos ellos.

***

Temprano al anochecer, Edgardo arribó al Aeropuerto Malpensa de Milán, punto de ingreso y egreso hacia el resto del mundo. Antes de tomar el taxi para el Hotel Belvedere, donde había reservado una habitación, consultó una guía telefónica para averiguar si existía un consulado salvadoreño en la ciudad. Pronto encontró un cónsul *ad honores* sobre la Via Perugia. Le extrañó, sin embargo, que el nombre del cónsul fuera *Vicenzo Vivaldi* pues le recordó a un profesor suyo del quinto grado de primaria que tenía un nombre similar. Pero ese cura decía ser veneciano, recordó. Esa reminiscencia lo hizo sentirse triste y nostálgico por un momento.

Al consultar un mapa de la ciudad le regocijó determinar que su hotel, situado sobre el Corso Montforte, quedaba solamente a pocas cuadras del consulado.

Tal vez no tendré que ir hasta Roma para renovar mi pasaporte, se dijo alborozado.

Desde niño, Escoto había soñado con viajar algún día a la Ciudad Eterna y conocer una a una las maravillas emblemáticas de su historia milenaria. Pero, si no hubiera necesidad por ahora, pospondría ese viaje, ya que pronto habría más tiempo para hacerlo y lo haría en la grata compañía de su mujer amada.

Luego de cenar, dio un par de vueltas por la Piazza Duomo,[71] sobre la cual había leído muchísimo años atrás pero dadas sus limitaciones económicas y el costo prohibitivo de los viajes intercontinentales, nunca la había pensado conocer. Después de ambular y admirar detenidamente la famosísima arquitectura neogótica de la catedral, se encaminó a la Via Perugia y buscó la dirección del consulado salvadoreño. Detuvo su paso por un momento frente al número de la dirección que buscaba, un edificio de dos plantas. Pronto divisó el escudo de su patria colocado encima de la puerta y sobre su parte superior la leyenda que rezaba: REPÚBLICA DE EL SALVADOR y en la inferior, CONSOLATO AD HONORES. Por ser de noche, la bandera albiazul ya había sido arriada y enrollada alrededor de su asta. Se sintió de repente tan solo y extremadamente lejano de su querido lar y de los años de su niñez. Una inusitada punzada de nostalgia por sus raíces ancestrales le lastimó en lo íntimo del pecho y sintió urgentes deseos de llorar, pero con valentía contuvo las lágrimas.

Mientras observaba detenidamente el frontispicio del consulado, un vehículo de color oscuro se detuvo y luego se estacionó detrás de él. Del auto se bajó un macilento anciano envuelto en un grueso abrigo negro y cubierto con un sombrero de igual color. El extraño individuo comenzó a subir pesadamente las gradas que conducían al piso superior. Escoto fijó su mirada en las características de sus facciones en perfil.

---

[71] Plaza de la Catedral.

Su espalda estaba ya encorvada y su rostro enjuto pero su perfil clásico, a pesar de la poblada barba nívea, era inconfundible. Cuando creyó estar seguro de haberlo reconocido, el corazón le palpitó violentamente.

—¡Padre Vivaldi! —gritó Edgardo, con la esperanza de ser reconocido—. ¿No se acuerda usted de mí? —preguntó con el corazón en la boca.

El anciano detuvo el paso, volvió su rostro lentamente hacia el licenciado y se quedó viéndolo detenidamente a la luz tenue del alumbrado eléctrico.

—¿*Quién* es usted? —preguntó con voz agria, cansada y carrasposa, pero en perfecto castellano.

—Yo soy Edgardo Escoto Azurdia; alumno suyo del quinto grado en el Colegio San Juan Bosco de San Salvador.

El anciano descendió un par de escalones para verlo mejor y tratar de rememorar.

—Edgardo… Escoto… Azurdia… ¿Ese… es… usted? —preguntó pausadamente y con voz escéptica.

—¡Sí, padre! Yo fui su alumno en el año treinta y ocho…

—Y ¿en qué puedo servirle?

—¿De casualidad conoce usted conoce al cónsul salvadoreño?

—¡Claro, hijo mío! —respondió sonriendo—. ¡*Yo* soy el cónsul! —añadió enfático.

—Ah, ¡qué bueno! Porque yo necesito renovar mi pasaporte. Si usted lo prefiere, volveré mañana en horas de oficina…

—¡Está bien! Lo espero mañana después de las diez. ¡Que tenga una feliz noche…! —le auguró el cónsul y continuó subiendo fatigosamente las gradas.

Luego, después de abrir la puerta que gimió lastimera al girar sobre sus gonces, Vivaldi volvió sus ojos hacia su antiguo alumno que había permanecido de pie sobre la acera—. ¿Quiere subir y hacerme compañía por un rato…?

—¡Con mucho gusto! Si no le incomoda mi presencia, claro —respondió el exalumno alegremente, regocijándose de poder compartir algunos momentos con su antiguo preceptor.

—¡Suba, pues, señor Escoto! —dijo el cónsul parcamente y continuó su marcha hacia el interior de la vivienda.

El interior presentaba aspectos ciertamente contradictorios. La sala y el comedor eran lo suficientemente amplios y muy bien amoblados pero el salón donde Vivaldi ejercía sus funciones *ad honores* era estrecho y el exagerado tamaño de su escritorio de fina madera lo hacía aparecer más angosto aún. Una garrafa de vino tinto yacía sobre él. Y junto a la enorme botella, ya medio vacía, se hallaba un cúmulo de libros empastados, revistas viejas y amarillentas, variados enseres de oficina y un cenicero atiborrado de colillas de cigarrillo.

—¡Siéntese! —dijo Vivaldi, señalándole una cómoda poltrona.

Luego salió de la oficina sin decir más y al momento se oyó claramente la descarga del agua en el inodoro. Apareció de pronto con dos vasos colgando de sus manos temblorosas. Los llenó hasta la mitad con el vino y ofreció uno al visitante.

—Ésta —dijo sonriendo, a la vez que mostraba una dentadura amarillada por la acción destructiva de la nicotina— no es mi forma usual de recibir a los clientes que vienen a mi oficina por asuntos consulares. Pero usted, don... Edgardo, es hoy mi invitado. Es como si fuera el hijo pródigo, el hijo que nunca tuve, que finalmente vuelve a casa. Brindemos, pues, por los años pasados que ya nunca, nunca más volverán —añadió con voz trémula. Y se dobló dolorosamente para sentarse detrás del gigantesco escritorio en una acolchonada silla dotada de amplio respaldo.

Brindaron por el pretérito feliz, lejano e irrecobrable.

—Este encuentro con usted me ha dejado atónito —dijo Edgardo—. Cuando leí su nombre en el directorio telefónico, al instante me acordé de su persona y me prometí decírselo al cónsul que me atendiera. Pero jamás imaginé que se trataba de usted mismo, ¡y en persona!

—¿Fuma? —preguntó Vivaldi, sacando un paquete de cigarrillos y un encendedor de una de las gavetas de su escritorio.

—Sí fumo, pero muy poco. En este momento me encuentro un poco irritado de la nariz. La atmósfera fría del avión me produjo una congestión nasal y temo haberme resfriado.

—Bueno, entonces, lo dejaré para más tarde —dijo el cónsul amablemente, guardando los cigarrillos y la mecha en la gaveta.

—Mil gracias —dijo Escoto, sinceramente agradecido.

A continuación, hablaron sobre la vida en la escuela salesiana; recordaron varios nombres de los profesores de planta; los de los alumnos que sobresalieron ya fuera por sus logros académicos o por las proezas futbolísticas realizadas en la cancha o por las famosas bromas pesadas por las cuales algunos habían sido reprendidos y suspendidos y otros hasta expulsados definitivamente. La conversación viró sobre la política nacional e internacional y sobre las horrendas masacres de campesinos indígenas realizadas por los militares bajo la égida férrea y cruel del cavernícola de Maximiliano Hernández Martínez en 1932, principalmente, y en los años subsiguientes. El licenciado recordó que, de acuerdo con lo dicho por su padre y sus abuelos, la ciudad de San Salvador había sido convertida por la execrable brutalidad del ejército martinista en un cementerio enorme, atiborrado de hombres muertos pero ambulantes, emasculados e inexpresivos.

Vivaldi trajo a colación que, en esos mismos años trágicos, el megalómano liliputiense que desgobernaba a Italia y su colega tudesco que asolaba Alemania y sus vecinos eran para el aprendiz de brujo y demente dictador, los líderes epónimos que necesitaba el mundo moderno para salvar el capitalismo y la humanidad del flagelo comunista.

—Y para salvar el capitalismo se sacrificaron millones de vidas en todas las regiones del mundo. ¡Que vivan todos los salvadores de la humanidad! —exclamó Edgardo sarcásticamente.

El padre Vivaldi no aplaudió el exabrupto de su exalumno. Permaneció callado por un momento; pensando, tal vez, en la culpabilidad que compartían su patria y su iglesia en la sangrienta hecatombe mundial.

—¡Extremadamente deplorable! ¿No es cierto? —dijo don Vicenzo suspirando—. Y ¿qué vientos lo traen por Italia? —preguntó

—Acabo de obtener mi licenciatura en la Universidad de San Carlos en Guatemala y mi padre adoptivo me ha interesado en la carrera de jurisprudencia. Mañana, tan pronto usted renueve mi pasaporte, viajaré a Boloña a solicitar admisión a su famosa escuela de abogacía.

DIECISIETE

—¡*Ah,Bologna la rossa, la dotta, la grassa*! —exclamó Vicenzo Vivaldi alborozado. Era obvio para Edgardo Escoto que el efecto exhilarante del vino ingerido ya había alborotado el enervado espíritu octogenario de su antiguo profesor.

—¿Perdón...? —dijo el licenciado al no comprender la encendida expresión del anciano sacerdote.

Éste primero se rio de la justificada ignorancia de su antiguo alumno y luego explicó:

—Es una expresión que usamos los italianos cuando alguien menciona el nombre de esa bella ciudad. La llamamos *la roja* porque antes y después de la Segunda Guerra Mundial, el gobierno municipal ha sido enteramente comunista; la llamamos *la sabia* porque allí ha existido, desde el 1088, la famosa universidad cuyo único propósito es la exaltación de la ciencia y el saber; y *la gorda* porque en Boloña se crean los más deliciosos embutidos de carne de marrano del planeta.

—¡Bueno es saberlo! —dijo Escoto—. Y gracias por la explicación —agregó.

—Le deseo mucha buena suerte porque la necesitará —indicó el cónsul—. La fama de esa universidad y su facultad de jurisprudencia no estriba sólo en la excelencia de sus cátedras sino también en la estricta observancia de sus cánones milenarios y en la preparación académica de sus graduados cuyos éxitos han acrecentado su fama mundial.

—Eso es lo que he leído en variadas oportunidades —dijo Escoto—. Ahora tendré que aprender el idioma italiano en tiempo récord; es decir, en cuestión de cuatro meses... Supongo que usted aprendió el español antes de viajar a El Salvador, ¿no es cierto?

—Sí, efectivamente —respondió Vivaldi—. Me enviaron por tres meses a la academia lingüística de la congregación en Turín y luego al Colegio Santa Cecilia de Santa Tecla en su país para recibir un mes de instrucción intensa. Y, claro, un aprendizaje aceptable de cualquier idioma no se puede realizar en un período tan limitado.

—Y ¿no se atrevió a tratar de practicar el español con los nativos?

—Después del primer mes me pusieron en constante contacto con la gente nativa y eso me ayudó a acelerar el aprendizaje. Pero también tuve que leer mucho en el nuevo idioma para obtener una fluencia aceptable a la vez que poder comprender lo que me decían los fieles y los interlocutores. ¿Lee usted muy a menudo? —preguntó.

—Esa es mi mayor pasión —respondió Edgar orgullosamente—. Y no me equivoco al decir que si algo agradezco a mi educación en el seminario salesiano es haberme inculcado una extraordinaria predilección por la lectura, la erudición y el conocimiento…

—¡Ah! Pero ¡usted estuvo en el seminario! —dijo Vivaldi sorprendido—. ¿Por qué no continuó hasta ordenarse o es que ya no sentía más vocación por el sacerdocio?

—Al principio me sentí con vocación por la carrera eclesiástica. Aunque quizá, en gran parte, ese anhelo respondía al tenaz empeño de mi madre para que ingresara al seminario menor salesiano. Era ella una católica muy devota que soñaba con tener un hijo sacerdote. Al momento de ingresar, yo había cumplido apenas catorce años. A mediados del segundo año fui involucrado en un bochornoso incidente que dio al traste con mis planes y, por supuesto, destruyó los más caros deseos de mi madre.

—¡Qué tragedia! —exclamó el anciano maestro.

—Una verdadera tragedia, ¡sí señor! Nunca se lo he contado a nadie y es algo que todavía llevo dentro de mí como una aguda espina que me causa intenso dolor y que no he podido olvidar. Quisiera relatárselo, si usted me lo permitiera, pero no como una confesión religiosa sino como una catarsis espiritual.

—¡Claro, hijo mío! Soy todo oídos, ¡cuénteme, cuénteme qué fue lo que le pasó…!

—Una noche del mes de agosto, después de que todo el personal del seminario se había retirado a sus dormitorios, el director me mandó llamar a su oficina con uno de los clérigos. Yo atendí su llamado creyendo que era para entregarme algunos artículos de higiene y uso personal que había solicitado por escrito, como solía ser la costumbre. Tan pronto entré a su oficina, el director cerró la puerta con llave y me ordenó mantenerme de pie al lado derecho de su escritorio porque quería hacerme algunas preguntas. Obedecí al instante. Lo primero que quiso saber fue si antes de ingresar al seminario ya había tenido alguna relación sexual con otras personas, especialmente mujeres. Muy avergonzado, le respondí que sí, que ya había tenido varios coitos con dos mujeres. Luego me preguntó si esas experiencias pecaminosas habían tenido como secuela alguna enfermedad venérea y yo le respondí negativamente con un silencioso movimiento de mi cabeza. Me ordenó entonces que abriera la bragueta de mi pantalón y que extrajera mi pene para examinarlo. Yo no entendía el propósito de esa orden tan insólita porque, al fin y al cabo, él no era médico. Me quedé pasmado y vacilante, no sabiendo si debía obedecer o no. Al ver mi indecisión, me repitió la orden y me explicó que quería ver si yo había sido infectado por alguna de ellas. Agregó que había sido informado por el jefe de la lavandería que en algunas piezas de mi ropa interior habían aparecido manchas de algo que parecía vestigios de semen con sangre o pus. Consciente de que mis partes íntimas se encontraban perfectamente sanas, decidí al instante demostrárselo y extraje mi falo. Luego me ordenó que dejara caer mis pantalones y calzoncillos. Le obedecí. Él, al instante, tomó mi pene en una mano, y con la otra friccionó suavemente mis testículos y luego haló el falo hacia él. Como era de esperarse, el pene se tornó erecto y el director continuó estrujándolo suavemente sin decir palabra. No protesté porque me sentí anonadado por la vergüenza y a la vez por el placer que la fricción me causaba y, simultáneamente, atribulado por el temor de que él tratara de violarme. Intenté zafar mi órgano de su mano pero él lo apretó aún más al mismo tiempo que continuaba acariciando mis gónadas. Al instante eyaculé sobre su mano abierta. Desvergonzadamente, primero aspiró el aroma del fluido seminal y luego lo lamió vorazmente de su mano. La sospecha de que muy pronto trataría de violarme me continuaba atemorizando y me propuse gritar desaforado hasta que alguien viniera en mi auxilio. Pero no, el cura se sosegó y se echó para atrás en su silla. Después de darse cuenta de que yo lo miraba con obvio desprecio, creo que se sintió avergonzado. «Este incidente entre nosotros no debe transcender de esa puerta, jamás», me dijo sentenciosamente mirando hacia el suelo mientras con un pañuelo limpiaba su mano. «O sea pues que no se lo deberás contar a nadie; a nadie en absoluto; primero, porque nadie te lo creería y segundo, porque una *calumnia* de ese tamaño y naturaleza ameritaría tu expulsión inmediata del seminario. Y no olvides que estamos a dos meses de terminar el año escolar. Además, tus propios papás tampoco te lo creerían, ¿no es cierto?», me preguntó con una malvada sonrisa de satisfacción. Sintiéndome abrumado por la rabia impotente, la vergüenza, el asco y la desesperación, comprendí la amenaza implícita en sus palabras. Asentí con un leve movimiento de cabeza solamente con el propósito de largarme de su infame presencia. Luego se puso de pie, abrió un armario y sin pronunciar palabra me entregó los artículos que había solicitado anteriormente. No quise darle las gracias por lo recibido o desearle las buenas noches. Sin decir palabra quitó la llave y yo también en silencio me marché a mi camastro. Ya metido en él no pude conciliar el sueño hasta la madrugada, cuando ya era hora de levantarme para asistir a la misa diaria. Me sentía abatido, traicionado, sucio de cuerpo y espíritu. Ingenuamente supuse y temí que si moría esa misma noche mientras dormía, me despertaría envuelto en las llamas del infierno. Esa tarde fui a confesarme. Seguro de que mi confesor no podría violar el secreto de confesión acudiendo al director para delatarme, le relaté lo sucedido, incluyendo el nombre del director pederasta; esperando que me aconsejara cómo sobrellevar mi angustia y también mi rencor. El confesor me ordenó escuetamente que perdonara al pederasta como Jesús había perdonado a sus mortales enemigos y que tratara de olvidar lo sucedido lo más pronto posible. ¡Pero yo no podía olvidarlo! Y tampoco podía aceptar que mi cuerpo, especialmente mis órganos de reproducción, fueran utilizados para el deleite egoísta de alguien encargado de velar por mi salud física y espiritual. Me parecía aberrante que alguien obligado a velar por mi seguridad y bienestar hubiera abusado de la autoridad que mis incautos progenitores le habían confiado inocentemente. Además, mi genuino respeto y admiración filial por el director había sido arrancada para siempre de mi alma. Con náusea agobiante recordé sus encendidos sermones predicados durante los últimos ejercicios espirituales en los que hipócritamente había hecho hincapié en que debíamos preservar nuestra castidad y la pureza de nuestras almas a toda costa. Sus amenazas de condenación eterna para los transgresores de la ley de Dios de repente me sonaron huecos, vacíos de significado; pero, sobre todo, mendaces e hipócritas. Concluí con amargura que ya no podría creer en nadie ni en nada. La duda había echado ya fuertes raíces en mi mente y en mi corazón y finalmente me sentí vacío de fe. Esa tarde, durante la hora de estudio, redacté una carta para mi madre pidiéndole que fuera por mí porque ya no quería ser sacerdote, pero no me atreví a explicarle el motivo de mi decisión. Para evitar que fuera leída por el pederasta, logré enviarla con el padre de un compañero enfermo que había llegado a visitarlo. Mientras tanto, el director me llamó nuevamente a su oficina. Yo, temiendo una repetición de su conducta libidinosa, rehusé atender su llamado, quejándome de sufrir fuertes dolores estomacales y él comprendió el verdadero motivo de mi rechazo. Al día siguiente, me volvió a llamar. Aunque me aparecí en su despacho, insistí en dejar la puerta de la oficina abierta y él, con obvio disgusto, accedió. Me dijo agriamente que ya había escrito a mis padres y les había explicado que por motivos de salud debía abandonar inmediatamente el seminario. Incongruentemente, su decisión me alegró porque coincidía con la mía, pero a la vez me entristeció porque ya no podría realizar la más cara ilusión de mi madre. Lo que más afectó mi espíritu fue el haber perdido el respeto y la admiración que sentí hasta entonces por mis profesores, clérigos y seglares, y la pérdida irreparable de mi fe cristiana.

—¿Usted nunca ha pensado que no todos los curas somos perversos y mucho menos pederastas y que, como dice el dicho, una sola golondrina no hace el verano? —preguntó Vivaldi seriamente.

—¡Sí! ¡Y lo he pensado muchas veces! —replicó Edgardo—. Porque odio hacer absurdas generalizaciones, detesto pensar en una culpabilidad colectiva. Pero la pregunta que más me inquieta es: ¿Cómo puede uno saber quién es o cuáles son las características de un pederasta?

—Ciertamente, en la mayoría de los casos, no existen señales delatoras que nos puedan ayudar a identificar a un pederasta activo o a uno potencial —dijo el cónsul y luego añadió con sonrisa pícara—: Leí hace un tiempo un proverbio chino que dice que solamente el uno por ciento de los humanos son realmente perversos y solamente el uno por ciento son absolutamente virtuosos. El noventa y ocho actúa perversa o virtuosamente dependiendo de las circunstancias de la ocasión. Si el sabio chino estaba en lo cierto, creo que hasta cierto punto es mejor no saberlo porque ese conocimiento nos llevaría a quitarle a Dios su derecho a juzgarnos.

—Estoy totalmente de acuerdo con usted en ese aspecto —dijo Escoto y enseguida agregó—: Pero me duele reconocer que mi capacidad de creer en los que se autoproclaman los mensajeros o representantes de Dios quedó destruida para siempre. Después de esa amarga experiencia me dediqué a leer toda clase de libros, especialmente los que denunciaban la hipocresía religiosa y, como corolario, ahora solamente creo en la existencia de un Dios. Los fanáticos religiosos de cualquier denominación me disgustan, me asustan y repelen, porque me parece que están utilizando sus cacareadas doctrinas religiosas como gruesas máscaras para esconder la podredumbre que llevan dentro de sus almas.

—Comprendo su amarga decepción y espero que el tiempo, que todo lo cura, le devuelva la serenidad a su espíritu —dijo Vivaldi—. Yo me enteré mucho antes del comportamiento negativo de ese *colega*, que, por cierto, *era* también italiano.

—¿Era?

—Sí. Murió recientemente en Perugia, su pueblo natal. Luego que sus depravaciones se hicieron notorias dentro de nuestra comunidad; la congregación lo envió a diferentes instituciones en Centro América con la esperanza de que allí cambiaría su conducta aberrante. Pero nunca quiso o tal vez nunca pudo cambiarla. Eventualmente, fue expulsado del sacerdocio y volvió a Italia. Me duele decirlo, pero su anormalidad se encuentra muy extendida entre *todas* las congregaciones religiosas, en *todos* los países y en *todas* las denominaciones. Y lo peor del caso es que tanto sus líderes como las autoridades civiles no solamente encubren a los pederastas, sino que no se avienen a tomar medidas drásticas contra ellos por temor al escándalo y al escarnio público a las instituciones a las que pertenecen.

—He llegado a la conclusión de que la pederastia es una enfermedad sicológica —postuló el licenciado—. Pero, al igual que los males físicos, no se cura poniéndole un pedazo de esparadrapo. Tiene que encontrarse una solución auténtica a ese gravísimo problema o los pederastas llegarán a pervertir la humanidad entera.

—¡Espero que eso nunca suceda! —exclamó indignado el cónsul *ad honores*.

—Muchas gracias por escucharme, padre Vicenzo —dijo Edgardo con genuina gratitud—. Ya me siento aliviado de esa enorme carga que por muchos años ha torturado mi alma. Y ahora dígame, ¿por qué se retiró usted del sacerdocio?

Vivaldi explicó que fue jubilado al cumplir los setenta y cinco años. O sea, cinco años más de lo usualmente requerido por las reglas de la congregación salesiana. Al regresar a Italia se instaló en la casa heredada de sus difuntos padres en Venecia. Pero por su reumatismo crónico avanzado y la humedad perpetua que sobrellevan los venecianos tuvo que abandonarla y radicarse finalmente en Milán. Un amigo suyo quería retirarse del oficio de cónsul honorario. Siendo él ya bilingüe y habiendo servido como maestro en El Salvador por muchos años, el Gobierno lo contrató para el cargo. Explicó que no percibía salarios ni tenía derecho a cesantías, vacaciones o seguros de salud y que sus ingresos se derivaban estrictamente de las certificaciones de cartas y de documentos crediticios para fines de exportación e importación; y por supuesto de la extensión de visas y de la revalidación de pasaportes y la emisión de documentos de viajero.

El amistoso coloquio se había alargado por más de un par de horas y concluido con el resto de la garrafa de vino. Finalmente, Escoto sacó su pasaporte y lo entregó a Vivaldi. Éste, al examinarlo, comprobó que su validez estaba a punto de expirar.

—Tengo por aquí una *lista negra* de salvadoreños a quienes por órdenes del Ministerio de Relaciones Exteriores no debo revalidar sus pasaportes y también debo confiscárselos —dijo el cónsul sacando un rollo de papeles de una gaveta—. Sí, señor, aquí mismo está —añadió y comenzó a leer los nombres en silencio.

Escoto tembló al pensar que no sabría qué hacer o decir si su nombre apareciera en la maldita lista. Se preguntó si podría sobornar al cura con unos miles de liras o si tal vez el hecho de ser su exalumno le serviría para que su antiguo profesor ignorase las órdenes de los déspotas.

—Sí, señor mío —dijo Vivaldi—. Su nombre fue añadido recientemente por el consulado en Guatemala.

—¿Y le dice cuál fue el horrendo delito que cometí para negarme la revalidación de mi documento? —preguntó el licenciado, temblando por dentro.

—Nunca nos informan sobre los motivos que tuvieron para poner a alguien en entredicho. Pero usted no se preocupe, amigo mío, que mañana se lo revalidaré por cinco años.

—Es usted muy amable —dijo Edgardo muy agradecido—. ¿Pero qué les dirá a esos viles mequetrefes para justificarse?

—Les diré que tuve un lapso de memoria y que no me acordé de que debía cotejar su nombre contra la lista. A mis años esas ocurrencias son muy predecibles y, a veces, hasta perdonables. Además, si por haberle renovado su pasaporte me quisieran despedir, ya no me importaría. El mes pasado le pedí al cónsul general en Roma que buscara mi substituto antes del fin del año.

Al día siguiente, Escoto obtuvo su documento revalidado. Se despidió de su anciano profesor, prometiéndole que volvería a visitarlo luego de que fuera admitido a la facultad de jurisprudencia. Inmediatamente viajó por tren a Boloña. Esa misma noche escribió sendas cartas a Violeta y a sus padres. Al recibirlas, sus familiares se maravillaron y se regocijaron enormemente a la vez por la prodigiosa suerte que tan persistentemente parecía seguir tras de sus pasos.

**

Doña Florinda trajo al comedor el periódico de esa mañana de mediados de febrero. Ansiosa de enterarse de los detalles de la aciaga noticia que el tabloide titulaba *"HELICOPTERO CON OCHO PERSONAS A BORDO CAE INCENDIADO SOBRE LA SIERRA DE LAS MINAS"*, se sentó silenciosamente a leerlo. Su esposo, sentado ya a la mesa a la espera del desayuno que la cocinera preparaba, hojeaba lentamente una revista. La narrativa del periódico indicaba que algunos pobladores de las zonas rurales vecinas a la población de El Jícaro, en el Departamento de El Progreso, habían reportado a la Guardia Civil el haber escuchado la explosión de algún aparato aéreo en medio de una tormenta. La dirección de aeronáutica civil había confirmado que un helicóptero de la firma Guat-Heli, procedente de Esquipulas y con destino a Cobán, había desaparecido del radar a eso de las siete de la noche, en o cerca de las coordenadas del paralelo 14°9'N y el meridiano 88°7'W. Antes de partir, el capitán de la nave había suministrado el correspondiente plan de vuelo por radiotelefonía, especificando los nombres de los pasajeros y también de la tripulación.

—¡Que Dios los haya perdonado! —dijo doña Florinda santiguándose.

—¿Que Dios perdone a quién? —preguntó el doctor Estrada sin levantar los ojos de la revista. Su esposa se santiguó de nuevo.

—A los que hayan muerto en el accidente, por supuesto. Aunque ojalá que todos se hayan salvado —añadió en tono de súplica piadosa, levantándose del sofá y dirigiéndose hacia la mesa, llevando consigo el tabloide hasta donde se encontraba su esposo.

—Dudo que algunos de ellos hayan sobrevivido al accidente —dijo el doctor después de leer el texto de la noticia—. En esas regiones montañosas abundan las fieras siempre hambrientas y no me extrañaría que tanto los muertos como los sobrevivientes ya hubieran sido devorados por ellas. Tal vez algunos de los policías lograron sobrevivir porque ellos, supongo yo, portaban armas con qué defenderse.

***

La noticia del accidente del helicóptero en el que viajaba la familia Landau y Patricio, su hijo, se difundió como el proverbial reguero de pólvora por todo el país de Guatemala. Los vecinos de Cobán lamentaron muchísimo el trágico deceso. Algunos, sin embargo, se resistieron a creerlo y esperaban que Dios, en su infinita misericordia, obraría milagros y todos aparecieran vivos.

Éricka se alegró tardíamente de no habérsele permitido viajar con el infortunado grupo. Y rápidamente encontró la forma de beneficiarse de la entera desaparición de la familia Landau. En su vehemente obsesión por conquistar el amor de Edgardo, desde su regreso a la casa paterna había estado planeando febrilmente cómo deshacerse de una vez para siempre de su humilde rival. De pronto se le ocurrió una idea que ella consideró realmente brillante pero a toda luces macabra. Llamó con urgencia a su antiguo amante, Ulises Montalvo Barnes, y le prometió una buena suma de dinero si viajaba inmediatamente a Cobán a encontrarse en secreto con ella. Al llegar, le explicaría cuál sería su participación en la realización de sus planes. Ulises le prometió viajar al día siguiente y la astuta joven le reservó una habitación en la pensión Monja Blanca, manteniéndose alerta a su llegada. Tan pronto Montalvo le notificó de su arribo, vestida de riguroso luto se encerró con él en el cuarto de la pensión que ocupaba el chofer. A ella no le importaron un pito las miradas escandalizadas de los empleados, quienes harto conocían la identidad de ambos. No podían creer ellos que una rica heredera se involucrara sentimental y sexualmente con un piloto automovilista, a todas luces mulato, carente de educación, de medios económicos y de prestigio social.

—Como vos ya sabrás —dijo Éricka, despojándose de su luctuoso atavío quedándose en sus satinadas ropas menores— Patricio y sus padres seguramente ya están muertos o perdidos en las selvas de la Sierra de las Minas, que para el caso da lo mismo.

—¿No cree usted que es probable que algunos de ellos hayan sobrevivido? —preguntó su antiguo chofer. Aunque varios meses antes los dos se habían *conocido* en el sentido bíblico y habían gozado de un secreto y tórrido romance, Ulises no se atrevía ni a vosearla ni mucho menos a hablarle en forma irrespetuosa.

—¡Claro que no lo creo! —dijo Éricka y explicó—: Si no murieron al caer del helicóptero, lo más seguro es que ya se murieron de hambre o las fieras se los comieron. Patricio era el que más llevaba la de perder pues se encontraba debilitado por las muchas torturas que sufrió a manos de la policía judicial. Además, había sido operado recientemente para extraerle una bala de uno de sus pulmones. Al momento de abordar la nave se encontraba convaleciente, de manera pues que no pudo haber tenido suficiente fuerza física para buscar alimentos ni tampoco para defenderse de las fieras que según dicen abundan en esos parajes selváticos. ¡O a lo mejor estará agonizando, colgado de la rama de un árbol! —agregó, celebrando su torpe conjetura con una cruda carcajada.

—Sí, tiene razón —dijo Montalvo con aire serio, secretamente ofendido por la carencia de caridad cristiana de su amada patrona—. En esas circunstancias es probable que no hayan sobrevivido y es probable también que todos los demás hayan perecido. Pero ¿qué tiene que ver la supuesta muerte de los Landau con que usted me haya invitado a Cobán?

—¡Buena pregunta, cariño! —dijo ella mientras le acariciaba sensualmente las mejillas y el mentón—. Lo que pasa es que el finado señor Landau le compró a Patricio un convertible del año y el muy idiota lo estrelló contra una carreta al día siguiente de entregárselo. Mi dulce hermano Alfredo, quien ¡ojalá esté gozando de las llamas del infierno! —añadió cruelmente— como de costumbre, lo acompañaba. Tan pronto ocurrió el accidente, la policía secreta los arrestó y los consignó por avión para la policía secreta de Guatemala...

—¿Solamente por un accidente de tránsito? —preguntó Ulises extrañado.

—Realmente nadie sabe los verdaderos motivos. Pero sospecho que alguna *india lamida* hizo la denuncia contra ellos ante las autoridades acusándolos de asalto y de violación. Es más, estoy segurísima de saber *quien* hizo esa denuncia y quiero vengarme de esa maldita que tanta desgracia ha causado a mi familia y a nuestros amigos más apreciados.

—No me extrañaría que alguna de ellas se hubiera decidido a denunciarlos —dijo el galán, recordando algunos incidentes que él había encubierto y los sobornos recibidos que prefería no recordar.

Éricka no se atrevió a mencionar, por obvias razones, que la víctima de su venganza sería la futura esposa de su amado Edgardo, porque al hacerlo podría producir celos en la mente de Ulises y era probable que por ello se negara a participar en su plan de venganza. Al instante el chofer recordó la enemistad que había surgido entre el difunto Alfredo y Éricka mucho antes de que él fuera despedido de su empleo y se negó a creer que la joven se propusiera vengar su muerte simplemente por solidaridad familiar. Pero, discretamente, calló su sospecha.

—¿Y qué pasó con el carro? —preguntó.

—Papá lo mandó a reparar en el taller del Titicaca y ya nos informaron que está listo. Yo quiero largarme en él para Guatemala pero no me atrevo a manejarlo sola porque aún no tengo suficiente experiencia y también me da miedo irme íngrima sola. Pero si vos me ayudás, iremos esta tarde al taller a recogerlo y nos largamos inmediatamente para la capital…

—Entonces usted quiere contratarme como su chofer, ¿no es cierto?

—¡Exactamente!

—¿Y me va a pagar sólo con tórridas sesiones de amor o también con plumitas verdes de *quetzales*? —preguntó riéndose cínicamente.

—¿Qué querés decir con eso? —preguntó confusa e incapaz de comprender sus palabras.

—¿No aprendió en sus estudios de Historia de América que los mayas usaban las plumas de quetzal como moneda? Pero yo quiero que me pague con quetzales verdaderos.

—¡Con ambos te pagaré, majadero! Dos quetzales y cinco *revolcones* diarios. ¿Aceptás o no? —preguntó Éricka mientras desabrochaba la braqueta del pantalón de Montalvo.

—Preferiría cinco quetzales y dos revolconcitos diarios —respondió Ulises con voz de curtido negociante—. Acuérdese, mi querida niña, que el amor es un almíbar que sabe mejor y dura mucho más si se toma poquito a poquito y así nunca la empalagará...

—¡Convenido! —aceptó la joven y empezó a desvestirse—. Pero yo quiero que me *empalagues* ahora mismo con una de tus ricas y deliciosas *muestritas* —agregó apretándole los genitales. Luego de descalzarse y terminar de desnudarse se lanzó sobre la cama.

Después de que Montalvo hubo complacido a la niña rica; ésta ordenó una botella de vino francés y dos opíparos almuerzos. Luego de saciar el hambre y la sed, sacaron el convertible del taller. Éricka se sentó en el asiento trasero y explicó que lo haría solamente mientras estuvieran dentro de la ciudad para no dar motivos de escándalo a los hipócritas vecinos.

—¿Y no va a llevar un velís, señorita? —preguntó Ulises.

—¡No seas chunto![72] —lo riñó con todo cariño—. ¿Cómo crees que me voy a exponer a que mamá me vea con maletas y en *tu* compañía? Al momento sospecharía que me estoy fugando contigo y mandaría a la guardia a detenerme...

Mientras Éricka esperaba a que Ulises sacara su velís de la pensión; su propietaria, Teresa de Kramer, estacionó su automóvil detrás del convertible negro. Reconociéndola, se acercó para charlar con la joven quien, aún en su vestimenta enlutada, lucía radiantemente bella.

---

[72] Pavo (tonto o menso).

—¿Vas de viaje, querida? —preguntó dulzonamente.

—Sí, voy para el aeropuerto —mintió Éricka sin problema—. Quiero alejarme de una vez por todas de mi casa y de todas las cosas y personas que me recuerdan constantemente a mi *adoradísimo* hermano —añadió lánguidamente y con típica desfachatez.

—Te comprendo —dijo Teresa, apiadándose de la hipócrita—. ¿Y tu mamá ya se repuso de su dolorosa pérdida? O ¿todavía no?

—Pues, todavía no. Se pasa caminando como un autómata por todos los corredores de la casa y, a veces, de repente se sienta a llorar desconsoladamente. No quiere comer alimentos sólidos y se mantiene viva a punta de jugos y té…

En ese instante Ulises salió de la casa de huéspedes llevando su maleta. Después de descubrirse respetuosamente en señal de saludo a la dueña de la pensión, se subió al convertible.

—¡Que te vaya bien, querida! —dijo Teresa, agachándose para besar la sonrosada mejilla de Éricka mientras el chofer encendía el motor.

Tan pronto ingresó a la pensión, doña Teresa decidió llamar a Cunebunda, su íntima amiga y compatriota. Y no lo hizo por maldad o simplemente para chismear sino porque le extrañaba que Ulises volviera a trabajar como chofer de la familia Wallenberg después que había escuchado algunas habladurías en las que ligaban románticamente a Éricka con el chofer mulato. *¿Viajarían los dos juntos? ¿Lo sabría Cunebunda?*, se preguntó consternada mientras marcaba el número de los Wallenberg en el aparato telefónico. *Ojalá que conteste ella personalmente*, se dijo Teresa. El teléfono sonó varias veces pero nadie contestó.

¿Qué pasará en esa casa y por qué mi amiga no contesta? ¡Y ni siquiera una de sus sirvientas se digna a levantar el aparato!, se dijo intrigada y seriamente preocupada.

La secretaria se acercó a la dueña con un rollo de papeles en su mano.

—Doña Teresa: estas facturas no las ha chequeado todavía y hay que hacer los cheques para pagarlas.

—Comprendo —respondió la jefa con la mirada ausente—. Ponelas sobre mi escritorio y pronto las examinaré. Ahora me urge hablar con una amiga mía.

Volvió a marcar los números y esta vez escuchó que alguien descolgaba el aparato. Decidió hablarle en alemán para que su secretaria no se enterara ni del nombre de la persona llamada ni del tema de su conversación.

—Cunebunda de Wallenberg, ¿en qué le puedo servir? —preguntó en voz casi inaudible.

—*Wie geht's dir, liebling?*[73] —preguntó la Kramer. Cune, al instante reconoció su voz.

—*Es geht mir so, so...*[74]—respondió con acento lánguido y entristecido.

---

[73] ¿Cómo te va, querida?
[74] Así, así…

—*Warum bist du nicht mit deine Tochter geflogen?*[75]—preguntó inocentemente.

—*Meine Tochter...! Wo ist meine Tochter...?*[76] —preguntó la madre, sobresaltada.

—*Sie ist gerade ins Flughof gefahren...*[77] —le informó la amiga.

La señora de Wallenberg se echó a llorar y se cortó la comunicación. Teresa comprendió el estado de ánimo de su amiga y coterránea; decidió no importunarla más. *Habiendo perdido a Karen y a Alfredo*, se dijo en silencio, *no podría aceptar perder también a Éricka.*

---

[75] ¿Por qué no viajaste con tu hija?
[76] ¡Mi hija! ¿Dónde está mi hija?
[77] Acaba de irse para el aeropuerto.

DIECIOCHO

—Tenemos que pasar esta noche en Salamá —
le explicó Ulises Montalvo a su patrona, Éricka
Wallenberg—. Sucede que el último tren de Puerto
Barrios a Guatemala pasa a las cuatro de la tarde por El
Rancho. Y ya no vamos a llegar a tiempo porque falta
un cuarto para las cuatro y El Rancho todavía está a
sesenta kilómetros de aquí.

—¿De qué *rancho* me estás hablando? —
preguntó la joven desconcertada.

—¿No me diga que no usted no sabía que la
carretera desde Salamá hasta la capital no ha sido
terminada todavía? —preguntó escéptico—. Por eso
tenemos que viajar hasta la estación de El Rancho y allí
subiremos el carro a la plataforma del tren de la
IRCA.[78] Ustedes, los verdaderos *platudos*, siempre
viajan en avión y permanecen ignorantes del tremendo
atraso en que vivimos —añadió amargamente.

---

[78] International Railroads of Central America (United Fruit
Company Division).

—¿Qué haremos entonces? —preguntó Éricka con voz inusualmente mansa.

—¡Lo que le dije! Nos quedaremos en Salamá y saldremos tempranito para poder llegar a la estación antes de las diez. Y nosotros nos vamos como pasajeros hasta Guatemala.

—¡Qué asco viajar en tren...! —dijo Éricka haciendo una mueca de disgusto y contrariedad—. ¡En medio de tanta gentuza sucia y de indios jediondos! —agregó despectivamente.

—En ese caso debía haber mandado el vehículo por avión; pero eso le hubiera costado un montoncito de quetzales —dijo Ulises en tono burlón.

—¡Y ahora me lo decís! —dijo ella en tono de regaño—. ¡Eso me lo hubieras dicho antes! Ahora tendré que aguantarme los apestosos vecinos —murmuró Éricka resignadamente. Pero tenés que dejarme sentar al lado de la ventana para respirar un poco de aire limpio.

Ulises rio entre dientes en completa indiferencia. Al llegar a Salamá, se hospedaron en una modesta pensión que ofrecía estacionamiento cubierto y seguro para su descapotable, el reparado Lincoln Cosmopolitan. Luego de cenar, Éricka fue a la oficina de Telecom a llamar a su madre, pretendiendo que ya había llegado a la capital. *Sola*, por supuesto. Ulises la tenía abrazada mientras ella hacía la llamada.

—¿Por qué ni siquiera te despediste de nosotros, de tu papá y de mí, ingrata? —preguntó Cunebunda furiosa—. ¿Por qué no me enteraste de que te ibas de la casa? Teresa me llamó para decirme que había hablado con vos cuando ibas camino al aeropuerto. Si ella no me hubiera llamado, yo me hubiera vuelto loca buscándote por todos los rincones de la casa.

—Es imposible dialogar con usted y con papá. Ustedes no quieren escuchar mis razones y lo único que desean es imponer su voluntad y su criterio sobre mi vida.

—Regresá pronto, por favor. Por ahora le voy a decir a tu papá que una amiga íntima tuya está muy grave y que por eso te fuiste sin despedirte de él —le prometió de mala gana para evitar que su marido tuviera un ataque de furia.

—¡Gracias, mamá, por tu ayuda! Volveré tan pronto resuelva un problemita que tengo. Te lo prometo —dijo.

—Te creo. Pero ¿dónde vas a dormir esta noche? —preguntó la madre.

—Esta noche me quedaré en un hotel —le informó secamente—. Y mañana buscaré una pensión para señoritas. Cuando sepa la dirección y el teléfono, se los informaré. ¡Buenas noches, mamá! ¡Besitos a papá! —agregó, afectando ternura filial. Cunebunda se alegró de corroborar, por lo menos, la información dada por Teresa de Kramer.

***

Mientras tanto Edgardo, todavía en Italia, había llenado la solicitud de ingreso a la Escuela de Derecho de la Universidad de Boloña. En la entrevista inicial se le recomendó inscribirse en un centro de enseñanza de idiomas para que obtuviera un sólido conocimiento del italiano a nivel académico antes de que comenzaran las clases regulares en septiembre. Llevó a cabo las diligencias del caso y quedó registrado para comenzar sus clases al comienzo del mes de mayo; o sea un día después de la *Giornata Internazionale Dell' Lavoro;* o sea, el Día Internacional del Trabajo.

A menudo le asaltaba el grato recuerdo de su amada y de los posibles peligros a que se expondría saliendo sola del convento. Le amargaba estar en otro continente; tan distante e imposibilitado de proveerle la protección que ella pudiera necesitar. Sin embargo, calmaba su habitual aprensión consolándose con creer que la malvada Éricka desconocía la dirección del convento y la de sus padres adoptivos. Además, su insistente recomendación de que no tomara transporte público la libraría de las maquinaciones de la vengativa cobanera. Sin embargo, siendo que la única razón para sus advertencias había sido su embarazo, una pregunta sin respuesta lo atormentaba a diario, ¿seguiría Violeta fielmente su consejo? Inteligente y sagaz como era Edgardo, no podía haber intuido y mucho menos sospechado la horrenda tragedia que se avecinaba y amenazaba su futuro inmediato.

***

En la mañana del segundo jueves después de la partida de Edgardo para Italia, Violeta vino a pasar el día y la noche en compañía de Ricardo y Florinda. La estaban esperando para desayunar con ella. Y ya estaba retrasada más de una hora. Se disculpó por la tardanza diciendo que los buses porque venían llenos hacían demasiadas paradas.

—¿Es que no pudo conseguir taxi? —preguntó su futura suegra.

—Temprano por la mañana es muy difícil, porque hay demasiada gente requiriéndolos —respondió Violeta—. Creo que la mejor forma es pedirlo con una hora de anticipación porque ya tengo miedo de montar en bus y de que me den un manotazo, un apretujón… o un codazo en el vientre y tiemblo al pensar en las consecuencias… —añadió con temblor de su tronco.

—Me parece que Edgar le recomendó encarecidamente que pagara un taxi mientras estuviera en condición grávida —le recordó el doctor en tono amable pero severo.

—Sí, don Ricardo, es cierto —admitió—. Pero no es fácil a la hora pico.

—¿Y ya se enteró de la tragedia? —preguntó Florinda.

—¿Tragedia? ¿Cuál tragedia? —Violeta preguntó azorada, temiendo que algo siniestro le hubiera ocurrido a su Edgardo. Pensándolo bien, se imaginó que los padres adoptivos no podrían haber actuado tan fríamente si su amado hubiera sufrido un accidente.

—Es muy probable, Violeta, que el señor Landau, su esposa e hijo hayan perecido en un accidente de aviación mientras volaban de Esquipulas a Cobán —dijo Ricardo—. ¿No lo ha leído en la prensa? —inquirió.

—No. En el convento no nos permiten leer periódicos laicos. El único tabloide permitido es *El Mensajero Cristiano*, publicado por la archidiócesis y nos llega en los fines de semanas. Sor Hipólita siempre se lo lleva a su cuarto. Y una vez lo ha terminado de leer, lo echa a la basura, supongo yo.

—¡Qué lástima! —comentó el doctor—. Porque las mantienen ignorantes de las noticias importantes, tanto nacionales como internacionales.

—¿Y dónde ocurrió el accidente? —preguntó Violeta.

—Sobre las selvas de la Sierra de las Minas —dijo Estrada—. Los cadáveres aún no han sido encontrados. Eran ocho. Con ellos venía un sargento, dos guardias, el piloto y el copiloto... El Ejército ya envió algunos helicópteros a la zona pero no pudieron observar rastro alguno. Los vecinos del lugar aseguran haber visto una bola de fuego en el cielo inmediatamente después de una explosión. Se presume que fue un rayo el que la causó. Otto Landau, el diputado de Verapaz, ha estado exigiendo al Gobierno que envíe soldados por tierra pero hasta ahora, que nosotros sepamos, no ha habido respuesta oficial.

—¡Que Dios los haya perdonado! —dijo Violeta, conmiserándose de las víctimas.

Mientras desayunaban, los esposos Estrada relataron de nuevo lo que había sucedido en la cárcel judicial y en la frontera. Explicaron, a su vez, cómo Edgardo se había ganado el cariño de ambos y todos los hechos que acontecieron durante su estadía en Esquipulas. Lógico, no mencionaron que su hijo adoptivo tuvo un brevísimo pero ardiente romance, si así se pudiera llamar, con Éricka Wallenberg.

Después de desayunar, salieron a pasear a pie. Empujando al doctor en su silla de ruedas, deambularon por los alrededores del Palacio Nacional; visitaron la catedral y, luego de haber almorzado en un restaurante, regresaron al apartamento.

—Este lunes no podré venir —dijo Violeta mientras tomaban un piscolabis antes de acostarse—. Porque mañana comenzaremos un retiro espiritual de cuatro días. Según me dijeron, esa es la preparación tradicional para la cuaresma. Pero volveré dentro de una semana —añadió.

***

—Tenemos que encontrar el Colegio Santa Cecilia —dijo Éricka tan pronto les entregaron el vehículo en la estación—. Preguntemos cómo llegar a ese lugar —sugirió.

Al aproximarse al edificio escolar, Montalvo sacó la cabeza y preguntó a un transeúnte que pasaba por la acera frente a ellos:

—¿Sabe dónde está la pensión de doña Edelmira?

—¡Sí, señor! Es esa casa grandota de portón alto y sin ventanas que está allá en medio de la próxima cuadra —respondió el desconocido, señalando una edificación de un solo piso que lucía una pared alta de color verde claro con una franja inferior de verde oscuro.

Éricka se bajó del convertible.

—Averiguate dónde hay un garaje de estacionamiento por semana y cuánto cobran por día —ordenó a su chofer—. Y luego venís a buscarme.

Apenas soltaba el aldabón cuando apareció una señora alta y de mediana edad.

—¿Busca a alguien? —preguntó luego de concluir que el traje de la joven, aunque totalmente negro, era demasiado elegante para pertenecer a alguien que estuviera buscando un cuarto para rentar.

—Sí —dijo Éricka—. Me gustaría hablar con doña Edelmira…

—¡Me tiene a sus órdenes…! ¿En qué le puedo servir?

—Soy *amiga* del padre Antonio Valadés y *él* me recomendó que viniera a verla por si tiene cuartos vacíos disponibles —dijo la joven cobanera mintiendo.

—Pues ¡qué bueno! —respondió la dueña entusiasmada—. Fíjese que tenemos dos cuartos contiguos listos para arrendar. La veo de luto, ¿perdió algún ser querido recientemente?

—Sí, sí —respondió Éricka—. Mi *adoradísimo* hermano Alfredo murió asesinado hace ya un mes —respondió hipócritamente compungida.

—¡Cuánto lo siento, señorita! Le doy mi más sentido pésame —dijo la dueña—. ¡Pase, pase adelante! —agregó afablemente—. ¿Quiere que le muestre los cuartos ahora mismo?

—¡Sí, por favor!

Lógicamente, las habitaciones mostradas no tenían la exquisita elegancia de su alcoba en la mansión de Cobán; ni los elegantes muebles, importados de Italia, de Suiza y de Alemania o su extraordinaria amplitud; pero para una joven obsesionada por conquistar el amor de un hombre, cualquier sacrificio era aceptable con tal de tener éxito en su propósito. Además, las sábanas, los cubrecamas y las fundas de las almohadas se veían limpios y el aire interior olía fresco y sutilmente perfumado; y el ambiente en general parecía agradable.

—Voy a tomar dos habitaciones por dos semanas y luego solamente por una —anunció Éricka imperiosamente—. ¿Cuánto cobra por mes?

—¿Las *dos*? —preguntó Edelmira extrañada.

—Sí, las dos. Una es para mi hermano Ulises y la otra es para mí —explicó dolosamente—. Pero él se regresará muy pronto a Puerto Barrios —agregó.

—Bueno, son veinte quetzales por semana por las dos habitaciones y veinte más para la seguridad. Ese dinero se lo reembolsaré cuando decida mudarse; siempre que no haya algún daño a la propiedad. Son cuarenta quetzales en total. ¿Cuál es su nombre?

—Éricka Montalvo Barnes y mi hermano, Ulises Montalvo Barnes.

—¿Y dónde está su hermano?

—Lo mandé… Digo… fue a buscar un garaje para estacionar el vehículo…

—¡Ah! Ustedes vienen en carro… ¿Desde dónde?

—Desde Puerto Barrios —mintió Éricka, rogando al cielo que Ulises se pudiera recordar a cada momento de lo que habían planeado decir y pretender ser. Afortunadamente, pensó, su *hermano* era más inteligente y menos olvidadizo que ella; además, siempre actuaba en forma reservada y respetuosa. Sacó el pago de la renta y lo entregó a la propietaria.

Siendo una persona recomendada por su hermano sacerdote, Edelmira no les exigió que mostraran algún documento de identidad.

—¿Ya cenaron? —preguntó Edelmira.

—No, no hemos tenido tiempo. El tren venía con cuatro horas de retraso, de manera que tan pronto nos entregaron el carro en la estación nos vinimos directamente para acá.

—En este momento están sirviendo la cena. Si gusta pasar al comedor. O ¿quiere esperar a que su hermano regrese?

—¡No, no! ¡Ya tengo hambre! —confesó la joven tajantemente. Pero más que hambre en el estómago, sentía una sed vehemente en su corazón apasionado de volver a ver a *su* Edgar y de darle la gran sorpresa de su inesperada presencia.

Éricka entró al comedor. Pasó revista rápida a todos los rostros de los comensales. *¡Todos son varones pero ninguno se parece a mi adorado Edgardito!*, se dijo decepcionada mientras buscaba un lugar donde sentarse. Con el apetito esfumándose de sus tripas vacías se acomodó entre dos barbudos.

—¡Señores, atención, por favor! —dijo Edelmira, alzando la voz—. La *señorita* que acaba de tomar asiento entre los señores Walton y Handal se llama Éricka Montalvo Barnes y desde hoy en adelante será nuestro huésped. Pero... ¡no se apuren a cortejarla...!

—¡Doña Edelmira! —interrumpió Toño Munguía—. *Nos* gustaría saber si Éricka ya tiene novio o si anda a la *cacería* de un macho guapo… ¡como éste, su *humilde* servidor…!

—Eso tendrá que preguntárselo a ella, señor Munguía —respondió la dueña—. Pero, como les comenzaba a decir: no se entusiasmen mucho con sus encantos porque viene protegida por un chaperón. ¡Y es nada menos que su propio hermano!

—¡Ahhhhhhhhhh! —exclamaron todos al unísono, pretendiendo amarga decepción.

—¡A comer! —ordenó doña Edelmira jovialmente—. Como hoy es viernes de cuaresma, el plato principal es sancocho de pescado y está ¡súper delicioso! ¡Cómo para chuparse los dedos! —añadió entusiasta.

—¡Bueno, ya me conocen! —dijo Éricka fingiendo alegría—. Pero, ¿están aquí todos los inquilinos de la pensión? —preguntó para saber si Edgardo se aparecería más tarde.

Tawfik paseó la mirada sobre el grupo.

—No creo que falte ninguno —dijo enfático—. A propósito, mi nombre es Tawfik Handal —agregó, ofreciendo su mano. Éricka la estrechó sonriéndole dulcemente, fingiendo sentirse encantada de conocerlo.

Se sentía en extremo molesta, más bien. Especialmente cuando le sirvieron una bandeja rebosante de una mezcla de arroz y de verduras con trozos de pescado, cuyos aromas humeantes y deliciosos invitaban a devorarlos. Trató de comer algún bocado pero la desazón causada por la inexplicable ausencia del ser amado era más poderosa aún que la necesidad de alimentar su cuerpo. *¿Cómo podría averiguar la razón o las razones que tuvo mi Edgardo* *para mudarse de vivienda?,* se preguntó obsesionada. *¿Lo haría solamente para esconderse de mí? ¿O fue la maldita india lamida la que lo obligó a cambiarse de casa porque estaba celosa de la mustia de Teté? A propósito, ¿por qué esa condenada tampoco está aquí, ah? ¿Será que ya se fugó con mi Edgardito? Eso sí lo podría averiguar sin tener que quemar ninguno de mis mil cartuchos,* se dijo recobrando un poquito de su habitual optimismo. Pinchó con el tenedor una lonja grande del humeante pescado y se lo comió con fingida gula. No podría aparecer como si la aquejara algún problema sentimental, concluyó. Una vez hubo deglutido el bocado, se dirigió a Tawfik:

—¿La señorita Haydé ya no vive más aquí o ya se fue a vivir con su novio, el licenciado Escoto?

—Ella todavía está viviendo aquí; pero, según me dijo Edelmira, al momento está visitando a sus padres en Jutiapa. Y que yo sepa, *nunca* ha sido la novia de Edgar —afirmó Handal.

—¡Qué extraño! —exclamó Éricka.

—¿Extraño? ¿Por qué?

—Porque recientemente los vi muy, muy amacizados, besuquiándose en el vestíbulo de un hotel —mintió la cobanera descaradamente.

—¿Dónde?

—En Esquipulas.

—¡*Eso* sí que es extraño! —afirmó Handal frunciendo el ceño— pues recientemente yo también fui a Esquipulas y conversé largamente con Edgardo en dos ocasiones. No recuerdo que me haya mencionado que tuviera amoríos con la Teté. Al contrario, me dijo muy seriamente que se sentía desesperado por regresar a Ciudad de Guatemala pues extrañaba muchísimo a Violeta, su prometida.

En ese momento, Edelmira entraba al comedor en compañía de un hombre alto, de piel muy oscura y de aspecto robusto.

—Señores —dijo en voz alta— este caballero es don Ulises Montalvo Barnes, hermano de la señorita Éricka. Él también va a residir en la pensión; en el cuarto #2, contiguo al de su hermana. ¡Ah! Se me había olvidado anunciarles que don Roberto Menéndez nos abandonará al final de este mes pues se regresará con su familia en Retalhuleu. Su cuarto, el #3, será ocupado por mi sobrina Haydé cuando regrese.

Las palabras de Edelmira crearon más confusión aún y una mortificante decepción en la mente atribulada de Éricka. Al terminar la cena, todos y cada uno de los huéspedes acudieron a presentarse individualmente ante los recién llegados para darles la bienvenida y estrechar sus manos. Aunque ninguno hizo preguntas indiscretas al respecto, todos se extrañaron de los aspectos físicos tan disímiles de los nuevos inquilinos, siendo que alegaban ser hermanos.

—La señora Edelmira me entregó las llaves —dijo Ulises—. Y me advirtió que ella cierra el portón exactamente a la medianoche. Averigüé que como hoy es viernes, muchas tiendas de ropa están abiertas hasta las nueve de la noche.

—¡Genial, cariñito! —dijo Éricka acariciándole el mentón—. Podemos irnos ya a las tiendas de la Sexta avenida a comprar una maleta y alguna ropa para vos y para mí.

Con el propósito de encontrar a todos dormidos, regresaron a la pensión faltando unos pocos minutos antes de que pusieran la tranca al portón.

—¡Que pasen una feliz noche! —dijo Edelmira despidiéndose de la pareja recién llegada.

Como era de esperarse, pasaron la noche juntos en el cuarto de Éricka. Después de un par de agitados revolcones, Ulises se quedó profundamente dormido. La insaciable joven había exigido un coito mucho más prolongado pues su juvenil fogosidad no había sido totalmente satisfecha por su compañero de lecho. Pero éste no respondió ni a sus ardientes caricias ni a sus vehementes súplicas. Disgustada, comprendió que era infructuoso insistir pero no pudo conciliar el sueño con la misma facilidad que Ulises lo había hecho. Dedicó sus horas de insomnio a recordar sus años en la escuela secundaria. Vinieron a su mente los innumerables y breves romances de adolescencia que había sobrellevado. Sí, esa era la palabra adecuada porque, realmente, esos amoríos no habían sido tan apasionados y tan románticos como ella los imaginó sino unos insípidos y frustrantes masoquismos. Sus parejas solamente buscaron excitarse besándole la boca, manoseándola y apretándole los senos, los pezones, los muslos; hurgándole las nalgas con dedos resecos; y a veces hasta penetrándola cruelmente por ambos orificios. Luego se iban al baño a masturbarse y volvían tan frescos como las azucenas. Ella, mientras tanto, había anhelado vehementemente gozar el orgasmo intenso y liberador que nunca se daba porque, según decía su mamá, ella debía conservar la virginidad para entregársela al afortunado *alemán* que la llevaría al altar. Ciertamente, fugándose con Ulises no merecía el primer premio. Pero vivir con una camisa de fuerza oprimiéndole sus carnes tampoco era la solución a sus anhelos vehementes. Además, este remedio era temporal. Tan pronto se encontrara con Edgardo le haría una lista de todas las ventajas que gozaría casándose con una rica heredera. Siendo que su hermana Karen había desaparecido y seguramente no iría a reclamar su parte de la herencia al morir sus padres, ella se convertiría en la heredera universal. Cuando su amado fuese enterado de ese importante detalle, al instante comprendería lo ventajoso de su proposición de matrimonio. Se casaría con ella, y se olvidaría de la maldita *india lamida*. El éxito de sus planes de deshacerse de Violeta de una vez por todas, le permitirían gozar de esa eterna fidelidad del amor de Edgardo. Por lo tanto, a la mañana siguiente comenzaría la tarea de implementarlos. Tendría que hacerlo con mucha astucia para que nunca se supiera quién la había desaparecido. Naturalmente, para que Edgardo nunca se enterara. ¿Pero cómo hacer o a quién preguntar por su paradero? En la pensión, aparentemente, nadie parecía saberlo. Además, pensó cautelosamente, no debería preguntar más por Edgardo porque ello podría crear sospechas contra ella misma en el futuro. Era de vital importancia que nadie estuviera enterado de su interés romántico por el licenciado. Lo cierto era que la única persona que sabía de su paradero sería su maldita rival. Pero ¿sería prudente visitarla y preguntarle? Recordó haberle dicho al cura Valadés que deseaba pedirle perdón a Violeta por las bajezas cometidas contra ella por Alfredo y

Patricio. ¿Por qué no hacer realidad ese falso propósito y al hacerlo preguntar casualmente por el paradero de Edgardo? La idea tenía mucho sentido, se dijo felicitándose; además, era factible y no presentaba riesgo alguno. Con esa malévola conclusión archivada en su mente cerrada completamente a la razón, Éricka se durmió plácidamente.

***

—¡Despertá, *culón*, y levantate ya! —balbuceó la compañera de lecho, dándole una tremenda palmada en la abultada nalga desnuda de Ulises—. ¡Ya son las ocho de la mañana, carajo! —añadió imperiosamente pero en tono dulzón.

El amante se restregó los ojos y se dio media vuelta morosamente. ¿Para qué tenemos que levantarnos *tan* temprano, ¿ah? —preguntó amodorrado.

—Para que nos demos un baño y luego pasar al comedor a desayunar…

—¿Bañarnos juntos? —preguntó Montalvo; escandalizado a medias.

—¡No seas chunto! —lo riñó cariñosamente—. Vos te bañarás en el baño de los hombres y yo en el de las damas, naturalmente. Mientras te ponés la bata que te compré anoche, yo veré si no hay nadie en el pasillo para que podás salir de mi cuarto sin que te vean.

Media hora más tarde los *hermanos* se encontraron solos en el comedor. Los demás ya habían desayunado. Se sentaron uno frente al otro.

—Esta mañana, nos daremos una vuelta por Fraijanes —dijo Éricka después de haber bebido su taza de café. Vestía una camisola de seda negra comprada la noche anterior.

—¿Fraijanes? Y ¿qué es eso? ¿Un pueblo, un barrio…?

—Un pueblito, supongo yo; que, según me dijeron, está a unos diez o doce kilómetros de la ciudad sobre la carretera que va a El Salvador. Así que tan pronto te desayunés, vas a sacar el convertible mientras yo me cambio a un traje de calle. Te esperaré, no, más bien esperame en la tercera esquina a mano derecha.

—¿Por qué o para qué tanto misterio? —preguntó Ulises.

—Voy a hacerle una cortísima visita a una querida amiga y de eso hablaremos más tarde —respondió Éricka crípticamente levantándose del asiento.

El Cosmopolitan se detuvo en el lugar indicado por su dueña. Minutos después apareció vistiendo mahones azul oscuros y una blusa negra. Entrando en el carro dijo que quería saber dónde podría comprar una pistola.

—No le oí bien —dijo Ulises—. ¿Usted quiere comprar *un arma de fuego*? —preguntó haciendo una mueca de extrañeza—. ¿Para qué diablos, se puede saber? —indagó con tono más que enojado, temeroso por ella. Le asustaba el hecho de que pidiera tener un revólver.

—¡Para defenderme, carajo! ¿Para qué más? —respondió Éricka, también con enojo.

—¿Defenderse? ¿De quién…? ¿De mí…?

—¡No de vos, chunto! De cualquiera que me quisiera robar o tratara de hacerme daño…

—Esta es mi segunda vez en Guatemala, y no conozco a nadie —se disculpó el chofer—. A lo mejor si preguntamos, alguno nos podría indicar… ¿Ya no quiere ir a Fraijanes, pues?

—¡Sí, pues! Cuando volvamos, averiguaremos. Se me había olvidado preguntarte ¿cuánto tiempo vas a estar acompañándome? ¿Una semana a lo más? —preguntó interesada.

—Mi jefe me dio dos semanas porque yo le mentí alegando que tenía un hermano en estado grave en la capital. Pero yo quisiera regresarme antes porque a mi *casera*[79] le dije que me habían botado del trabajo y que me iba a Livingston a buscar chamba. Pero yo estoy seguro que ella me vio cuando tomé el taxi.

—¿Ah? ¿Es que te prohíbe tomar taxi? —preguntó enojada con cierto dejo de celos.

—¡Claro que no! Pero uno solamente lo toma para ir al aeropuerto. El muelle de la lancha para Livingston queda a tres cuadras de la casa. O sea que va a creer que yo le mentí y me va a armar una santa pelotera cuando regrese…

—Y… ¿Es bonita…? —preguntó con un tono indiferente mientras distraídamente miraba a la gente que caminaba por las aceras.

—¿Quién? ¿Mi casera? Aparte de que realmente es muy bonita; no tan bonita como usted, por supuesto —añadió galantemente— está esperando un

---

[79] Concubina.

hijo mío. Está ya en el octavo mes. O sea que muy pronto seré papá.

—¿Por primera vez?

—Sí, por primera vez...

—Entonces... ¿cuando vos viniste a Cobán a trabajar para papá ya la habías embarazado?

—¡Exactamente!

—¿Y no lo sabías?

—No, todavía no. Después que tuvimos un pleito violento y muy amargo nos habíamos separado y yo quería largarme de Puerto Barrios para no volverla a ver, pero no sabía a dónde ir. Un amigo me recomendó que me fuera para Cobán. Y como yo la seguía extrañando, desde allá le escribí para pedirle perdón. Ella me contestó suplicándome que volviera porque había quedado encinta. De manera pues que cuando su mamá me botó del empleo me alegré porque realmente ya estaba buscando una excusa para volver con ella.

—O sea que vos ¿nunca me... *quisiste*...? Es decir, que... ¿nunca estuviste enamorado de mí...? —preguntó retóricamente sin insinuar resentimiento.

—Tampoco le mentí diciéndole que lo estaba —respondió Ulises serio—. Yo pronto comprendí que usted solamente me quería para que fuera su garañón y nunca se me ocurrió pensar que entre nosotros pudiera haber un amor real por razones que usted ya sabe...

—¿Cómo cuáles?

—¡Vamos, señorita! ¿No me va a decir que usted, una joven hermosa, blanca, rica y culta, *quedría* casarse con un pobretón que además de pobre de solemnidad es negro, jetón y hasta analfabeta? —preguntó un poco malhumorado.

—Se dice *querría* —lo corrigió dulcemente—. Y ¿cómo se llama? —preguntó curiosa.

—¿Quién?, ¿mi casera? Arbélica Salazar Pinto y es salvadoreña.

—¡Lo mismo que mi gran amor! —dijo Éricka a media voz, recordando a su Edgardo.

—¿Qué me dice? —preguntó el chofer sin quitar la vista de la carretera.

—¡Nada, nada! ¡No importa! —replicó crípticamente—. A decir verdad, a mí nunca se me ocurrió *visitar a tus padres para pedir tu mano* pero, ciertamente, ya me estaba enamorando de vos cuando el maldito de Alfredo te cachó saliendo de mi cuarto. Y cuando te fuiste, pues me alegré porque me di cuenta de que entre nosotros nunca podría florecer un amor verdadero. No como el que ahora siento por un hombre al que conocí en Esquipulas y a quien pronto haré mi esposo para siempre, ¡cueste lo que me cueste! ¡Aunque sea la vida misma! —agregó poseída por la pasión.

—O sea, pues, que yo tenía razón en pensar que lo que usted quería de mí era solamente pura satisfacción de instintos y nada más. Me resigné a hacer el papel de semental, aunque nunca la embaracé porque supe cuidarme. Y, a propósito, durante este tiempo de nuestra ausencia ¿nunca se fue a la cama con ningún hombre?

—Solamente con mi amado sin nombre —confesó sin ambages—. Él me hizo tan feliz como vos, pero él tiene muchos atributos que vos no tenés y por eso sigo prendada de él con una locura inefable que nunca jamás había sentido y que me llevará al altar ¡o a la tumba…!

—Pues la felicito y le deseo buena suerte en su empeño de lograr su amor. Como dicen los pastores, ¡cada oveja con su pareja!

—Me agrada que seás sincero conmigo y te lo agradezco. Cambiando de tema ¿querrías volverte a Puerto Barrios el próximo miércoles?

—Si ya no me necesita, prefiero viajar ese día. Me iré por tren porque es más barato.

—No te olvidés de darle mis saludos a Arbélica pero no le mencionés lo mucho que nos hemos divertido juntitos, porque entonces sí te va armar *la gran pelotera* —dijo Ericka riéndose cínicamente—. Antes de que viajes, iremos al banco y sacaré plata para pagarte lo que acordamos… ¿okey?

DIECINUEVE

—Después de que me llevés a Fraijanes —dijo Éricka Wallenberg a Ulises Montalvo— quiero que me dediqués todo tu tiempo a observarme mientras manejo y a corregirme cuando lo juzgues necesario. Así, cuando te hayás ido ya no necesitaré de nadie para conducir el carro —agregó confiada en su futura autosuficiencia.

—¡Como usted ordene, patrona! —respondió Ulises secamente.

—Pero no te olvidés —añadió en tono urgente— que también quiero que vos me ayudés a conseguir un buen revólver. Eso sí, ¡lo más pronto posible! —insistió.

En respuesta, el chofer hizo solamente un gesto afirmativo con la cabeza porque no podía negarse a obedecer las órdenes de su empleadora; aunque no estaba de acuerdo en portar armas innecesarias. Varias cuadras más adelante, el descapotable se detuvo ante un semáforo en rojo.

—¿Ve lo que estoy viendo? —preguntó Montalvo mientras esperaban el cambio de luz y señaló el aviso prominente de una tienda de artículos misceláneos a su derecha.

—¿Qué tiene de particular? —preguntó la joven.

—Vamos a entrar a esa miscelánea, señorita. Tal vez allí nos puedan informar dónde podemos comprar un arma como la que usted dice que necesita...

—¡Claro, mi amor, vamos! —exclamó Éricka entusiasmada.

Ulises estacionó el automóvil frente al establecimiento aludido y se bajó solemne a abrir la portezuela para que Éricka saliera. En ese instante, un hombre en traje y corbata emergió de la tienda y se detuvo a chequear algo en la vitrina. El chofer se dirigió a él.

—Perdóneme, señor, ¿es usted el dueño de la tienda, un cliente o... trabaja aquí? —preguntó respetuosamente.

—Soy el dueño. ¿En qué les puedo servir?

—La señorita, mi patrona —dijo Montalvo, señalando a la rica heredera— tuvo un grave problema la semana pasada. Un maldito ladrón se metió en su alcoba —agregó dolosamente— y después de robarle sus alhajas, trató de violarla. A Dios gracias, yo escuché sus gritos pidiendo auxilio y cuando entré a la alcoba el caco se escapó por la ventana con su botín. Mañana tengo que regresarme a mi pueblo por un par de semanas y ella teme que le vuelva a pasar algo igual en mi ausencia. Por esa razón es que ella quiere adquirir un arma. Pequeña, por supuesto. Pero no sabemos cómo contactar a un vendedor de armas...

—Comprendo perfectamente —dijo el dueño con voz comercialmente compasiva—. Pasen adelante, en mi oficina podremos hablar con mayor tranquilidad. A lo mejor yo pueda ayudarla —agregó crípticamente.

Los condujo a un diminuto cuarto que más parecía una alacena, amoblado con un pequeño escritorio y les pidió que se sentaran.

—Casualmente —dijo el dueño— un amigo mío me ha consignado un lote de armas italianas para ponerlas a la venta. Pero sólo las puedo vender a personas que posean licencia para portar armas. ¿Usted la tiene?

—No, señor, no la tengo todavía y ni siquiera sabía que era obligatorio tenerla...

—Entonces ¿por qué no va y presenta una solicitud a la Guardia Civil para que se la concedan? El proceso tarda solamente un par de meses más o menos —añadió seguro de la información que suministraba.

—¡Señor mío, yo no puedo darme el lujo de esperar! —respondió Éricka con voz impaciente—. Me urge comprar el arma antes de que mi chofer se vaya —añadió justificándose falsamente.

—Bueno —dijo el comerciante afectando compasión— en su caso yo le podría ofrecer una Beretta 812 que usted podría ocultar cómodamente en su bolso. Yo se la podría vender pero con la condición de que tan pronto le extiendan la licencia me traiga una copia —agregó, guiñando ojo—. Pero en esas condiciones tan irregulares tendría que hacerle un recargo del 25% para cubrir mis *riesgos*.

—¡Está bien! —convino Éricka—. ¿Cuánto sería el total?

El dueño de la tienda entregó el arma plateada y luego escribió una cantidad sobre una hoja en blanco que entregó a la joven. Ésta abrió su bolso y sacó un fajo de billetes.

—¡Un momento! —dijo Ulises leyendo la viñeta metálica adherida a la cacha—. Usted nos dijo que era de fabricación italiana pero aquí dice bien claro: *"Hecha en Méjico"*.

—Ciertamente —respondió el dueño—. Esa arma es de industria mejicana pero ha sido fabricada bajo patente italiana. Si ustedes dudan de la eficacia de esta arma, déjenme probarla frente a ustedes.

—Sí —dijo Éricka—. Pruébela, por favor; quiero ver qué tan efectiva es…

El dueño de la tienda apuntó a una ensarta de revistas que yacían arrumadas contra una de las esquinas de la diminuta oficina y apretó el gatillo. El arma disparó al instante y tanto la patrona como el chofer aplaudieron entusiasmados el evento. Luego de obtener el recibo de pago y adquirir un paquete de balas, Éricka puso la pistoleta en su bolso y se despidieron.

—No puedo creer que fuera tan fácil adquirir un arma tan mortífera como es una pistola —comentó Ulises mientras encendía el motor.

—¡Ni yo tampoco lo hubiera creído! —convino su bella patrona sonriendo complacida—. Bueno, ahora ya me siento capaz de llevar a cabo mi venganza —agregó a media voz.

Su amante, mejor dicho, su chofer, pretendió no haber escuchado sus últimas palabras. Luego continuaron hacia el pueblo de Fraijanes. A la entrada del aletargado pueblecito, Éricka observó un edificio grande de una sola planta, de paredes blancas sobre una base azul y de cuyo techo entejado se asomaba un campanario miniatura. En su portón había un enorme letrero que rezaba en letras mayúsculas: *"CONVENTO DE LAS HERMANITAS DESCALZAS DEL SANTO SAGRARIO".*

Éricka lo leyó en silencio pero no hizo mención de su hallazgo. Una cuadra más adelante, la joven le ordenó detenerse, diciendo:

—Esperame aquí. No te vayas, no tardaré mucho...

***

El edificio que albergaba el convento tenía un historial poco edificante. En la última década del siglo decimonoveno, don Ernesto Interiano, un rico cafetalero salvadoreño poseedor de varias fincas dedicadas a la siembra del *grano de oro* tanto en Guatemala como en el occidente salvadoreño, lo construyó para servir de casco de una hacienda de café, naturalmente, recién adquirida en la vecindad de la aldea de Fraijanes. Lo diseñó a su entero agrado con numerosas habitaciones sumamente amplias. Algunas de ellas fueron designadas para guardar equipos y variados enseres de la hacienda; el resto fueron asignadas a cada uno de sus cinco hijos y tres hijas para que vivieran en ellas. Fueron amobladas al gusto de los herederos que las habitarían y de acuerdo con las exigencias modernas de esa época. El *Amor*, la enfermedad más apetecida y más despreciable que el ser humano pueda sufrir y gozar simultáneamente, se encargó de tornar la elegante vivienda en un nido sangriento. Cuentan que durante la primera década del siglo veinte, el hijo menor de don Ernesto, todavía soltero, tuvo amores clandestinos con una hermosa joven, esposa nada menos que de un sobrino del tirano Manuel Estrada Cabrera,[80] presidente de Guatemala en esos tiempos. Al enterarse de la infidelidad de su cónyuge, el cornudo marido pagó espías dentro del casco de la hacienda para que le informaran en el momento en que la infiel visitaba a su amante. Una tarde, luego de ser avisado, ingresó al vasto inmueble pistola en mano, en busca de la traidora y de su seductor. Los encontró sobre un lecho, en pleno devaneo amoroso. Al percibir su presencia, la adúltera se deslizó de la cama, tomó el revólver de su amado y disparó contra el pecho de su propio esposo en el mismo instante en que éste hacía fuego contra la espalda del rival. Ambos murieron instantáneamente. El escándalo conmocionó a la sociedad guatemalteca por la preeminencia de sus trágicos actores y víctimas. Con el pasar del tiempo y en varias ocasiones, algunos sirvientes decidieron abandonar sus puestos, alegando haber detectado la escalofriante presencia de dos fantasmas embozados que se aparecían por las noches dentro del edificio. Eran las almas de los que habían perecido allí —decían los vecinos— y a las cuales por alguna arcana razón no les habían permitido ingresar al más allá. La alharaca en torno a las extrañas apariciones

---

[80] Abogado y político (1857-1924).

creció inmensamente; creció tanto que don Ernesto por fin cerró e hizo abandonar el casco de la hacienda pero no ordenó su demolición. Luego de su trágico deceso en una emboscada de la policía salvadoreña, la viuda donó el edificio a la iglesia católica. Ésta reconstruyó su interior y su exterior y luego lo arrendó en perpetuidad a la Congregación de Hermanitas Descalzas del Santo Sagrario que buscaba una casa apropiada para establecer allí su convento principal.

***

Éricka estaba a punto de tocar al portón cuando percibió un aviso escrito a mano que decía: *"Todo el personal del convento se encuentra en ejercicios espirituales hasta el martes, 21 de febrero. En caso de emergencia, por favor llamar al número 3028".*

Es obvio que nada se puede hacer... ¡por ahora!, pensó ella, y se regresó inmediatamente al convertible. Al llegar se sentó junto a Ulises y por pura picardía le pellizcó el muslo derecho.

—¡Vamos, señor Montalvo! —ordenó ella petulante—. A cumplir lo prometido

—¿Qué le he prometido yo, señorita? —preguntó el chofer extrañado.

—¡Observarme y corregirme al manejar el automóvil...! ¿O es que ya no te acordás?

—¡Ah, sí, claro! —dijo Montalvo abriendo la portezuela para cambiarse de puesto.

Desde ese sábado hasta el siguiente martes por la noche, Ulises supervisó el rápido desempeño de Éricka mientras ella cubría más de quinientos kilómetros; incluyendo tres viajes a Fraijanes; y otros a Panajachel, Chimaltenango, Antigua, Escuintla; y uno hasta Cuilapa, sobre la carretera hacia la frontera salvadoreña. Para descansar del agotante viajar, ocasionalmente se detenían en algunos parajes solitarios para llevar a cabo sus pasatiempos amorosos y luego practicar el tiro al blanco. La certera puntería de la joven asombró a su chofer y lo hizo pensar que sería muy afortunado el que se escapara de las balas de su niña rica. Sintiéndose plenamente capacitada para usar su pistola y para manejar el convertible sin la presencia de su amoroso chofer; como había prometido, el miércoles por la mañana lo llevó a la estación del tren para despedirse de él.

Ulises besó tibiamente la mejilla de Éricka sin demostrar mucha emoción durante el adiós. Se sintió tan entristecido de partir como el garañón, quien satisfecho de su orgasmo fecundador desciende de la potranca. Sin embargo, aunque no lo manifestó claramente, temía que al llevar a cabo la venganza anunciada, cometiera un crimen que finalmente la llevara al paredón de fusilamiento. Se limitó simplemente a recordar el viejo y sabio refrán, muy apropiado al caso, por cierto, de que *el que a hierro mata a hierro muere,* pero no se lo manifestó a la patrona.

***

Terminando los ejercicios espirituales, las veinte monjas, quince postulantas y los miembros del personal administrativo gozaron de un delicioso banquete. Hasta una copa de vino diluido en agua fue servida al final de la opípara cena. Esos goces, aparentemente mundanos, eran muy bien merecidos, y fueron muy bien recibidos por las religiosas, ya que durante el año anterior habían asistido en la solución de variados problemas de enfermos menesterosos y solitarios recluidos en hospitales públicos. También habían llevado medicinas y alimentos a aquellos convalecientes que carecían de medios o de parentela que cuidara de ellos. Durante la cena, Violeta había sido sentada junto a sor Benedicta. La monja aprovechó esa feliz circunstancia para aclarar algunas murmuraciones poco castas que, en voz baja, se habían propalado dentro del recinto conventual.

—He oído decir que fuiste violada por un par de patojos ricos de Cobán, ¿qué hay de cierto en eso? —preguntó discreta mientras sus mejillas se enrojecían por la vergüenza que le ocasionaba el hablar de temas tan escabrosos. Luego añadió—: te lo pregunto porque, aunque tú no lo creas, yo también soy de Cobán.

—¡Sí, es cierto! —respondió Violeta con voz amargada y enrojeciendo también—. Y usted, ¿de qué familia proviene? —preguntó porque no estaba segura de haberla visto alguna vez en la iglesia o en otro lugar de su ciudad.

—Mi familia es de apellido *Wallenberg* —dijo inocentemente.

Violeta sintió que el corazón había dado un súbito salto dentro de su pecho. Al instante quiso decirle que su hermano Alfredo había sido uno de los estupradores, pero esa revelación implicaría también que habría que decirle que había fallecido como consecuencia de la venganza organizada por su futuro esposo. Decidió cambiar de tema para no tener que contestar la pregunta.

—¿Cómo es que no recuerdo haberla visto alguna vez en Cobán? —preguntó astutamente.

—Porque mis padres me enviaron a un colegio suizo a estudiar la primaria y la secundaria; y luego, cuando volví, decidí irme a vivir a Mazatenango con un… pariente. Pero dime, ¿conocías a los bandidos que te violaron? —preguntó.

Violeta estaba a punto de contestar cuando sor Hipólita ordenó cesar los cuchicheos porque el padre Valadés estaba listo para comenzar la oración de acción de gracias.

—Hablaremos de eso más tarde —susurró Sor Benedicta al oído de la secretaria.

* * *

Éricka regresó a la pensión después de dejar a Ulises en la estación del ferrocarril. La aguardaba una sorpresa inesperada. Haydé Valadés se encontraba ocupando el cuarto que, un par de horas antes, Montalvo había dejado vacante. Lo supo al llegar porque al momento de abrir su puerta para entrar, Teté abrió la suya para salir y, luego asombrada, reconoció al instante a su encopetada vecina. Ésta decidió saludarla con voz amistosa.

—¡Buenos días, señorita Valadés! —exclamó fingiendo regocijo al volverla a ver. Aunque ciertamente le alegraba el hecho de no verla en compañía de su amado Edgardo—. Volvió más pronto de lo anticipado por su tía y… ¡por todos nosotros! —añadió con pretendida alegría.

—¡Sí, así es! —dijo Teté secamente—. ¿Y usted *qué diablos* hace aquí, viviendo *entre gente pobretona*? —inquirió con aire molesto.

—¡Ustedes serán pobretones, pero son gente muy linda y muy amable! —afirmó Éricka dulce e hipócritamente—. Estoy de paso… y su tío, el padre Antonio, me recomendó que me alojara aquí antes de volver a Cobán. Probablemente permanezca por un par de semanas o quizá, no sé, hasta un par de meses… si fuera necesario.

Era obvio para ella que su presencia causaba una furia belicosa en la mente de la enfermera. Pero Éricka no quiso darse por enterada.

—¿Le gustaría acompañarme a las tiendas a comprar algunas cosas que quiero llevarle a mi familia en Cobán? —preguntó a sabiendas de que la respuesta sería negativa. Pero eso no le importaba porque tampoco a ella le apetecía salir acompañada de una hembra hermosa, tal vez más hermosa que ella misma, se dijo con inusitada humildad.

Teté no quiso contestar al instante porque realmente no sabía qué responder a la pregunta más que empalagosa por demás insidiosa; pues ella carecía de los medios para adquirir las cosas que Éricka podía comprar. Tawfik Handal la salvó de hacerlo, al salir de su cuarto camino al trabajo.

—¡Bienvenida, señorita Valadés y buenos días, señorita Montalvo! —saludó amable y cortésmente. Y continuó hacia la calle.

—¿*Montalvo?* —preguntó Haydé con voz intrigada—. Yo estaba segura de que su apellido era Wallenberg.

—Sí, señorita Teté, ese es mi verdadero apellido —afirmó Éricka bajando la voz. Luego añadió para disfrazar sus verdaderas intenciones—: Pero es que como este viaje lo he hecho de incógnito, es decir sin la autorización de mis padres, tuve que usar el apellido de mi chofer. ¡Chau! —dijo despidiéndose y luego se encerró en su cuarto.

Se tiró sobre la cama y aspiró nostálgicamente el aroma varonil que Ulises había dejado adherido a sus sábanas durante el coito de despedida. Luego se puso a cavilar cómo podría ella averiguar la hora de salida del convento de su odiada rival en sus días libres. *A lo mejor esa vieja apestosa de la dueña me lo pueda decir*, pensó; y al instante dejó la cama y salió de la habitación.

—¡Muy buenas tardes, *señorita* Edelmira! —dijo con voz azucarada.

—¡Muy buenas tardes, señorita Montalvo! ¿En qué le podría servir? —preguntó la dueña mientras le daba la última cucharada de sopa a Paquito.

—Solamente quería saber cómo se encuentra usted y su precioso niño —dijo la cobanera mintiendo para ocultar sus malsanas intenciones.

—¡Yo no zoy pecioso! —protestó el chiquillo con voz decidida—. Laz patojaz son *pesiosas*; loz patojoz zomos *guapoz* —explicó serio y en su lenguaje habitual.

—¡Vaya si ya tenemos aquí a un futuro abogado! —exclamó Éricka riéndose.

—¡Yo no *zoy ahogado*! —Paquito protestó de nuevo—. Porque yo me baño en la regadera —explicó con mayor énfasis.

—No le haga caso —sugirió la madre, orgullosa de la perspicacia de su vástago.

—No hay duda de que su niño es muy simpático y ciertamente muy franco —comentó la señorita Wallenberg—. Pero yo le quería preguntar si la señorita Violeta Winter ya no viene más a visitarla. Me gustaría saludarla ya que fuimos compañeras en secundaria, ¿sabe? Y ya hace meses que no la he visto y no sé nada de ella.

—No. Desde que el profesor Escoto se fue para El Salvador por la primera vez ya no ha vuelto o no la he visto más por aquí —le informó Edelmira—. Solía venir los jueves y los lunes porque esos eran sus días libres.

—¿Venía temprano por la mañana?

—Sí, a eso de las nueve ya estaba aquí a reunirse con su novio, el licenciado —añadió la dueña, quien estaba enterada de todos los pormenores de las vidas y milagros de sus huéspedes—. Ellos parecía que se adoraban mutuamente —agregó suspirando, envidiosa talvez de su tierno amor.

—Eso mismo me dijo su sobrina Haydé —dijo Éricka fingiendo gran indiferencia—. Si por acaso viniera a visitarla, dígale, por favor, que yo quicro saludarla —añadió hipócritamente—. ¡Hasta luego, pues! ¡Adiós, Paquito *guapo*! —dijo despidiéndose con amabilísima sonrisa.

Corrió, mejor dicho, se fue volando en su Cosmopolitan a la oficina de Telecom más próxima.

Allí, después de buscar el número telefónico del convento, llamó con la esperanza de que no contestara su odiada rival. Y tuvo mucha suerte, pues la que contestó fue sor Hipólita.

—¿Cómo está usted reverenda madre superiora? —preguntó melosa.

—¡Muy bien, gracias a mi Dios y a todos Sus santos! —dijo la religiosa con su habitual manera jaculatoria—. ¿Con quién tengo el gusto de hablar? —preguntó enseguida.

—Con Florinda de Estrada, la madre del licenciado Escoto, para más señas —dijo Éricka mintiendo.

—¡Ah! ¿Sí? ¡Cuánto gusto, señora! Y ¿en qué puedo servirla?

—Me gustaría saber si Violeta va a venir a visitarnos mañana más o menos… ¿y a qué horas se vendrá? —la Wallenberg preguntó astutamente.

—Ella siempre sale de aquí a las ocho de la mañana. Supongo que mañana hará lo mismo. ¿Quiere dejarle algún mensaje? —sor Hipólita preguntó afablemente.

—¡No, gracias! Simplemente salúdemela y cuídemela que para nosotros es una joya aún sin pulir. ¡Que pase un feliz día! —dijo Éricka tratando de acallar su carcajada.

—¡Lo mismo le deseo yo! —replicó la monja.

—¡Allí estaré esperándote, india maldita! —dijo en voz alta una vez colgó el aparato.

Violeta regresó de almorzar.

—Tu futura suegra te llamó para averiguar si irás mañana a visitarlos y a qué horas más o menos saldrías de aquí —le informó la madre superiora.

—¡Qué raro! —exclamó la secretaria con el ceño fruncido—. Hablé con ella esta mañana y le confirmé que trataría de llegar antes de que ellos se fueran a la Santa Misa en Santa Marta.

***

Ese mismo jueves, después del retiro, Violeta llamó a la agencia de taxis a las siete de la mañana y pidió que la recogieran a la puerta del convento exactamente a las ocho. Al alba de ese mismo día, Éricka despertó. *¡Levantate y brillá, preciosa!*, se dijo a sí misma desbordante de energía y de su habitual optimismo. Luego de darse una ducha, se vistió rápidamente con mahones azules y una blusa blanca y encima de ellos se puso una chaqueta delgada para abrigarse del frío matinal. Aprovechando que todos los inquilinos dormían aún, se marchó calladamente con su convertible. Después de desayunar frugalmente en un restaurante aledaño a la carretera, se dirigió al convento de Fraijanes. Llegó justo antes de las siete y media. Estacionó su Cosmopolitan muy cerca de su portón principal. Luego se salió del auto y se mantuvo de pie, reclinándose contra el guardafangos del convertible y, calmadamente, comenzó a limarse las uñas. Éricka estaba segura de que el taxi que vendría a recoger a Violeta llegaría a las ocho, como le había informado la madre superiora. Al verlo llegar se acercó prestamente al piloto.

—Usted viene por la señorita Violeta Winter, ¿no es cierto? —preguntó dulcemente.

—¡Sí! —contestó el chofer—. ¿Por qué?

—Porque la señorita Winter se cansó de esperarlo y acaba de irse en un camión del convento —mintió astuta y fríamente.

—¡Qué raro! Ella me dijo que quería que viniera a las ocho en punto y todavía falta un cuarto de hora. Y usted, ¿cómo lo sabe? —preguntó incrédulo el taxista.

—Porque yo manejo el carro de la madre superiora y aquí estoy esperando a que ella salga —dijo Éricka agitando las llaves del vehículo con una mano y señalando con la otra al elegante descapotable.

—¡Dios le pague por avisarme! —dijo el chofer y se marchó rápidamente.

—¡No hay de qué! —dijo Éricka alegremente. Regocijándose todavía por su astucia, golpeteó fuertemente el aldabón.

Violeta, creyendo que era el chofer del taxi el que tocaba, salió de inmediato. Se llevó una sorpresa mayúscula al encontrarse con Éricka, la hermana de su violador. Muy asustada y contrariada por su presencia, decidió reingresar al convento. Éricka la detuvo, tomándola por el codo. Acercó sus labios a la mejilla de la espantada rival para darle un beso de saludo.

—Buenos días, querida —dijo con voz azucarada—. No tenés que tener miedo de mí, no vengo a hacerte daño. Al contrario, he venido a pedirte perdón por mi conducta pasada que fue cruda, humillante e injustificable y también por las barbaridades que te hicieron mi hermano y su compinche —agregó fingiendo humildad y sinceridad.

—¡No necesito dar perdones a nadie! —dijo Violeta secamente.

—¿Por qué no podemos hablar como amigas? —preguntó Éricka en tono suplicante.

—¡Porque no tenemos nada de qué hablar! —replicó Violeta con desprecio—. Además, el taxi ya está por llegar…

—¿El taxi…? El taxi ya vino y se fue —replicó Éricka sonriendo hacia un lado con aire de triunfo—. Probablemente el chofer se cansó de esperarte. Se marchó justo en el momento en que yo llegaba. Pero si querés venirte conmigo, con gusto te llevaré hasta tu casa o a donde quieras ir y mientras tanto hablaremos —le ofreció con fingida bondad.

—¿Quién te dio esta dirección y cómo averiguaste mis días libres? —preguntó Violeta con voz llena de suspicacia. Recordó al instante las crudas humillaciones, las chanzas grotescas y las burlas que Éricka y sus camaradas le habían infligido durante sus años de martirio en el instituto secundario.

—Cuando le manifesté al padre Antonio Valadés mi intención de reparar en alguna forma el daño que te hizo mi hermano, aunque fuera solamente en parte, él me indicó donde trabajabas y cuales eran tus días libres. Pero si no me creés, llamalo y preguntale.

—¡Lo llamaré! ¡Claro que lo llamaré! —Violeta amenazó con semblante irritado.

—¡Por supuesto, llamalo! Pero mientras tanto, dejame que te lleve hasta tu casa. No traigo intenciones de matarte o de causarte daño. Quiero que hablemos de mujer a mujer sobre el horrible crimen que Alfredo y su compinche Patricio cometieron contra vos.

La joven secretaria sintiéndose confundida, comenzó a ceder. La voz de la que otrora fuese su peor enemiga tenía aparentemente un timbre de sinceridad, pensó.

Éricka abrió la portezuela del vehículo y la invitó de nuevo a subir con un gesto al parecer muy amistoso de su mano. Violeta, todavía indecisa, accedió a la invitación que finalmente le pareció sincera y genuinamente bien intencionada.

Una vez dentro del vehículo, Éricka le puso la mano sobre el vientre y lo frotó suavemente.

—¿Ya lo has sentido moverse? —preguntó con afabilidad sororal, refiriéndose al bebé que su odiada rival gestaba.

—Hasta ahora sólo dos veces —respondió la futura madre orgullosamente.

—¿Será de Alfredo o... de Patricio? —preguntó Éricka con risita infantil.

Violeta estuvo a punto de decir que esperaba que no fuera de ninguno de los dos criminales pero esa respuesta implicaría necesariamente la agencia de un posible *tercer* progenitor.

—¡No me importa de quién es! —exclamó resignada, a la vez que temblorosa e iracunda.

—Bueno, ¿a dónde vas a esta hora? —preguntó la Wallenberg mientras encendía el motor para poner su vehículo en marcha.

Decidiendo que su respuesta debía ser bien pensada, Violeta no contestó al momento pero su mente comenzó prontamente a deliberar. *Si digo que voy a la casa de mis suegros me preguntará cuándo y con quién me casé*, pensó atemorizada. *Será mejor mentir y decirle que estoy rentando una habitación en una casa privada y quiero ir allí pero no puedo invitarla a pasar... Pero ¿dónde? Bueno pues, a lo mejor ella ignora la existencia de Edgardo y de los Estrada. Entonces, mejor le diré una mentira distinta y que Dios me perdone.*

Éricka había permanecido callada esperando la respuesta de Violeta; y ésta concluyó que su antigua enemiga parecía impacientarse.

—Pues yo había pensado irme de una vez a la casa donde me arriendan un cuarto —mintió la secretaria tratando de aparentar calma—. Pero si verdaderamente querés hacerme el favor, ay me dejás frente a la iglesia de Santa Marta porque el padre Antonio me llamó para pedirme que le escriba a máquina algunas hojas volantes para distribuirlas en su parroquia.

Quiso gritar de alegría al comprender que había dicho dos mentiras congruentes para poder liberarse de una mujer que, aunque aparentaba haber cambiado, continuaba siendo impredecible.

—¡Por supuesto, querida! —dijo Éricka—. Allí te dejaré. Pero, entonces, ¿ya te dejaste con Edgardo, tan pronto?

—¡Ah! ¿Vos lo conocés? —preguntó Violeta pretendiendo desinterés.

—Sí. Lo conocí en Esquipulas. Me lo presentó Haydé, la sobrina del padre Valadés —dijo mintiendo—. Ella fue la que me contó que te habían violado y que, probablemente, también te embarazaron. Y que por ese delito la policía judicial ajustició a mi hermano y torturó a Patricio.

—Según me dijeron, ellos ya habían cometido muchos otros crímenes de estupro y violación y algunos asesinatos —dijo Violeta para justificar la conducta de la policía.

—¿Quién te dijo *eso*…?

—Bueno, en realidad fueron ellos mismos. Ese día, después de que los malditos me violaron e hicieron lo que quisieron con mi cuerpo —dijo pucherosa— Patricio levantó una enorme roca con la intención de dejarla caer sobre mi cabeza y matarme. Alfredo lo detuvo, diciéndole: «Ya te echaste dos, si matás a esta puta también, ya serían tres. Por pisarlas no nos fusilarán pero por matarlas… nos espera el paredón, Patricito…».

—¡Son unos desgraciados! —exclamó Éricka fingiendo extrema indignación. La víctima puso su rostro entre sus manos y sollozó amargamente por un largo rato. Odiaba recrear en su mente la espantosa escena y luego tener que relatarla a oídos extraños.

La conductora del convertible la dejó llorar pero de vez en cuando apartaba sus ojos de la calle para echarle miradas despectivas con denigrante gozo. Violeta secó sus lágrimas y su nariz mientras su pecho continuaba jadeante por la emoción que le había causado la evocación del suplicio sufrido. Pero Éricka no se sentía satisfecha porque aún no había establecido el paradero de su amado Edgardo.

—¿Ya no te has vuelto a ver con el licenciado? —preguntó con aire casual.

—Aunque quisiera verlo, ya no podría —su pasajera replicó crípticamente.

—¡Ah! ¿Es que no sabés su nueva dirección?

—No, no es eso. Es que ya no está en Guatemala. Se largó para Italia tan pronto decidimos coger cada cual por su camino —respondió la secretaria mintiendo.

—Entonces... ¿ya no habrá matrimonio? —preguntó Éricka con el corazón en la boca. Trató en vano de acallarlo pero le seguía palpitando violentamente dentro de la jaula de su pecho.

—No, ya no es posible —dijo Violeta con voz trémula, fingiendo indiferencia—. Nuestras diferencias son tan enormes que se han vuelto irreconciliables —añadió, mintiendo de nuevo.

—¡Cuánto lo siento, querida! —dijo Éricka fingiendo pena mientras internamente se derretía en una inmensa alegría.

—¡Gracias! Pero llegué a la conclusión de que es mejor cortar a tiempo que arrepentirse cuando ya es demasiado tarde...

—Tenés razón —dijo Éricka mientras su pecho se hinchaba con gran regocijo.

—¿Y vos...? ¿Ya estás próxima a casarte? —preguntó Violeta.

—Pues sí, es muy probable que pronto me casaré con el hombre que adoro pero que todavía no mc ha ofrecido matrimonio. Sin embargo, estoy segura de que muy pronto lo hará. Si no lo hace por amor lo hará por pura y simple conveniencia. Él sabe muy bien que mi rival nunca podría ni ofrecerle ni mucho menos darle lo que yo le puedo dar: dinero, lujos, influencias y una posición económica envidiable... ¿Por qué habría de preferir a una puta sucia y pobretona...?

—¡Pero eso es repugnante! —exclamó Violeta con disgusto sin sospechar que la ricachona se refería a ella misma con términos vulgarmente despectivos—. Vos sos bonita y rica; te merecés un hombre que realmente te ame. Un patán que se deja comprar no vale la pena; porque pronto podría encontrar otra mujer que le ofreciera mejores prebendas y beneficios.

—En cierta forma vos tenés razón, pero yo lo adoro tanto que estoy dispuesta a conquistarlo a como dé lugar; aunque antes tenga que matar a mi rival...

—¡Ah! —exclamó Violeta sobresaltada—. En la próxima esquina, ¡doblá para la izquierda! —sugirió a su aparentemente bondadosa conductora.

Éricka obedeció como un autómata. Estaba absorta en sus propios problemas. *Ya no tendré que matar a esta maldita lamida*, se dijo, felicitándose.

—Querida, me alegra muchísimo haber venido a verte —dijo en voz alta y con fingida preocupación— porque yo he estado pensando mucho en *vos* y compartiendo tu sufrimiento desde que Teté me contó lo de la horrible violación.

—¡Muchas gracias! —dijo Violeta casi convencida de la sinceridad y la angustia alegada por Éricka.

—Yo nunca he tenido, es decir... todavía no me... he acostado con un hombre —agregó balbuciente para darle más credibilidad a su fingida inexperiencia carnal—. O sea que... *todavía* soy *doncella* y me han dicho que eso duele mucho cuando... Bueno, pues cuando *se la meten* a una por primera vez, sea por su gusto o por la fuerza. ¿Es eso verdad o… son puros cuentos? —preguntó, afectando angelical inocencia.

—Prefiero no hablar de esas cosas tan grotescas y tan indecorosas —replicó Violeta haciendo una mueca de disgusto.

—Te comprendo… pero ¿es verdad que duele o *no*? —insistió su rival.

—¡Claro que duele! —contestó Violeta con indiferencia pues ya se acercaban a la acera de la iglesia de Santa Marta—. Parate ahí detrás de ese taxi, por favor —suplicó.

El chofer del taxi se bajó en ese instante y luego de abrir el baúl, extrajo un par de muletas. Mientras tanto, una señora, vistiendo traje sastre y un elegante sombrero negro con velo facial, emergió del interior y luego se quedó sosteniendo la puerta abierta. El conductor del vehículo le pasó las muletas y un elegante caballero se asió a ellas y comenzó a salir lentamente. Las jóvenes que llegaban en el descapotable negro los reconocieron inmediatamente. Éricka, tan pronto apagó el motor, corrió hacia ellos.

—¡Buenos días, doña Florinda! —exclamó efusivamente.

La señora de Estrada se sorprendió por la inesperada llegada de Éricka pero respondió el saludo con igual amabilidad e inmediatamente la presentó a su esposo.

Violeta, mientras tanto, se había quedado dentro del convertible, no sabiendo si alegrarse por el repentino encuentro con sus futuros suegros o lamentarlo. Estaba segura de que la Wallenberg haría preguntas a la pareja cuyas respuestas la pondrían en aprietos. Con resignada decisión abrió la puerta y salió del descapotable. Florinda quedó más sorprendida aún. Y se extrañó al verlas juntas y, aparentemente, en buenas migas.

—¡Mirá, Ricardo, quién acaba de llegar! —exclamó la esposa halándolo por el codo para que diera media vuelta.

—¡Violeta, hija mía! —exclamó el doctor Estrada—. ¿Por qué no nos avisaste que vendrías para acá? —preguntó—. Nos hubiéramos venido todos juntos —agregó.

—Es que a última hora el padre Antonio me pidió que le hiciera un trabajito. Por eso le pedí a Éricka que me trajera hasta aquí.

—¿Ustedes ya se conocían desde hace mucho tiempo? —preguntó doña Florinda, frunciendo el ceño.

VEINTE

—¡Sí, señora! —se apresuró Éricka a contestar la pregunta de Florinda—. Nosotras fuimos compañeras en el instituto secundario de Cobán, pero yo me gradué dos años antes que Violeta —agregó con una risilla de tonta mientras abría su bolso con la intención de pagar al chofer del taxi que esperaba la cancelación de la carrera. El doctor pronto intuyó en el ávido gesto de la joven la intención de congraciarse con ellos y de esa manera ganar su amistad.

—Muchas gracias, señorita Wallenberg, pero no tiene porqué molestarse —dijo Estrada sacando un rollo de billetes de su propio bolsillo.

Florinda tomó cinco quetzales del rollo y pagó al taxista.

—¡Quédese con el vuelto, señor! —agregó con actitud espléndida. Enseguida se dirigió a la joven—: Lo siento mucho, señorita —explicó más para deshacerse de ella que para despedirse cortésmente— pero es que tenemos que entrar ya a la iglesia porque Ricardo no puede estar de pie mucho tiempo.

Violeta se alegró al oír la oportuna explicación y contra su propia voluntad dio un beso a la mejilla de su antigua enemiga.

—¡Mil gracias por el levantón! —le dijo y se marchó hacia la puerta de entrada de la casa cural—. Por favor, doña Florinda, vengan por mí cuando haya terminado la misa —suplicó con un guiño de alerta a su futura suegra.

La señora de Estrada le respondió con otro guiño igualmente conspiratorio. Éricka no tuvo la oportunidad de detectarlo, pero ella no estaba dispuesta a tirar la toalla. *¡No por ahora!*, se dijo. *Está claro*, pensó, *que la maldita india me ha mentido descaradamente; por consiguiente, la información sobre Edgardo la obtendré de la boca de sus padres.*

—¿Y cuándo regresará su hijo de Italia, lo saben? —preguntó mientras caminaba detrás de ellos, pero sin especificar a quién dirigía su pregunta.

La esposa se adelantó a contestar:

—No lo sabemos realmente, señorita Wallenberg—. Él está por allá realizando varios negocios y hasta que no obtenga resultados no regresará.

—¿Me podrían dar al menos su número de teléfono en Italia o tal vez la dirección donde está hospedado? —preguntó con su habitual descaro.

—No podríamos, lo siento. En realidad, no los tenemos —respondió Ricardo secamente—. Y aquí tampoco tenemos teléfono porque no nos lo han instalado —añadió, mintiendo con la obvia intención de evitar los contactos con Éricka.

—¡Que tengan un feliz día! —entonó ella con voz acaramelada mientras interiormente les maldecía agriamente. Aunque comprendió el crudo rechazo, no se desanimó. *Hasta cierto punto*, se dijo mientras se dirigía a su Cosmopolitan, *es mejor que no tengan ni la menor idea de mis planes secretos. Ya encontraré la forma de comunicarme con mi Edgar una vez haya hecho desaparecer de la faz del planeta a esa maldita lamida*, pensó con perverso optimismo.

***

Terminada la misa, los Estrada se dirigieron a la casa cural. El padre Valadés los recibió muy afablemente. Violeta había permanecido sentada en la sala de estar esperando a que todos se desocuparan de sus devociones.

—Me gustaría invitarlos a desayunar —dijo el sacerdote—. Pero antes debo indicarle a la cocinera que tengo tres comensales. Al regresar, los hizo pasar al modesto comedor—. ¿A qué debo el honor de esta visita? —preguntó sonriente mientras se sentaba a la mesa.

—¡A una mentirita piadosa! —confesó Violeta sonrojándose.

—Perdón, pero no comprendo lo que me quieres decir —dijo el cura con aire perplejo.

—Éricka Winter me fue a esperar a la puerta misma del convento alegando que quería pedirme perdón por las maldades de su hermano —explicó Violeta—. Al principio no le quise creer, pero ella me juró que llegaba con buenas intenciones. Me dijo también que usted mismo le había dicho donde trabajaba yo y los días que tenía libres… ¿Es cierto eso…?

—¡Efectivamente! —afirmó Valadés—. Yo le proporcioné esa información porque me pareció que hablaba con sinceridad sobre su decisión de pedirte perdón.

—Temiendo que me rogara subir a conocer el apartamento donde vivo —continuó Violeta— le dije que usted me había encargado que le hiciera un trabajo de oficina. Esa es la mentirita que nos trajo hasta aquí, y le ruego me disculpe —imploró humildemente.

—No tienes de qué disculparte, hija mía —dijo el cura—. Comprendo perfectamente tus razones. La tuya fue una mentira piadosa.

—Perdónenme por entrometerme en la conversación, pero yo temo que las intenciones de esa señorita no son tan nobles como les ha hecho creer —dijo Florinda.

—Y ¿cuáles son sus razones para aseverar eso, señora? —preguntó el cura.

—Desde que conoció a Edgardo allá en Esquipulas ha estado acosándolo y creo seriamente que se ha enamorado de él con una pasión obstinada y malsana. Nuestro hijo me confesó que en una ocasión se había metido a la fuerza al cuarto que él y yo compartíamos en el hotel. Y que él le había hecho saber claramente que no estaba interesado en amoríos con ella porque estaba enamorado de otra joven con quien planeaba casarse —aclaró la señora.

—Ahora comprendo por qué dejó abandonada a su propia mamá en Santa Fe y se regresó para

Esquipulas en el mismo helicóptero. Seguramente para venir a buscar a Edgardo. Pero él le dijo al piloto delante de nosotros mismos, que él no estaba interesado en volverla a ver —dijo Estrada.

—Esos detalles los ignoraba —dijo Valadés—. Ahora me arrepiento de haberme dejado embaucar por esa joven. ¡Que Dios me perdone por mi ligereza! —agregó.

—Esa niña tiene una labia envidiable —dijo la señora Estrada—. ¡Qué lástima que no la utilice para propósitos nobles!

—Cuando veníamos en su carro, me confesó que *todavía* era doncella y que le había afectado mucho la conducta de su hermano. También dijo que estaba locamente enamorada de un hombre que, por de pronto no le correspondía porque estaba enamorado de otra mujer. Que su rival no podía darle las ventajas que tendría casándose con ella. Y afirmó que estaba dispuesta a matar a la otra para quedarse con su hombre amado —dijo Violeta.

—Creo que esa niña te ha descrito exactamente el triángulo fatal que ella ha formado en su mente malsana entre Edgardo y ella —sentenció el profesor de Derecho—. Le aconsejo encarecidamente que se mantenga alerta porque ya se lo advirtió que está dispuesta a matarla para quedarse con mi hijo… Aunque yo dudo que llegue a actuar en una forma tan ruin para lograr su malhadado propósito.

—No creo que llegue hasta matar —dijo Florinda y agregó—: Estoy segura de que ella ya intuye que nosotros conocemos sus intenciones y no se va a exponer a pasar su vida en una cárcel o a que la manden al paredón.

—Por favor, no prejuzguemos a la joven —dijo el sacerdote—. Ella talvez hablaba de otra persona. Hace unos dos días su madre angustiada me llamó desde Cobán. Dijo llorando lastimeramente que tenía ya más de una semana de no escuchar de ella y que lo único que sabía o suponía era que estaba hospedada en una pensión exclusiva para mujeres solteras, pero no conocía ni el nombre ni el teléfono de ese lugar.

—Supongo que habrá muchas de ese tipo —dijo el profesor.

—No sé cuántas habrá y se lo tuve que decir. Me suplicó que tan pronto tuviera noticias de ella se las comunicara. Lo haré más tarde pero solamente le podré decir que trajo a Violeta en su automóvil hasta la casa parroquial y que, aparentemente, está gozando de buena salud.

—Sí —dijo Violeta confirmando la suposición del cura—. Yo la vi saludable físicamente pero dudo que esté gozando de salud mental. En todo caso, como no quería mantener ningún tipo de comunicación con ella no le pregunté dónde se hospedaba.

—Cambiando de tema, si me permiten —dijo Valadés— hay algo que aún no he logrado comprender. Y les ruego me clarifiquen este asunto: Cuando Edgardo llegó la casa parroquial de Esquipulas a buscar ayuda para el doctor Estrada, nos dijo que se trataba de un *amigo* y luego resultó que en realidad era su padre... ¿Me lo podría explicar, mi querido doctor?

—Con mucho gusto lo haré y lo haré con la mayor brevedad posible —dijo Estrada.

A continuación y mientras degustaban las delicias del desayuno, el profesor relató todas las razones que tuvo para ofrecerle a Edgardo Escoto, primero una modesta herencia y luego la paternidad adoptiva que, afortunadamente, el joven había aceptado.

El padre Antonio se maravilló de la osada valentía y de la evidente honestidad del futuro esposo de Violeta. Y, junto con sus futuros suegros, aconsejó a la joven que no tuviera más contactos con Éricka. Después de agradecer la deliciosa comida, los visitantes partieron.

***

El martes siguiente por la tarde, Edgardo regresó de Italia. Sus padres se regocijaron por haber obtenido admisión a la Facultad de Leyes de la universidad italiana y, naturalmente, también por su regreso sin contratiempos que lamentar. Les maravilló que en tan sólo tres semanas hubiera logrado crecer una poblada barba y un frondoso bigote. Ambos de un tono negro azabache. Al día siguiente llamó a Handal para pedirle que le trajera su licencia de conducir y luego lo acompañara a buscar su Starlight Commander.

—Quiero hacerte una confesión —le dijo Edgardo a Tawfik luego que hubieron obtenido el auto—. No tuve que ir a El Salvador porque mi hermano me giró un cheque que cubría mi parte de la herencia de mis padres.

—Entonces, ¿dónde diablos has estado pasando el tiempo y dejándote crecer la barba? ¿En una cueva?

—preguntó Handal, riéndose mientras acariciaba la propia.

—¡No, señor! Estaba en Italia. Estuve en Milán y en Boloña…

—¡Qué suertudo, carajo! Y ¿a qué fuiste?

—A solicitar admisión a la Facultad de Derecho de la Universidad de Boloña.

—No te voy a preguntar si tuviste éxito porque puedo leer en tus ojos la felicidad de que lo lograste. Y, ¡creeme que te felicito de corazón!

—¡Gracias! Pero lo que te quería decir es que en Milán encontré de chiripa a uno de nuestros profesores de quinto grado.

—¿A cuál de todos?

—Al padre Vicenzo…

—¿A Vicenzo Vivaldi? ¿Vive todavía?

—¡Por supuesto! Él es por ahora el cónsul salvadoreño *ad honores* en Milán. Lo vi porque tenía que renovar el pasaporte y temía que estos infelices del consulado salvadoreño aquí en Guatemala me lo confiscaran por lo que nosotros sabemos. Con ello hubieran logrado dejarme en un limbo migratorio; sin patria y seguramente expuesto a la deportación.

—*"Sin patria pero sin amo"*, como dice el verso de José Martí —glosó Tawfik sonriente.

—¡Ciertamente! —dijo Edgardo—. Y yo tenía razón. Vivaldi me mostró la larga lista de los condenados por la tiranía a convertirse en apátridas y ¡*voilá! Edgardo Escoto Azurdia* estaba allí en la lista de los enemigos de la dictadura militar.

—Es el mayor honor encontrarse en esa lista… Y ¡nada de eso me extraña! —dijo Handal molesto—. Pero ¿te renovó el pasaporte?

—¡Sí me lo renovó! Y me dijo que si por ello lo amonestaban ya no le importaría porque ya había solicitado su retiro.

—¡Tenés una suerte de condenadazo! —le dijo su amigo felicitándolo.

—¡La tengo! ¡Definitivamente! —asintió Edgar.

—No hay duda de que la tenés. ¿Sabés una cosa? Cuando le conté a Roque tu historia, él se mostró un poco escéptico.

—¡Ah! ¿Es que ese cabrón no cree que todavía estoy vivo?

—Por supuesto que él lo cree y sabe que has sobrevivido al peligro; pero lo que dice que no entiende es por qué los agentes judiciales te creyeron todo sin hacer averiguaciones sobre tu pasado, tu dirección, tu trabajo y tus amistades.

—¿Sabés? Walton tiene mucha razón porqué yo también me sorprendí y por supuesto me alegré de que me hubieran creído absolutamente todo y que no tuvieran que torturarme para establecer si yo decía la verdad. Y he pensado muchas veces sobre el porqué sucedieron las cosas en la forma como sucedieron. Y creo que ya logré desenredar esa enredada madeja.

—Explicame, por favor, cuál ha sido tu conclusión —dijo Tawfik con genuino interés.

—He revisado todo el proceso de mi arresto, la interrogación y el encarcelamiento y en ninguna de esas etapas pude encontrar un dato que justificara la decisión de los torturadores de no hacerme daño. Sin embargo, momentos antes de que nos aplicaran la ley fuga, Patricio le recordó a Villagrande que al momento de arrestarlos ellos tenían diez mil dólares en sus bolsillos y quería que se los devolviera antes de liberarlos.

—Y ¿qué le respondió Villagrande?

—Naturalmente, el teniente no le hizo caso y procedieron a obligarnos a todos a pasar por debajo del alambrado fronterizo. Lo demás ya vos lo sabés. Pero yo no recuerdo haberte dicho que en los sobres que nos dio Villagrande encontramos una limosnita de doscientos dólares *usanos* para que no nos muriéramos de hambre, según nos dijo el propio teniente. Estoy más que seguro que esa dádiva espontanea provenía del dinero que el torturador en jefe decomisó de los malditos estupradores asesinos y no de su bolsillo.

—¿*Dólares usanos*? ¿Qué diablos es eso? —preguntó Tawfik extrañado.

—El abuelo paterno de Violeta —explicó el licenciado— está casado con una señora nacida en los Estados Unidos y ella alega, a pie juntillas, que es una ciudadana *americana*. Pero su marido le dice que no existe la ciudadanía americana. Que ella debe decir que es una ciudadana *usana*. De acuerdo con esa incuestionable lógica, los dólares de Estados Unidos son *usanos*. ¿Es que no me explico, Federico? —añadió, riéndose de su expresión rimada.

—Parece una buena idea para acabar la maldita confusión que produce el uso incorrecto de la palabra *América*. Volviendo al tema de Villagrande; sí, es muy probable porque lo que esa gente gana no llega a ciento cincuenta dólares al mes. Diez mil dólares es harta lana, como dicen los mejicanos —dijo Handal.

—¡Exactamente! Y eso me ha llevado a concluir que Villagrande sí recibió el dinero y en compañía con Saldívar decidieron quedarse con el resto, eliminándonos a todos. Recuerdo que una vez identifiqué a los patanes violadores, la actitud del teniente y su ayudante hacia mí se hizo menos severa aunque ciertamente me torturaron sicológicamente porque siempre me obligaron a observar cuando torturaban a ese par de desgraciados.

—O sea pues que su codicia por el dinero de los ricachones fue lo que les obnubiló la mente y te creyeron las mentiras que les dijiste. Yo creo que vos tenés razón; el dinero fácil es el que más compra voluntades.

—Hay todavía algo más. Y ese *algo* no lo he podido sacar de mi mente. Y es el hecho de que cuando nos dispararon en la frontera los otros tres fueron impactados directamente a nivel de los pulmones; o sea con la vil intención de matarlos. Sin embargo, la bala que dispararon hacia mí me hubiera impactado solamente en el hombro si no hubiera sido por el reloj de papá que la desvió hacia arriba y me atravesó la oreja. Sospecho que Villagrande ordenó que me dejaran con vida aunque herido levemente y supongo que lo hizo para que también le pudiera salvar la vida al profesor.

—Y ¿vos sí *creés* que Villagrande no quería que murieras?

—No es que lo crea. Cuando nos dispararon, Ricardo y yo estábamos a escasos treinta metros de distancia de ellos. Y a esa distancia cualquier persona con buen adiestramiento en el manejo de armas puede dar en el blanco un noventa y nueve por ciento de veces. Es más, a los otros dos mequetrefes las balas les impactaron a nivel de los pulmones y del corazón aunque en ese mismo momento ellos se encontraban a más de cincuenta metros de distancia. ¿No creés vos que tengo razón, corazón? —preguntó el licenciado en son de broma.

—Sí. Creo que tenés razón y mucho corazón —dijo Tawfik también riéndose.

—Desgraciadamente nunca sabremos la verdad porque esa misma noche Villagrande y sus subalternos perecieron en un accidente de tránsito entre Jinotepeque y Jalapa. Cuando la Guardia Civil registró los cadáveres, encontraron más de ocho mil dólares en sus bolsillos.

—O sea que esa noche se estuvieron bebiendo las ganancias camino a Guatemala.

—¡Exactamente! Pero eso corrobora mi hipótesis de que Villagrande decidió quedarse con el dinero tan pronto Saldívar se lo entregó y una vez yo identifiqué correctamente a los violadores, él decidió aceptar mi testimonio como verídico para no alargar el proceso.

—Esta noche le relataré a Walton lo que vos me acabás de decir. Pero vos me estabas contando de tu encuentro con Vivaldi ¿qué pasó después?

—Bueno, pues tuvimos una larga conversación recordando esos años y hablando de muchos de nuestros compañeros. Por cierto, él se acuerda de vos cuando fuiste su alumno en 1938 y me preguntó qué habías hecho de tu vida. Te contaré más sobre nuestro inesperado y afortunado encuentro en otra ocasión porque ya llegamos donde estoy residiendo con mis padres adoptivos. Solo quiero decirte que volando de Milán a Guatemala hicimos una parada en el aeropuerto de La Habana. Se subieron varios pasajeros, entre ellos un guatemalteco que habiendo comprado el *Diario de la Marina* pensaba leerlo durante el vuelo a Guatemala. Pero hicimos conversación sobre los titulares, entre ellos la noticia que contaba que los militares habían rastreado la Sierra de las Minas y habían encontrado siete cadáveres despedazados por las fieras y los zopilotes y uno chamuscado pero sin cabeza. Lo que me impactó fue el hecho de que entre esos difuntos se encontraban mis enemigos. ¿No has leído algo sobre esa noticia?

—Sí, claro que lo leí y me acordé de vos y tus malandanzas.

—No te llevo hasta la pensión porque mis *papases* me están esperando.

—No te preocupés por eso, Gaguito. Tenía planeado detenerme en mi lugar de trabajo a recoger mi cheque.

—Mañana iré a recoger a Violeta a la puerta del convento. Ella no sabe que ya regresé de Italia ni sabe tampoco que he comprado este *elegantísimo* automóvil; que, por cierto, es el primero que compro en mi vida. De manera, pues, que será una doble sorpresa para ella. ¿Oye, te gustaría acompañarme mañana a recoger a Violeta?

—¡Sería para mí un placer! Pero no quiero ser un estorbo entre ustedes dos…

—No. Al contrario, vos sabés que Violeta te aprecia muchísimo.

—¿A qué hora vendrías por mí?

—Digamos, ¿a las siete y media en la puerta de la pensión?

—¡Allí estaré esperándote, Gaguito! —prometió Tawfik Handal alegremente sin presentir la tragedia fatal que el destino le deparaba.

Esa tarde Edgardo llevó a sus padres a dar un extenso periplo por la ciudad y conocer sus alrededores más interesantes. Durante el viaje fue informado de las actividades sospechosas de la Wallenberg con respecto a su Violeta y de las que ellos se habían enterado durante su ausencia. Sin embargo, el licenciado no quiso llamarla con anticipación porque continuaba interesado, pueril o quizá románticamente, en darle a Violeta la sorpresa más maravillosa de su vida.

***

En ese día, trece de marzo, la atmósfera de la Ciudad de Guatemala había amanecido fresca, casi gélida podría decirse; y un sol esplendoroso se empeñaba en calentarla paulatinamente. Ninguna nube se lo impedía mientras se levantaba gallardo y radiante detrás de las enhiestas y majestuosas montañas del oriente. El vaho acre y repulsivo de los motores de buses y de camiones propulsados por aceite diésel se mezclaba con la fresca brisa que descendía de las montañas circundantes, obligando a los capitalinos a hacer muecas de náusea y a cubrirse los rostros con sus pañuelos o sus bufandas.

Tawfik lo esperaba a la puerta de la pensión cuando Edgardo llegó a recogerlo.

—Gracias por no hacerme esperar —le dijo Edgardo sonriente—. Decidí venirme más temprano porque quiero estar frente al convento cuando Violeta salga.

—¡Genial idea! —aplaudió Handal—. Ayer quería preguntarte algo y lo olvidé —agregó, cerrando la puerta del vehículo.

—¿Qué es lo que me querías preguntar?

—¿Vos conocés a una muchachita rubia de ojos azules de Puerto Barrios; muy hermosa, por cierto, que se llama Éricka Montalvo Barnes?

—No, no la recuerdo. Pero sí conozco, *bíblicamente*, por decir así, a una patoja rubia, de ojos azules, muy bonita y muy jacarandosa —dijo Edgardo guiñando el ojo—. Pero se llama Éricka Wallenberg y es de Cobán.

—Entonces hablamos de dos mujeres distintas pues la Montalvo es de Puerto Barrios. Pero ella dijo que te conocía y que te había visto en Esquipulas en un tremendo *amacize* romántico con Teté.

¡Entonces, sí es la misma! ¿Por qué esa loca se habrá cambiado de apellido?, pensó Edgardo con desasosiego y sospecha.

—¿Dónde la conociste? —preguntó con el corazón trepidante.

—Hace un par de semanas llegó a hospedarse a la pensión. Venía acompañada de un hombre alto y moreno, negro diría yo, y lo presentó como su hermano Ulises. Los he visto varias veces paseando en un elegante convertible negro. Ayer por la tarde la vi sola manejando su automóvil.

Es la Éricka Wallenberg, en efecto, pensó Escoto. *Me gustaría averiguar por qué se ha venido a hospedar en una pensión de clase media con toda la plata que tiene. Eso me da la mala espina de que está tramando algo perverso. Pero desde ahora cuidaré a mi Violy día y noche*, se prometió en silencio.

—Tan pronto Edelmira nos la presentó en el comedor me preguntó por vos y si ya te habías mudado a otra parte a vivir con Teté. Yo le contesté que no sabía que vos fueras o hubieras sido amante de Haydé —añadió Tawfik.

—¿Has hablado con ella últimamente?

—No, porque luego de rentar dos cuartos se han desaparecido tempranito y han regresado cuando ya todos estábamos en la cama.

Si la memoria no me falla, pensó Escoto, *Ulises se llamaba el amante clandestino que fue chofer de su padre. ¿Será que se ya se dio cuenta de que conmigo no tenía esperanzas y decepcionada se fue a buscarlo a Puerto Barrios? Pero entonces ¿para qué diablos trataba de encontrar a Violeta con tanto empeño?*

Luego de esa discusión mental, Edgardo no se hizo más preguntas porque lo distraían.

Tawfik concluyó que el silencio de su amigo se debía a que tenía que concentrarse en la carretera.

Al detenerse ante un semáforo en rojo, trató de consultar su reloj de pulsera, pero la luz del semáforo se cambió a verde antes de lograrlo. Handal intuyó la intención de Edgardo en saber la hora y decidió comprobarlo en su propio reloj.

—Faltan diez para las ocho —dijo—. Y alrededor de dos kilómetros más para llegar a Fraijanes —agregó.

Escoto se culpó a sí mismo del posible retraso; aun así, decidió no sobrepasar la velocidad permitida. En todo caso, la presencia de numerosos camiones llenos de carga impedía una aceleración mayor. Su amigo se mantuvo callado y pensativo, pretendiendo observar el paisaje para no distraerlo.

***

Los curas Arnelo y Valadés habían enviado de regalo al personal del convento un cargamento de hermosas sandías. Llegaron el miércoles y la madre superiora las hizo distribuir antes de la cena. Eran tantas las sandías que a cada miembro del personal se le entregó una entera y todavía quedaron algunas para consumirlas después. Violeta decidió no tajar la suya para llevársela a sus futuros suegros al día siguiente y disfrutarla en su compañía. El jueves por la mañana la metió en dos bolsas plásticas con fuertes agarraderas. Se sentó en un banco del corredor a esperar a que Sor Benedicta, quien le había prometido llevarla en su *escarabajo* hasta el apartamento de los futuros suegros, trajera a sor Dionisia para que las acompañara y tuviera con quien regresarse ya que a las religiosas no se les permitía viajar solas. Pero la anciana monja, siendo a sus años de paso muy lento, tardaba en aparecer. Los vehículos y la *pick-up* del convento se mantenían en la parte posterior del edificio y salían a la calle trasera por el amplio zaguán, teniendo que darle media vuelta al convento para poder llegar hasta la puerta principal. Mientras esperaba a que sor Benedicta saliera de la oficina de sor Hipólita, Violeta alisó pulcramente los numerosos pliegues de su vestido de seda blanca satinada, que ella misma había confeccionado en sus horas libres y que había adornado hábilmente con profusas estrellitas pintadas de azul marino.

—Espérame allá afuera —sugirió afablemente la monja tan pronto salió de la oficina de la madre superiora—. Espero que mientras doy la vuelta, sor Dionisia se haya aparecido —agregó con un dejo de impaciencia.

—Agradezco que se tome la molestia —dijo Violeta agradecida de la bondad de la religiosa.

—¡Tú sabes muy bien que para mí eso no es molestia! —dijo la monja—. Lo hago porque vos vas con dos *sandiotas*; una en la panza y la otra en las bolsas —añadió sonriente—. Y además —dijo bajando la voz— como te dije, quiero que reanudemos nuestra plática del lunes.

—En todo caso, agradezco su generosidad —insistió la empleada dándole palmaditas a su vientre. *Ojalá que mi pobre bebé no se haya ofendido por haberlo llamado sandiota*, pensó, pero no expresó disgusto por las palabras inocuas de la monja.

—¡No me digas más, por favor! —repitió sor Benedicta—. Espérame allí frente al portón mientras voy a sacar el *escarabajo*.

Violeta salió con las bolsas colgando pesadamente de sus dos manos. Cuál fue su enorme sorpresa al encontrarse de nuevo con Éricka de pie frente a su elegante descapotable estacionado directamente frente a la entrada principal. El ruido al cerrar el portón hizo que Éricka girara inmediatamente sobre sus talones, quedando frente a frente con su rival.

—¡Sorpresa, mi querida Violeta! —exclamó, fingiendo jovialidad.

La bella novia de Edgardo se sintió ciertamente sorprendida; pero más que sorprendida, muy temerosa.

—¿Qué te trae por aquí? —preguntó con voz irritada. Su ingrata presencia le recordó nuevamente los constantes sufrimientos que le había ocasionado anteriormente y se preguntó cuándo terminarían por fin. Recordó también las advertencias del doctor Estrada, de Florinda y del padre Antonio de mantenerse lo más alejada posible de Éricka.

—Vine a llevarte a tu casa —explicó la Wallenberg—. Para que continuemos hablando.

—¿Para que continuemos hablando de qué o de quién? ¡De tu hermano *asesino* y *violador* no quiero hablar más! —dijo Violeta enfáticamente—. ¡Y ojalá que Dios me perdone porque yo no puedo perdonarlo! —agregó a media voz.

—Sí. De él precisamente quería que habláramos esta vez —dijo fríamente—. Pero subite ya —añadió, abriendo la portezuela del convertible.

—Si tanto te urge, podríamos hablar otro día —dijo Violeta pues no creía que la hermana de Alfredo realmente quisiera hablar nuevamente de su violación—. Es que hoy no tengo tiempo porque sor Benedicta me va a llevar a la casa de mis futuros suegros —añadió haciendo esfuerzo por mantener alzada la pesada bolsa que colgaba de sus manos.

—¡No, no, no! —replicó Éricka—. ¡Es que *tenés* que irte *conmigo*! ¡YA! —agregó en un grito rabioso e imperioso. Al instante sacó la Beretta del bolso que colgaba de su brazo y con ella la apuntó, conminándola a obedecer.

—¿Estás loca, Éricka? —gritó Violeta súbitamente poseída por el pánico—. ¡Guardá ya esa porquería antes de que hirás o matés a alguien! —Le temblaba el cuerpo pero no soltaba por un instante la bolsa con la sandía.

—¡Entrá al carro, puta chingada! —le ordenó en un grito soez y amenazante.

Temiendo que le hiciera daño al bebé que cargaba en sus entrañas, la joven obedeció inmediatamente. Se sentó en el asiento delantero, temblando asustada y llorosa con la enorme sandía colocada contra su regazo mientras su enajenada enemiga, pistola en mano, corría por detrás del automóvil para subirse y luego largarse, forzando a Violeta a viajar con ella.

Sor Benedicta, que apenas había doblado la esquina, inmediatamente reconoció a Éricka y detectó a la vez el arma que blandía en sus manos. Empujó el pedal del acelerador hasta el fondo para acercarse a toda velocidad al descapotable.

—¡ÉRICKA! —le gritó asustada—. ¿Estás loca? ¿A dónde te llevás a Violeta? —le preguntó histéricamente.

—¡Al infierno! —contestó su hermana menor con voz desafiante al mismo momento que disparaba certeramente al rostro de la monja. Ésta cayó al instante contra el espaldar y luego sobre el asiento pero su pie se mantuvo por un instante presionando el acelerador.

El escarabajo al instante embistió violentamente el trasero del convertible y el impacto mandó el cuerpo de Éricka contra el suelo de pedrisca y arena y el de Violeta contra el salpicadero. La voluminosa sandía felizmente atenuó el impacto de la colisión, librando a la embarazada del golpe pero estrujó mortalmente el feto.

Violeta, asustadísima, percibió al instante el calor de la correntada de sangre que bajaba por entre los pliegues de su vagina y luego se esparcía por el perineo y los muslos. De repente creyó ver las casas y árboles aledaños, y hasta el edificio del convento, dando vueltas a su alrededor. Luego cayó desmayada con la cabeza pegada contra la parte superior de la portezuela. La sandía se deslizó pesadamente hacia el suelo del auto.

Éricka se levantó e inmediatamente se subió al convertible. Al momento observó que la falda de Violeta se teñía de carmín.

—¡Maldita india lamida! —le gritó poseída por el odio y la cólera—. ¡Puta chingada, no te vas a morir aquí dentro de mi carro! ¡No, puta chingada, no lo harás! ¡Te voy a matar, definitivamente! Pero ¡afuera del pueblo y muy lejos de aquí! —gritó groseramente al cuerpo inerme y desmayado de su rival.

Estaba a punto de partir cuando recapacitó con horror. *¡Ésa era la voz de Karen!*, se dijo aprensiva y casi arrepentida. *Y ¿la maté? ¡Oh, no!*, mugió casi compungida. *¡Y todo por culpa de esta maldita india lamida! ¡Por suerte que nadie me vio pero tengo que* *largarme; tengo que largarme en este instante!*, se dijo decidida, quitando el freno de mano y maniobrando la palanca del embrague. Temiendo que su hermana aún estuviera viva y decidiera perseguirla, levantó la pistola y apuntó hacia el escarabajo, pero al no observar persona alguna dentro de él decidió partir inmediatamente. En ese preciso instante, sor Dionisia abrió el portón. Instantáneamente detectó el arma en la mano de la que manejaba el descapotable negro y observó también que dentro de él estaba una joven de cabellos marrones con la cabeza pegada a la portezuela. Luego vio que el carro salía disparado como saeta. Justo en ese mismo momento llegaba el Studebaker plateado de Edgardo a la trágica escena. El licenciado reconoció al instante los cabellos dorados de Éricka agitados por el viento y una cabellera castaña quietamente pegada a la portezuela del convertible. Se detuvo al percibir que una anciana monja gesticulaba con los brazos pidiéndole detenerse.

—¡Esa mujer acaba de llevarse a Violeta y está armada! ¡Tenga mucho cuidado, señor! —le advirtió a gritos la anciana.

—¡Ése es el convertible de Éricka! —dijo Handal señalándolo con su índice.

El licenciado arrancó violentamente y fue en persecución de la malvada secuestradora.

La sordera de sor Dionisia le había impedido escuchar el disparo. Abrió al instante la portezuela del escarabajo y detectó horrorizada la blanquísima toca y el rostro de sor Benedicta bañados en sangre. Tan pronto como sus lentas piernas se lo permitieron, la longeva religiosa entró al convento pidiendo auxilio con gritos desaforados.

Sor Hipólita salió inmediatamente de su oficina al escuchar los alaridos de sor Dionisia.

—¡Ma-ma-ta-ta-ron a so-sor Be-be-ne-ne-dicta —balbució la anciana monja transfigurada. Y al instante cayó desmayada sobre las baldosas del pasillo.

—¿Dónde? ¿Dónde está? ¿Quién la mató? —preguntó la madre superiora fuera de sí. Pero la anciana, habiendo perdido el conocimiento, ya no pudo contestar sus preguntas.

Varias monjas corrieron a la calle gritando fervientes jaculatorias y al abrir el escarabajo constataron que sor Benedicta, en efecto, ya había fallecido. Al ser enterada de la trágica noticia, sor Hipólita, llorosa, ordenó notificar inmediatamente a la Guardia Civil. Y temiendo que sor Dionisia hubiera sufrido un infarto al miocardio debido a la gravedad del impacto emocional, ordenó también llamar al médico que atendía al personal del convento.

Mientras tanto, Éricka Wallenberg, a unas diez cuadras de la escena de sus tres crímenes, sospechó que un vehículo de color plateado la seguía a propósito. *¿Quién podrá ser?*, se preguntó un poco histérica. *¿Un guardia civil, tal vez? ¿Un policía judicial? ¿Pero... tan pronto? ¡No, no puede ser! ¡Eso es demasiado pronto!*, se dijo consolándose. *¿O será algún empleado del convento?*, volvió a preguntarse; esta vez, ya con agobiante temor.

En la próxima esquina decidió virar velozmente hacia la izquierda para comprobar si el auto sospechoso de perseguirla realmente la estaba persiguiendo y no era una simple coincidencia que viniese detrás de ella. Para su desaliento, pronto evidenció que efectivamente el vehículo plateado la perseguía y se acercaba cada vez más y más.

Trató de ver y distinguir el rostro del que lo guiaba a través del espejo retrovisor, pero éste era demasiado pequeño y solamente pudo observar dos rostros muy barbudos y bigotudos. Además, teniendo que esquivar los innumerables baches, túmulos y rocas sueltas que hacían de las calles del pueblo verdaderos paisajes lunares y una pista cruel de constantes obstáculos, no podía concentrarse en algo que no fuera la calamitosa ruta sobre la que circulaba. En la próxima esquina, al doblar rápida y nuevamente a la izquierda, se dio cuenta que sin haberlo querido había ingresado a la carretera internacional que conducía a El Salvador y a la zona sudoriental del país. La ruta estaba plagada de pesados camiones transportando carga hacia el oriente y el sur del país. El auto plateado se perdía a veces detrás de ellos y de repente reaparecía zigzagueando veloz y persistente.

De pronto observó la luz intermitente de un Jeep indicando un viraje hacia la derecha y, de improviso, decidió seguirlo tan pronto llegaron al desvío. Con gran alivio notó que el auto plateado proseguía, despistado, sobre la vía internacional. Éricka continuó su marcha sin saber exactamente a dónde se dirigía y hasta cuándo y dónde le duraría el combustible. La aguja indicadora revelaba que aún le quedaba un poco menos de medio tanque. Ese descubrimiento la alegró sobremanera ya que podía seguir hasta encontrar un sitio seguro donde podría deshacerse de la maldita rival, quien, a pesar de los brincos y vaivenes que daba el vehículo, continuaba letárgica e inmóvil. Observando con el rabillo del ojo el pozo de sangre coagulada que yacía sobre la falda y entre los muslos de Violeta, concluyó regocijada que a lo mejor se había desangrado hasta morir.

—¡Bien merecido te lo tenías, gran puta! —le gritó impía y soez. De pronto, el recuerdo de su hermana Karen, herida y cayendo de espaldas contra el respaldo del asiento delantero, la llevó a arrepentirse a medias de haberle disparado, pero al momento reaccionó airada—. Como siempre, querías interferir una vez más en mi vida; así que ¡no es culpa mía…! ¡Vos misma te lo buscaste! —le gritó al fantasma de su víctima.

La ruta que había tomado era extremadamente rústica y desnivelada, limitada a cada lado por dos cercas de alambrados de púas y filas paralelas de árboles, cuya sombra refrescaba el aire juguetón de la mañana. Se encontraba también muy atascada de baches, pero por la carencia de vehículos cruzarla era menos azarosa que las calles de Fraijanes y la carretera internacional. El hecho de que no había tráfico en ambas direcciones la alegró brevemente y le redujo la adrenalina y la apremiante tensión que venía agobiando los nervios de su espalda.

Su alegría se desvaneció rápidamente porque de repente vio en el espejo retrovisor el auto plateado que continuaba persiguiéndola y, además, se acercaba peligrosamente al suyo.

—Tengo que deshacerme de este par de malditos metiches ahora mismo —se aconsejó temiendo ser embestida por detrás; y tomó el arma que cargaba entre sus muslos. La levantó rápidamente y disparó contra el que guiaba el vehículo perseguidor.

—¡Cuidado! —gritó Tawfik al ver la flama instantánea saliendo de la boca del arma. Pero su advertencia llegó tardía. La bala atravesó el cristal del parabrisas y luego penetró debajo del hombro derecho de Edgardo, forzándolo a perder momentáneamente el control del automóvil. Éste viró violentamente hacia la izquierda y luego a la derecha hasta detenerse escasamente a un paso de un poste del alambrado.

—¿Qué te pasó? —preguntó Handal asustado.

—¡Mirá, esa perra maldita me hirió en el hombro! —replicó Escoto enojado, con voz soez y lastimera al mismo tiempo que le mostraba la camisa empapándose de sangre.

Éricka se regocijó al darse cuenta de que había logrado herir al conductor puesto que había observado por el retrovisor el giro violento y los vaivenes del auto perseguidor. Trató de aprovechar la confusión creada por el balazo que había disparado, hundiendo el pedal del acelerador. Su auto se disparó con tanta velocidad que momentáneamente perdió el control del volante pero, afortunadamente para ella, pronto logró recobrarlo. Su fortuna duró poco, sin embargo, porque la rústica vía presentaba poco más adelante un recodo cerrado que terminaba en la intersección de un angosto camino rural por el que se transportaba el producto de un ingenio procesador de café. En su afán de perderse del vehículo plateado y concluir su macabra misión, no atisbó la presencia de una carreta sobrecargada de sacos de café que entraba a la intersección y se estrelló contra su sólida rueda de hierro fundido. El arma cayó sobre el asiento y la rica heredera quedó incrustada en el manubrio. El cuerpo de Violeta fue lanzado contra el salpicadero y su frente se estrelló contra la gaveta guantera. Las ventanillas de su nariz sangraron inmediatamente profusas.

Edgardo y Handal salieron al instante del Studebaker y corrieron hacia el descapotable con el propósito de sacar a Violeta del vehículo antes de que se incendiara y estallara. Luego trataron de forzar la portezuela derecha pero el impacto contra la carreta la había cerrado herméticamente.

Extrajeron frenéticamente el cuerpo inerte de Violeta por encima de la puerta y lo cargaron entre los dos, dejándola tan lejos como les permitieron sus fuerzas. Sin importarle las hemorragias de ambos, Escoto cubrió el cuerpo de su amada con el suyo para protegerlo de los fragmentos metálicos que la inminente explosión seguramente lanzaría. Y no estaba equivocado.

Tawfik, creyendo que la Wallenberg continuaba viva, corrió veloz hacia el convertible para ayudarla a escapar de la inminente explosión. Al ver a su amigo ir en su ayuda, Edgardo le gritó afligido que desistiera y que se arrojara al suelo; pero ya era demasiado tarde porque el infortunado descapotable negro en ese instante estalló violentamente en llamas, disparando en diferentes direcciones las balas que su dueña portaba en su arma y en su bolso y todos los componentes metálicos de su carrocería. Dos balas perforaron el rostro y el pecho de Tawfik, hiriéndolo mortalmente. El elegante y fatídico Lincoln Cosmopolitan consumió en llamas crepitantes el cuerpo inerme, o quizá ya fenecido, de Éricka Wallenberg.

Al escuchar la tremenda explosión, los vecinos del lugar acudieron inmediatamente al sitio de la tragedia y prestos notificaron a la oficina del ingenio cafetero para que llamaran una ambulancia para transportar a los heridos. Al llegar al hospital, Tawfik Handal fue declarado muerto.

VEINTIUNO

—Estamos en el Hospital Santa Teresa —reportó Edgardo a sus padres con voz llorosa y entrecortada—. Violeta está comatosa por la enorme pérdida de sangre y el golpe que recibió en la frente. Los médicos no pudieron salvar al bebé ni tampoco a mi amigo Tawfik. Dentro de un momento me llevarán al quirófano para extraerme la bala que tengo incrustada en el pecho, cerca del hombro.

—¡Qué terrible, querido hijo! —exclamó doña Florinda angustiada—. Nos imaginamos la aflicción suya por la pérdida del bebé que también es nuestra pérdida. ¡Pero esa es la voluntad de Dios! —añadió—. Nosotros, en este momento, estamos esperando un taxi que nos lleve al hospital. Mientras tanto, lo único que podemos hacer por ustedes es pedirle a Dios que usted y Violeta salgan con bien de esta terrible situación. ¡Hasta pronto, querido hijo!

—¿No te parece que deberíamos llamar inmediatamente a la familia de Violeta en Cobán, antes de ir a visitar a los muchachos en el hospital? —dijo el profesor Estrada luego que su esposa hubo colgado el aparato.

—Pero los Winter no tienen teléfono —le recordó Florinda—. Hay que llamar a don Ernesto. Según Violeta, él trabaja para la Esso Standard Oil, en la división de refrigeradoras a gas. Buscaré el número en la guía telefónica.

***

Zulema, la cocinera jefa de la pensión de Edelmira Santamaría, mantenía sintonizado su aparato de radio mientras estaba en la cocina y fue la primera en escuchar las terribles noticias acerca del luctuoso evento desencadenado por Éricka. Sor Benedicta había sufrido un disparo en su rostro y fue declarada muerta en la escena del crimen. Violeta Winter sobrevivió la tragedia, pero desgraciadamente perdió a su bebé. Y, por último, las vidas de Éricka Wallenberg y Tawfik Handal fueron cobradas en el posterior incendio del vehículo.

Edelmira, enterada del trágico suceso, corrió a participarlo a sus inquilinos. Haydé, quien en ese momento se estaba preparando para salir, dijo sentenciosamente:

—Cuando la vi el otro día, la presencia de esa loca aquí en la pensión me dio mala espina. Me imaginé que vendría detrás de mi querido Gago, pero jamás sospeché que estuviera planeando asesinar a la pobre Violeta para quedarse con él y mucho menos que quisiera también matar a su propia hermana. Y luego, por su grandísima culpa, nuestro buen amigo Tawfik también perdió la vida. ¡Qué tragedia, Dios mío! ¡Qué horrenda tragedia! —añadió santiguándose.

—Según el último reporte —dijo Zulema— los investigadores creen que sor Benedicta trató de impedir que Éricka plagiara a Violeta. Y fue por eso que le disparó. Pero tal vez lo más trágico del caso es que se cree que Éricka probablemente nunca sospechó que la monja que había baleado era su propia hermana Karen. Ella había huido de su casa en Cobán cuando la madre no le quiso aceptar el novio porque no era alemán.

—¡Válgame, Dios Santo! —exclamó Edelmira Santamaría santiguándose férvidamente.

***

Ernesto Winter recién acababa de instalar la refrigeradora a gas en la abarrotería El Milagro del Vino en la ciudad de Jutiapa. Un cuarto de siglo antes, es decir en 1927, Caralampio Pohl, un vendedor ambulante de ropa, decidió abrir una pequeña tienda de víveres. El modesto negocio prosperó rápidamente y Caralampio pronto comenzó a incluir alimentos enlatados y, poco a poco, a ofrecer también licores nacionales e importados. Católico ferviente, lo bautizó con el nombre que hace referencia al milagro bíblico de transformar el agua en vino que, a instancias de su madre, Jesús supuestamente obró en las bodas de Caná.

Al morir don Caralampio, su hijo Camilo, un hombre campechano y dicharachero, heredó el negocio y se hizo cargo de su manejo. A base de esfuerzo tenaz y de visión preclara lo convirtió en una tienda floreciente y muy bien surtida de abarrotes y licores finos.

—Don Camilo —dijo Ernesto cortésmente, terminando de emulsionar y lavar la grasa de las manos— mientras esperamos a comprobar que la refrigeradora funciona bien, iré al restaurante de enfrente a comprar algo de comer... Ya son las dos y tengo mucha hambre, ¿gustaría que le trajera algo? —preguntó cortésmente, poniéndose el sombrero.

—¡Gracias, señor Winter! —dijo el abarrotero con una chispa maliciosa en sus pupilas—. Pero yo creo que tengo una idea mejor. Mandaré a traer dos almuerzos y mientras esperamos a que los traigan, lo invitaré a gustar de una botella de jerez añejo que tengo guardada desde hace mucho tiempo; precisamente para una ocasión especial como ésta, el estreno de mi primera refrigeradora —añadió.

Llamó luego al mensajero, un adolescente que limpiaba su bicicleta sobre la acera frente al establecimiento.

—Mirá, Bernardo —le dijo— andá y decile a la doña Chona que nos prepare dos buenos almuerzos de su especialidad de hoy y que me los mande tan pronto estén listos.

Camilo abrió la botella de jerez y escanció generosas porciones en dos vasos. Le pasó uno a Ernesto y luego, alzando el suyo, brindó:

—¡Por la felicidad de la refrigeradora y la mía! —Lo bebió en un sorbo y se relamió sonoramente.

—¡Porque funcione bien! —brindó el mecánico riéndose y se tomó solamente medio vaso. Luego ambos se sentaron. Camilo, detrás del amplio mostrador atiborrado de botellas llenas de variados vinos importados, *whisky* escocés y aguardientes con sabor a frutas, licores típicos de Guatemala que no habían logrado espacio en los estantes; Ernesto, en una de las tres sillas donde los parroquianos consuetudinarios venían diariamente a sentarse por la tarde para gozar de un rato de esparcimiento, conversación e intercambio de noticias y chismes del día con el dueño del negocio. Camilo sacó un paquete de finos cigarrillos de su bolsillo y ofreciendo su contenido, preguntó:

—Usted me dijo que reside en Cobán, ¿no es cierto?

—¡Sí, pues! —respondió el mecánico tomando uno y luego lo encendió—. ¿Por qué me lo pregunta? —inquirió y enseguida exhaló una bocanada de humo.

—Porque temprano esta mañana oí en la radio que dos jóvenes cobaneras, una monja y dos jóvenes salvadoreños se habían involucrado en un doloroso hecho de sangre con intento de secuestro. Dos de ellas resultaron muertas y la otra que sobrevivió tenía más de tres meses de embarazo y perdió su escuincle.

—¿Y dice que las tres mujeres son de Cobán? —preguntó Ernesto después de beber un sorbo del vino de Jerez.

—No. Parece que solamente las jóvenes laicas. Por cierto, ahora que lo pienso, ambas tienen apellidos alemanes, pero no me acuerdo de ellos.

Bernardo entró en ese momento.

—Doña Chona manda preguntar si usted quiere los almuerzos con sopa de entrada o…

—¡Esperá un momento, muchacho! —interrumpió el patrón—. Vos oíste en la radio sobre las personas heridas y muertas en el atentado de secuestro de esta mañana en Ciudad de Guatemala, ¿o no? ¿Te acordás de sus nombres?

—¡Sí, claro! —replicó Bernardo y añadió—: La monja muerta se llamaba sor Benedicta. Y las otras mujeres, Violeta Winter y Éricka Wallenberg. La Winter está internada en el Hospital Santa Teresa; uno de los salvadoreños murió y el otro está herido, pero no dieron sus nombres.

—¡Esas son! ¡Sí señor! —confirmó el abarrotero—. Decile a la Chona que mande la sopa también y que le apure porque ya tenemos mucha hambre —agregó, dirigiéndose al mensajero.

Ernesto se tornó lívido y se puso de pie al instante. Tomó frenéticamente al mensajero por los hombros.

—¡Espera! ¿Dijiste *Violeta Winter*...? ¿Estás *completamente* seguro, muchacho? —le preguntó a gritos, terriblemente abrumado por la noticia. El imberbe se asustó ante la súbita vehemencia del instalador de refrigeradoras.

Camilo, por su parte, calló momentáneamente. Lleno su vaso de jerez e hizo lo mismo con el de Ernesto. Después de apurar el licor, preguntó:

—¿Conocía usted a esas dos patojas?

—¡Ojalá que esté equivocado! —dijo Winter sentándose—. Pero mi hija, Violeta, trabaja en un convento...

—¿En Fraijanes? —preguntó Pohl, sentándose junto a él.

—¡Sí, sí! En Fraijanes —respondió Ernesto con aire abatido y luego cubrió su rostro con la palma de sus manos mientras retornaba al asiento.

El propietario se levantó de su silla. Piadosamente colocó su mano sobre el hombro del mecánico.

—¡Consuélese, amigo mío! —le dijo con seriedad—. Si es realmente su hija; ella está todavía viva, aunque haya perdido a su nieto. ¡Es'es la voluntad de Dios y contra Su voluntad nada podemos hacer! Y, aparte, como dice el dicho: *"Mientras hay vida ¡hay esperanza...!"*.

Ignorante de la verdad, Ernesto pensó negativamente en Edgardo.

¡Ese maldito guanaco me la embarazó!, se dijo en silencio, cegado por la rabia. *¡Le voy a partir la cara tan pronto lo vea...! Aunque lo más probable es que ya se voló para El Salvador. Porque bien dicen que el guanaco que no la hace a la entrada, la hace a la salida,* se dijo para convencerse de la culpabilidad licenciosa del licenciado. Súbitamente, se puso de pie y dijo en tono de disculpa:

—Tengo que ir a Telecom a llamar a la oficina de mis jefes. Pero ya vuelvo —prometió mientras se ponía el sombrero.

***

—Me acaban de informar —dijo al regresar con voz entristecida— que Violeta sobrevivió a los dos choques del automóvil en que viajaba, pero todavía está en coma. Por suerte, los médicos le dan una prognosis muy favorable. Mi jefe ya me autorizó para que de aquí salga directo para Guatemala y me dio tres días de licencia pagada. Una vez llegue a la capital me comunicaré con mi esposa en Cobán. Ya le puse cita para las seis de la tarde.

—Pues no sé si felicitarlo por la buena suerte de su hija o decirle que siento mucho lo que le pasó a su nieto —dijo Pohl, añadiendo—: Para que le pase el susto y recobre la calma, le dejé lo que aún quedaba de la botella.

—¡Mil gracias, don Camilo! —dijo Ernesto e inmediatamente se bebió de un sorbo el resto del jerez—. ¿Y qué pasó con el almuerzo? —preguntó mientras se secaba los labios con la manga de la camisa.

Terminado el repasto, Ernesto partió para la capital, pero no sin antes inspeccionar la refrigeradora y darle instrucciones a Camilo sobre su manejo y cuidado.

**

Eran las dos de la tarde en Cobán. Yolandita llegó llorando a casa. Venía pálida y jadeante, lo cual indicaba que había corrido sofocada desde la casa de una amiga en el centro de la ciudad para darle a su madre la dolorosa noticia sobre la tragedia sufrida por su hermana Violeta.

—Vámonos ya pa' la oficina de telecomunicaciones a llamar al convento —dijo Imelda, poniéndose su indispensable rebozo negro. En el camino, su hija le informó que la señora Delia Mollinedo, la madre de su amiga, le avisó acerca de la tragedia después de escuchar la noticia en la radio.

—¡Que Dios le pague a doña Delia por su gran bondá! —exclamó la madre agradecida—. Yusté le daría las gracias, supongo, ¿o no? —preguntó Imelda.

—¡Sí, pues! —respondió Yolandita—. Y di'ay me vine corriendo para la casa...

Al lograr comunicación con la oficina del convento, alguna de las religiosas le informó que su hija, ¡gracias a Dios! ya había salido del coma pero que se encontraba muy débil después de haber perdido la criatura y mucha sangre en la consecuente hemorragia. En ese momento la madre se sintió confundida ya que no sabía si llorar por la pérdida de su nieto o sentirse aliviada por el fallecimiento del hijo del carebache abusador de su hija. Momentos después, la monja la sacó de su dolorosa abstracción confesándole en voz baja que se había descubierto que Éricka, la asesina, y sor Benedicta, la víctima, eran hermanas y procedían de Cobán.

—¿Quiénes eran sus padres? —preguntó Imelda.

—Eran hijas del señor Kurt y la señora Cunebunda Wallenberg —respondió su informadora.

—¡Que Dios las haiga perdonado! —dijo Imelda santiguándose piadosamente.

Luego se prometió visitar a su comadre Agustina para hacerle saber sobre todo lo acaecido alrededor de Violeta en Guatemala. Al fin y al cabo, su comadre era la única persona a quien ella le había confiado el doloroso secreto sobre la violación de su hija por los dos niños ricos, ahora ya difuntos. Aunque no estaba muy segura de hacerlo porque Agustina, por su constante adicción a la chismografía, había sido apodada la Radio Ineléctrica de Alta Verapaz. Sin embargo, a lo mejor sería necesario destapar de una vez la olla de podredumbre, especialmente de la hipocresía de la gente rica, que apestaba a Cobán, terminó diciéndose, más que con intención vengativa con ansia honesta de que se le hiciera justicia a su hija. Imelda se había encerrado en la cabina; en consecuencia, la noticia del embarazo de Violeta no trascendió hasta los oídos de su hija menor. Luego abrió la puerta de la cabina.

—Vaya y dele el número a la señorita operadora y pídale que mi'haga el favor de conectarme con la Esso en Guatemala —ordenó a Yolandita.

En la oficina de la compañía donde Ernesto trabajaba ya estaban enterados del sangriento episodio en el que Violeta había sido involucrada.

—Estamos esperando que don Ernesto nos llame para comunicarle la noticia —le informó la operadora—. Solamente sabemos que hoy a mediodía debía estar trabajando en Jutiapa.

Imelda salió de la cabina toda llorosa. Ella y su hija se abrazaron y consolaron mutuamente. Estaban a punto de sentarse cuando la operadora la llamó:

—Señora Winter: su esposo le ha puesto cita desde la Ciudad de Guatemala, a las seis en punto.

—Nos vamos a quedar aquí hasta que tu papá nos llame —dijo la madre con su habitual determinación. Yolandita la secundó con un silencioso movimiento de cabeza.

***

Tan pronto entró a la capital, Ernesto Winter se dirigió a la casa cural de la Parroquia de Santa Marta. *Seguramente, se dijo, el padre Valadés ya estará enterado de la horrenda tragedia de mi hija. Pero quiero reclamarle el hecho de que él alabó la gran personalidad de ese maldito pícaro de Edgardo Escoto.*

Mientras estacionaba su vehículo, el mecánico vio salir al padre Antonio de la casa cural acompañado de una bella joven de tez blanca y cabellos rubios profusamente rizados. Ambos se detuvieron por un instante en la acera y luego atravesaron la calle. Con mirada embelesada, Ernesto devoró mentalmente a la preciosa hembra. *¡Qué delicioso taquito de ojos el que se come el padre Valadés!*, fue el primer pensamiento lascivo que se le vino a la cabeza. Les siguió con la mirada y luego concluyó que se dirigían para alguna parte. Decidió seguirlos en su vehículo y al alcanzarlos lo llamó en voz alta:

—¡Padre Antonio! ¿Se acuerda de mí? ¡Soy yo, Ernesto Winter!

El cura se detuvo y se agachó para verlo de cerca a través de la ventanilla.

—¡Don Ernesto! ¿Cómo está usted? —preguntó jovialmente—. Precisamente íbamos para el hospital a visitar a Violeta y a Edgardo. Mire, don Ernesto, le presento a mi sobrina Haydé…

—¡Encantado, señorita! —dijo Ernesto sacando su mano, de inmediato sintiéndose interiormente muy avergonzado de sus suposiciones lascivas—. ¿Me hacen el honor de acompañarme? Porque yo también voy camino al hospital. Pero antes de ver a Violeta quería hablar con usted, padre Antonio —añadió y luego salió del carro y abrió la portezuela—. ¡Entren, por favor!

Le agradó enormemente que la bella hembra se sentara a su lado, aún a sabiendas de que era una fruta prohibida. Sin embargo, furtivamente inhaló el sutil y embrujador perfume que exhalaban sus ampulosos pechos y sus cabellos ensortijados.

—¿Es sobre algo que los castos oídos de mi sobrina no deben oír? —preguntó el cura con picardía y luego se rio de su graciosa ocurrencia.

—No, padre. Solamente quería reclamarle —dijo Winter con franqueza—. Cuando nos vimos en Esquipulas hace algunos días usted me dijo que Violeta y el *sinvergüenza* del *tal licenciado* no llevaban vida marital. Ahora resulta que la había embarazado desde el día en que usted lo conoció. ¿O me equivoco?

—¡Está absolutamente equivocado, don Ernesto…! —respondió el cura poniéndose serio—. En primer lugar, yo no afirmé que no llevaran vida marital. Yo simplemente le dije que no estaba enterado de ello. Pero lo cierto es que al licenciado debíamos levantarle una estatua de cuerpo entero para honrar su incuestionable honor y su insólita valentía.

—¿Por haber preñado a mi hija? —preguntó furiosamente.

—¡No, señor! —dijo Teté con voz ofendida—. Por haber hecho castigar a los sinvergüenzas que la violaron y la embarazaron. ¡Y hasta hacerse balear para salvarla de una muerte segura…!

—Y usted señorita, ¿cómo lo sabe? —preguntó Ernesto más enojado que curioso.

—Bueno, es una historia muy… muy…

—Larga y compleja —apuntó el sacerdote.

—¡Eso es, exactamente! Muy larga y muy compleja —confirmó la sobrina.

—No entiendo —indicó Winter con aire confundido—. ¿No será que me están ocultando algo que no quieren que yo sepa? —preguntó suspicaz.

—¡Absolutamente, no! —respondió el cura—. Ayer por la mañana me entrevisté con el doctor Ricardo Estrada y su esposa y ellos me pusieron al tanto de una historia que yo podría llamar... ¡inverosímil! —agregó un poco molesto.

—¿Y quiénes son *ellos*? —preguntó Ernesto sospechando que el cura y su bella sobrina estaban tratando de salirse del tema.

—Ellos son los padres de Edgar; es decir los padres adoptivos —dijo el cura—. Ellos me explicaron por qué decidieron *adoptarlo*.

—Ahora estoy más confundido que antes de encontrarlos a ustedes —dijo el padre de Violeta—. ¿No me pueden ofrecer algún argumento sólido que pruebe que el tal licenciado no embarazó a mi hija? —preguntó con afán obsesivo.

—Escúcheme lo que voy a decirle —dijo Teté en tono impaciente—. Un par de días antes de que Violeta se viniera de Cobán para Ciudad de Guatemala, dos vecinos suyos, de nombre Patricio Landau y Alfredo Wallenberg, la violaron. Cuando ella y la madre acudieron a las autoridades para pedir que los arrestaran; como los criminales eran conocidos por ella y eran hijos de gente muy acomodada, el agente de la Guardia Civil no solamente no les creyó sino que las acusó de tratar de manchar la reputación de dos familias de alta prestancia social con un chantaje. Edgar conoció a Violeta al día siguiente de su arribo a la Ciudad de Guatemala y ella le narró los pormenores de su tragedia. El licenciado decidió vengar el ultraje a su hija y con ese propósito en la mente viajó a Cobán para obtener suficientes datos sobre los violadores.

—¡Un momento, hija mía! —interrumpió el padre Valadés—. Mejor deja que sea Edgardo mismo el que le cuente *toda* la historia.

—Tienes razón, querido tío —dijo la bella sobrina—. Que sea él quien le explique con lujo de detalles todo lo que le sucedió a él y a los violadores.

—De acuerdo —convino Ernesto ya más calmado—. Lo escucharé. Pero… ¿lo encontraremos en el hospital? —preguntó.

—¡Así es! Edgardo estaba en el quirófano esta mañana. Le extraían la bala que Éricka le disparó cuando él y su amigo Tawfik la perseguían para impedirle que matara a Violeta. Él había estado en Italia y regresó precisamente antier —dijo el padre Antonio—. Su amigo Handal murió tratando de rescatar a Éricka del vehículo en llamas.

—No sabía que Edgar hubiera estado en Italia —dijo Teté—. Y la loca de Éricka lo andaba buscando desesperada —agregó sonriente.

—¿Éricka Wallenberg? —preguntó Winter.

—¡Sí, Éricka Wallenberg! *Esa* mujer andaba detrás de Edgar y él, mientras tanto, tratando desesperadamente de deshacerse de ella —añadió Haydé.

Las palabras indignadas y el tono vitriólico de su sobrina hicieron recordar al tío que ella también parecía haber estado enamorada del licenciado. Pero calló discretamente para no enturbiar más las aguas.

—Yo me encontré con esa señorita cuando salía de la casa parroquial en Esquipulas —dijo Ernesto—. Y me pidió la dirección de mi hija, pero yo no se la pude dar simplemente porque no la tenía —explicó el señor Winter—. Llena de despecho me dijo que ella sabía que Violeta trabajaba como sirvienta en un convento y que vivía amancebada con el licenciado.

—Yo le di la dirección del convento —admitió Valadés con voz de arrepentido—. Pero lo hice porque me dijo que quería encontrarse con Violeta para pedirle perdón para su difunto hermano y su familia.

—¿Blandiendo un revólver? ¡Vamos, tío, ¿cómo pudiste ser tan ingenuo? —lo reprendió la hermosa, sarcásticamente—. Según dicen —añadió— Éricka probablemente obligó a Violeta a punta de pistola a meterse al convertible. Por lo menos esa es la última teoría policial.

—No hay duda de que esa joven era muy buena actriz —dijo el sacerdote disculpándose—. Y se aprovechó de mi buena voluntad y de mi predilección por aquellos que alegan tener buenas intenciones.

—¡Ojalá que Dios tenga piedad de su alma! —exclamó Ernesto compasivo.

—¡Amén! —tío y sobrina corearon al unísono.

—¿Me permite usar su dirección, padre Antonio, para que Imelda me notifique la hora de su llegada al aeropuerto?

—¡Por supuesto, señor Winter! —respondió el sacerdote.

Al llegar, Ernesto detuvo su camioneta frente al nosocomio a dejar sus pasajeros.

—Bueno, los encontraré más tarde —les expresó—. Primero tengo que ir a Telecom a hablar con Imelda. Le puse una cita para las seis de la tarde. Y, conociéndola como yo la conozco, estoy más que seguro que ya debe estar esperando mi llamada. Y cuando regrese buscaré un lugar para estacionar —añadió.

—¿Tiene algún lugar donde pasar la noche? —preguntó el cura.

—No. ¡Hombre! ¡Ni siquiera había pensado en eso! —respondió Ernesto.

—Llamaré a mi hermana Edelmira —dijo Valadés—. Ella tiene una pensión y estoy seguro de que le podrá encontrar un cuarto para alojar a los tres. ¡Ah! Y como Haydé vive allí, ella lo podrá guiar para que no tenga dificultad encontrando la dirección.

—¡Con mucho gusto! —convino la hermosa.

Una vez los Winter se comunicaron, el marido le sugirió que volaran ambas a Ciudad de Guatemala tan pronto les fuera posible y le notificaran por telegrama la hora de llegada.

***

El hospital estaba colmado de visitantes. Había que meterse pacientemente en una larga cola para averiguar el estado de los pacientes o el pabellón y los números de sus habitaciones. Consciente del problema, el padre Antonio le pidió a Haydé que esperara por

Ernesto Winter a la entrada del hospital. La hermosa joven gustosamente obedeció.

—Violeta está en el pabellón de obstetricia y ginecología, cuarto #22A —le indicó a punto de tomar el elevador.

Ernesto se sintió enormemente complacido de que una joven tan hermosa como Haydé lo estuviera esperando.

—¡Ojalá no haya tenido que esperar mucho! —dijo él a modo de disculpa.

—¡No se preocupe, señor Winter! —respondió Teté—. El día está tan bonito que dan ganas de estar de paseo en un parque. Aunque soy enfermera, no me apetece quedarme mucho tiempo dentro de los hospitales. ¡Son demasiado deprimentes! —exclamó irónicamente.

—Ciertamente son deprimentes. Pero ¡qué necesarios son cuando uno mismo o alguien de la familia o un amigo se enferma!

—Vamos al segundo piso, pero si quiere nos vamos por la escalera —sugirió Haydé.

—¡Claro, señorita! ¡Ya no me aguanto por ver a mi patojita! —dijo Ernesto con fruición.

En el pasillo se encontraron de nuevo con el padre Antonio departiendo amigablemente con el profesor Estrada y con doña Florinda. El catedrático, no pudiendo mantenerse caminando por períodos prolongados, continuaba valiéndose de una silla de ruedas. Después de ser presentados, el padre de Violeta inquirió por qué no habían entrado al cuarto de su hija.

—Violeta ya está fuera del coma —explicó Florinda alegremente—. Pero la enfermera nos pidió que saliéramos mientras le tomaba los signos vitales y le cambiaba los vendajes.

—¿Cuándo podremos ver al licenciado Escoto? —preguntó Ernesto tratando de no mostrar animosidad contra su yerno potencial. La explicación recibida del padre Antonio y de su bella sobrina había disminuido y prácticamente eliminado su rencor y desconfianza hacia el joven salvadoreño. Luego que escuchara de los labios de Edgardo el recuento de los hechos estaría dispuesto a perdonarlo, o tal vez hasta ensalzarlo.

—Edgardo está todavía en la sala post-operatoria y esperan trasladarlo a un cuarto en el tercer piso, en el 35B —replicó Florinda.

Valadés le pidió a Winter tener una corta conversación a solas y se fueron caminando por el pasillo.

—Por favor, don Ernesto —suplicó el cura —le ruego que no recrimine a su hija por haber salido embarazada. Ni tampoco le haga preguntas sobre los detalles de esa desventurada violación. Los traumas sufridos por ella y por esta clase de víctimas son, además de irreversibles, extremadamente dolorosos para ellas.

—No se preocupe por eso, padre —dijo Ernesto—. ¡Mi dicha estribará en verla todavía viva! —añadió escuetamente.

***

Una vez Edgardo hubo salido del estupor anestésico, mantuvo una larga conversación con su futuro suegro en la cual le explicó con lujo de detalles su papel de vengador y los resultados obtenidos. Aceptó sus errores y lamentó haber tenido relaciones íntimas, aunque brevísimas, con Éricka Wallenberg. Se disculpó diciendo que el pasado ya era irreversible y no había forma de enmendarlo. Pidió decididamente la mano de Violeta y le prometió proteger su seguridad y a la vez hacerla feliz. También le manifestó que tan pronto contrajeran matrimonio se marcharían a Italia pues había sido admitido a una facultad de abogacía.

—¿Violeta ya lo sabe? —preguntó el padre.

—Bueno, hasta ahora ella no sabe que estoy planeando la boda para mediados de abril, pero sí está enterada de que fui admitido a la Universidad de Boloña.

—¿Y ella está de acuerdo con irse y *abandonarnos*? —preguntó el padre compungido.

—Nos iremos, pero eso no quiere decir que los abandonaremos —respondió Escoto—. Cada día las comunicaciones internacionales se vuelven más efectivas y más baratas; y el mundo se torna más pequeño, querido suegro —añadió con voz profética.

—Así lo creo yo también. Pero, dígame, ¿por qué se dejó crecer la barba y el bigote? Aunque en verdad, ¡le luce muy bien! —dijo Ernesto felicitándolo por su nueva apariencia.

—¡Mil gracias, don Ernesto! Me la dejé crecer sin ningún otro motivo que el darle uso al pelambre que es como una característica atávica de mis antepasados. Aunque mi padre nunca se los dejó crecer porque mi madre se oponía alegando que lo harían lucir más viejo.

—Pero su decisión sí fue muy oportuna —dijo el suegro sonriendo—. Ahora nadie podrá reconocerlo cuando vean su nueva fotografía en los periódicos.

—¡Sí, ciertamente! Cuando el fotógrafo de *El Imparcial* me tomó fotos frente al vehículo incendiado, recordé al instante las de *delincuente* que me tomaron en el hotel de Quetzaltenango —dijo sonriente—. Y como usted lo dice: ya nadie podrá reconocerme.

—Lo felicito de corazón por su magnífica suerte y que Dios le pague por haber salvado a mi hija de una muerte segura —exclamó Ernesto con las lágrimas inundándole los ojos mientras se levantaba de la silla. En agradecimiento, hubiera querido darle un fuerte abrazo, pero la herida en el hombro del futuro yerno se lo impidió. Se limitó a estrecharle la mano izquierda

***

Los padres de Tawfik vinieron a Guatemala a llevarse su cadáver pero antes de regresarse a El Salvador, pasaron a visitar a Edgardo en el hospital.

—No saben lo culpable que me siento por haber invitado a su hijo a ese trágico viaje en el que perdió la vida —dijo Escoto, lloroso y visiblemente compungido—. Pero su trágica muerte demostró su gran calidad humana. Todos debemos sentirnos orgullosos de haber sido sus amigos, y ustedes, señor y señora Handal, de haber procreado a un verdadero héroe y mártir. ¡Porque eso fue lo que Tawfik Handal realmente fue! Un gran héroe y un mártir del deber de los seres humanos de socorrer al que lo necesite.

—¡Mil gracias por sus elogios! —dijo el señor Handal—. Y, por favor, ya no se culpe más porque nosotros sabemos que lo que le sucedió a nuestro hijo fue lo que Dios quiso que sucediera y tenemos que aceptarlo.

Después de esas palabras se despidieron de Edgardo.

Dos días después del sangriento suceso, Escoto fue dado de alta.

—Licenciado —dijo el cirujano que le extrajo la bala y que se apersonó a darle las últimas instrucciones de cómo cuidar su herida—: Usted es una persona muy afortunada.

—¿Por qué lo dice, doctor? —preguntó el paciente.

—Porque la bala le penetró a un centímetro por debajo del plexo braquial. O sea que un solo centímetro más arriba le hubiera inutilizado el brazo derecho para toda la vida.

—¡Gracias por sus bondades y por la explicación tan pertinente! —dijo Edgardo—. Ahora sé que, efectivamente, soy un hombre verdaderamente afortunado porque ya me han disparado dos veces a los dos hombros y en dos distintas ocasiones y ninguna de esas dos balas me ha dejado baldado. ¡Gracias a Dios!

***

Ocho días más tarde, Violeta salió del hospital. Los médicos, luego de realizarle un minucioso examen ginecológico, la declararon capacitada para la reproducción. Al momento de salir del hospital se encontró con sor Dionisia que había llegado a hacerse un nuevo chequeo. La anciana monja se maravilló de saber que la secretaria se casaría pronto.

—Te deseo un feliz matrimonio y muchos niños tan bonitos como ustedes —le dijo al decir adiós.

Haydé fue a visitar a Violeta al hospital.

—Te quiero pedir un favor, Teté. Quiero que le digás a Toño Munguía que me urge verlo antes de salir del hospital. Si pudiera venir mañana entre las diez y las doce; yo lo esperaría en el primer piso y obtendría permiso para entrevistarme con él.

—Y ¿qué es lo que querés con *mi novio*?

—¿Tu novio? ¿Desde cuándo?

—El día que regresé me propuso que comenzáramos un romance. Y accedí al momento porque me estoy quedando para vestir santos. Pero Toño ya me había andado tendiéndome el ala antes de regresar de Jutiapa.

—Me alegra mucho tu romance. Yo no lo estoy procurando para ser mi amante sino para que me ayude a prepararle una sorpresa a Edgardo para la noche de la fiesta de despedida de solteros. Mi suegra me confesó que Gago tiene planeada una celebración para el quince de este mes.

—Él vendrá, te lo aseguro —prometió Teté.

Al día siguiente Munguía se presentó y Violeta le pidió hacerle un favor: Ayudarla a preparar una canción que ella había compuesto y necesitaba leérsela y cantársela y obtener su aprobación.

***

Los preparativos para la boda fueron iniciados tan pronto Violeta se liberó de la silla de ruedas. Florinda se hizo cargo de reunir los documentos requeridos por el párroco para las tradicionales amonestaciones. Imelda envió los documentos de Violeta y Antonio Escoto los de Edgardo. Los novios decidieron eximirse de un compromiso formal porque, al fin y al cabo, ya cohabitaban como pareja; además de las dificultades que presentaban el trabajo itinerante de Ernesto y los estudios de Yolandita. Y, lógicamente, escogieron la iglesia de Santa Marta para celebrar su unión matrimonial y al presbítero Antonio Valadés para hacer el papel de oficiante.

Durante la entrevista prematrimonial protocolar, el cura expresó su agradecimiento a los contrayentes por ese honor otorgado a su persona y a su ministerio; y enseguida hizo énfasis sobre la educación cristiana de los futuros miembros de la familia. Edgardo no quiso decir que se oponía a ella, pero se comprometió a que sus hijos fueran educados de acuerdo con la idiosincrasia de la madre.

—Tengo una pregunta que hacerle, padre Antonio —dijo Violeta—. El problema es que no sé cómo elaborarla de tal modo que no se preste a equívocos.

—¿De qué se trata? —preguntó Valadés con dejo de impaciencia.

—De mi traje de novia… de su color…

—¿Del color de tu traje de novia? ¡*Blanco*, supongo yo! Es decir que tú crees que por haber sido violada ya no tienes derecho a llevar un traje blanco que refleje fielmente la pureza de tu alma. ¡Vamos, mujer!

Tú no puedes continuar martirizándote con el recuerdo de esa infamia… Vístete como tú quieras, que ante la mirada divina tú continúas siendo *virgen*…

—¡Ese es el problema! —dijo Violeta—. Porque Edgar y yo ya tuvimos relaciones sexuales y me parece una solemne hipocresía vestirme de blanco para la boda…

—Como dije antes, vístete como tú quieras —replicó el sacerdote—. ¡Realmente, no tiene la menor importancia!

Al llegar al apartamento, Violeta le pidió a doña Florinda que la acompañara a escoger el traje de novia. En el trayecto hacia los almacenes, la futura nuera anunció que había decidido optar por un vestido color crema y aunque no dio sus razones, la suegra las intuyó en silencio.

—Anoche me acordé de que aún guardo mi ajuar de novia en un ropero de nuestra casa en Tegucigalpa. Y me hubiera encantado que usted lo vistiera en su boda. Aunque ya tiene treinta y un años, yo sé que aún se encuentra en buen estado. El problema es que no creo que Delfina, nuestra cuidandera, sepa cómo enviárnoslo por correo aéreo. Y como no faltan sino quince días para la boda, sería más práctico comprar uno nuevo —dijo Florinda.

—Muchas gracias por su generoso pensamiento —dijo Violeta—. Ya hubiera querido yo vestir el traje de novia de mi madre, pero ella nunca lo tuvo —agregó con voz entristecida—. Se casó en su traje típico ketchí porque no tenían el dinero para comprarse uno formal. Mis abuelos, tanto los alemanes como los ketchí, habían arrojado a mis padres de sus casas para castigar su decisión de casarse fuera de sus propias etnias y no les habían permitido sacar una sola prenda de vestir además de la que llevaban puesta. El padre Antonio, quien los casó, desobedeciendo la orden del obispo de Cobán, les dijo que lo importante no eran los trapos que llevarían sobre la espalda el día de la boda sino el amor y los sentimientos que guardaban entre sí y dentro de sus corazones.

La joven sacó un pañuelo y enjugó sus lágrimas de dolor y de rabia que ese triste recuerdo siempre le había causado. A Florinda también se le empañaron los ojos.

—¡Qué crueldad tan terrible se puede anidar en el corazón... de algunos que se hacen llamar... *humanos*... y, lo peor, *cristianos*! —dijo con voz llorosa y entrecortada.

—Mi madre ya me dijo que ella y Yolandita no vestirán ropa de ladinos para mi boda, aunque papá está en contra de que vayan con ropa ketchí. Pero yo les dije que a mí no me importa cómo vengan vestidos, con tal de que estén presentes.

—Me parece justo que ellas no se dejen llevar por el qué dirán —dijo la suegra—. Y estoy completamente de acuerdo con las sabias palabras del padre Antonio—. El derecho a vestirse como una quiera es parte del derecho del ser humano a gozar de su libre albedrío. Para nuestra desgracia, todavía continuamos encarcelados dentro de las estrechas rejas de la opinión de los demás, del prejuicio y de la ignorancia —agregó.

—Me alegra escuchar sus palabras de aliento y comprensión —dijo Violeta—. Creo que usted y yo nos vamos a comprender perfectamente.

—¡Así lo espero! —convino Florinda—. No me gustaría hacer el papel de suegra tóxica —agregó categóricamente.

VEINTIDÓS

Luego de haber visitado a su hija Violeta en el hospital y haber permanecido a su lado durante tres días, Imelda regresó a Cobán en compañía de su hija Yolanda. Enseguida fue a visitar a su comadre Agustina, mejor conocida por el apodo de *Radioemisora Inalámbrica de Alta Verapaz* o simplemente, la *Chismosa Inalámbrica*.

—Vine a pedirle disculpas, comadrita —dijo Imelda— por no haberle avisado a tiempo que la Violeta, su ahijada, pues, habiya tenido un percance bastante serio en la capital y qui'ay m'iba di'urgensia pa'llá, pues, y na' menos que por airioplano, vaá, pues pa' yegar más rapidito a verla en el hospital.

—Y ¿qué jué lo que pasó a mi pogr'hijada, pues? —preguntó Agustina sobresaltada.

—¿Quiere crer, comadrita, que la Éricka Wallenberg, l'hija de los Wallenberg de Cobán, secuestró a mi Violy a punt'e pistola... pues pa' despareserla me supongo yo?

—Y ¿pa' qué dianches, pues, comadre? —preguntó con el ceño fruncido y la mirada escéptica.

—Pues, p'ansina poder casarse con el licenciado —dijo Imelda—. El señor ese que vino a vesitarnos antes de las navidades y del que yo le conté ya… —explicó.

—Comadrita, ¡ése si'és un chisme grandototote! —dijo Agustina relamiéndose—. Y lo mejor es qu'ese nu'és un chisme, pues, sino… ¡la merita verdá, pues! —agregó entusiasmada.

—¡Sí, pués! —convino Imelda y luego agregó—: y'ay como y'el tigre yastá juer'e la jaula, vaá; ay usté ya se lo pué contar a todu'el mundo. ¡No!, se lo *debe* contar a toditos en las Verapases, pa'que siagan las cruses —añadió con la decidida intención de avergonzar a las familias hipócritas de la élite cobanera.

—'Tonces… ¿asté no le v'importar que yo amita que mi'aijada fue violada por ese par de desgraciados ricachones? —preguntó para cerciorarse del propósito de su comadre.

—¡Ya le dije que no! —reafirmó Imelda—. Per'usté también tiene que decir que por eso jué que la guardia cevil afusiló al tal Alfredo Wallenberg y el Patricio Landau se murió en el 'cópteru'ese qu'estayó cuando lo traiban preso d'Esquipulas pa' Cobán p'enjuisiarlo aquí mesmo, pues. Y qu'ese jué el mesmo Jesucristo que los castigó a tós por todas sus maldades contra tanta gente inocente…

—Como mañana es lunes y es diy'e mercado —dijo Agustina— ay me vu'encargar de que tó la gente qui'hable con yo, sepa tó lo que le pasó a la Violeta y a ese par de hijos de puta ricachones. No por ná ay me dicen *l'emisora inalándrica di'Alta Verapaz* —agregó carcajeándose alegremente; mostrando a la vez y sin reparo su casi desdentada cavidad bucal.

—Ay que Dios le pague por haberme guardado por tanto tiempo el secreto importante de la vergüenza que sufrió m'hija —dijo Imelda.

—¿Y pa' qué están los amigos, pués? Y'además, ey'es m'aijada y yo no voy a permitir que limpien las calles de Cobán con el honor d'eya, vaá. Y ¿qué le pasó al siñor licenciado?

—L'Éricka lo balió en un'hombro pero ye'stá repuesto, ¡gracias a Dios! y el mesmo quince di'abril se va a matrimoniar con mi Violeta en Ciudad de Guatemala.

—¿Y'asté v'ir a la boda, pues? —preguntó Agustina con velada envidia.

—¡Sí, pues! ¡Y'es'es la pregunta más bruta qui'asté mi'áicho, comadrita! ¿No ve que'yés la primer'hija miya de yo la que se va a casar? —preguntó rebosante de orgullo materno—. ¡No me lo perderiya ¡por ná' del mundo! Y'ankestuviera muerta yu'iriya! —agregó decidida.

—¡Que le vaya bien, comadrita! —le deseó Agustina—. No se li'olvide de darle un par de besotes a la Violeta a nombre miyo de yo… Y'otros dos ¡p'al novio también! —agregó con sonrisa pícara.

Fiel a su promesa; en menos de dos días, todos los cobaneros que tenían oídos para oír habían sido enterados por Agustina de la trágica historia de Violeta Winter y del afortunado hecho que el gallardo y osado caballero que la había salvado de ser asesinada pronto se casaría con ella.

Florinda organizó la despedida de solteros para ambos contrayentes. En ese evento Violeta e Imelda lucieron hermosos vestidos confeccionados a la usanza ketchí por ellas mismas. Una orquesta de cinco músicos tocando una marimba y otros instrumentos amenizó el festín y a su ritmo los invitados bailaron alegremente hasta el cansancio. Amanda y Antonio Escoto, quienes habían llegado anticipadamente desde El Salvador para estar presentes en la boda de su hermano menor, también asistieron. Varios colegas de la facultad de Derecho del doctor Estrada fueron invitados al jolgorio; así como algunos antiguos compañeros de la escuela de Pedagogía de Edgardo y, por supuesto, el grupo de inquilinos de la pensión, incluyendo a Edelmira y a Toño Munguía. Éste último tocó magistralmente en su guitarra algunas piezas de su extenso repertorio y luego les contó una aderezada letanía de chistes guatemaltecos y salvadoreños con su espectacular habilidad para el humor. Algunos de sus favoritos hicieron sonrojar a más de una dama mojigata, a pesar de estar ya embriagadas con los variados licores que les habían servido. Al calor del alcohol y del entusiasmo generado por el ambiente festivo, Haydé invitó a la novia a una breve charla privada en la alcoba de los agasajados.

—Solamente quería decirte que te envidio de corazón porque te ganaste el mejor hombre que he conocido en mi vida —dijo Teté con voz seria—. Nunca voy a negar —agregó con igual entereza— que yo también me enamoré locamente de Edgardo desde el momento en que lo conocí. A pesar de mi acoso, él se mantuvo fiel a su promesa de casarse con vos; y esto a pesar de otras tentaciones que se le atravesaron en su camino. Éricka me confesó sin tapujos que había quedado muy prendada de él a primera vista. No sé si en alguna ocasión tuvieron relaciones sexuales. Aunque no lo dudaría; pues esa maldita asesina, y ojalá mis palabras no la ofendan, era capaz de hacer lo imposible para atraparlo y casarse con él. Y, además, me enteré que sus cuartos en el hotel de Esquipulas estaban juntos, es decir contiguos, pero sus madres, doña Florinda y doña Cunebunda dormían con ellos.

—Pues lo cierto es que Edgardo me confesó que Éricka se metió a su cuarto en ausencia de las mamás —comentó Violeta—. Que lo provocó desnudándose frente a él para excitarlo y luego prácticamente lo violó. Yo decidí perdonarle su infidelidad porque comprendí que había sido un desliz trivial y pasajero tomando en cuenta que había estado alejado de mí por varias semanas y antes de que él se fuera habíamos gozado de mucha intimidad. Tampoco me arrepiento el haberlo perdonado pues nuestro amor ha perdurado a pesar de todo. Y para mí, eso es lo único que importa.

—Tu decisión de perdonar a Edgardo fue muy acertada —dijo Teté—. Esa mujer era realmente peligrosa. Aunque no celebro su muerte; si hubiera sobrevivido, hubiera hecho de tu vida un infierno.

—Estoy segura de que sí. Y, a propósito, la primera vez que vino a buscarme al convento, me llevó en su descapotable hasta la iglesia de Santa Marta. En el camino me confesó que todavía era virgen y quería saber si la desfloración era dolorosa. Yo, ingenua como era, le creí y le dije que sí, que era dolorosa. Luego, cuando Edgar me contó que ella le había confesado haber tenido amores con el chofer de su padre, yo me reí de mí misma y de su diabólico descaro. ¡Agradezco tu sinceridad, Teté! —añadió—. Y decime con franqueza si hay perspectivas de romance para vos dentro o fuera de la pensión —la novia preguntó con viva curiosidad

—Creo habértelo dicho —le recordó Haydé emocionada—. Sin embargo, aunque ese hombre me atrae muchísimo yo temo la opinión y oposición de mis padres. Cuando les manifieste que estoy enamorada mi padre seguramente dirá: «¿Casarte con un *músico*? ¡Nunca te permitiré que hagas esa bestialidad!». Y luego mamá me volverá a recitar la lista de candidatos que tiene preparada para mí desde que cumplí los quince años.

—No sé realmente quién es tu preferido, pero permitime aconsejarte que no debés dejar que otros elijan por vos; ¡ni siquiera tus padres! Al final te vas a arrepentir de haber seguido los consejos de otros y no los que te dio tu propio corazón. Si fracasaras tendrías que aceptar el error como tuyo, pero si tuvieras éxito te felicitarías por haber tomado vos misma esa sabia decisión. Estoy segurísima que tus padres quieren sobre todo tu bienestar y tu felicidad, pero eso no te garantiza que su opinión sea la más acertada.

—¡Gracias por el consejo! Te aseguro que lo tendré en cuenta.

Retornaron a la sala y se sorprendieron de que todos los invitados se mantuvieran callados y sentados, algunos sobre la alfombra, atentos a lo que estaba por suceder. Mientras tanto, Toño Munguía buscaba en las cuerdas de su noble instrumento la nota precisa para que el orgulloso novio los deleitara con una de sus baladas favoritas.

—La canción que les cantaré es un bellísimo vals del compositor peruano Mario Cavagnaro que lleva por título *Eres el amor con que soñé* —dijo Edgar—. Mi amigo Toño, a quien creo que todos ya conocen, me proveerá el acompañamiento, y él dedica la mística musical de su guitarra a la señorita Haydé Valadés mientras que yo dedico la letra y su bello y pertinente mensaje a mi bienamada, Violeta.

Al suspenderse los aplausos de los presentes, Toño comenzó a tocar la introducción y el novio, a su turno, a cantar su canción con voz suave y melodiosa:

"Eres el amor con que soñé
Eres la pasión que adiviné
Y eres tú, mujer, lo que más quiero
Pues serás el lucero de mi atardecer...
Pero no me preguntes la historia de mi vida;
Mi vida comenzó cuando llegaste tú...
Porque antes en sus páginas hay sólo desengaños,
Mentiras y fracasos en cosas del amor...
No me preguntes nunca cuándo empecé a quererte
Y déjame, amor mío, amarte sólo a ti...
Las cosas que he vivido son ya un sueño olvidado
Y hoy quiero enamorado... ¡vivir sólo por ti...!".

La audiencia premió a los intérpretes con una vigorosa ovación de pie. Violeta y Teté, ambas con ojos llorosos y enrojecidos, los premiaron individualmente con apasionados besos.

Munguía se zafó suavemente de los brazos de su amada y, retomando su guitarra, anunció:

—Violy y este servidor hemos preparado una sorpresa para nuestro querido Gago. La novia dio un paso adelante y levantó los brazos para pedir atención a sus palabras.

—Yo me entrené en el arte de cantar... *en el baño de mi casa* —dijo sonriendo— porque nunca me permitieron hacerlo en ninguna otra parte y por razones harto conocidas que ya no vienen al caso. Esta canción que les voy a cantar, *Cuando tú vuelvas,* es un vals que yo compuse cuando Edgar andaba por Italia; y me atrevo cantarlo para esta ocasión porque mientras aguardaba su retorno yo lo cantaba soñando con él y con su regreso. Toño se ha encargado de preparar su guitarra para acompañarme. Y, por supuesto, se la dedico con todo mi corazón a mi adorado Gago y dice así:

"Cuando tú vuelvas cantará la primavera
Los himnos del amor y de la vida;
En mi jardín florecerá la enredadera
Y olvidaré el dolor de esta partida...

Cuando tú vuelvas mis anhelos prisioneros
Libertará el talismán de tu presencia;
En mi jardín alborozados los jilgueros
Darán a Dios gracias por tu existencia...

Y ya nunca más te dejaré partir;
Me aferraré a tus brazos ¡hasta morir!

Cuando tú vuelvas nuestro cielo enlutecido

Se vestirá de un azul claro y sereno;
En nuestros brazos, nuestros sueños frutecidos
Tendrán la Imagen Divina del Eterno...

Y ya nunca más te dejaré partir;
Me aferraré a tus brazos ¡hasta morir!".

Los presentes aplaudieron con extremo entusiasmo a la novia, maravillados por su inspiración poética y por su voz cadenciosa y genuinamente expresiva.

Una vez esa pieza musical hubo concluido, Munguía dijo alegremente:

—Necesito abusar de la paciencia de todos ustedes, pero tengo ya el permiso de la novia y del novio para ofrecerles el estreno de una canción mía que sigue la pauta de un corrido. ¡Quisiera yo tener la voz melodiosa de ellos! Pero como dice el dicho, a falta de pan, buenas son las cemitas. Así que, ténganle paciencia a mi *corral de gallos*. Mi canción se titula *Dos millones de...*

—Dos millones *¿de qué...?* —preguntó un guasón que se escondía entre los invitados.

—¡Escuchála y pronto lo sabrás! —le replicó Antonio y comenzó a trinar la introducción en su guitarra.

Luego Munguía cantó:

"Dos millones de canciones te escribiera,
dos millones de canciones te cantara;
Si con ellas, mi bien, te convenciera
que a mi lado para siempre regresaras;

Si con ellas, mi bien, te convenciera
que a mi lado para siempre te quedaras...
Pero no puedo pasar la vida entera,
en tu balcón como holgazán jilguero
Pues el jardín del amor, aunque no quieras,
retoña sólo con rocío de dinero...
Pues el jardín del amor, aunque no quieras,
florece sólo con rocío de dinero...
Ya tú verás que yo tengo razón porque el amor del
pobre no enciende la pasión...
Ya tú verás que yo tengo razón porque el amor del
pobre no enciende ¡ni el carbón...!
Pero mi amor no es ave aventurera que en cualquier
nido sus plumitas dejara;
Y si dejar de amarte yo tuviera
preferiría que mi mundo terminara...
Y si dejar de amarte yo tuviera
preferiría que mi vida se acabara...

Y si por fin hasta el balcón vinieras
y de tu amor el beso me entregaras;
Dos millones de años te quisiera;
dos millones de años te adorara...
Ya veo que vienes henchida de emoción
pues te ha flechado el alma esta linda canción...
Ya veo que vienes vibrando en emoción;
ya te ha flechado el alma ¡mi más linda canción!".

Toño Munguía también recibió aplausos y comentarios positivos por su canción. Y así, la velada continuó derrochando alegría y buen humor hasta entrada la madrugada.

***

Llegó el 15 de abril, el día señalado para la boda de Violeta Winter y Edgardo Escoto. Desde las primeras horas de la mañana, los ávidos sabuesos de *El Imparcial*, de *Prensa Libre* y de *Impacto* estaban al acecho en la puerta mayor de la iglesia de Santa Marta, esperando ansiosos el arribo de los novios y su séquito de invitados. Los padrinos, Edelmira Santamaría y Roque Walton fueron los primeros en ser abordados. Ellos relataron los nexos de una larga amistad que les unían a los contrayentes.

Mientras los reporteros entrevistaban a los padres adoptivos del novio, llegó un hombre alto, de mejillas rubicundas pero surcadas por arrugas profundas. Parecía como si su enorme carga de años le hubiera encorvado la espalda y tornado su cabellera en una profusa maraña de nacarados copos de nieve ensortijados. Sin decir palabra, ingresó al templo y se acomodó calladamente en una de las bancas posteriores, alejado de la nave central.

La ceremonia comenzó cuando Edgardo, acompañado por sus padrinos, entró en la iglesia y se dirigió, erguido y solemne, hacia la balaustrada principal. Luego entró Violeta del brazo de su padre, flanqueados por las madrinas; seguidos por Imelda y Yolandita; y detrás de ellas, Olinda América Valadés llevaba en sus brazos un ramo de monjas blancas, la orquídea emblemática de Cobán. Junto a ella marchaba también Francisco Valadés, alias Paquito, el pequeño hijo travieso de Edelmira, quien portaba sobre sus brazos extendidos un pequeño cojín de color púrpura sobre el cual se veían dos anillos de boda y una bolsa de celofán con las trece arras. Ambos parecían caminar fascinados por las miradas de la nutrida concurrencia que los observaba con sonrisas de aprobación por su seriedad de personas mayores. La novia vestía un elegante, y a la vez sencillo, traje de sedoso shantung de color crema.

El padre Antonio pidió a los fieles sentarse.

—Amados hermanos en Cristo, estamos aquí reunidos —dijo en tono hierático y solemne— ante la Presencia Divina, para acompañar a Violeta y a Edgardo en el día de su consagración matrimonial. Muchos de nosotros hemos sido testigos del inmenso amor que los une y de la horrorosa tragedia que, desgraciadamente, precedió a esta ceremonia. Para su propio bienestar espiritual, ellos han decidido dejar atrás todo lo negativo y olvidar los sufrimientos que les causó esa dolorosa tragedia. Nosotros hacemos votos porque lo consigan a la mayor brevedad. Si alguien de vosotros tiene algo que decir en contra de la celebración de este matrimonio, que hable ya o calle para siempre.

—¡SI USTED ME LO PERMITE, PADRE, QUIERO DECIR ALGO QUE DEBÍA HABER DICHO HACE YA VEINTE AÑOS! —vociferó temblorosamente un anciano poniéndose de pie al lado de un banco trasero del templo.

El oficiante hizo un esfuerzo visual para identificarlo.

—¡Don Fritz Winter! —exclamó sorprendido y un poco angustiado, al reconocerlo—. ¿Vino usted a impedir también la boda de su nieta? —le increpó ásperamente.

—¡Todo lo contrario! —respondió el anciano mientras hacía esfuerzos por llegar a la nave central—. ¿Me permite, padre Antonio, decir algunas palabras de desagravio a la familia de mi hijo antes de que la boda continúe? —preguntó con lágrimas bañando sus ojos mustios.

—¡Pero por supuesto! —contestó el cura—. A menos que don Ernesto, o su esposa, o sus hijas se opongan a ello.

Ernesto, sentado en la primera banca al lado de Imelda, cubrió su rostro sollozando:

—¡Yo no… me opongo! —dijo balbuceante—. Y sé que mi familia tampoco se opone.

Ya para entonces, don Fritz Winter había llegado a detenerse junto a la feliz pareja de contrayentes.

—¡Diga lo que tenga que decir! —ordenó el cura oficiante con voz severa.

—En primer lugar —dijo el anciano con voz gutural— debo pedirle perdón a Imelda, mi nuera, por mi absurda, injustificada y cruel oposición a que se uniera a mi hijo, al seno y al entorno de nuestra familia y por los insultos de palabra y obra que expresé y realicé contra ella, los cuales sinceramente deploro y de los cuales también me avergüenzo y arrepiento. Debo pedirle perdón a mi hijo Ernesto por haberle negado el derecho a casarse con la mujer amada. También debo pedirles perdón a mis nietecitas, Violeta y Yolanda, por haberme negado a conocerlas; por haberme rehusado la felicidad de compartir con ellas el milagro de verlas crecer y convertirse en mujeres de conducta intachable y envidiable, dentro de un entorno cargado de privaciones causadas por mi inexcusable terquedad. Y debo pedirles a todos los presentes que encuentren dentro de sus corazones el perdón que no merezco pero que necesito como el aire mismo para poder sobrellevar los pocos años de vida que aún me quedan. Olvidaba pedir y suplicar el perdón a este santo sacerdote, don Antonio Valadés, quien se opuso a mis desmanes y a mis desvaríos racistas sin importarle el castigo que le impusiera la jerarquía eclesiástica por desobedecer mis órdenes de no casar a mi hijo Ernesto con Imelda. Y debo, finalmente, pedirle perdón a Dios por mi ruindad, por mi mezquindad, por mi falta de caridad y justicia para mi hijo y su familia.

—Por mi parte —dijo Valadés, visiblemente emocionado— yo ya lo perdoné y siempre he rogado a Dios que iluminara su entendimiento y le hiciera ver claramente que todos los humanos somos iguales ante su mirada divina. Sus palabras son muestra fehaciente de que mis súplicas han sido escuchadas y atendidas. ¡Gracias, Dios mío, por hacer efectivos mis ruegos!

Fritz Winter se postró frente al sacerdote.

—¡Deme la bendición y absuélvame de mis horrendos pecados racistas! —suplicó de rodillas.

El cura pronunció abiertamente el *Ego te absolvo* mientras hacía la señal de la cruz con su mano derecha sobre el penitente. Luego pidió a su descendencia y también al futuro yerno que interrumpieran brevemente la ceremonia para abrazar al anciano, confeso y arrepentido de sus iniquidades. Se le hizo un espacio y se sentó al lado de Imelda, sin importarle que vistiera el típico ajuar de la tribu ketchí. Le tomó las manos y les dio un apretado beso y luego atrajo la cabeza de trenzas negras y largas contra su pecho.

Al terminar la ceremonia, Ernesto, su esposa y el abuelo Fritz salieron juntos, tomados los tres de las manos.

—Nos gustaría que nos acompañara a la recepción que celebraremos en el Club Mar Atlántico —dijo el hijo a su padre—. Está programada para empezar a la una de la tarde y ya son las doce y media —añadió, consultando su reloj de pulsera.

—¡Claro que iré! —dijo el viejo Winter—. Pero, ¿habrá cupo para tres más? Laura, Fritz y Anabella no quisieron entrar a la iglesia, temiendo que todos fuésemos rechazados o expulsados a patadas del templo.

—¿Qué? ¿Mis hermanos vinieron y su esposa… también? —preguntó Ernesto, gratamente sorprendido al escuchar sus nombres—. ¿Están por aquí cerca?

—¡Sí, hijo mío! Fueron precisamente tus hermanos los que me enteraron de la boda de Violeta y me pusieron al corriente de todos los hechos horribles que les habían acontecido. Luego nos pusimos de acuerdo y llamamos al padre Antonio para enterarnos de la fecha y la hora de la boda.

—¿El padre Antonio sabía que ustedes vendrían? —preguntó Imelda.

—No, hija mía —dijo el anciano—. Nosotros no le prometimos estar presentes en la boda, aunque él nos dijo que no revelaría nuestra presencia anticipadamente si decidiéramos venir.

Ernesto le dio la dirección del Club Mar Atlántico y allá se reunieron todos y alborozados compartieron los festejos en honor de los novios. Anabella era la esposa en segundas nupcias. Laura y el joven Fritz, eran los hijos menores. Ambos, ya casados, tenían cuatro hijos e hijas entre ellos. El anciano Winter se reunió con los tres herederos y les manifestó su decisión de cambiar algunas cláusulas del testamento para incluir al hijo previamente desheredado. El joven Fritz y su hermana Laura estuvieron completamente de acuerdo con la decisión de su padre. Ernesto fue contratado inicialmente como supervisor de planta en la compañía que su padre había fundado treinta años atrás y que estaba dedicada a la exportación de café. Dos años después, al retirarse su padre, Ernesto fue designado director general.

Una semana después de la boda, los hermanos del novio, Antonio Escoto y Amanda de Vides, quienes habían llegado desde Chalatenango, El Salvador, decidieron regresar. No habían visto a su hermano desde 1950, año en que sus padres, Pedro Escoto y Soledad Azurdia, habían fallecido en un trágico accidente de tráfico vehicular y Edgardo había estado presente durante los funerales. Desde ese funesto, pero breve encuentro físico, se habían comunicado solamente por correspondencia y ocasionalmente por teléfono.

Ambos se sintieron de alguna forma traicionados cuando en el aeropuerto, antes de tomar el avión de regreso, Edgardo les confesó que estaba en trámites de ser adoptado por Ricardo y Florinda Estrada, pero una vez les explicó las circunstancias y les describió las ventajas que conllevaría la adopción, cambiaron de parecer y convinieron, aunque con cierto recelo, que era algo ventajoso para el futuro de Edgardo y la familia que estaría por llegar.

—Mis padres adoptivos y yo hemos hecho el siguiente acuerdo —dijo Edgardo— primero, no tendré que cambiarme el apellido; segundo, yo podré gozar de todos los privilegios que la ley confiere a los hijos adoptivos; tercero, ellos costearán mis estudios de abogacía hasta graduarme; y cuarto, el primer varón llevará el nombre de Ricardo y la primera hembra, Florinda.

—Te diría que lo único que vos necesitás es el diploma para colgarlo en la pared pues ya estás cotorreando con la elocuencia y la jerga de los abogados —dijo Amanda, riéndose nerviosamente.

—Con tal de que nunca te olvidés de nosotros —dijo Antonio con ojos llorosos—. Te deseamos muchas felicidades en tu matrimonio, muchos niños saludables y muchos triunfos en la carrera que estás a punto de comenzar. Esperamos que pronto nos visitarás para que conozcás a nuestros hijos, tus sobrinos —añadió Antonio ofreciéndole sus brazos abiertos. Los tres hermanos se abrazaron estrechamente y así permanecieron un par de minutos antes de la despedida.

***

En junio de 1953 nació el primogénito de Edgardo y Violeta, al que bautizaron con el nombre de Ricardo Ernesto y subsecuentemente tuvieron otro varón y una niña. En mayo de 1954, Ricardo y Florinda visitaron a la joven pareja y con ellos iniciaron un viaje redondo por varios países de Europa. Durante este largo periplo, Guatemala fue invadida por un ejército formado con mercenarios, organizado y financiado por el gobierno de los Estados Unidos de América. El Gobierno títere instalado por el imperio hizo quemar numerosos libros de las bibliotecas, incluyendo la de la Universidad de San Carlos. A continuación, los profesores universitarios que no huyeron fueron encarcelados, vejados y torturados y finalmente expulsados de su propio país.

En esas circunstancias históricas tan deplorables que, parentéticamente, han continuado sin merma hasta nuestros días en los tres desdichados países centroamericanos, el doctor Ricardo Estrada Soto no tuvo otra opción que solicitar asilo político en Italia y el cual le fue concedido ya que no podía regresar ni a Guatemala ni a Honduras, cuya sanguinaria dictadura le había hecho encarcelar y torturar cruelmente.

***

Luego de graduarse de abogado en 1956, Edgardo obtuvo una cátedra de jurisprudencia en Costa Rica y se mudó a San José, donde ejerció simultáneamente su profesión de abogado hasta 1995, año en que se retiró. Su decisión de residir permanentemente en esa parcela de la Patria Grande[81] fue basada primordialmente en la atmósfera pacífica

---

[81] Término dado a la Patria Centroamericana que sus pueblos algún día reconstruirán.

que se gozaba en ese país pero también por el hecho de que don José Figueres,[82] su presidente electo, había abolido el Ejército en 1948. Antes de su elección presidencial, ya él había concluido que los militares no solamente eran absolutamente innecesarios, sino que su nefasta presencia era la causa principal de la inestabilidad política sufrida desde la independencia, ya que entronaban y destronaban gobernantes títeres a su antojo. Más aún, consumía los dineros de la nación, tan necesarios para la educación pública, la promoción de la salud del pueblo y la eliminación de la pobreza. Esa vocación de verdadero patriotismo halagaba las preferencias políticas de Edgardo, un rábido antimilitarista. Él soñaba que algún día el resto de los destartalados países centroamericanos despertarían de su centenario letargo y abolirían, de una vez para siempre, las crápulas castrenses que chupaban la sangre de los mismos pueblos que alegaban proteger.

—¡Algún día! —decía Escoto y luego añadía con esperanza—: ¡Ojalá! ¡Pero que sea pronto o antes de que yo muera…!

Nueva York, primavera del 2016

---

[82] Político costarricense (1906-1990).